유현종 장편소설

사도 바울

유현종 장편소설

사도 바울

예수의 심장을 가진 성자(聖者)

【하】

시타델 CITADEL
Publishing

목차

【하】

사도 바울

St. Paul
JAEheL

13
여집사 뵈뵈와
아시아의 진주 에베소

그러던 어느 날 글로에 상사에서 사람이 와서 바울을 찾는다고 알려 왔다.

"글로에 상사에서 왔다구요? 무슨 일루 오시었소?"

"다음 주일 예배는 저희 글로에교회에 오셔서 인도해 주십사하는 사장님의 청입니다."

"그러겠다고 전하십시오."

바울은 약속한 날 주일 예배를 드리기 위해 실라는 아굴라 교회로 보내고 자기는 글로에 교회로 갔다. 스데바나 교회에 들러서 가는 바람에 예배시간에 좀 늦게 되었다. 감독목사인 소스데네가 찬송을 인도하고 있었다.

나의 힘이 되신 여호와여 내가 주를 사랑하나이다.

여호와는 나의 반석이시며 나의 요새시며 나를 건지는 분이시오 나의 하나님이십니다.

여호와는 나의 방패이시며 나의 피할 바위이시며 나의 구원의 뿔이시며 나의 산성이시로다.

찬송이 끝나자 소스데네 감독은 묵도를 올리고 예배를 시작했다. 참예자는 모두 열일곱 명이었다. 설교자로 바울이 강단에 올라갔다.

"오랜만에 형제자매 여러분을 뵙습니다. 모두 하나님 안에서 기쁘고 행복해 보이는 모습을 뵙게 되니 나 또한 함께 행복합니다. 예수를 믿게 되면 날마다 행복합니다. 예수를 알게 되면 하나님 여호와가 누구신지 알게 되고 하나님을 알게 되면 우리는 하나님의 자녀가 되며 지은 죄로 인하여 하나님 앞에 나아올 수도 없는 우리들의 모든 죄를 자신의 독생자인 예수를 보내시어 화목제물로 삼으시고 우리들의 모든 죄를 사해주셨음을 알게 됩니다.

뿐만 아니라 죽은 자 가운데 다시 사셔서 부활승천하신 그분이야말로 우리들 또한 장차 부활영생할 수 있는 길을 열어주신 분이며 아버지의 모든 축복을 조건 없이 받아 누리게 되었음을 알게해 주시고 성령의 인도로 거룩한 삶, 예수 닮은 삶을 살게 되어 천국은 바로 이 땅에서, 내 안에서 시작되고 있음을 알게 해주시니 얼마나 감사하고 행복합니까?"

바울은 점점 성령충만하여 하나님의 말씀을 이어나갔다. 모든 성도들이 감동을 받아 똑같이 성령의 물결 속으로 잠겨들었다. 예수를 만나고 있다는 행복감 때문이었는지 모든 성도들의 얼굴이 기쁨으로 빛나고 있었다. 예배가 끝나고 글로에의 사무실로 돌아왔을 때였다. 글로에가 깔끔하고 아름다운 중년 부인과 함께 앉아서 차를 마시고 있다가 바울을 맞았다.

"사도님! 제가 소개해 드릴게요. 이 분은 겐그레아에 살고 계신 뵈뵈(Phebe)여사님이십니다. 좋은 일을 많이 하시는 분이예요. 혼자 어렵게 사는 여인들과 고아들을 돕거나 노쇠한 노인들을 돌보기도 하고 계신 분이예요. 나하고는 전부터 서로 잘 아시는 분인데 그리스도 새복음에 관심을 보이시길래 예배에 한 번 참예하여 선생님 말씀 들어보자 했더니 오셨어요."

글로에 부인의 소개였다.

"그러시군요. 정말 반갑습니다."

"뵈뵈입니다. 전 로마인이구 겐그레아에 살고 있어요. 그곳에 산지는 이십 년이 채 안되었어요. 남편이 아가야 총독부에 봉직했는데 삼년 전에 병사하여 지금은 혼자 살고 있지요. 오늘처럼 온몸이 떨리는 감격스러움에 젖어본 것은 처음이랍니다. 예수복음에 대해서는 글로에 여사님에게서 몇 번 들었어요. 궁금했고 자세히 알고 싶었지요. 오늘 선생님은 장님이었던 제 눈을 완전히 뜨게 해주시고 막혔던 귀를 열어주시고 전혀 새 세상을 보여주셨습니다. 오늘부터 하나님의 종으로 하나님의 일을 하겠습니다. 거두어주세요."

나중에 겐그레아교회 집사가 되어 바울이 마지막을 맞을 때까지 주변에서 떠나지 않고 보살피며 동역자가 되어준 여집사 뵈뵈는 그렇게 만났고 세례를 받게 되었다. 고린도는 좌우에 외항(外港)을 가지고 있었다. 오른쪽인 동쪽 해안에는 겐그레아 항구가, 왼쪽인 서쪽에는 레기온항구가 있었다.

"고린도에만 계시지 말구 겐그레아에도 오세요. 목마르게 기쁜 새복음 소식을 기다리고 있는 형제자매들이 많을 거예요."

"고맙습니다. 그렇지 않아도 겐그레아, 레기온 두 지역은 지금부터 적극적인 전도활동을 벌일까 생각 중이었습니다. 부인께서 정말로 큰 힘이 되어주실 수 있을 것 같습니다. 잘 부탁드립니다."

"가시지 않은 곳이 없을 만큼 긴 여정의 전도사역을 하셨다는 말씀 들었습니다. 이곳 아가이야 지역 다음에는 어느 곳을 가실 예정이지요?"

"성령께서 가시라는 뜻에 따라야 할 것입니다만 일단은 아가이야도의 서쪽 끝인 일루리곤(현재의 알바니아) 지방으로 가서 전도를 하고 거기서 배를 타고 아드리아해를 건너서 로마로 가는 게 미래의 목표입니다."

"로마를 마지막 목적지로 정하신 이유라도 따로 있나요?"

"제국의 수도 아닙니까? 모든 길은 로마로! 라는 말도 있다시피 제국의 심장부가 복음화 되어야 우리 그리스도 예수교는 명실상부, 세계적인 종교가 될 수 있기 때문입니다."

"그렇군요."

바울은 뵈뵈부인의 초대를 받아 일행과 함께 겐그레아를 방문했다. 실라가 처음 방문한 시내의 인상을 이야기했다.

"이곳은 항구도시인데도 불구하고 고린도시와는 아주 다른데요?"

"무엇이 다르단 말인가?"

"고린도에 온지 얼마 되지 않았지만 정말 놀라웠습니다. 하나님께서 요나에게 부패의 상징도시로 말씀한 니느웨가 어떤 도시였을까를 고린도에 와보고 깨달았습니다. 소문에 의하면 고린도 사람 하면 사기꾼 아니면 부도덕한 자라는 뜻으로 전해지고, 고린도 여자하면 사생활이 문란한 음탕한 여자라는 뜻으로 쓰일 정도였고, 무대에서 공연되는 연극을 보면 연극에 등장하는 고린도인은 모두 사기꾼 캐릭터였습니다. 물론 믿지 않았지요. 하지만 와보고 알았습니다. 돌산 정상에 있는 아크로 고린도의 아프로디테 신전에는 천여 명의 신창(神娼)들이 상주하며 들끓고 있었습니다."

"신창이라니?"

"신전에서 일하는 여사제(女司祭)들을 말하는 거지요."

"여사제가 왜 천명이나 필요하지?"

"말만 사제입니다. 몸을 파는 창녀들입니다. 그들이 아프로디테 신전에 들끓는 이유는 따로 있었습니다. 그 돌산 꼭대기는 높아서 거기 서서 보면 멀리 동쪽 외항인 겐그레아 부두가 보이고 고개를 돌리면 서쪽 외항인 레기온 부두가 보입니다. 호화로운 상선들이 항구로 들어오는 것이 보이지요. 그걸 지키고 있는 겁니다. 배가 들어 왔다, 그러면 신창들이 바빠지는 겁니다. 배들이 들어오면 선주를 비롯하여 선장이 선원들을 데리고 아프로디테 신전으로 올라와 무사항해에 감사제사를 드리고 행운을 빌며 호화판 제사를 마치면 술판이 벌어지고 이때 필요한 여인들이 신창들이고 신창들은 신전에서 뿐 아니고 배가 들어오면 고린도 다운타운까지 상인들이나 여행객들과 몰려다니며 음주가무(飮酒歌舞)를 하기 때문에 온 시가가 떠들썩해지는 겁니다."

바울은 고개를 끄덕이며 한숨을 내쉬었다. 바울 역시 고린도에 와서 놀란 것은 주민들의 사치스러운 생활과 도덕적으로 문란해 보이는, 분위기 때문에 당황한 적이 여러 번 있었다.

"그런 부정과 부도덕을 바로 잡기 위해 복음을 전하고 고린도 사람들을 하나님의 자녀로 부르고 있는 게 아닌가?"

뵈뵈 부인의 저택은 겐그레아 북쪽 산등성이에 자리 잡은 야트막한 이층집이었다. 넓고 아늑한 정원에는 종려나무들이 들어서 있고 온갖 꽃들이 다투어 피어있었다. 이층에는 수십 명이 앉을 수 있는 넓은 거실이 있었다. 뵈뵈 부인은 일행을 거실로 안내했다.

"방이 굉장이 크군요?"

"남편이 때때로 여기를 회의장으로 쓰기도 했어요. 항구 안에 배들이 입항하고 출항하는 사무를 맡고 있었기 때문이지요. 글로에 부인댁 처럼 저희 집도 교회가 되게 하구 싶어요."

"훌륭하신 생각입니다. 하나님이 기뻐하실 겁니다. 겐그레아에는 유대인들이 많이 살고 있나요?"

"많지는 않은 것 같습니다. 제가 전도를 한다면 헬라인들이거나 로마인들일 겁니다."

뵈뵈는 자원해서 자기 집을 교회로 내놓고 이방인들을 전도하여 복음을 전하겠다 했다. 바울은 치사하고 뵈뵈와 함께 겐그레아 전도에 나서기로 했다. 이윽고 두 사람은 오후 늦게 스데바나 교회로 돌아왔다. 뜻밖에도 디모데와 그를 부르러 데살로니가에 갔던 에라스도가 돌아와 있었다.

"그동안 안녕하셨습니까? 건강해 보이셔서 고맙습니다."

"그래 디모데! 난 네가 몸이 약해 항상 걱정하고 있었단다."

"보시다시피 건강해요."

"하나님께 감사드릴 일이다. 그래 야손장로도 잘 있겠지? 사업도 잘되고?"

"그럼요. 데살로니가 교회 또한 잘 되고 있습니다. 성도도 백여 명으로 늘었구요 그동안 아버님의 가르침을 제대로 지키며 믿음생활을 해왔기 때문인지 굳건하게 잘 자라고 있습니다."

"디모데, 그렇게 건강하게 양육되기까지에는 네 힘이 아주 컸겠구나? 고맙다."

"어디 제 힘이겠습니까? 하나님의 힘으로 이룩한 거지요. 물론 좋은 일만 있지는 않았습니다. 어려움도 많았고 부딪친 난관도 여러 번이었습니다만 성도들이 너무도 잘 견뎌 주었습니다."

그러면서 디모데는 짐 꾸러미 속에서 큰 주머니 하나를 꺼내왔다.

"이게 뭐냐?"

주머니를 열어 본 바울은 흠칫 놀랐다.

"예루살렘 모교회 구제헌금입니다. 빌립보에서 보내주고 베뢰아에서도 부로 장로님이 모금하여 보내주었고 데살로니가에서도 모금하여 합해진 돈입니다."

"오오, 고마운 일이구나. 빌립보 교회는 가난한데도 세 번째 모금을 해 보내다니…."

바울은 말을 잇지 못하고 눈시울을 붉혔다. 디모데는 양피지에 적어 온 것들을 펴서 바울에게 내놓았다.

"이건 또 뭐냐?"

"데살로니가 교회가 그동안 겪어온 여러 가지 신앙상의 문제점들을 제가 하나하나 적은 것들입니다. 말씀으로 전하기보다는 이게 확실할 것 같았습니다. 개척교회인 데살로니가 교회가 겪은 어려운 문제점과 그걸 해결해 나가야 하는 과정은 다른 곳의 개척교회도 똑같이 겪어야 할 과정 같아서 기록해 본 겁니다."

바울은 디모데가 기록한 문제점들을 하나하나 읽어 내려갔다.

"자세하게 잘 기록했다. 여기 들어난 문제점은 모든 개척교회가 공통으로 안고 있으며 헤쳐 나가야 할 것들이다. 그런데 여기 보니 내가 복음을 전도하고 설교를 하면서도 아무런 대가도 받지 않았다는 것에 혹시 가짜 사도가 아닐까 의심하는 신도들이 많았었다고 적혀있는데 내가 떠나기 전까지는 그런 말이 없었는데 언제부터, 왜 생겨난 거지?"

"저는 데살로니가 뿐 아니라 베뢰아 교회에도 종종 다녀왔습니다. 그런데 제가 없는 사이에 예루살렘 모교회에서 파송되어 왔다는 선교사가 교회에 들려서 설교를 하고 떠나간 모양인데 가면서 사례비를 요구하더랍니다. 그러니까 신도들이 바울사도님은 아무런 대가를 원하지도, 받지도 않고 성심성의껏 다해주었는데 그 무슨 대가를 달라하느냐고 항의를 했답니다. 그랬더니 그 선교사는 설법자에게는 응당한 사례를 해야 하며 설법자는 응당 받을 권리가 있다고 성경에 씌어있다. 공짜로 해주는 자는 가짜 선교사이거나 뒤가 켕겨서 안 받는 것이다. 그러면서 돈을 받아 갔다는 것입니다."

"그래서 어찌했느냐?"

"품삯을 주라는 건 유대교에서나 하는 말이다. 하나님의 복음을 전하는 데 품삯을 바라고 전도해서야 되겠느냐? 우리 바울 선생님은 언제나 어디에서나 그런 건 바라지도 않으시고 오직 하나님 말씀 전하는데 성심 성의를 다하신 분이다. 그건 여러분이 나보다 더 잘 알 것 아니냐? 그랬더니 모두 수긍하고 잠잠해졌습니다."

"두 번째 문제가 심각했구나? 예수께서 재림하여 산 자들은 모두 구원을 받겠지만 죽은 자는 어떻게 될까? 죽은 자는 구원 받지 못하는 게 아닌가?"

"그걸 모두 궁금해 하고 그에 대해 교인들 서로 간에 말이 많고 시끄러웠습니다. 제가 나서서 죽은 자도 산자와 똑같이 구원을 받게 된다고 사도님이 말씀하시지 않았느냐? 하나님은 누구부터 맨 먼저 구원하셨느냐? 돌아가신 예수님이 아니더냐? 그런데 왜 쓸데없는 걱정을 하는가? 그랬더니 수그러들었습니다."

"훌륭하다. 그럼 이제는 데살로니가 교회가 하나님이 칭찬하실 만큼 바로 서게 됐다는 거로구나?"

"예, 제가 나서서 교인들을 감화시키고 분란을 무사히 잠재울 수 있었다는 것에 스스로 놀랐습니다. 복음의 전도는 특별한 주님의 능력과 권능을 가진 분만이 그 위력을 나타낼 수 있으며 저처럼 미약한 믿음의 소유자에게는 그런 권능이 주어지지 않는 거라고 생각해 왔습니다. 헌데 그게 아니었습니다. 간절히 원하기만 하면 특별한 능력을 주실 때도 있구나, 하는 걸 체험한 것입니다. 마게도냐로 건너와서부터 아버님과 저희는 유대인 동포들로부터 혹은 이방인들로부터 온갖 박해와 심지어는 매질을 당하고 투옥을 당하며 빌립보에서 데살로니가에 이르렀습니다.

두 도시는 매질을 당하여 흘리신 사도님의 피 값으로 교회가 섰습니다. 굳건하게 세워졌습니다. 어떻게 세운 교회인데 사도님의 가르침이 왜곡되어 교회와 신도들이 무너지게 놔둔단 말입니까, 하나님께 기도로 탄원했습니다. 그러자 저에게 해결의 능력을 주신다 했습니다. 두려움이 사라지고 담대함과 충만한 성령을 받게 되어 원래의 교회로, 그리고 신도들은 바울 사도님께서 가르치고 원하시던 빛의 자녀로 회개하고 돌아와 드디어 굳건하고 올바른 신앙을 찾게 된 것입니다."

"장하고 고마운 일을 했구나. 사도들이나 목회자들이 복음을 선포한다는 것은 하나님을 대신하는 게 아니라 하나님의 협력자가 될 뿐이다. 죽은 자들 가운데 예수님을 살리신 하나님의 능력이 성령으로 살아 움직이며 모든 그리스도인들 속에 작용하고 있다. 너의 그 능력도 바로 그 성령에서 나온 것이다."

바울은 데살로니가 교회의 잡음을 잠재우고 온 디모데와 함께 오랫동안 감사 기도를 올렸다. 그런 다음 바울은 기뻐서 데살로니가 교회 성도들에게 감사의 편지를 쓰기 시작했다.

- 바울과 실루아노와 디모데는 하나님 아버지와 주 예수 그리스도 안에 있는 데살로니가인의 교회에 편지하노니 은혜와 평강이 너희에게 있을 지어다. (데살로니가 전서 1장 1절)

바울은 시력이 약하고 항상 눈 때문에 고생을 하고 있어서 헬라어로 된 편지를 친필로 쓸 수 있었지만 그는 동역자 중 하나인 더디오에게 구술(口述)하여 쓰게 했다. 혹시 받는 쪽에서 위조편지로 오해할까봐 바울은 편지 말미에는 큰 글씨로 마지막 인사를 전하고 서명하곤 했다. 바울 최초의 편지로 알려진 <데살로니가 전서>는 서기 50년에 씌어졌고, 이 편지는 신약성경 중에서도 최초로 씌어 진 복음서이기도 하다.

바울은 부모 같은 한없는 애정을 담아 편지를 써 내려갔다. 그는 먼저 우상을 숭배하며 미신에 젖어 살던 데살로니가 사람들이 크리스천이 되고나서 받아야했던 주변의 적대적인 도전을 잘 이겨나가며 마게도냐 일대에 믿는 자들의 본이 되고 있다는 말을 듣고 감사했다. 그리고 하나님은 모든 사랑을 우리에게 값없이 내려주는 것 같이 그래서 자신들도 값없이 다 주었던 것이란 것을 강조했다.

- 형제들아 우리의 수고와 애쓴 것을 너희가 기억하리니 너희 아무에게도 누를 끼치지 아니하려고 밤낮으로 일하면서 너희에게 하나님의 복음을 전파하였노라. 우리가 너희 믿는 자들을 향하여 어떻게 거룩하고 옳고 흠 없이 행한 것에 대하여 너희가 증인이요 하나님도 그러하시도다. (中略) 이러므로 우리가 하나님께 쉬지 않고 감사함은 너희가 우리에게 들은 바 하나님의 말씀을 받을 때에 사람의 말로 하지 아니하고 하나님의 말씀으로 받음이니 진실로 그러하다. 이 말씀이 또한 너희 믿는 자 속에서 역사하느니라. (살전 2:9-13)

그러면서 바울은 세상에서 교회가 해나갈 수 있는 가장 중요한 일 중의 하나는 그리스도의 사랑을 널리 펼쳐나가는 것이며 모든 신도들은 자유와 진리를 위하여 부르심을 입었으나 그 자유로 육체의 기회로 삼지 말고 오직 사랑으로써 종노릇하라며 너희가 서로 사랑하면 그로써 모든 사람들이 예수 그리스도의 제자인줄 알 것이라 강조했다.

그 다음으로 데살로니가 교인들이 초미의 관심사로 떠올리며 말들이 많았던 문제 중에 <죽은 자>의 구원문제에 대해 명쾌한 답을 해주는 게 좋겠다 생각했다. 함께 교회를 다니며 예수의 재림을 빌며 신앙을 키워나가던 형제들이 병으로, 혹은 사고로 죽었을 때 모든 사람들은 슬픔 속에서 당황하지 않을 수 없었다. 믿지 않은 자도 아니고 믿던 자가 죽으면 사후가 어찌되느냐는 의문이 생겼던 것이다. 대다수 신자들의 결론은 죽은 자는 최후의 심판을 받지 아니하며 따라서 구원을 받을 수 없다는 것이었다.

- 우리가 예수님의 죽었다가 다시 사심을 믿는다면 예수로 말미암아 그 안에서 자는 자들도 하나님께서 모두 함께 데리고 오신다. 우리가 주의 말씀으로 너희에게 그같이 말하노니 주 강림하실 때까지 우리 살아있는 자들이라 해도 결코 죽은 자들 보다 앞서지 못할 것이다. 주께서 호령과 천사장의 소리와 하나님의 나팔로 친히 하늘로 좇아 강림하시리니 그리스도 안에서 죽은 자들이 먼저 일어나고 그 후에 우리 살아남는 자들도 저희와 함께 구름 속으로 끌어 올려 공중에서 주를 영접하게 하시리니 그리하여 우리가 항상 주와 함께 있으리라. (살전 4: 15-17)

바울은 죽은 자의 부활과 구원에 관하여 그렇게 결론을 지어주었다. 바울은 하나님이 장차 하실 일들에 관하여 너무 강조하면 안 되겠다는 생각을 갖게 되었다. 크리스천들은 예수의 재림(Parousia)이 아주 가까운 시일 안에 이루어진다고 믿고 있었다. 그 때문에 현실생활을 등한시하고 나태해져서 재림의 날만 기다리는 자들이 늘어났다. 그래서 바울은 모든 크리스천은 주님이 언제 오실지 모르니 누구보다 준비를 철저히 하고 오실 때와 시기에 관하여 너무 계산하지 말고 신도 상호간에 권면하고 덕을 세우는 게 신도들의 할 일이라고 독려했다.

그러면서 바울은 마지막으로 크리스천 신앙의 비결은 살아계신 주님이 그를 따르는 삶 속에서 성령으로 활동하는 살아있는 역사임을 재삼 강조하고 교회생활과 일상생활에서 지켜야할 덕목들을 드러내주었다. 교회에서는 언제나 교회를 위해 수고하는 주의 종들을 존경해야하며 서로 화평하고 그리스도에 대한 믿음을 나누라 했다. 그런 다음 일상 생활할 때는 항상 기뻐하고 쉬지 말고 기도해야 하며 범사에 감사하고 성령이 꺼지지 않도록 해야 하며 언제나 악은 선으로 갚는다는 생각을 가져야 한다고 기록하게 했다.

바울은 편지를 다 쓴 후에 서명을 하고 디모데를 불렀다.

"예, 아버님."

"이 편지를 가지고 데살로니가 교회로 가 내가 정말로 감사해하고 있더라고 전해주어라. 그리고 신도들에게 편지에도 썼지만 데살로니가 교회가 궁금하고 신도들을 보고 싶어 가봐야겠다는 생각에 두 번이나 가려고 했지만 그 때마다 사탄이 가로막아 가지 못했다. 한 번은 고린도 교회의 할례자들이 문제를 일으켜 가려다 못 갔고 또 한 번은 그들이 갈리오 법정에 날 세우는 바람에 못 가게 된 거야."

"간절하게 보고 싶어 했다는 뜻을 꼭 전하겠습니다."

"그리고 야손 장로에게 전해라. 이 편지는 데살로니가 교인들만 읽게 하지 말고 여러 부를 필사하여 빌립보 교회, 베뢰아 교회 등등 마게도냐 전 지역 크리스천들이면 누구나 읽고 들을 수 있게 해야 한다."

"잘 알고 있습니다. 그렇게 하도록 하겠습니다."

디모데는 편지를 휴대하고 겐그레아 항구로 나가서 데살로니가로 떠나는 화물선을 탔다. 그로부터 한 달이 채 안되어 아굴라 공장으로 누군가 바울을 찾아 왔다는 전갈을 받았다. 해진 천막을 깁고 있던 바울이 일어나며 물었다.

"누구라던가?"

"베뢰아에서 온 분이라는데요?"

"베뢰아?"

바울은 깜짝 반가와하며 밖으로 나갔다. 청년 하나가 서 있었다.

"아니 너는 소시바더 아니냐?"

그 청년은 다름 아닌 베뢰아 가정교회를 맡고 있는 부로 장로의 아들 소시바더였다.

"네가 웬일이냐? 교회는 어려움이 많겠지?"

"잘 헤쳐가고 있습니다. 가르쳐주신 복음대로 살아가는 교인들이 바르게 산다는 소문이 각처에 퍼져나가서 칭찬을 받고 있습니다. 물론 칭찬받는 만큼 대적하는 무리들이 온갖 방법으로 우릴 괴롭히지만요."

"핍박과 박해 위에서 세워진 교회다. 너는 알고 있잖니? 그 고난을 이겨야 돼. 아버님은 건강하시지?"

"예, 그런데 제가 온 것은 데살로니가에 오신 디모데 선교사님께서 바울 사도님을 만나 뵙고 오라는 말씀 듣고 심부름으로 온 것입니다."

"심부름?"

"여기 간단한 편지가 있습니다."

소시바터는 디모데의 편지를 전해주었다. 디모데의 편지를 읽고 난 바울은 크게 낙망하는 빛이 역력했다. 실라가 걱정스러운지 왜 그러느냐고 물었다. 그러자 바울은 아무 말 없이 그 편지를 넘겨주었다. 편지를 읽고 난 실라도 깜짝 놀랐다

"이럴 수가 있나요? 데살로니가 교회는 하나님이 기뻐하실 만큼 모범적인 공동체가 되었다고 선생님도 감사의 편지를 보내시지 않았습니까?"

바울은 생각에 잠긴 채 말이 없었다. 데살로니가에 가보니 신도들이 이상하게 변질되었더라는 것이 디모데의 전언이었다. 가장 큰 문제점은 위서(僞書)문제였다. 바울이 쓰고 보낸 것 같은 가짜 편지가 돌아다닌다는 것이었다. 디모데는 자기 편지에 이렇게 적고 있었다.

"외부에서 가짜 선교사들과 할례자들이 결탁하여 교묘하게 마치 바울 사도가 직접 써 보낸 것처럼 가짜 서신을 만들어 들여보내고 광신자들을 부추겨 교회 내부에 혼란을 만든 것이었습니다. 사도님께서 가르치신 예수 재림을 확대 해석하고 마치 그 재림사건은 며칠 혹은 몇 달 내에 일어나는 것처럼 믿게 만든 것입니다. 그 결과 부활구원은 이미 일어났고 신도들은 모두 가까운 시일 내에 예수께서 재림하면 함께 천국으로 들리워

올라갈 테니 정상적인 생활은 필요 없다. 부어라, 마셔라. 갈 때까지 즐기며 살자. 그런 주의가 판을 치게 되었습니다."

바울은 분노의 감정을 기도로 다스렸다. 디모데의 전언에 의하면 대적하는 가짜 선교사 세력들이 교회를 파괴하기 위해 바울이 첫 서신에서 언급한 예수의 파루시아, 재림사상을 역이용하여 세례 받은 자는 다 구원을 받았고 신도들을 천국에 데려가기 위해 예수는 가장 가까운 시일 안에 재림하여 신도들은 부활 구원을 받게 된다. 그러므로 재산도 돈도 명예도 다 소용없다. 가지고 갈 수 없기 때문이다. 있는 대로 쓰고 놀아야 한다. 그런 풍조가 만연하여 멀쩡한 신도들도 일터를 버리고 심지어는 집도 버리고 재산을 탕진하여 노숙자가 된 채 빌어먹고 예수재림을 소일삼아 기다리고 있다는 것이었다.

바울은 마침내 데살로니가 신도들을 참된 믿음의 자녀로 돌려놓기 위해 혈서를 쓰는 마음으로 두 번째 편지를 쓰게 되었다. 이른바 훗날 <데살로니가 후서>로 불린 편지였다. 전서가 부모가 자식들에게 보내는 자상하고 다정다감한 편지라면 후서는 엄격하고 냉정한 편지였다. 우선 그는 예수의 재림과 구원의 문제를 확실하게 정리해주고 더 이상 동요하지 못하도록 만들 필요가 있었다.

– 형제들아 우리가 너희에게 구하는 것은 우리 주 예수 그리스도의 강림하심과 우리가 그 앞에 모임에 관하여 혹 영으로나 혹 말로나 혹 우리에게서 받았다 하는 (위조된) 편지를 보고 주의 날이 이르렀다고 쉬 동심하거나 두려워해서는 안 될 것이다. 누가 뭐라 하든 속아 넘어가지 말라. 먼저 배도(背道)하는 일이 있고 저 불법자인 멸망의 아들이 나타나기 전에는 (재림이) 이루어지지 않을 것이다.

예수의 재림은 종말에 오며 종말은 그리스도교를 배신하는 배도자와 거짓말의 아비인 불법의 사람들이 나타나 악의 세상이 판을 치게 되는 때를 말한다. 예수는 바로 악의 지배 세력인 그 적(敵)그리스도들을 멸하신 뒤에 나타나시는 것이다. 언제 오실까. 밤중에 오는 도적처럼 오실 것이다. 예고 없이, 소리 없이, 깨어있지 못하고 예수의 진리말씀을 붙들지 못하고 그저 기다리기만 한다면 얼마나 어리석은가. 진리를 사랑한다는 것은 복음을 믿는다는 것이다. 복음의 진리를 믿게 하는 하나님의 사랑과 참뜻을 깨닫고 행하지 못하면 사탄의 다스림에서 벗어나지 못하여 훗날 징계를 면할 수 없게 된다. 그러면서 바울은 자기에게서 받은 복음과 전통을 지키지 않고 일상을 버리고 재림을 소일 삼아 기다리며 무질서하게 사는 신도들을 멀리하라고 훈계했다. 그런 신도들은 개인이 징계하는 게 아니라 교회가 나서서 징계해야 한다는 뜻을 밝히고 원수처럼 나무라지 말고 형제처럼 사랑으로 타이르라고 권고했다. 그러면서 마지막으로 또 가짜 편지가 횡행할지 모르니 자기 친필로 문안하고 표적을 삼으며 편지마다 말미에는 언제나 똑같은 문구로 마침표를 찍겠다 했다.

- 우리 주 예수 그리스도의 은혜가 너희 무리에게 있을 찌어다.

편지를 다 쓰고난 바울은 기다리고 있던 소시바더를 불렀다.
"즉시 데살로니가로 가서 디모데에게 전하도록 해라. 기쁜 소식을 기다리겠다 하더라고 말해주고."
"알겠습니다. 그럼 가보겠습니다."
소시바더가 떠났다.
"디모데가 잘 진정시킬 수 있을까?"
근심스럽게 말하자 실라가 안심을 시켰다.

"디모데 선교사는 그곳 사람들이 좋아하고 믿고 따르고 있으니 아마 잘 해낼 수 있을 것입니다. 너무 염려하지 마십시오."

일단 디모데에게 맡기고 바울은 다시 고린도시 여러 곳에 세운 개척교회를 돌면서 신도들을 양육하는데 힘을 기울였다. 언제 대적하는 무리들이 나타나서 교회 안에 들어와 뿌리부터 또 흔들어 놓을지 모르기 때문이었다. 바울은 실라에게 당부했다.

"지금 고린도와 겐그레아 그리고 레기온 등에는 다섯 군데 가정교회가 세워져 있네. 걱정은 데살로니가 교회처럼 외부에서 어떤 핍박자들이 숨어들어 문제를 일으킬지 알 수 없다는 것이야. 뿌리가 깊고 넓게 퍼져 나가 있으면 근심하지 않아도 되겠지만 신설된, 약한 교회 아닌가? 그래서 말인데 내 생각에 다섯 군데를 맡고 있는 지도자와 장로들을 불러 모으고 실루아노 그대가 10주간쯤 기일을 작정하고 집중 교육을 하여 연단 육성을 해주면 좋겠는데?"

"마침 저도 그 생각을 하고 있었습니다. 당장 실행해 보지요."

실라는 곧 소스데네의 교회로 지도자들과 장로들을 불러 모아 바울의 뜻을 전했다. 바울과 실라 두 사람이 번갈아 교육을 맡아 그들을 강하게 다져나갔다. 작정한 10주가 끝날 때는 아주 확연하게 달라져 있어 바울을 기쁘게 했다.

"이번 마게도냐 전도여행은 성공했으니 이쯤해서 선생님 계획대로 마감하시고 수리아 안디옥으로 돌아가시지요?"

실라의 권유였다. 소아시아 전도여행이 1차였다면 마게도냐 전도 여행길은 2차인 셈이었다. 전도가 성공적이었다는 평가가 내려지면 이제는 출발지 모교회인 수리아 안디옥 교회로 돌아가서 다른 전도여행길을 기도해야 된다는 생각이었다.

"데살로니가에서 디모데가 와야 그곳 사정이 어찌됐는지 알 수 있을 텐데?"

바울은 디모데 소식을 초조하게 기다리고 있었다. 디모데가 다시 돌아온 것은 그로부터 며칠 후였다.

"어찌되었느냐?"

"잘 되었습니다. 기뻐하십시오. 교회와 신도들이 안정을 찾았고 그동안의 잘못이 무엇인지 깨닫게 되어 신자로써 수치스럽다며 후회하기 시작했고 다시 초심으로 돌아가 건실한 공동체로 거듭나고 있습니다. 염려하지 않으셔도 될 것 같습니다."

"정말 수고했다. 하나님의 은총이다. 기도하자."

바울은 디모데의 손을 잡고 오랫동안 감사 기도를 드렸다.

마침내 바울은 마게도냐 전도사역을 마치고 수리아 안디옥으로 돌아가기로 일정을 정했다. 소스데네 교회에서 송별 예배를 보게 되었다. 전신도 300여 명이 모여서 떠나는 바울 일행과 석별의 정을 나누었다. 바울 일행은 정들었던 고린도시를 뒤로하고 외항인 겐그레아로 향했다. 수리아 안디옥으로 가는 배는 직항이 없고 유대의 욥바항이나 가이사랴항으로 가는 화물선을 타야만 했다. 바울 일행은 겐그레아에 도착해서 뵈뵈 집사의 집에 머무르게 되었다. 뵈뵈의 집에도 작은 가정교회가 세워져 있었다.

"한달쯤 기다리셔야 배편이 있을 것 같은데요?"

배편을 알아보고 난 뵈뵈의 말이었다.

"그 안에 떠나는 건 없구요?"

"에베소로 가는 배는 있어요. 그것도 열흘 뒤에요."

"에베소에 가면 가이사랴 쪽으로 가는 배는 많을 거 같은데요?"

실라의 예상이었다.

"음, 나도 에베소는 가보고 싶던 곳이야. 잘 됐네. 에베소행을 타기로 하지."

바울은 그렇게 하기로 결정을 내렸다. 그런 다음 실라를 불렀다.

"말씀하시지요."

"삭도(削刀)를 구해주시게."

"삭도라면? 머리를 미시게요?"

실라가 흠칫하며 되물었다.

"음, 고린도를 떠나기 전에 이곳 겐그레아에서 하나님 앞에 서원(誓願)을 하고 싶네."

서원이란 하나님 앞에서 자신이 이루고 싶은 것을 간청하고 약속드리는 것을 말함이고 그 의식을 행할 때는 머리를 자르고 밀어야 하는 것이 관례였다. 실라는 서원의 내용이 무엇인지는 묻지 않고 준비를 하겠다 했다. 바울은 겐그레아 뵈뵈의 집 교회 안의 제대(祭臺) 앞에 꿇어앉아 기도한 후에 실라에게 머리를 맡겼다. 주변에는 실라 외에 디모데와 여집사 뵈뵈 등만 서 있었다. 실라가 바울의 긴 회색 머리칼을 먼저 가위로 잘라냈다. 그런 다음 날카로운 삭도를 들고 머리에 물을 묻혀가며 밀어냈다. 마지막 머리털들이 물이 가득한 대야 위에 떨어지고 있었다. 머리 밀기가 끝나자 바울은 제대 위로 올라가 무릎을 꿇었다. 뵈뵈와 실라 디모데도 함께 꿇어 엎드렸다. 바울은 큰소리로 하나님 앞에 서원을 올렸다.

"거룩하시고 은혜 충만한 하나님 아버지. 보잘것없고 미거한 저를 들어 쓰시어 두 번의 선교여행에 나서게 해주시고 가는 곳마다 복음의 기쁜 소식을 전하게 하시어 많은 믿음의 열매를 맺게 해주셨으니 얼마나 감사하고 영광스러운지 모르겠나이다. 지금부터 8년 전(AD 45년) 주님의 부르심과 명에 따라 저는 제1차 전도여행을 떠났나이다. 3년 동안 동역자 바나바 선교사와 더불어 구브로 그리고 버가 비시디아 안디옥 이고니온 더베 그리고 갈라디아 등 아시아 지방들을 다니며 복음을 전하고 교회를 개척했습니다. 그 교회가 열한 군데에 이르렀습니다. 그 후 다시 제2차 전도여행길에 올라(AD 50년-53년) 3년 동안 아시아 지역과 드로아 거기서 바다를 건너 마게도냐 지방으로 와서 빌립보, 데살로니가, 베뢰아, 아덴, 고린도에 이르기까지 열 군데 가정교회를 세웠나이다. 사탄의 방해와 핍박이 끊임없이 위협하고 있습니다. 하지만 주님이 세운 그 교회는 흔들리지 않고 언제나 신도나 교회가 승리자가 될 수 있도록 잡아주시옵소서. 저의 제일 큰 소원입니다. 둘째 소원은 예루살렘 기근 구제헌금이 만족할 만큼 충분히 모아질 수 있게 도와줍시사 하는 것입니다. 지금도 성금을 내주는 고마운 손길이 많사오나 아직은 부족합니다. 세 번째는 저희들의 건강입니다. 저희들 중 건강이 안 좋아 쓰러진 형제는 아직 없사오나 건강한 육신 아니면 강행군을 이겨낼 수 없습니다. 건강을 항상 지켜주옵소서."

서원을 마친 바울은 열흘 뒤에 일행들과 함께 떠날 채비를 했다. 그때 바울 일행이 묵고 있던 여집사 뵈뵈의 집으로 브리스길라와 아굴라 부부가 바울을 찾아왔다.

"웬일로 오셨습니까?"

"에베소로 가신다기에 동행할까 해서 왔습니다."

"에베소에 지점을 여시겠다고 했었지요? 생각해 보고 천천히 열어보시겠다 한 것 같은데?"

"앞당기기로 했습니다. 사도님과 함께 가기로 했습니다. 아무래도 신앙뿐 아니라 저희들 사업에는 사도님 충고가 큰 힘이 될 것 같아서요."

"제가 무슨…, 아무튼 사업이 잘 되시어 지점까지 여시게 되었으니 축하할 일입니다."

바울은 그들과의 동행을 기꺼이 수락했다. 바울 일행이 브리스길라 내외와 함께 에베소행 배를 타고 겐그레아항을 떠난 것은 AD 53년 5월이었다. 고린도에 와서 전도사역을 한지 1년 6개월만이었다.

바울 일행이 탄 배는 지중해를 건너 아나톨리아의 해안인 가이스터 (Gayster)만으로 들어가 에베소의 항구인 코레서스(Cores)항으로 들어갔다. 크고 작은 배들 수십 척이 닻을 내리고 부두 앞에 떠있었다. 어디선가 악대들이 흥겨운 음악을 연주하고 있는지 바람결에 실려 오고 있었다.

"에베소 항구도 고린도에 못지않군요?"

디모데가 놀라서 주위를 들러보며 입을 열었다.

"당연합니다. 해운의 중심지가 에베소입니다. 지중해의 3대 무역항이라 하지요. 알렉산드리아. 그리고 수리아 안디옥과 에베소입니다. 북으로는 보스포러스해를 지나 이스탄불과 흑해로 통하고 동으로는 구브로와 수리아 그리고 유대, 남으로는 이집트 그리고 리비아 등 아프리카와 동으로는 로마를 거쳐 지구 끝이라는 스페인의 다시스까지. 지중해를 다니는 모든 상선들이나 화물선들은 에베소를 거치지 않고는 갈 수 없다 해도 과언이 아니지요. 좋은 비단과 귀한 보석을 가지고 싶다면 에베소로 가라는 속담이 있을 정도로 각처의 여자들이 선망하는 사치 소비도시요 유흥도시며 따라서 부자도 많은 곳입니다. 에베소는 아나톨리아(터키 중서부 지방)의 수도이며 로마제국의 직할시로 로마 원로원의 소속이고 주민 의회와 재판도 배심원 제도가 되어 있어 자치를 인정받고 있는 도시이기도 합니다. 인구는 20만 정도?"

동행하고 있던 아굴라 사장이 설명해주었다.

"도시가 아름답고 굉장히 크네요."

"시 북동쪽에 있는 산이 피온산인데 도시는 그 산들을 배경으로 펼쳐진 겁니다. 그래서 도시 전체가 한눈에 들어오지 않습니까?"

"저 북동 쪽 먼 언덕 위에 있는 거대한 건물은 뭐지요? 신전 같은데요?"

디모데가 손을 들어 가리켰다.

"맞습니다. 신전이지요. 에베소가 유명한 것은 해운 무역 중심지로써 뿐만 아니라 종교 중심지로도 유명하다는 것입니다. 지금 보이는 저 거대한 아테미 신전은 온 세계에서 그 규모가 가장 크고 장엄하기로 이름나 있습니다. 세계 7대 불가사의 건축물에 들어간답니다. 아테네의 아크로폴리스 파르테논 신전의 두 배가 넘는 크기니까요."

선착장 안으로 들어가는 배의 갑판 위에 서있던 일행은 머리를 흔들었다. 그렇게 큰 신전이 있는 줄은 몰랐던 것이다. 아테미는 희랍 신화에서 제우스신과 레토 사이에 태어난 딸 아르테미스 여신을 말하며 이른바 태양신인 아폴로와는 남매지간이다. 아르테미스는 아버지에게 자신은 평생 처녀로 살게해 달라 하여 살아가게 되었으며 순결한 여인의 상징으로 미의 여신이 되었다. 아르테미스는 비너스이기도 하다. 하지만 소아시아에 와서는 생식과 다산, 풍년의 상징인 지모신(地母神)이 되어 섬김을 받고 있었다.

일행은 배에서 내려 선착장을 빠져나왔다.

"오늘이 무슨 날인 모양인데요? 축제인가 봐요."

일행은 놀라서 발걸음을 멈추었다. 오색찬란한 깃발이 길거리에 나부끼고 수만 명의 시민들이 광장에 모여 뭔가를 기다리고 있었다. 악대는 바로 이곳 항구의 문(Harbor gate) 돌단 위에서 연주를 하며 분위기를 한껏 고조시키고 있었다.

"주인님!"

누군가 아굴라를 부르며 인파를 헤치고 달려왔다.

"오, 카브르. 잘 있었나?"

"예, 늦게 기별 받는 바람에 마중이 늦었습니다. 사모님도 무사히 잘 오셨군요."

카브르는 아굴라의 부인인 브리스길라에게도 인사했다.

"카브르, 바울사도님께 인사 올리게."

"말씀 많이 들었습니다. 그리고 오시길 기다리고 있었습니다. 일행 여러분도 환영합니다. 우선 저희 집에 모시기로 하겠습니다."

아굴라 부부는 이미 이곳 에베소에 지점을 개설하기 위해 여러 번 방문했고 카브르라고 하는 직원도 미리 건너오게 하여 준비를 시킨 모양이었다.

"오늘은 무슨 축제일인가?"

아굴라가 카브르에게 물었다.

"아테미 여신 축제일이랍니다. 지금 계신 곳은 에베소 시청광장이구요. 축제행렬은 여기서 절정을 이룹니다. 그걸 함께 축하하려고 수만 명 시민들이 몰려나와 기다리고 있는 것입니다."

"행렬은 지금 어디서부터 오지?"

"성의 서쪽에 있는 피온산(파나지르) 산 밑에서부터 내려오고 있는 중입니다. 그쪽에 아테미 신전이 있기 때문이지요. 20미터 높이의 아테미 여신상을 세워 황금 꽃가마에 태우고 전후좌우에 60명의 흰옷 입은 선남(善男) 미소년 사제들이 꽃가마를 맨 채 걸어오고 그 좌우에는 양쪽으로 자주색 옷을 입은 24명의 여사제(女司祭)들이 꽃가루를 뿌리고 여신을 찬양하며 오고 있습니다. 그 행렬을 보려고 대리석을 깐 쿠레테스 대로 양편에 시민들이 수만 명 몰려나와 환영하고 있습니다. 그 행렬은 이곳 시청 광장으로 들어와 시장의 인사와 축하를 받으며 축배와 함께 절정을 이룹니다."

"사도님, 벼르고 별러 온 날이 우상의 축제날이라니 죄송하게 됐습니다."

아굴라가 미안하다는 표정을 지었다.

"배편 스케줄이 그래서 그런 건데 미안해 할 건 또 뭐 있소? 우리가 오는 줄 알고 환영연을 베푼다고 생각하고 구경이나 하고 가십시다."

바울이 웃으며 말했다.

"축제 행렬 선두가 광장으로 들어오고 있네요."

디모데가 외쳤다. 함성소리와 환호성 소리가 진동했다. 수만 명의 시민들이 꽃다발을 흔들며 아테미 여신을 맞이했다. 악대의 연주소리가 더욱 커지고 아테미 여신 축제 일행이 광장 안으로 들어와 길게 한 바퀴를 돌았다. 그런 다음 항구 쪽으로 멈춰 섰다. 시청 청사에서 에베소 시장이 걸어 나왔다. 그는 아테미 여신 발 앞에 꽃다발을 바치고 절을 두 번 했다. 시민들이 다시 한 번 환호했다. 시장은 로마 총독부에서 임명한 것이 아니라 에베소 시민들이 뽑은 자신들의 대표이기에 더 큰 환영을 받았다.

시장이 물러나자 50여 명의 건장한 남자 사제들이 뭔가를 앞세우고 여신상 앞으로 다가오고 있었다. 앞서 오는 세 명의 사제들은 화환 같은 것을 함께 들고 있었다. 여신상 앞에 선 그들은 무릎을 꿇은 채 일제히 두 팔을 쳐들고 여신상을 우러러보며 외쳤다.

"아테미 여신이시어, 영원하소서! 영원하소서!"

군중들이 그 외침에 화답하듯 아테미 여신이여 영원하소서를 연창하며 환성을 질렀다. 남자 사제 열 명이 자리에서 일어나 원형으로 스크럼을 짜고 앉았다. 그러자 그중 청년 하나가 들고 왔던 화환을 가지고 그 스크럼 위에 올라섰다. 앉은 자리에서 스크럼이 일어났다. 청년은 화환을 높이 들어 여신상의 목에 걸었다. 그러자 광장을 가득 메운 채 그걸 바라보고 있던 군중들이 일제히 아테미를 연호하며 발을 굴렀다.

"아테미! 아테미! 아테미!"

그 의식이 끝나기를 기다렸다는 듯이 5백여 명의 무용수들이 춤을 추며 광장을 돌았다.

"여신상 목에 걸린 건 화환이 아닌 것 같은데 뭐지요?"

디모데가 카브르에게 물었다.

"24개의 황소 고환(睪丸)입니다. 다시 말하면 황소 불알이란 말입니다."

"뭐라구요? 그럼 저 여신상 가슴에 주렁주렁 매달린 것이 유방이 아니고 황소 고환이란 말입니까?"

"그렇습니다."

에베소의 아테미 여신상에는 24개의 유방 같은 것이 주렁주렁 매달려 있고 좌우 팔에는 사자상이 있고 아랫배와 다리까지는 황소와 사자의 모습이 21개나 조각되어 있었다.

"유방이 아니고 왜 황소 고환을 매달아 놓은 거지요?"

"아테미 여신은 생식과 다산의 신이며 풍년의 신이기도 하고 모든 동물들을 키워주는 신으로 추앙하고 있는 것입니다. 그래서 축제의 절정을 남자 사제들이 24개 황소고환으로 만든 화환을 여신상 목에 걸어 줌으로 끝나게 한 겁니다. 행렬은 이제 아테미 신전을 향하여 되돌아가게 됩니다."

이윽고 시장의 경의를 받고난 축제행렬은 방향을 바꾸어 쿠레테스 대로를 따라 첼수스 도서관 쪽으로 올라가기 시작했다. 에베소는 동북쪽에 있는 피온산 산자락에서부터 서쪽 지중해 항구 쪽으로 발전한 도시였다. 그래서인지 그 한복판인 중앙을 가르며 동쪽에서 항구까지 이르는 쿠레테스 대로가 시의 중심거리였다. 쿠레테스 대로는 폭이 11미터에 이르고 마차 5대가 어깨를 나란히 하고 동시에 지나갈 수 있을 만큼 넓었고 모두 대리석으로 포장한 사치스런 도로였다. 이 대로 양쪽에 중요한 건물들이 들어서 있었다.

대로의 북동쪽에는 로마식 시장인 아고라가 있고 대로의 남쪽 끝에는 헬라의 전통시장(Hellenistic agora)이 있었다. 피온산 쪽에는 육로로 침공하는 외적을 방어하기 위해 만든 성벽과 아이솔루크(Ayasoluk) 요새가 있었고 그 중간지점에 거대한 아테미 신전이 있었다. 축제행렬은 신전을 출발

해서 코레스 성문으로 들어와 그 밑에 있는 대운동장(stadium)에서 위용을 갖춘 후 고레스산 중턱에 자리 잡은 원형대극장을 지나 로마 시장거리를 행진하여 도미니아누스신전, 하드리아누스 신전 실내극장(odeion), 스콜라스티카 공중 목욕탕, 수세식 공중화장실, 그리고 첼수스 도서관을 거쳐 시청(Prytaneion)과 광장에 이른 것이었다.

특히 코레스산 중턱을 파내 만든 대원형 극장은 아테미신전과 더불어 에베소가 자랑하는 헬라 세계에서는 최고 최대의 야외극장이었다. 24,000명의 관중이 들어가 앉을 수 있고 120석의 오케스트라석과 드넓은 무대를 갖추고 있으며 극장 지하실에는 분장실, 세트제작실, 의상실 등 모든 걸 구비하고 있다. 이 극장은 오스트리아 고고학 발굴팀이 복원했는데 지금도 연주장으로 사용 중이다. 금세기 최고의 테너라는 파바로티, 소프라노 조수미 등이 연주회를 연 바 있다. 이 극장이 유명해진 것은 바울의 제3차 전도여행으로 두 번째 방문하여 활발히 전도사역을 펼치던 때 은장색 더메드리오의 선동으로 에베소 시민들이 바울과 그 일행이었던 가이오와 아리스다고를 끌고 가 난동을 피웠던 현장이기도 해서다. 에베소는 일찍이 그리스인들이 개척하여 기원전 8세기에 문명의 꽃을 피웠다. 그러다 페르시아제국에 의해 점령당하여 통치를 받다가 BC 334년. 마게도냐의 알렉산더 대왕이 페르시아군을 무찌르고 차지하게 되었다. 알렉산더가 죽자 그의 부장이던 리시마쿠스(Lysimachus)장군이 지배하게 되었다. 리시마쿠스는 자신이 점령한 레베도스나 콜로폰 등지에서 주민들을 이주시켜 성벽을 쌓고 요새를 건설하며 항구를 만들어 에베소를 발전시켰다. 그러나 리시마쿠스가 셀류쿠스군에 패하여 수리아 안디옥의 지배하에 들어갔다가 버가모왕국의 통치를 받다가 로마제국에 병합되었다.

그렇더라도 에베소인들은 자존심이 강하고 재력이 탄탄했다. 알렉산더

대왕이 태어나던 날 에베소가 자랑하던 아테미 신전이 방화로 인하여 잿더미가 된 적이 있었다. 방화자는 헤로스트라투스라는 자로 신전처럼 자신도 유명해지고 싶어 불을 질렀던 것이다. 훗날 알렉산더 대왕이 에베소를 점령하고 아테미 신전을 찾았다가 실망하여 신전 건축비를 다 내줄테니 중건하라 했다. 그러자 에베소인들은 "신이신 왕이 또 다른 신의 신전을 짓는다는 건 도에 어긋나오니 안될 일입니다. 용서하십시오." 라며 정중히 거절했다고 한다. 하지만 알고 보면 대왕의 돈이 아니더라도 다시 지을 재력은 우리도 가지고 있어 사양한다는 뜻이 들어 있었다.

BC 61년 경. 에베소는 독립을 찾기 위해 로마에 반기를 들었다가 토벌을 당하는 바람에 온 도시가 파괴되고 폐허가 되었다. 그런 에베소를 다시 재건해준 장본인은 아우구스투스 황제였다. 황제는 옥타비아누스 시절 양아버지 줄리어스 시저를 죽인 브루투스와 캐시우스가 안토니우스와 결탁하여 반역하자 군대를 일으켜 전투를 벌여 승리하고 황제의 자리에 올랐다. 그 전쟁에 에베소는 옥타비아누스 편을 들었고 그 때문에 재건의 선물을 받은 것이다. 에베소는 재건되자 로마 원로원이 직접 다스리는 시가 되고 자치를 인정받아 의회를 갖게 되었던 것이다. 그 때문에 에베소는 BC 29년 로마황제의 신전을 세우고 황제를 신으로 모시게 되었다. 이때부터 모든 주민들과 여러 종교인들은 아침저녁으로 황제의 신전에 들어 황제신을 찬양해야 했고 그런 다음에야 자기들 예배를 볼 수 있게 했다. 황제의 신 이름은 <카이사르(가이사)>였다.

에베소는 국제도시답게 다인종 도시였다. 인구 20만 가운데 유대인도 1만여 명이었고 유대교 회당인 시나고구도 수백 개가 넘었다. BC 44년 줄리어스 시저의 막역한 친구였던 로마의 에베소 총독 돌라벨라(Dolablla)는 시저를 지지하는 배후세력을 만드는데 유대인들이 힘이 될 수 있다 생각하여 그들을 동원했다. 반대급부로 유대인들은 종교특권을 얻게 되었다. 유대인은 자신의 종교를 가질 수 있으며 자유롭게 믿고 전도할 수 있다는 특권이었다. 이 특권은 아우구스투스가 황제가 된 후에도 재인정받아 종교자유를 누리게 되었다. 바울이 에베소를 온 것은 이곳도 아시아의 고린도처럼 주의 은혜가 넘치는 전도지로 만들어 볼 수 있을까 그걸 알아보기 위함이 컸다.

"계속 이곳에 남으셔서 교회 개척을 하셨으면 하는데요."

아굴라가 바울에게 권했다.

"훗날 그럴 때가 오리라 봅니다. 지금은 수리아 안디옥으로 돌아가야 합니다. 제2차 전도여행을 고린도에서 마무리 했으니 가서 선교보고를 하고 다음에 할 일을 교회와 하나님께 물어본 후 다시 활동을 해야 합니다. 배편이 될 때까지만 이곳에 머물 생각입니다."

바울은 한 달 동안 에베소에 머물렀다. 안식일에 유대인 회당을 찾아 그리스도의 새복음을 전했다.

"전혀 의외인데요? 고린도 유대인들보다 이곳 에베소 유대인들이 훨씬 점잖고 그리스도 복음에 대한 관심도 많아 보입니다. 앞으로의 선교사역에 좋은 징조 아닐까요?"

고무적이라는 듯 실라가 바울에게 말했다. 고린도가 서양지역의 복음화 중심지가 되었다면 에베소는 이제 동양권의 복음 전도 중심지가 될수 있고 그렇게 됐으면 좋겠다는 뜻을 말하고 있었다.

"배타적이지 않은 것만은 다행한 일일세. 처음이라서 아직 모르겠어. 주님이 하시는 일이니까 더 지켜 보자구."

한 달 동안 바울은 실라와 함께 복음을 전하고 안디옥으로 떠날 채비를 했다. 여러 명의 개종자가 나왔다. 그들은 바울이 떠나는 것을 아쉬워했다.

"주님이 부르시면 언젠가는 다시 올 것입니다."

"기다리겠습니다. 속히 와 주십시오."

그러자 아굴라가 선편을 마련했다고 전해왔다.

"수리아 안디옥으로 직접 가는 배는 없고 가이사랴로 가셨다가 그곳에서 안디옥행 배를 타시면 되겠습니다."

"고맙습니다."

마침내 바울 일행은 그들의 숙소가 있던 첼수스 도서관 뒤쪽에서 나와 쿠레테스 대로를 따라 코레서스 항구로 나갔다. 대형 상선이 바다에서 기다리고 있었다. 바울 일행은 상선에 올랐다. 이윽고 배는 거울처럼 잔잔한 포구를 빠져나가 넓은 바다 지중해로 나갔다. 화려한 에베소 시가지가 아름답게 뒤로 물러가고 있었다.

"사도님, 말씀은 안하고 계셨지만 사도님은 이 에베소에 관심이 많으신 것 같았습니다. 미련도 많은 것 같구요. 그 이유를 물어봐도 되겠습니까?"

뱃전에 기대서서 실라가 바울에게 물었다.

"그래 보였나? 역시 자넨 날 제일 잘 아는 사람이야. 실은 헬라지역의 선교 중심지를 고린도로 삼았다면 이 에베소는 전 아시아 지역 선교의 중심지로 삼고 싶네. 여기서 아시아 전도사역의 승부를 걸어야 한다는 생각이야. 그런 다음에는 로마로 가는 거야. 동양과 서양을 아우르고 로마로 진출하여 세계적인 그리스도교로 포교하는 것일세."

그러자 실라가 감동한 듯 바울의 손을 잡았다.

"훌륭하십니다. 전 평소 사도님에 대한 풀리지 않는 수수께끼가 하나 있었습니다."

"그게 뭐지?"

"다메섹에서 회심하신 후 다메섹에서 간증을 하다가 할례자들에게 쫓겨 예루살렘으로 피신하셨다고 하셨지요. 그런데 거기서 사도님은 아라비아라 부르던 나바테아 왕국의 땅 페트라로 잠적하여 3년 동안 계셨습니다. 왜 아라비아로 가셨지요? 사탄에게 이끌려 유대광야로 나가신 예수가 40일 동안 사탄에게 시험을 받았는데 유사한 경우였나요?"

"난 예수가 아닐세."

"그럼 왜 그 먼 아라비아 사막으로 가셨나요? 가셔서 뭘 했지요? 명상을? 고행을?"

"명상이나 고행은 철학자들이나 하는 게 아닐까? 빈 술통 속에 들어가 통벽수도(筒壁修道)한 디오게네스처럼 말야?"

"수도라기보다는 주님을 만나고 그동안의 인격과 신앙 가치관 등이 정반대로 뒤바뀌었으니 가치관의 혼란 때문에 그걸 정리하고 새로운 예수 복음의 케리그마를 정립하기 위해 아라비아로 잠적하신 걸로 이해를 하고 있었습니다만 그게 아니시라는 말씀 같네요?"

그러자 바울은 지그시 두 눈을 감고 사색에 잠겼다가 단호한 어투로 말했다.

"그럴 필요가 없었네. 정오의 태양보다 더 빛나고 환한 빛 가운데 나타나신 주님을 만나는 순간 난 애벌레였던 성충이 한순간에 허물을 벗고 나비가 되어 창공을 날아오르는 것 같은 환희를 맛보면서 일순간에 모든 걸 깨우쳤네. 그래! 바로 그거다! 실루아노! 내가 받은 복음은 내가 연구해서 얻은 것도 아니고 어떤 사람에게서 받은 것도 아니고 누구한테 배운 것도 아니었네. 사람의 뜻을 따라 전해진 게 아니라 오직 다메섹 그곳에서 예수님으로부터 받은 계시였네. 나를 택정하시고 은혜로 부르셨기 때문에 난 그 사실을 누구한테도 알리지 않았고 그래서 예수를 따라다닌 제자들을 만나기 위해 예루살렘에도 가지 않았네. 갈 필요가 없었으니까. 회심직후 즉시 다메섹에서 간증 전도에 나섰지. 목숨이 위태로워 예루살렘 집으로 피신하였네. 주님께 물었지. 예루살렘에서 회심 전도에 나설까요, 하고 말이야. 위험하니 이방인들이 있는 곳으로 떠나라 하셨네. 난 이방인들의 전도를 위해 택정하셨다는 거였어. 난 그 순간 다시 한 번 깨달았네. 예수께서 부활승천 하시기전 유언하신 말씀 중에 가라! 너희는 이스라엘과 온 유대땅과 사마리아 땅 끝까지 가서 내 증인이 되라 하셨네. 사마리아는 부정한 곳이고 악이 넘치는 곳이라며 유대인들은 누구나 그 땅을 밟기조차 싫어하는데 주님은 사마리아까지도 전도를 해야 한다 하시고 있었네. 사마리아의 참뜻을 안 거지. 그건 이방이란 뜻이고 이방인들까지도 전도를 하라신 말씀이었네. 더 망설일 필요 없었지. 그래서 난 이방인 아라비아 페트라로 간 것일세."

"이제야 알겠습니다. 선생님이 나중에 왜 나바테아 왕국이 위험한 인물로 수배령을 내리고 잡으려 했는지. 아라비아에 가서 전도사역을 너무 열심히 하다가 그리되었군요."

"그랬지."

바울은 갑자기 침통한 얼굴이 되더니 먼 수평선을 한동안 응시했다. 그는 말없이 눈물을 닦아내고 있었다. 왜 그러느냐고 실라가 묻자 바울은 긴 한숨을 내쉬며 말을 이었다.

"난 산헤드린 검찰관이 되어 스데반 집사 사형을 주도하고 그가 돌에 맞아 죽을 때도 돌 던지는 자들의 옷을 지키며 형 집행의 증인이 되었네. 지금도 그의 최후 모습이 선연하게 떠오르는군. 돌에 맞아 피 흘리며 쓰러져 하늘을 우러러 감격에 떨며 외쳤어. 보라! 하늘이 열렸다. 예수께서 하나님 우편에 서 계신다! 오오, 주 예수여. 내 영혼을 받으시옵소서. 주여,이 죄를 저들에게 돌리지 마옵소서. 그런 다음 운명했네. 그를 죽게 만든 내가 다메섹 언덕길에서 그와 똑같은 말을 외치게 될 줄 뉘 알았겠는가? 보라! 하늘이 열린다. 예수께서 하나님 우편에 서계신다. 오오, 내 주여, 내 영혼을 받으시옵소서! 그날부터 내 영혼과 스데반의 영혼은 하나가 되었네."

"선생님은 그 때부터 예수의 십자가와 스데반의 십자가 두 개를 지고 형극(荊棘)의 길을 가고 계시는군요."

"형극의 길이지만 영광의 길이기도 하지."

바울은 이슬 맺힌 눈을 들어 푸른 지중해의 창공을 바라보고 힘을 주며 두 주먹을 쥐었다. 이윽고 제2차 전도여행을 마친 바울일행은 가이사랴에 상륙해서 수리아 안디옥으로 귀환하게 되었다. AD 52년 가을이었다.

14
제3차 전도여행

3년 만에 보는 안디옥 교회는 더욱 성장하여 탄탄하게 뿌리를 내리고 있었다. 바울 일행은 곧 전교인이 모인 안식일 대예배에 참석하고 그동안 다녀온 터키의 밤빌리아, 비두니아, 비시디아, 갈라디아, 부르기아, 골로새 등 아시아 지역과 그리고 서양으로 건너가 북부지역인 마게도냐 그리고 그리스 남부인 아가야 지역에 대한 선교활동 보고를 자세하게 전했다.

"한 번도 마음 편하게 쉬신 적이 없겠습니다. 이제 돌아오셨으니 집에 오셨다 생각하시고 푸욱 쉬십시오."

안디옥 교회의 직분자들이 바울과 실라 그리고 일행들을 위로했다. 바울은 일행들을 데리고 루포의 집으로 향했다.

"실루아노, 미안하네."

"무슨 말씀이세요?"

"오랜만에 돌아왔으니 예루살렘 집으로 가서 휴식을 취해야 하는데…."

"그건 선생님도 마찬가지지요. 선생님도 쉬러 가시려면 길리기아 다소에 있는 고향집으로 가셔야하지 않습니까? 하지만 그럴 시간이 어딨습니까? 한 달 후엔 다시 떠나기로 하지 않았습니까?"

"그렇긴 하네만."

실라의 말에 바울은 빙그레 웃었다. 바울은 제2차 전도여행을 마치고 왔지만 곧이어 제3차 전도여행을 계획하고 있었다. 여러 곳에 세운 가정 교회에서 예루살렘 기근구제 헌금을 모아주었지만 그걸 모두 가져오지 않은 것은 자신이 일일이 개척한 신생교회들을 다시 방문할 때 모아 오기로 했기 때문이었다. 제3차 여행은 세 가지 뜻이 있었다. 헌금 취합(聚合)과 세워두고 온 각처의 신생 교회 돌아보고 돌보기, 그리고 미지의 땅에 대한 복음전도 사역 등이었다.

"자아, 나와 함께 갈 데가 있네. 모두 가세. 다소에만 내 어머님이 계신 건 아닐세. 날 기다리는 또 한 분 어머님이 이곳에도 계시네. 뵈러가야지."

"어느 분인지 알겠습니다. 가시지요."

바울은 일행과 오른데스 강을 따라 시내 북쪽 높은 언덕 위에 있는 루포의 집을 향했다. 울창한 감람나무 숲길을 지나자 아담하고 하얀 이층집이 나타났다. 이들이 숲길을 걸어오고 있는 것을 멀리서 본 듯 집주인 루포가 뛰듯이 다가오며 바울을 포옹했다.

"사도님, 어서 오십시오. 기다리고 있었습니다."

"오랜만이지? 어머님은?"

"오신다고 해서 마당에 나와 기다리셨는데 잠깐 집안으로 들어가신 것 같아요."

루포는 현관 쪽에 대고 바울이 왔다고 큰소리로 알렸다. 그러자 아주 주름살 가득한 까무잡잡한 얼굴에 은색머리를 한 조그마한 노파 하나가 현관 밖으로 나왔다.

"바울! 왔구나."

"어머니. 안녕하셨어요?"

바울은 노파를 따뜻하게 감싸 안았다.

"그럼, 보고 싶었다. 자, 안으로 들어가자."

루포의 어머니였지만 바울이 양어머니로 모시고 있었다. 루포의 아버지는 빌라도의 법정에서 사형선고를 받은 예수가 십자가를 지고 골고다로 걸어갈 때, 그 무게와 고통을 이기지 못하고 자꾸 쓰러지자 예수대신 피 묻은 십자가를 메고 간, 구레네 시몬이었다.

"아버님은 어디 가셨지요?"

"이스켄데룬에 가셨는데 오실 때가 됐다. 자, 시장할 텐데 식사하자."

그날 밤 루포의 집에서는 바울 일행에 대한 환영연이 조촐하게 열렸다. 아흔 살이 넘었지만 아직도 정정한 아버지 시몬은 때맞춰서 돌아왔다.

"아직도 그 연세에 행상을 다니세요? 그만 손 놓으시구 집에 계시지 않구서."

바울이 걱정하자 시몬은 팔을 휘두르며 껄껄 웃었다.

"가만 있자. 봐하니 여기서는 실루아노 선교사가 팔 힘이 괜찮아 보이는데? 음, 그보다 더 젊은 녀석이 있군? 디모데라구 했지? 디모데! 나하구 팔씨름 한 번 해보자."

디모데가 손을 흔들었다.

"기권부터 하는군? 늙을수록 움직여야 해. 농사를 짓든가 나처럼 장사를 하던가. 물론 한창 때처럼 짐을 많이 싣고 다니지는 못하지만 말야. 어쨌든 집나간 우리 아들 다시 보니 기쁘구나. 그래 얼마나 고생했니?"

"말로는 못할 고생이었지요. 난파당하여 비바람 치는 바다에서 며칠 낮밤을 파도와 싸우며 죽음을 맞이하기도 하고 3천 미터 눈 쌓인 고산준령을 넘어갈 때 강도를 만나기도 했고 등짝에 40에 한 대 감한 채찍도 맞아봤고 몽둥이로 맞기도 하고 돌팔매를 당하여 피가 낭자하여 죽었다가 이틀 만에 깨어나기도 했고 이삼일 굶주리기도 했지요."

그 말을 들은 어머니는 자리에서 일어나 바울 곁으로 와 그의 손을 잡으며 눈물을 흘렸다.

"그런 고생을 하다니…."

"주님이 당하신 고통에 비하면 아무 것도 아니지요. 저희는 그 고난과 고통은 주님이 주신 선물로 알고 찬송과 기도로 그리고 감사로 버텨냈습니다. 고생, 고통, 고난, 환난, 그 다음부터는 두려울 것이 없었습니다."

바울은 함께 있는 동역자들과 구브로에, 아시아 여러 곳에 예수복음을 전하고 가정교회들을 세우게 됐다는 걸 알려주었다.

"고난과 환란의 길은 예수님이 가신 길이야. 하지만 그 길이야말로 승리의 길이지. 승리를 했으니까 주님의 일을 감당하고 새로운 교회들을 개척하게 된 게 아닌가. 하나님이 기뻐하실 거야. 큰일을 해내고 왔구먼. 그래 이제 휴식을 하고나면 안디옥교회를 위해 헌신할 건가?"

"아닙니다. 한 달쯤 쉬고 준비한 후 다시 전도여행을 떠나기로 했습니다. 주님 오시기를 기다리는 미지의 땅과 사람들이 너무 많습니다."

"다시 떠날 때까지 모두 우리 집에 편안하게 있게나."

"고맙습니다."

바울 일행은 루포의 집에 머물며 다시 떠날 준비를 했다. 그로부터 한 달 후 바울은 실라 그리고 디모데를 대동하고 제3차 전도여행을 떠났다. 이번에는 해로로 가지 않고 육로를 택하기로 했다.

"이곳 안디옥에서 북쪽 해안을 따라 거슬러 올라가면 유란 칼레가 나오고 거기서 서쪽으로 걸어가면 내 고향인 길기리아땅 다소에 이르게 된다. 유대인 할례자들의 핍박이 얼마나 심했던지 십여 년 전도를 했는데도 단 세 군데 가정교회를 개척하는데 그쳤던 곳이 다소와 그 인근지역이었다. 그 세 군데 개척교회가 바로 서있는지 일일이 방문하고 다소에서 다시 서쪽을 향하여 도보로 길을 떠난다. 길기리아와 부르기아 지역은 동서로 뻗쳐있는 타우르스 산맥이 경계를 이루고 있다. 평균 해발 2천 미터의 고산준령이다. 그것만 넘어가면 부르기아의 더베지역이다. 더베에서 루스드라, 이고니온, 비시디아 안디옥 그리고 파묵칼레와 골로새지방은 아주 먼 곳은 아니다. 지금 말한 지역을 순방하며 우리가 개척했던 신생교회들을 돌아보고 돌보고 서양인 마게도냐 그리스 지역으로 건너갈 것이다."

바울이 3차 여행의 스케줄을 밝혔다. 실라가 물었다.

"말씀 중에 비두니아 앙퀴라 지역이 빠진 것 같은데요?"

"앙퀴라는 지리적으로 좀 떨어져 있어 다음에 갈까 했는데 시간이 나면 들려야겠지."

일행은 안디옥교회의 성도들과 그리고 루포 가족의 배웅을 받으며 길을 떠났다. 북쪽의 지중해 해안가를 향해가는 오른테스 강변길에는 온갖 들꽃들이 만발한 채 향기를 날리고 있었다. 일주일 만에 일행은 다소에 도착하게 되었다.

아들인 바울을 만난 그의 부모는 한없이 눈물을 흘리며 반가워했다. 바나바가 찾아와 함께 수리아 안디옥으로 떠난 뒤 3년만의 귀향이었던 것이다. 놀라운 변화는 그동안 부모님은 연로해졌지만 그보다 예수를 영접했다는 것이었다.

"우리 집 공방교회는 안드로니고가 집사였는데 그 아이와 벤 노인이 먼저 날 예수 믿게 만들었단다."

"아버지는 어머니가 믿으시게 만드셨군요?"

그러자 아버지가 손사래를 치며 어머니 말을 가로 막았다.

"네 어머니나 벤이 믿으라 한다고 내가 믿을 사람이냐? 내가 누구냐? 디아스포라 유대인이지만 히브리인 중에 히브리인이고 자랑스런 베냐민 지파의 후손이다. 가문의 영광을 지키게 하기 위해 내 아들을 당대의 현인이었던 가말리엘의 제자로 유학을 보냈고 바리새의 랍비가 되기를 소원했었다. 랍비가 되었지. 그런데 촉망받던 내 아들이 어느 날 갑자기 예수쟁이가 되어 예수복음이란 이단복음을 전하고 다녔다. 미치지 않고야 그럴 수 있겠나 싶었다. 그래서 내가 널 구박했던 거야."

"그러시던 분이 어떻게 예수님을 영접하게 되었다는 말씀이지요?"

실라의 말에 바울 아버지는 두 눈을 지그시 감았다가 떴다.

"난 나이가 들고 노쇠해서 천막 만드는 일에서는 손을 뗐지. 그런데 갑자기 주문이 폭주할 때가 있어. 특히 군대에서 주문이 오면 그런단 말야. 일손도 달리고 납기일은 맞춰야 하고 그래서 나도 밤을 새워가며 일을 했지. 며칠 밤을 거의 한두 시간씩 쪽잠을 자가며 일을 해야 했어. 무사히 기일을 맞춰 주문 분량을 다 만들어서 보내게 되었지. 얼마나 다행이었는지. 이젠 푹 쉬고 잠이나 자자하고 누웠는데 왼쪽 가슴 속에 불이 난 것처럼 심한 통증이 일어난 거야. 내가 너무 무리를 한 거지. 죽는 게 이런 거구나 싶었어. 의원이 왔는데도 손을 못 쓰는 거야. 심장발작이라는 거야. 그때 네 어머니가 누운 내 가슴을 움켜잡고 기도를 시작했다. 남편 병을 예수 이름으로 낫게 해달라며 울면서 기도했는데 내 귓가엔 몇 번이나 외치는 예수 이름으로라는 말이 자꾸 맴돌았다. 신기하게도 거짓말처럼 통증이 사라지기 시작하고 네 엄마 얼굴이 광채가 나더니 천사처럼 변하는 것이었다. 난 예수 얼굴을 본적 없지만 보았다면 바로 그런 얼굴이었을 것이라 생각했단다."

"주님 감사합니다!"

바울이 무릎을 꿇었다. 그런 다음 하나님께 감사기도를 올렸다. 그렇게 반대하던 부모가 크리스천이 되고나자 바울집 공방 교회가 활기를 찾게 되어 지금은 삼십여 명의 성도들이 모이는 공동체로 부흥되어 있었다. 바울은 안식일 예배에 설교를 하고 벤 노인에게 치사했다. 바울일행은 이 지역 책임자이기도 한 안드로니고와 함께 다소에서 떠나기 전까지 온갖 박해를 받으며 세웠던 두 군데의 개척교회를 방문했다. 두 군데 모두 이십여 명의 성도들이 나와 예배를 보고 있었고 건강하게 자리 잡아 자라고 있었다.

"안드로니고, 오로지 네 공이 컸구나. 얼마나 감사한지 모르겠다. 세 군데 교회를 이만큼 성장하게 만들다니 하나님께 감사한다."

바울은 감동해서 어쩔 줄을 몰라 했다. 바울은 그로부터 일주일 후에 부르기아의 더베를 향하여 길을 떠났다. 이틀 만에 일행은 하늘하고 맞닿은 것 같은 설산의 계곡에 들어섰다. 악명 높은 타우르스 산맥 줄기였던 것이다.

"가만있자. 이런 준령을 넘어본 사람은 우리 일행에 누가 있을까? 디모데는 그쪽이 고향이니 넘어본 적이 있을 테고?"

"예."

"아리스다고는? 처음이지?"

"예, 겁이 납니다."

"시루아노 선교사는 지난번에 나와 함께 넘어본 적이 있구. 초행자는 역시 안드로니고 한사람뿐이군? 등산에 필요한 장비를 구해서 짊어지고 가자고 디모데에게 시켰을 텐데?"

"웬만한 건 구비했으니 염려 마십시오."

"좋아, 그럼 우리 아들 디모데만 믿고 입산을 해볼까?"

바울은 일행을 데리고 남쪽 길리기아도에서 북쪽 부르기아도와 비시디아 쪽으로 넘어가는 험난한 계곡의 좁은 산길로 접어들었다.

"이 골짜기 길은 유일하게 넘어가는 통로인데 보다시피 노새 한 마리 정도가 걸어갈 수 있을 만큼 비좁고 맞은편에서 오는 노새와 부딪치지 않으려면 길가에 붙어서 기다려야 하게 돼있어. 게다가 가다가 끊겨버린 길도 나타나고 낭떠러지 위로 난 길이라 위험하기 짝이 없어. 가다보면 천길 절벽 두 개를 이어놓은 아슬아슬한 잔도(棧道.허공에 매달린 架橋)가 걸려 있는 곳도 많다. 거길 걸어서 건너가야 하지. 게다가 낮과 밤의 기온차이가 너무 심해서 낮에는 데어 벗어질 정도의 열기가 쏟아져 덥지만 밤이면 눈발이 날릴 만큼 추운 곳이기도 하지."

바울의 설명을 듣던 아리스다고가 겁이 나는지 불쑥 물었다.

"그럼 잠은 어떻게 자지요?"

"20킬로미터마다 피막(避幕)겸 숙소가 하나씩 있어. 잠은 거기서 자야 하지."

"산적들도 있다면서요?"

"산중 강도들이 있지. 나도 한번 털려본 적 있지만 늘 있는 건 아니니 겁먹지 마라."

"며칠이나 걸어야 완전히 넘어갈 수 있을까요?"

"3일쯤 걸릴 걸로 예상하고 있지. 타우르스 고산준령을 넘어가는 코스는 몇 군데 되는데 1차 전도여행 때 내가 바나바 사도와 함께 넘어간 코스는 아딸리아 항구에서 버가를 거쳐 비시디아 안디옥을 향해 가는 산길을 넘어간 적이 있지. 지금 이쪽이 그쪽보다 약간 쉬운 길로 평판이 나있지만 당해보면 두 번 다시 넘지 않겠다고 스스로 다짐할 만큼 고약한 등산코스이기도 하네. 가장 주의해야할 점, 그 첫 번째는 걸으면서 졸지 말라는 거다. 왜냐하면 가는 길이 낭떠러지 허리에 나있는 비좁은 산길이고 평탄하지 않기 때문에 졸다간 낭떠러지 밑으로 굴러 떨어져 저 세상으로 가기 때문이지."

드디어 일행은 산길을 탄지 3일 만에 눈 쌓인 타우르스를 넘어 루가오니아의 더베에 이르렀다. 더베는 1차 전도여행의 종착지였다. 비시디아 안디옥에서 할례자들에게 쫓겨 이고니온에 왔지만 거기서도 쫓아온 그들을 피하여 루스드라에 이르렀다. 루스드라에서 전도하던 바울은 대적하던 유대인들에게 돌에 맞아 죽었다가 디모데 모자의 헌신적인 간호로 살아나기도 했다. 더베는 루스드라 다음으로 가게 된 선교지였다. 아시아에 와서 처음으로 할례자들이나 헬라 이방인들에게 시달리지 않은 곳이 더베였다. 바울은 편안하게, 그리고 성령 충만하여 이곳에서 3개월 동안 머물면서 제자들을 양성하여 교회를 세웠다.

"사도님은 고향동네 오신 것처럼 더베 시내 지리를 아주 익숙하게 잘 아시네요?"

실라의 말에 바울은 활짝 웃어보였다.

"디모데, 네가 얘기해주렴."

"제 고향은 여기서 가까운 루스드라이고 어려서부터 더베는 많이 왔다 간 데다가 아버님을 모시고 석 달 동안이나 이곳에서 전도사역을 했는데 모르는 게 있겠습니까?"

"더베교회 감독인 가이오 장로는 잘 있는지 모르겠다."

"저기 백향목이 서 있는 언덕 위쪽에 가이오 장로댁이 보이는데요?"

"그렇구나. 어서 가자."

바울이 도착하자 장로 가이오는 깜짝 놀라 반가워했다. 그가 직접 다시 오리라고 생각지 못했던 것이다. 바울은 곧 이곳 교회 사정에 대해 자세한 이야기를 듣게 되었다.

"사도님도 아시다시피 이곳 더베는 지리적으로나 지형적으로 외부의 영향을 크게 받지 않는 곳이라 바람이 불어도 바람을 타지 않는 곳입니다. 유대인 회당인 시나고구도 있지만 사도님 계실 때처럼 적대감을 드러내지는 않습니다. 지금 출석교인 숫자는 60여 명 됩니다."

"오, 주여 감사합니다. 그 사이에 갑절로 부흥이 되었군요."

바울은 기뻐하며 실라와 함께 데베교회에서 설교를 했다. 바울이 다시 왔다는 소문이 나서였는지 밤에는 교회로 쓰고 있던 가이오집 앞 도로까지 몰려온 인파로 가득 찼다. 바울은 3일간 전도집회를 했다. 그 사이 장로 가이오는 루스드라로 사람을 보내어 바울일행이 그곳으로 갈 것이라 전하게 했다. 바울이 더베를 떠나 루스드라에 갔을 때는 루스드라 교회 장로인 리기아와 동굴교회 여집사 테크라가 자기들 성도들을 모아놓고 바울을 기다리고 있었다.

"선생님!"

바울을 만난 테크라는 말을 잇지 못하고 목이 메었다.

"테크라 집사님, 정말 반갑습니다. 얼마나 고생했소?"

"저야 무슨 고생을 했겠어요? 오히려 선생님이 그동안 너무 수척해지 셨네요."

"성도님들만 건강하면 됩니다. 그래야 교회가 건강하지요? 불어난 성도들의 숫자가 이렇게 많을 줄 몰랐습니다."

"리기아 장로님이 맡고 계신 루스드라 교회는 40여 명이 되었구요. 제가 맡고 있는 동굴교회는 30여 명 됩니다."

"두 분 참 장하십니다."

"특히 루스드라는 디모데 선교사님의 모친이신 유니게님이 열성적으로 전도를 하여 부흥성장하는데 커다란 도움을 받았습니다. "

리기아 장로가 디모데의 손을 잡으며 감사해 했다.

"오늘 집회에 오셨나요?"

"지금 기도 중이실 겁니다."

이윽고 바울과 실라 그리고 디모데는 두 교회의 연합예배를 인도하고 바울이 긴 시간동안 설교를 이어갔다. 특히 그는 교인 상호간의 바른 교제와 교회 내에서의 신자들의 올바른 신앙생활 등 교인의 덕목을 가르치고 직분자들이 갖추어야할 교회의 치리(治理) 문제에 대해 강론했다. 마지막으로 그는 예루살렘에서 파송되어 왔다는 거짓 목자들이 교회에 들어와 지금까지 바울이 전한 예수복음과 전혀 다른 이단의 교리로 분란을 일으킬지 모르니 절대 거기에 속아서는 안된다고 단속했다.

이튿날 점심 무렵, 디모데의 어머니는 바울과 일행들을 집으로 초대하여 식사를 대접했다. 디모데의 어머니 유니게는 아주 독실한 신자였다. 그녀는 바울에게 디모데를 신앙의 아들로 삼아줘서 하나님께 감사한다며 고마워했다. 바울은 거기 모인 루가오니아 지방의 루스드라 더베 동굴 교회 등 여러 교회의 직분자들과 그동안의 교회개척에 어려웠던 문제점들에 관하여 회의를 거듭했다. 다행인 것은 유대인 할례자들이나 바울이 왔을 때 대적하던 무리들이 잠잠해졌다는 것이었다.

"유대인 회당으로 가서 할례자들을 개종시키려 했다면 가만있지 않았을지 모르지만 저흰 그렇게 무리는 하지 않았습니다. 유대인보다는 이곳 현지인들의 숫자가 압도적이고 그들 이방인들을 전도만 해도 차고 넘칠 테니까요. 그렇게 실질적으로 유대인들과 부딪치지 않으니까 조용해진 겁니다."

루스드라 장로인 가이오의 말이었다.

"우리 교인들의 숫자가 유대인들보다 더 많아지는 건 시간문제라 봅니다. 우리들 세력이 커지면 어느 누구도 건들지 못할 것입니다."

그러자 테크라가 바울에게 물었다.

"저희 성도들 30여 명 중 유대인은 다섯 명입니다. 목회를 하면서 고민이 되는 것은 이들에게 모세오경을 비롯한 구약을 가르쳐야 하느냐 마느냐 하는 것이었습니다. 유대인은 구약의 내용을 알지만 대다수 이방인들은 구약에 대해서는 아무 것도 아는 게 없습니다."

그녀의 물음에 실라가 대신 대답했다.

"그 때문에 바울 사도님께서는 여러 번 편지를 보내지 않았습니까? 난 그게 새신도 양육의 지침서라고 보았는데요? 거기보면 예수복음의 교리도 나와 있고 구약에서 섭취해야 하는 것이 무언지도 직접적인 설명은 없어도 우회적으로 말씀 중에 들어가 있는 것으로 알고 있습니다만."

"세 통의 편지를 받았습니다. 그건 모두 비시디아 안디옥 교회의 빗토리오 장로 앞으로 온 것이었지요. 장로님은 그걸 다시 필복사(筆複寫)하여 이고니온 루스드라 더베 등 여러 교회로 전달했습니다. 내용은 실루아노 선교사님 말씀대로입니다. 제 얘기는 좀 더 자세하게 구약을 가르쳐야 하느냐 마느냐 하는 걸 여쭌 겁니다. 그걸 묻는 이유가 있습니다. 만일 장차 가짜 선교사들이 교회에 들어와 구약의 내용들을 들먹이고 그리스도교는 이단이라며 흔들어대면 대처하기가 어려워질지도 몰라 하는 말입니다. 구약에 대해 아무 것도 모르는 것보다 알고 있어야 대처하기가 쉽지 않을 까요?"

그러자 바울이 고개를 끄덕이며 동의를 표했다.

"나 역시 그 점이 제일 걱정거리였소. 테크라 집사의 말처럼 우리 신도들이 구약에 대해서도 바르게 알고 있어야 한다는 생각이오. 거기에 관한 것들은 돌아가면 따로 편지로 써서 보내드릴 테니 지침으로 사용하십시오."

사흘 만에 바울 일행은 이고니온으로 떠났다. 제빵업자 리기아 장로가 맡고 있는 이고니온 교회 역시 단단하게 뿌리를 내리고 있어 바울을 기쁘게 했다. 이고니온은 부르기아와 루가오니아의 교차로에 있어 교통의 요지였고 일찍부터 상업과 농업이 발달된 곳이었다. 비시디아 안디옥에서 쫓겨난 바울과 바나바는 이곳에 와 유대인 회당을 찾아 전도했다. 처음에는 아주 성공적이었다. 두 사람의 새복음 전파를 듣기 위해 많은 유대인들과 이방인들이 모여들었는데 마침내는 할례자 유대인들이 시기하고 대적하여 관리들과 짜고 심한 박해를 가했다.

그들은 루스드라까지 쫓아와 그곳 할례자들과 합세하여 돌로 쳐서 바울이 피를 흘리며 죽음 직전까지 갔었다. 그들은 바울이 죽은 줄 알고 성 밖 시체방치장에 내다버리기까지 했었다. 디모데와 어머니 유니게의 극진했던 간호가 아니었으면 목숨을 잃을 뻔하였다. 바울은 역시 그곳에서 부흥집회를 열어 다시 한 번 전도의 불길을 붙이고 비시디아 안디옥으로 옮겼다. 비시디아 안디옥에는 바울이 온다는 소식을 미리 듣고 신도들이 모두 모여서 찬송하며 기다리고 있었다.

신도도 백여 명으로 불어나 갈라디아 지방에서는 가장 흥왕의 기세가 큰 교회가 되어 있었다. 감독인 빗토리오가 역시 갈라디아 지방의 또 다른 지역교회인 히에라볼리(파묵칼레)교회와 라오디게아의 고로새교회를 책임지고 있던 에바브로와 아킵보가 자기집을 교회로 내놓은 빌레몬(Philemon) 등과 함께 모여 환영하고 있었다. 1차 전도여행 때부터 바나바와 바울은 비시디아 안디옥을 아시아의 선교 중심지로 만들자고 약속하고 선교에 나섰었다. 지금 와서 보니 그 노력은 헛되지 않은 듯 했다. 그들은 3일 동안 바울 환영 예배를 열어주었다. 바울과 실라의 설교가 계속되어 새로운 신도들이 예수를 영접했다. 예배를 끝내고 난 바울은 여러 곳의 장로, 직분자들을 불러 모아 회의를 열었다. 지금까지 겪어야했던 각종 문제점을 내놓고 토론하고 개선점을 마련하는 등 개척교회가 안고 있던 난제(難題)들을 풀어 놓았다. 바울은 거기에 대해 하나하나 자세하게 지도를 해주고 격려를 해주었다. 그런 다음 5일만에 비시디아 안디옥을 떠나 히에라볼리로 가고자 했다. 그 때 비시디아 안디옥까지 바울을 찾아온 손님이 있었다. 키가 헌칠하고 조각을 한듯 선이 뚜렸한 미남의 얼굴을 하고 있는 중년 사나이였다.

"안녕하십니까? 사도님을 처음 뵙습니다. 영광입니다. 저는 에베소에서 선생님을 찾아 왔습니다. 제 이름은 아볼로(Apollos)라 하고 브리스길라 집사님의 소개로 왔습니다. 여기 저에 대한 소개서가 있습니다."

음성도 맑고 크고 시원시원 했다. 바울은 브리스길라가 보낸 편지를 읽었다. 바울은 읽고 난 편지를 실라에게 넘겨주었다.

"아볼로? 유대인이시오?"

"예. 그렇습니다. 저는 알렉산드리아의 디아스포라 유대인 가정에서 태어났습니다만 할례는 받지 않았습니다. 부친은 큰 상선을 가지고 해운업을 하시는 사업가이고 신앙에 대한 열심히 없는 분이었습니다. 그래서 할례도 무시한듯 합니다. 저는 알렉산드리아 대학을 나왔고 성서 역사학을 배웠습니다."

"편지 내용을 보니 세례를 받은 크리스천이라 했는데 어디서 누구에게 세례를 받았지요?"

"알렉산드리아는 성서학자들도 많고 유파(流波)도 많습니다. 구리온이란 수도사가 있었는데 이분이 생전의 예수도 보았고 세례자 요한에게 물 세례도 받은 분이었습니다. 문도(門徒)가 30여 명 되었지요. 나일강으로 데리고 나가 물에 잠기는 세례를 베풀었는데 저도 오래 전에 받았습니다. 그 뒤부터 여러 곳에서 예수복음에 대한 설교를 했습니다. 몇 년 전까지만 해도 구브로의 바포에서 2년 동안 목회를 했습니다."

" 뭐요? 바포 교회? 부흥이 많이 되었소? "

바울이 깜짝 놀라 반가워하며 물었다. 1차 전도 여행할 때 바나바와 함께 그의 고향인 구브로섬을 횡단하여 총독부가 있던 바포에 이르러 마술사 엘루마를 혼내고 총독의 지지를 끌어내 신생교회를 세우고 전도를 했던 곳이 아닌가.

"바울 사도님과 바나바 사도님은 그곳에서 전설적인 성인이었습니다. 특히 기적을 보인 바울 선생님은 하늘에서 오신 분이라고까지 하고 있었습니다."

"아볼로. 그대가 바포에 있을 때 바나바 사도를 만났거나 그에 대해 들은 이야기 없소? 바나바 사도는 내가 2차 전도여행에 나서던 때 자기 조카 마가 요한을 데리고 선교차 구브로로 건너갔거든요?"

"죄송합니다. 살라미 쪽에 계시다는 말은 들었지만 뵙진 못했습니다."

브리스길라는 아볼로가 특히 구약성경과 유대교의 유전집 등을 통달하고 있고 헬라의 여러 학파들의 철학과 조로아스터교(拜火敎) 등 각종 우상숭배교에 대해서도 해박한 지식을 가졌으며 변설(辯舌)에 능한 웅변가라고 소개하고 있었다.

"브리스길라 집사님은 어떻게 알게 되었지요?"

"에베소에도 신생교회가 있다는 소문을 듣고 찾게 되었습니다. 원래 저는 고린도같은 곳에 가서 선교해 보는 게 소원이었습니다만 그에 앞서 에베소가 좋겠다 싶어 온 겁니다."

"고린도? 고린도에 대해서는 잘 아는 게 있으시오?"

"소문만 들었습니다. 다섯 개 이상의 가정교회가 활발하게 예배를 보고 있고 소아시아, 헬라 지역을 통틀어서 그 믿음이 가장 뜨겁게 부흥하고 있는 곳이라구요. 그 모든 건 바울 사도님의 피땀으로 이루어진 것이라는 것도 잘 압니다."

" 그 소문이 알렉산드리아까지 났단 말입니까?"

디모데가 물었다.

"그렇습니다. 제가 브리스길라 집사님을 만난 건 시나고구 예배에서였습니다. 에베소에 온 후 저는 유대인 회당에서 새복음을 전했습니다."

"인기가 대단하셨던 모양이지요? 브리스길라 집사님이 칭찬한 걸 보니?"

실라의 물음에 아볼로는 부끄럽다는 표정을 지었다.

"하나님 말씀에 인기가 있어야지 전하는 자의 인기가 높으면 뭘 합니까? 브리스길라 집사님께서 에베소에 계속 있을 예정이냐고 물었을 때 고린도로 가는 게 원이라 했더니 부부께서 정식으로 절 집으로 초대를 하시더군요."

편지에는 아볼로를 집으로 초대해서 브리스길라 부부가 뭘 했는지 적혀 있었다. 세례자 요한의 세례만 받으면 죄 씻음만 받고 부활 영생의 문까지만 가게 될 뿐이고 성령세례를 받아야 덧입는 은혜를 입고 새사람으로 재탄생이 되며 성령으로 세례를 받아야만 주의 복음을 강력하게 전할 수 있다며 브리스길라는 아볼로에게 성령 세례를 주었고 이만하면 고린도 교회에 가서 목회자가 될 수 있다는 생각이 들어 바울에게 보내니 만나보고 그의 뜻을 헤아려주는 것이 어떻겠느냐며 편지를 끝내고 있었다.

"아볼로 선교사! 비시디아 안디옥 교회를 떠나기에 앞서 마지막 예배를 드릴까 하고 있었습니다. 예배 인도를 해주시고 설교도 해주실 수 있겠습니까?"

"영광입니다."

아볼로는 감사를 표했다. 일단 그의 실력을 검증해 보고 고린도에 파송하기로 한 것이다. 아볼로는 안식일이 되자 예배를 집전하고 능숙하게 인도하며 예수의 십자가 구속사에 관하여 설교를 시작했는데 그야말로 능변(能辯)의 웅변가였다. 논리정연하고 성경과 철학과 미신 등 각종 지식에 능통하고 자유자재로 구사하며 듣는 이들을 끌어 잡는 매력의 목소리까지 구비하여 나무랄 데 하나 없는 선교사임을 입증해보였다. 예배가 끝난 후 바울은 아볼로를 칭찬했다.

"브리스길라 집사님 부부가 왜 당신을 추천하고 칭찬하고 있는지 알 것 같습니다. 고린도로 가십시오. 내가 그리스보 장로앞으로 편지를 써드릴테니 전하시오. 반가워할 것입니다."

"고맙습니다."

"이제 고린도, 아가야, 겐그레아, 아덴 지역의 교회는 아볼로 당신의 손에 달려 있습니다. 내가 씨앗을 뿌렸으니 물을 주고 정성스럽게 가꾸어 꽃을 피우게 해야 할 분은 당신입니다. 잘 부탁합니다. 난 이곳에서 남길라디아 지역의 신생교회를 둘러보고 에베소로 갈 것입니다. 에베소 전도가 성공하면 그동안 아시아, 마게도냐, 아가야 전 지역교회들이 낸 예루살렘 교회 구제헌금을 모아 예루살렘 모교회로 가렵니다. 그때 아마 고린도로 건너가 반가운 형제자매 모두 만날 수 있을 거라고 전해주시오."

이윽고 바울은 아볼로를 고린도로 보내고 비시디아 안디옥을 떠나 아킵보가 인도하는 대로 히에라볼리의 파묵칼레에 있던 그의 교회로 갔다. 이십여 명쯤 모이고 있었다. 비시디아 안디옥에 갔을 때 바울은 말라리아의 재발로 심신이 병약해져서 두 달이나 고생했었다. 그 때 악화된 안질 때문에 고통을 받게 되자 에바브로가 라오디게아로 안질을 치료하러 가자고 하여 이곳에 들른 적이 있었다. 뜻밖에도 아킵보에 의해 세워진 가정교회라 바울은 더 소중하게 돌보게 되었다.

신도들은 로마제국 안에서도 가장 손꼽히는 야외온천이 솟아나는 휴양지이니 쉬고 가시라며 붙잡았지만 바울은 라오디게아로 향했다. 그곳은 아시아 최고의 의학도시이며 명약으로 소문난 특효 안약이 나오는 곳이기도 하였다. 바울은 에바브로의 인도로 안질을 치료받아 고치고, 병원이 루커스 계곡의 골로새 쪽에 있어 거기 머물며 전도를 했었다. 라오디게아 골로새 병원 근처에 온 바울은 새삼 감회에 젖었다. 환자들이나 가족들이 듣고 싶어 하여 안식일뿐 아니라 평일에도 바울은 새복음의 기쁜 소식을 전했었다. 반응이 뜨거웠다. 그러나 말라리아의 재발로 고생하다 겨우 나아지긴 했지만 완쾌되지 않은 상태에서 안질 치료까지 하러 왔던 까닭에 바울은 골로새에서 다시 쓰러지고 말았다. 온갖 정성을 다하여 바울의 건강을 회복시켜 준 사람은 빌레몬이었다. 소와 양 등 수천마리 가축을 기르는 목축업을 하여 부자였던 그는 바울에게서 세례를 받고 자기 집을 개척교회로 제공했다. 이곳은 빌레몬과 에바브로에게 맡기고 떠났는데 30여 명이 모이는 신생교회가 자리 잡고 있었다.

이윽고 바울은 골로새 교회와 라오디게아 교회를 5일 동안 돌본 뒤에 육로를 통하여 서쪽 해안가에 있던 에베소를 향해 메안더강을 따라 길을 떠났다.

15

에베소 수난과
예수 그리스도 자유의 대헌장,
"갈라디아서"

바울이 두 번째로 에베소를 방문한 것은 AD 52년 여름이었다.

"사도님이 오셨군요. 정말 반갑습니다."

바울 일행을 맞이한 사람들은 브리스길라와 아굴라 부부였다. 아굴라 사장은 고린도에 본사를 두고 에베소에 천막판매 지사를 내고 있었다.

"지사는 이제 자리를 잡았습니다. 그리고 피온산 밑에 살림집도 하나 마련했지요. 저희 집에 예배처를 마련하고 안식일은 지키고 있지만 아직은 많은 신자들을 전도하지 못하고 있는 형편이었습니다. 새로 시작한 상점 일이 많아서 그게 좀 마무리되면 적극적으로 나서보려고 했어요. 사도님, 죄송합니다."

"그래서 제가 오지 않았습니까? 두 분께서는 먼저 지사 운영을 궤도에 올려놓는 게 급선무입니다. 그래야 복음 전도도 탄력을 받을 수 있지 않겠습니까?"

"그게 저희들 생각이었답니다. 사도님 일행은 저희 집에서 머무십시오."

브리스길라 부인이 권했다. 바울은 디모데와 아리스다고를 시켜 에베소 내에 유대인 회당인 시나고구가 몇 개 정도 있는지 알아오게 했다. 나갔던 두 사람은 오후쯤 되돌아왔다.

"알아보니까 에베소 안에 시나고구는 열두 군데가 있었구요. 가장 큰 곳은 첼수스 도서관 뒤쪽에 있는 회당이었습니다."

디모데의 말에 바울이 고개를 끄덕였다.

"그 회당은 내가 처음으로 이곳에 왔을 때 복음을 전했던 회당 아니냐?"

"그렇습니다."

"그렇다면 그 회당에 나가기로 정하자."

안식일이 되어 바울이 일행과 함께 그 회당에 나가자 회당장이 바울을 알아보았고 신도들인 유대인들도 반가워했다. 단 사흘 동안 복음을 전했을 뿐인데도 그들에겐 바울의 설교가 인상적이었기 때문이었다. 바울은 예배 말미에 다시 예수복음을 전하기 시작했다. 바울이 강론을 끝내고 숙소로 돌아가기 위해 회당을 나왔을 때였다. 강론을 들은 유대인 신자 십여 명이 그의 뒤를 따라왔다.

"바울 사도님!"

그들 중의 하나가 불렀다.

"말씀 하시지요?"

"저희들이 드리고 싶은 말씀이 있습니다. 도서관 옆에 있는 정원 쪽으로 가실까요?"

바울은 그들을 따라 정원 돌단에 가 앉았다. 그 앞에 선 유대인은 열두 명이었다. 모두 나이가 지긋한 노인들이었다.

"하고 싶은 말씀이 뭔지 이야기해 보시지요."

"제 이름은 오네시보로(Onesiphorus)라 하고 여기 있는 형제 열두 명은 세례를 받은 교인들입니다."

그 말에 바울이 흠칫 놀랐다.

"세례를 받았다구요? 어디서? 누구에게?"

"아볼로라는 선교사님에게서 물세례를 받았었습니다. 그 때부터 우린 그분을 따라다녔지요. 남들은 우리를 세례자 요한의 제자들이라 하기도 했습니다. 우린 회개하고 물로 세례를 받았기 때문에 죄에서 구원을 받았다고 생각했는데 사도님은 물세례가 중요한 게 아니라 성령세례를 받아야만 제대로 구원받을 수 있다고 말씀하는 것 같아 자세한 말씀 더 듣고 싶어 왔습니다."

"잘 오셨습니다. 아주 중요한 걸 물으시는 겁니다. 세례에는 물세례와 성령세례 두 가지가 있습니다. 물세례는 아시는 것처럼 회개하고 죄를 깨끗이 씻어내는 의미와 예수님과 함께 죽어 물속에 장사지낸바 되었다가 사흘 만에 다시 함께 살아났으니 부활과 영생의 길이 열리게 되었다는 뜻입니다. 하지만 성령세례는 조금 다릅니다. 먼저 성령에 대해 알아야 합니다. 감람산에서 다시 사신 주님이 하늘로 들리워 올라가실 때 유언을 남기셨습니다. 내가 가더라도 흩어지지 말고 기다리고 있으라. 내 대신 보혜사(保惠師) 성령을 보내줄 테니까. 그 성령은 그로부터 50일이 지난 오순절날 마가의 다락방에서 제자들의 예배 중에 나타나셨습니다. 성령을 받자 모든 제자들은 기적을 체험하게 되었습니다. 따라서 성령 세례란 성령 안에 완전히 잠기는 것을 말합니다. 성령을 받으면 그 신도는 새롭게 태어나 새로운 인생을 살게 됩니다. 그걸 중생(重生)이라 하는데 그건 말씀과 회개를 통하여 죄인에게 임하는 구원의 체험이기도 합니다. 그 중생한 성도가 그리스도인으로서 맡겨진 소명을 감당하기 위해 영적인 능력을 덧입는 체험을 성령 세례라 하는 것입니다. 세례자 요한은 예수 그리스도가 오시는 길을 예비케 하려고 하나님이 보내신 겁니다. 그분은 이렇게 말했지요. 나는 너희를 회개시키려고 물로 세례를 주거니와 내 뒤에 오시는 분은 나보다 더 큰 능력을 가진 분이니 그는 성령과 불로 너희에게 세례를 줄 것이라 했습니다. 그 분이 자기 대신 성령을 보내주신 나사렛 예수였습니다."

　바울은 그들 한 사람 한 사람에게 안수하고 기도했다. 기도를 끝낼 때쯤 그들 중에서는 성령을 받아 방언이 터지고 모두 성령충만함을 입었다. 에베소에 도착하자마자 얻게 된 큰 성과가 아닐 수 없었다. 일행이 숙소에 돌아오니 집주인 브리스길라가 아시아에서 손님이 왔음을 알렸다. 부르기아 더베에서 온 가이오였다. 두 사람은 반가움에 포옹했다.

　"헤어진 지 오래 되지도 않았는데 어떻게 오시었소? 가이오."

　"급히 전해드릴 말씀이 있어 왔습니다."

　"뭐지요?"

　"스스로 유대인 크리스천(Judaizers)이라 칭하는 거짓 선교사들이 북 갈라디아 앙퀴라 지역에 나타나 소란을 피웠다 합니다. 그런데 그 사실이 좀 늦게 전해졌습니다. 그들이 벌써 비시디아 안디옥 교회에까지 침투했다합니다."

　"거짓 선교사라구요?"

　"예루살렘 모교회에서 파송한 선교사들로 행세하고 있는데 그들의 주장이 좀 해괴합니다."

　"남갈라디아 지역인 히에라볼리와 라오디게아, 골로새 교회까지도 소란스럽습니까?"

　"아직은 조용합니다."

　"으음, 올 것이 왔군?"

　바울은 침통한 표정을 지었다.

　"우리가 그곳에 갔을 때 이미 그 거짓 선교사들은 여기저기에서 암약하고 있었다고 보아야겠군요? 저흰 왜 그 사실을 감지하지 못했지요?"

　실라의 말에 바울이 한숨으로 답했다. 바울이 가이오에게 물었다.

　"그 유대주의자들은 어떤 것들을 거짓으로 가르쳤다는 거지요?"

"첫 번째로는 사도님은 예루살렘 모교회에서 파송하지도 않았고 사도로 인정하지도 않았기에 예수 복음을 가르칠 자격도 없으며 새 신도들은 그의 말을 경청해서도 안 된다고 합니다."

"그래요?"

바울은 끓어오르는 분노를 안으로 삭이고 평온을 유지하며 가이오에게 다시 물었다.

"그들이 말하는 예수 복음은 어떤 것이었지요?"

"정통 유대교에서는 신자가 성령을 받는 것은 예수를 믿었기 때문에 받는 것이 아니고 구약의 율법을 지켰기 때문에 받는 것으로 말하고 있다. 따라서 그리스도 왕국으로 들어가려면 누구든지 율법을 지키고 할례를 받아 아브라함의 가족이 됨으로써 가능한 것이다. 바울은 반쪽짜리 복음을 가르친 것이다. 할례는 아브라함 가족이 되었다는 표시이고 따라서 아브라함 후손들만이 구원을 받을 수 있는 것이다. 그렇게 주장하고 있답니다."

바울은 실라와 디모데 두 사람과 함께 급히 대책을 논의했다.

"그 거짓 선교사들의 진짜 정체가 뭐라고 생각하나?"

실라에게 물었다.

"두 부류 중 하나로 보입니다. 첫째는 보수를 받아내며 떠도는 유랑 선교사들, 이른바 사람들이 약장사 선교사로 부르는 자들, 둘째로는 예루살렘 모교회에 있는, 야고보를 비롯한 사도들이 보낸 선교사들. 그 둘 중 하나로 보입니다. 제가 보기에는 후자 쪽이 아닌가 싶습니다만. 할례자 유대인들로부터 박해를 피하려면 예수도 믿고 율법도 지키며 할례도 받고 안식일에 회당에 나가 예배도 그들과 함께 보아야 한다 하지 않았습니까?"

"처음에는 그런 태도를 보였지만 사도회의를 하고나서부터는 철회한 것으로 아네만."

그러자 디디오가 한마디 했다.

"예루살렘 모교회에서 감시차 보낸 사람들이 아닐까요? 전에 수리아 안디옥 교회에도 야고보 사도 사람들이 예루살렘에서 파송되어 왔고 그 때문에 사도님의 게바 면책사건도 일어났잖아요?"

"감시차?"

"베드로 사도는 유대인들에게, 사도님은 이방인들에게 포교하도록 서로 선교사역을 분담케 한다는 방침을 세운 뒤 시간이 흐를수록 크리스천이 되는 이방인들의 숫자가 훨씬 많이 불어나고 있다는 소식에 불안을 느낄 수도 있습니다."

"기뻐해야 할 일이지 왜 불안해야 한단 말이냐?"

"모교회 그리고 예수님 제자로써의 권위와 기득권을 잃을까 그럴 거란 겁니다."

"야고보는 그런 사람이 아니야."

"아니겠지요. 하지만 그 밑에 있는 제자들이 그럴지 모르잖습니까? 파송된 제자들이 자기들 주장을 마치 야고보 사도의 주장인 것처럼 속여도 모른다는 겁니다."

"흐흠."

바울은 가시에 찔린 듯 괴로운 신음소리를 올렸다. 잠시 뜸을 들이던 실라가 덧붙였다.

"제가 고린도에 있을 때 어느 유대인 여행자의 말을 들은 적이 있는데 사도님께는 말씀을 드리지 않았습니다."

"그건 또 뭔가?"

"예루살렘 지하에서는 유다독립을 위한 젤로데 저항운동이 일고 있다는 것이었습니다. 이들은 이스라엘에서 모든 이방적인 요소를 제거하고 순수한 이스라엘을 지키며 이방인들에 대한 호감을 가진 자들도 반대하자는 것이라 했습니다. 그럴 리 없겠지만 만에 하나 그런 자들도 끼어 있을지 모르니 그런 것도 대처를 하시는 게 좋을 것 같습니다."

바울은 심각한 얼굴로 한동안 생각에 잠겨 있다가 혼자 조용한 방에 들어가 기도를 하겠다 했다. 하루 낮밤동안 금식을 하며 기도를 한 뒤 아무도 들이지 않고 일행 중 더디오만 불렀다.

"갈라디아에 있는 교회 쪽에 서신을 보낼까 한다. 대필을 부탁한다."

"예. 사도님."

더디오는 두루마리로 된 파피루스 종이를 펼치고 잉크병과 갈대펜을 준비했다.

"구술(口述)하시면 되겠습니다."

바울은 눈을 감고 명상을 하다가 차분한 목소리로 입을 열었다.

"사람들에게서 난 것도 아니오 사람으로 비롯된 것도 아니오 오직 예수 그리스도와 및 죽은 자 가운데서 그리스도를 살리신 하나님 아버지로 말미암아 사도된 바울은 함께 있는 모든 형제로 더불어 갈라디아 여러 교회들에게 우리 하나님 아버지와 주 예수 그리스도로 좇아 은혜와 평강이 있기를 원하노라." (갈 1:1-3)

단숨에 교회신도들에게 인사를 한 바울은 숨을 돌리고 다음 말을 이으려했다. 새삼스럽게 분노가 지글거리며 가슴복판에서 일어나고 있었다. 사도의 자격이 없다잖는가. 그는 감정을 다스리며 말을 이었다. 예루살렘에 있는 야고보나 베드로나 요한 그 사람들은 예수를 따라다닌 제자들이니 사도라 불림이 맞다. 나 바울은 어떤가. 나 역시 다메섹의 카우카브 언덕길에서 실제 예수와 대면하고 말씀을 듣고 제자가 되었으니 그의 복음

을 전할 사도가 아니고 뭔가. 다음으로 바울, 당신은 예루살렘 모교회의
승인을 받고 복음전도를 하는 사도가 맞는가라고?

승인이나 허락을 받을 필요가 없었다. 나는 그들과 동격의 사도였으니
까. 그들 역시 나를 부르거나 나에게 자기들의 권위를 인정하라거나 자격
에 대한 승인을 받으라 하지 않았다. 오히려 그들은 베드로에게는 할례자
유대인과 동족에 대한 선교와 그들의 개종 사역을 맡기고 나에게는 이방
인 선교의 책임을 맡겼다. 그리고 바울은 수리아 안디옥 교회의 흥왕 성
공과 예수 사후 예루살렘 모교회의 그릇된 지도노선을 비판했다. 보신(保
身)을 위해, 혹은 직접적인 탄압을 피하기 위한 수단으로 야고보 등 지도
자들은 <예수도 믿고 성전예배도 참예하고 율법도 지키고 할례도 받자>
했던 것이다. 수리아 안디옥 교회에서 이방인 식사사건이 일어났을 때 게
바가 보인 이중적 태도는 그들 지도층의 노선을 대변하고 있어서 나 바
울은 면전에서 게바를 문책했고 그는 잘못을 인정했던 것이다. 베드로가
나를 동격의 사도로 인정하지 않았다면 그가 어찌 부끄러워하며 잘못을
말했겠는가. 바울은 그런 내용을 구술했다.

그런 다음 그는 나의 신도들은 성령이 뭔지 다 알고 있다. 너희들이 성
령을 받은 것은 저 거짓 선교사들의 말처럼 율법을 지키고 할례를 받았
기 때문에 받은 게 아니라 예수를 믿었기 때문에 받은 것이다. 그리스도
의 왕국에 들어가려면 율법(토라)을 지키고 할례를 받아 아브라함 후손으
로 인정을 받아야 가능하다고 주장하지만 이는 거짓이다. 아브라함은 하
나님을 <믿었기> 때문에 약속을 받은 것이지 율법과 할례를 지켰기 때문
에 약속을 받은 게 아니다. 율법은 아브라함 이후, 430년이 지난 모세 시
대에 나왔기 때문이다.

바울이 안타깝게 생각하고 분노한 것은 순진하고 순수한 갈라디아인
들을 유대주의자들이 들어와 완전히 흔들어 놓고 있다는 것이었다. 갈라

디아인들은 평소 다신(多神)을 섬기며 평범하게 살던 목축인이거나 농사꾼들이 대부분이었다. 가축을 기르고 농사를 지으려면 다산(多産)과 풍년이 제일이어서 우상숭배를 하고 있었던 것이다. 이러한 그들을 감화시켜 바울은 어렵게 크리스천으로 거듭나게 만들었다. 율법이나 할례가 뭔지 대강은 알고 있었지만 구약에 대해서는 전연 모르고 있었다. 좀 더 예수 복음에 철저하게 무장이 되어 있었다면 거짓 교사들에게 현혹되지 않았을 것이다. 숨어들어온 거짓 교사들은 바울의 반쪽짜리 복음으로는 구원에 이를 수 없고 율법을 지키고 할례를 받아야만 완성된 구원을 얻을 수 있다고 유혹했다.

게다가 그들은 하늘의 별자리를 보고 운세를 점치는 점성술을 뒤섞어 농사를 지으려면 유대교의 절기도 지켜야 된다 하였다. 여기에 이른바 바울이 지적한대로 <초등학문> 과정만 배운 갈라디아인들이 아주 쉽게 넘어갔던 것이다. 바울은 단호하게, 그러면서도 부모가 엇나간 자식을 훈계하듯이 자상하고 자애롭게 호소했다. 율법주의자들은 이렇게 주장한다. 이 세상 심판 날 구원을 받을 수 있는 자격을 가지는 자는 아브라함의 가족에 속한 자라야 한다. 그 같은 선민의 자격을 얻으려면 징표가 있어야 한다. 바로 할례다. 그런데 그 할례를 받게 되면 그 즉시 율법을 준행하여야 한다. 하지만 지킬 수 없는 죄의 멍에라는 걸 깨닫게 된다. 율법은 예수 그리스도가 와서 우리가 <믿음>으로 의를 이룰 때까지 교사(蒙學先生) 역할만 담당하는 것인데 사람들은 그걸 모르고 율법만 지키면 구원을 얻는다고 생각하고 있다.

율법이란 거울은 내 얼굴의 흠을 있는 대로 다 보여줄 수는 있어도 흠을 고쳐주지는 못한다. 고쳐주는 것은 예수의 복음과 성령뿐이다. 따라서 구약 율법은 <약속하신 자손>이 오시기까지만 유효하였다. 그분이 바로 예수 그리스도이며 그분이 오심으로 해서 율법의 시대는 끝났고 예수를 믿는 자에게 그리스도는 율법으로부터의 <자유>를 주었다. 그 이전에는 우상숭배나 율법이나 그와 같은 <초등학문> 밑에서 종노릇했지만 지금은 자유를 찾아 믿음으로 약속 받은 아브라함의 가족이 된 것이다. 그같이 가르쳤는데 갈라디아인들이여 어찌하여 다시 초등학문으로 낙제하여 다시 종의 멍에를 쓰려고 하느냐. 그것이 바울의 탄식이었다.

- 그러나 너희가 그 때에는 하나님을 알지 못하여 본질상 하나님이 아닌 것들에게 종노릇하였지만 이제는 너희가 하나님을 알고 하나님도 너희를 아시게 되었는데 또다시 그들에게 종노릇 하려하느냐. 너희가 날과 달과 절기와 해를 삼가 지키니(*유대의 節期) 내가 너희를 위해 수고한 것이 헛될까 두려워하노라. (갈 4:8-11)

그러면서 바울은 비시디아 안디옥과 골로새 지역에서 말라리아 재발로 쓰러져 사경을 헤맨 것과 그곳 신자들의 헌신적인 병간호로 다시 살아났고 또한 후유증으로 심한 안질이 와서 라오디게아 안과병원에 한 달간 입원 치료했을 때 멀리는 북쪽의 안퀴라, 비시디아 안디옥에서 인근의 갈라디아 지역에 산재한 교회 신도들까지 찾아와 위로하고 예배하고 말씀 듣던 일들을 추억했다.

- 내가 처음에 육체의 약함으로 인하여 너희에게 복음 전한 것을 아는 바라. 너희를 시험하는 것이 내 육체에 있되 이것을 너희가 업신여기지도 아니하며 버리지도 아니하고 오직 나를 하나님의 천사같이 또는 그리스도 예수같이 영접하였다. 너희의 복이 지금 어디 있느냐 내가 너희에게 증거하노니 너희가 할 수만 있었다면 너희의 눈이라도 빼어 나에게 주었으리라. (갈 4: 13-15)

바울은 거짓 교사들이 할례를 강조하는 것은 육체의 패션으로 내세우려 함에 불과하고, 이처럼 그들은 외형적인 상징물로만 강조할 뿐 실제로는 할례는 곧 율법준행이란 걸 알면서도 준행하려면 영적인 호된 단련이 필요한데 그 같은 것은 외면하고 있으니 겉으로만 거룩한 자들인 체 하고 사실은 <영적 파산자>들이라고 비난했다. 그러면서 바울은 갈라디아인들은 분명 그 같은 사기꾼 거짓교사들과는 다르게 부활하신 그리스도 예수를 주님으로, 아바 아버지로 영접했으므로 그들의 몸속에는 성령이 임재하게 되었다. 따라서 우리는 주님과 함께 십자가에 못 박혀 죽은 것이다. 순교자가 되라는 말이 아니라 크리스천들은 스스로에 대해 죽어야 한다는 뜻이다. 자신의 삶에 대한 권리를 포기하고 예수 그리스도를 모든 삶 전체를 지배하는 주님이시며 구세주로 모셔야만 우리는 의의 길로 나가 구원을 받게 되는 것이다. 그러면서 바울은 크리스천으로써 살아가야 하는 방향과 길을 제시했다.

- 내가 그리스도와 함께 십자가에 못박혔으니 그러므로 이제는 내가 살아 있는 게 아니요 오직 내안에 그리스도께서 사신 것이다. 지금 내가 육체 안에 사는 것은 나를 사랑하시고 나를 위하여 자기 몸을 버리신 하나님의 아들을 믿는 믿음 안에서 사는 것이다. (갈 2:20)

- 내가 이르노니 너희는 성령을 좇아 행하라. 그리하면 육체의 욕심을 이루지 아니하리라. 육체의 욕심은 육체를 거스르나니 이 둘이 서로 대적하므로 너희가 원하는 것을 하지 못하게 하려 함이다. 너희가 만일 성령의 인도를 받게 되면 율법 아래 있지 아니할 것이다. (중략) 오직 성령의 열매는 사랑과 희락과 화평과 오래 참음과 자비와 양선(良善)과 충성과 온유와 절제이니 이같은 것을 금지할 법이 없다. 그리스도 예수의 사람들은 육체와 함께 그 정과

욕심을 십자가에 못박았느니라. (갈 5:16-24)

- 자기의 육체를 위하여 심는 자는 육체로부터 썩어진 것을 거두고 성령을 위하여 심는 자는 성령으로부터 영생을 거두리라. (갈 6:8)

- 나에게는 예수 그리스도의 십자가 밖에는 아무 것도 자랑할 것이 없다. 그리스도께서 십자가에 못박히심으로써 세상은 나에 대해서 죽었고 나는 세상에 대해서 죽었노라. 할례를 받고 안 받는 것이 중요한 것이 문제가 아니라 새로운 사람이 되는 것이 중요하니라. (갈 6:14-15)

그러면서 바울은 마지막 인사는 자필로 쓴다고 말했다. 시력이 안 좋았던 그는 이때부터 더디오에게 편지 내용은 구술하고 자신의 편지로 믿게 하기 위해 마지막 부분은 항상 자필로 썼다. 큰 글씨로 남긴다 하고 있는데 글자가 잘 보이지 않아 그의 글자획이 컸다. 편지 말미에 바울은 피를 토하듯 한마디를 남겼다.

- 이 후로는 누구든지 나를 괴롭히지 말라. 나는 내 몸에 예수의 흔적을 가졌노라. (갈6:17)

<흔적(痕迹)>은 단순히 남겨진 발자국 같은 게 아니라 깊은 상처를 입어 생긴 상흔(傷痕)이며 낙인(烙印)을 말함이었다. 갈릴리 바닷가에서 고기를 잡던 어부로 주의 부르심을 받고 그의 제자가 되었다면 깊은 상흔은 받지 않았겠지만, 히브리인 중의 히브리인이요 베냐민 지파의 바리새인이며 가말리엘의 제자로 랍비 안수까지 받은 산헤드린의 검찰관이었던 바울처럼 예수당을 잔멸해야 한다며 스데반을 처형하는데 앞장서고 크

리스천들을 탄압하다가 다메섹의 카우카브 언덕길에서 돌연히, 예수를 만났을 때 받은 그 충격의 화인(火印)은 천형의 상흔이었던 것이다. 누가 그걸 알겠는가. 바울 자신 밖에는 알 수 없는 예수의 흔적이었다.

바울은 작성된 그 편지를 더베에서 온 가이오에게 전해주었다.

"속히 비시디아 안디옥으로 가서 빗토리오 장로에게 전해주시오. 북갈라디아 지방과 남 갈라디아 지방에 있는 우리 가정교회에 모두 전달되어야 하니까 교회 숫자에 맞추어 옮겨 기록해서 나누어주어야 합니다."

"예, 그러겠습니다."

"그리고 에베소에서의 선교사역이 언제 끝날지 모르나 끝이 나면 3차 전도여행을 마감하고 수리아 안디옥 교회로 가서 선교보고를 해야 합니다. 안디옥으로 가기 전에 예루살렘에 들를 생각입니다. 그동안 모아진 구제헌금을 다 모아가지고 갈 생각입니다. 장로님께서는 그 뜻을 비시디아, 루가오니아, 비두니아, 갈라디아 여러 지역에 있는 우리 교회들에게 전해주시어 비시디아 안디옥 교회에 모두 모아달란다고 해주시오. 예루살렘으로 갈 때에는 소아시아 지역교회 성금뿐 아니라 마게도냐와 아가이야(그리스) 지역에서 모아진 것도 가지고 갈 예정입니다. 그리고 지역 대표성이 있어야 하니까 각 지역에서 대표자 한사람씩 동행해 갈까 합니다. 장로님도 함께 가주실 수 있지요?"

"물론입니다. 모시고 가겠습니다."

"빨리 돌아가 이 편지를 전하십시오. 거짓 교사들의 소동이 어떻게 진정되었는지 그 결과는 가슴 태우며 기다리겠다고 그곳 장로님들께 말씀하십시오. 인편보다는 행랑우편(行囊郵便)이 빠릅니다."

당시 로마제국은 에그나티아 고속도로를 비롯한 도로망이 잘 구비되어 있어 통신과 우편이 그런대로 잘 발달되어 있었다. 큰 도시 위주로 집배국(集配局)이 설치되어 있었다. 이윽고 가이오는 바울의 편지를 가지고 비시디아 안디옥으로 떠났다. 사도 바울은 13편의 서신 성경을 남기고 있다. 그 중 몇몇 편은 그의 친작(親作)이 아니고 그의 제자들이나 그의 명성을 이용하여 쓴 위작(僞作)일 거라는 주장들이 있다. 그러나 '예수 그리스도, 자유에 대한 대선언(大宣言)'으로 불리는 갈라디아서는 물론 그의 친작이며 AD 53년 경 그의 나이 48세 때 쓴 신약성경 초기의 바울 서신이기도 했다.

바울의 에베소 전도 사역은 물을 만난 고기처럼 잘 이루어지기 시작했다. 유대인 회당에 나가 설교하는데 새로운 예수복음을 들으려고 사람들이 구름처럼 모여들었다. 예배를 마치고 숙소로 돌아올 때 누군가 일행을 뒤 쫓아왔다.

"선생님, 뵙고 싶어 따라왔습니다. 저는 이곳 에베소에 살고 있는 에베네도란 사람입니다. 이곳에 오셔서 강론하시는 걸 한 번도 놓치지 않고 들어왔고 큰 감동을 받았습니다. 어떻게 하면 정식으로 예수님을 영접할 수 있는지요?"

"오, 잘 오시었소. 안으로 들어갑시다."

바울은 기뻐하며 그에게 세례를 주고 안수했다. 훗날 바울이 회고한대로 에베소에 와서 최초로 얻게 된 하나님의 첫 열매였다. 한편 안식일마다 유대인 회당인 시나고구에는 바울의 설교를 들으려고 모여든 이방인들로 발 디딜 틈이 없었다. 성령을 받은 바울이 예수의 십자가 죽음과 부활을 증거할 때였다. 바로 앞자리에 앉은 소년이 하나 있었다. 소년 옆에는 지팡이가 놓여 있었다. 소아마비로 한쪽 다리를 저는 장애아였다. 그소년은 처음부터 바울의 말에 귀 기울이고 한마디도 놓치지 않으려고 애를 쓰는 게 보였다. 바울이 그 소년과 부모를 본 것이 이번으로 세 번째였다. 예배가 다 끝나서 바울은 그 소년 앞으로 다가가 손을 내밀었다. 소년이 감동한 듯 눈물을 흘리며 우러러 보았다. 소년의 얼굴이 거룩하게 빛나고 있었다.

"하나님을 믿느냐?"

"전 지금 예수님을 보고 있어요."

그러자 바울은 소년의 머리를 잡고 강하게 안수했다.

"예수의 이름으로 명하노니 다리의 아픔은 물러가라! 불구의 마귀는 떠나가라!"

바울은 소년을 일으켜 세웠다.

"지팡이를 버리고 걸어보아라."

"예."

소년이 혼자 바로 서더니 한발 두발 앞으로 걸었다. 처음부터 시선을 집중하고 보고 있던 모든 회중이 순식간에 탄성을 발하며 외쳤다.

"잘 걷는다. 고쳐졌다. 다리병신을 고쳤다. 기적이 일어났다!"

소년은 기뻐서 뛰어다니며 외쳤다.

"하나님 감사합니다. 감사합니다."

바울이 에베소에 와서 성령의 은사로 불구자를 고친 것은 이번이 처음이었다. 그 소문은 삽시간에 온 에베소에 퍼져서 바울이 나가던 유대인 회당은 물론이고 바울이 가는 길은 수많은 시민들이 따라다녔다. 그 가운데는 각종 병자, 장애인들도 많았는데 이상한 소문도 퍼졌다.

"안수를 안 해주어도 바울 선생의 옷자락만 잡았는데도 귀신들이 도망치고 그 미쳤던 여자가 멀쩡해졌다더라."

"도대체 예수가 무슨 신인데 그 이름으로 외치면 병자들이 낫는단 말인가?"

"여호와란 하나님을 믿지 않으면 그런 난치병은 고쳐지지 않는다 하더라."

갖가지 소문이 무성해지면서 치료뿐 아니라 바울이 전하는 복음을 듣기 위해 시민들이 몰려드는 바람에 에베소에서 가장 규모가 크다는 첼수스 유대인 회당은 몰려든 이방인들이 접수한 것처럼 되어 버렸다. 그 때문에 안 그래도 바울에 대해 불만을 가지고 있던 할례자 유대인들이 들고 일어났다.

"바울이란 자는 전래의 우리 유대교와 성전을 모독하고 율법과 할례를 폐해야한다고 주장한 이단의 괴수다. 이 자가 들어와 우리 시나고구는 물론이고 온 에베소의 우리 형제들을 모욕하고 있다. 이 자는 눈속임으로 병자를 고치는 마법사에 불과한 사기꾼이다!"

그들 30여 명은 몽둥이를 들고와 바울과 그를 따르는 신도들을 사정없이 후려치며 회당 밖으로 내쫓기 시작했다. 바울이 막아서서 대화로 풀자며 말렸지만 소용없었다. 신도들이 피를 흘리며 아우성을 쳤고 바울도 실라와 디모데와 함께 그들의 몽둥이에 맞아 부상했다. 이 난동은 한동안 계속되었다. 얼마가 지나서보니 바울을 따르던 신도들과 시민들은 도망쳐서 아무도 없었고 바울과 실라 디모데 그리고 아리스다고만 남아 있었다. 그러자 주동자인 할례자가 몽둥이를 끌고 다가왔다.

"그동안 참아 주었는데 너희들의 말도 안 되는 주장이 도를 넘었다. 조상의 신과 성전을 모독하고 수많은 이방인들을 마술로 현혹하여 치안을 어지럽게 하고 있어 우선은 성전 정화 차원에서 청소한 것이다. 다음에는 청소를 이렇게 하지 않을 것이다. 네 놈을 당국에 고발해서 채찍형을 받게 하여 감옥살이를 시킬 것이다. 그러기 전에 당장 에베소를 떠나라. 열흘간의 여유를 주마!"

바울 일행은 피를 흘리며 회당에서 쫓겨났다.

"일단은 저희 집으로 가시지요. 치료부터 하셔야겠습니다."

에베소에서 첫 신자가 된 에배네도였다. 그의 집으로 가게 되었다. 그의 집은 헬라 아고라 뒤, 작은 단층집이었다. 그는 자기 부인과 함께 나서서 부상을 입은 바울과 일행들을 지성껏 치료해주었다. 시급한 것은 앞으로의 문제였다.

"할례자들은 이번 한 번으로 멈추지 않을 것 같습니다. 에베소만 해도 삼천여 명의 유대인이 살고 있다잖습니까? 그들 일부까지 합세가 되면 그 박해는 점점 거세질 것 같습니다."

디모데의 걱정에 실라가 핀잔을 주었다.

"전도가 잘되면 잘될수록 적대자들은 더 많아지고 박해가 심했었다. 거기에 굴복하면 안 돼. 성령으로 무장하고 과감하게 앞으로 나가는 게 최상책이다. 그건 그렇고 사도님!"

"말해 보게."

"문제는 지금까지 우리가 사용했던 유대인회당은 더 이상 사용할 수 없다는데 있습니다. 갑자기 일어난 그들의 핍박도 문제지만 몰려드는 새 신자들을 수용하기엔 너무 비좁기 때문입니다. 그렇다고 첼수스 도서관 정원이나 거리 광장에서 집회를 계속해 갈 수는 없지 않겠습니까?"

"내 고민도 그걸세."

"브리스길라 부인과 상의해 보시는 게 어떻겠습니까?"

디모데의 말에 바울이 고개를 끄덕거렸다.

"그럴 수밖에 없구나."

이튿날 아굴라의 집에는 브리스길라가 소집한 바울의 협력자들이 다 모여들었다. 집주인 내외와 직원인 카브르 외 세 사람, 그리고 글로에 상회의 직원 네 명, 에베네도와 바울에게 세례를 받았던 세례자 요한의 제자 열두 명과 실라 디모데 아리스다고 등 모두 28명이었다.

"여러분들은 그동안 여러 가정에서 나뉘어 예배를 드려왔습니다. 그래서 별다른 어려움은 없었습니다만 갑자기 폭발적으로 늘어난 신도들 때문에 할례자들과 충돌이 생긴 겁니다. 문제는 그 신자들을 다 수용할 수 있는 시설이 없다는 깃입니다. 좋은 의견이 있으면 말씀들을 해주시지요.”

실라의 말에 브리스길라가 물었다.

“새 신자라면 몇 명 정도나 되나요?”

“주님을 영접한 신자보다 아직은 후보신자의 수가 많습니다. 사도님이 움직이면 그 뒤를 따라다니는 남녀노소의 숫자가 언제나 수십 명 때로는 수백 명, 안식일에 복음선포를 하면 천 여 명이 모일 때도 있었습니다.”

“그 많은 사람을 어디에 수용하지요? 가정에서는 모일 수 없는 일이구.”

“2백여 명이 앉아 설교를 들을 수 있는 장소가 있긴 한데요. 제가 한번 알아보겠습니다.”

에베네도가 나섰다.

“그런 데가 어디에 있지요?”

“대경기장 가는 쪽에 극장이 있고, 그 밑 골목에 두란노(hall of Tyrannus)라는 강원(講院)이 하나 있습니다.”

“두란노? 뭐하는 강원이지?”

“에베소의 어떤 부자가 만든 건물인데, 처음에는 로마인들의 클럽들이 사용하는 사교와 교육 활동을 위해 그 재력가가 내놓은 거랍니다. 지금은 로마인들 뿐 아니라 에베소 상류층이나 지식인들 상공인들이 동호인 클럽들이 사용하고 있는 것으로 알고 있습니다. 큰 강당 작은 강당 등이 4개 있고 교실이 5개 있습니다.”

“그곳을 사용하려면 어떻게 해야지? 대관료를 내야하나?”

“공익(公益) 건물이라 대관료는 없는 걸로 알고 있습니다.”

그러자 실라가 바울에게 말했다.

“그곳 강당이 최적의 장소로군요? 한 번에 수백 명이 들어간다면 전도 집회 장소로써는 최고입니다.”

"빌려준다면 몰라도 그게 가능할까?"

"일단 제가 알아보겠습니다."

에베네도가 나서서 곧장 밖으로 나갔다. 그때 루가오니아 더베에서 장로인 가이오가 바울을 찾아왔다.

"오, 가이오 장로! 갈라디아 지역의 교회들은 어찌되었소?"

"다행히 진정되었습니다. 사도님이 보내신 편지를 여러 부 필사하여 각 교회로 보내고 장로들이 사도님의 말씀을 들어 다시 양육한 결과 거짓교사, 이단들의 주장들은 그야말로 거짓이었다는 것을 깨닫고 바울 사도님을 흠모하고 있습니다."

"하나님께 감사해야 할 일이군요. 아아, 이제야 두 다리를 뻗고 잠을 잘 수 있겠소."

"그리고 이건 비시디아, 부르기아, 갈라디아, 루가오니아 등 소아시아 일대 교회에서 모금한 구제헌금입니다. 빗토리오 장로가 취합한 것입니다. 매듭을 굳게 하고 밀봉을 해서 얼마나 되는 금액인지 모르겠습니다."

"고맙소. 가이오 장로는 나중에 소아시아 교회 대표로 나와 함께 예루살렘으로 가십시다. 소아시아 쪽은 됐고 무시아 쪽 드로아 교회 인근의 교회는 내가 직접 가야 하고 마게도냐와 아가야 일대도 직접 다시 방문하여 취합한 후 예루살렘으로 가야겠습니다."

무엇보다 갈라디아 교회들이 회개하고 자신이 가르친 하나님의 말씀으로 돌아왔다는 희소식에 바울은 기쁨을 금하지 못했다. 한편 바울이 매맞은 상처를 치료하고 있는 동안 평소 마술을 부려 돈을 벌고 있던 거리의 마술사 일곱 명이 머리를 맞대고 돈벌이 할 궁리를 하고 있었다. 그들 일곱 명은 바울이 나가던 유대인 회당의 회당장 스게와의 아들들이었다.

"과연 정신이 돈 정신병자를 우리도 바울처럼 낫게 할 수 있을까?"

큰아들 입다가 자신이 없다는 투로 말했다.

"왜 이래? 바울이 병자를 고치는 게 아니라니까."

"바울이 아니면? 누가 고쳐준단 말이냐?"

"예수가 고쳐준다고 바울이 그러는 거 듣지도 못했어? 예수 이름으로 고친다잖아? 고칠 때 바울은 병자의 어깨를 잡고 외쳤어. 예수의 이름으로 명하노니 써억, 마귀는 물러가라! 물러가라!"

"맞아. 그거야. 바울이 고치는 게 아니라 예수가 고쳐주는 거다. 우리도 바울처럼 외치면 고칠 수 있을 거다. 예수의 이름으로 명하면 되는 거야."

"고쳐지지 않으면?"

"우린 마술사들 아냐? 마술을 부리면 일시적으로 고쳐지는 기적을 보일 수 있잖아?"

"해볼 만한 게임이다. 형! 이렇게 하면 어떨까?"

"어떻게?"

"수많은 시민들을 불러 놓고 귀신들린 정신병자를 누가 빨리 고쳐놓나 바울과 시합을 하는 거야. 시합에서 이기면? 우리는 돈방석에 올라앉는 거야. 각처에서 병자들이 몰려올 거 아냐? 선금을 받고 고쳐주겠다고 하는 거지."

"선금 받고? 좋아. 그거다. 헌데 귀신들린 정신병자가 있어야 시합을 하지?"

"공중목욕탕 근처에 사는 정신 오락가락 하는 미친놈 하나 있잖아?"

"그렇구나. 그 친구를 데려다가 하면 되겠구나."

"형! 쇠뿔은 단김에 빼라했어. 시합을 빨리 하자구."

"바울한테 도전장을 보내야 잖아? 누가 바울한테 갈래?"

"내가 다녀올게."

셋째가 나섰다. 아굴라 상회의 카브르와 잘 아는 사이니 자기가 맡겠다고 한 것이다. 카브르로부터 그 소식을 들은 바울은 너무 어처구니가 없는지 웃어보였다.

"아예 상대조차 하지 않는 게 좋습니다. 그 제의는 묵살해 버리십시오."

불쾌하다는 듯 실라가 말했다.

"그럴 의사가 없다고 전하라 할까요?"

카브르가 바울에게 채근했다. 그러자 바울은 의외로 그 제안을 흔쾌히 받아주겠다고 전하라 했다. 그러자 실라와 디모데 유스도가 왜 그러시냐 며 반대했다.

"길거리 마술사들과 똑같은 대접을 받게 됩니다. 거절하세요."

"아닐세. 예수그리스도의 권능과 힘이 얼마나 놀라운지 에베소 전 시 민들에게 알릴 좋은 기회야. 엘리야 선지자께서 갈멜산에서 벌이신 바알 숭배자들과의 결판이 다시 이 에베소에서 일어날 것일세."

모두 걱정하고 있는데 바울은 태연하게 마술사들의 도전을 받겠다 했 다. 그 소식을 들은 스게와의 아들들은 희희낙락하며 답을 보내왔다. 결 전장은 파나지르산 서쪽에 있는 야외 원형 대극장으로 하며 귀신들린 병 자도 준비하여 데리고 나갈 것이며 관중 동원도 저희들이 책임지겠다고 나섰다.

"대경기장은 가봤지만 대극장은 안 가봤는데 어디에 있지?"

바울이 에배네도에게 물었다.

"대경기장에서 1킬로미터 서쪽에 있는 파나지르산 밑에 있습니다. 헬 라 세계에서는 제일 큰 야외극장으로 알려져 있고 객석은 2만 5천석이라 합니다."

"점점 흥미 있어지는구면."

"에베소 시민들이 다 모여드는 거 아닌가요?"

걱정되는지 디모데가 불안한 얼굴로 말했다.

"모이면 좋아. 기다려 보자."

이윽고 회당장 스게와의 일곱 아들은 의기양양해서 바울과의 결전을 선전했다. 그렇지 않아도 바울의 신비한 병 고침을 보고 모두 감탄하고 두려워하던 시민들은 시합이 열린다는데 환호성을 올렸다. 마침내 시합은 그들이 잡아 놓은 대극장에서 벌어지게 되었다. 아침부터 시민들이 대극장 안으로 밀려들었다. 새 복음을 전하는 사도 바울은 이미 기적을 보였고 그가 만진 손수건을 환자에게 얹어도 병이 깨끗이 낫는다는 소문까지 퍼져서 바울이라면 이번 시합쯤 가볍게 이기리라고 보고 있었지만 한 번도 그 같은 기적을 보여준 적이 없던 마술사들도 똑같은 기적을 나타내 보이겠다는 장담에 사람들은 더 큰 관심을 내보이고 있었던 것이다.

그래서일까. 에베소에서 영업 중인 마술사뿐만 아니라 인근의 이즈미르, 밀레도 등 큰 도시 마술사들까지도 다 동원되어 수백 명이 모여 앉아 출전자들의 응원준비를 하고 있었다. 정오가 되어 쇠북을 치면 시합은 시작되기로 되어 있었다. 좋은 자리를 차지하기 위해 아침부터 관객들이 들어와 시작하기도 한참 전에 이미 5천여 명의 관객이 좌석에 앉아 있었다. 노천극장이어서 타원형 큰 무대가 관중석을 향해 만들어져 있고 무대 밑은 세트실, 의상실, 분장실, 출연자 대기실 등이 있는 지하실이 있었다.

주최를 하는 측은 마술사들이었는데 그들이 관중석 정리부터 안내 그리고 행사일체를 상관하고 있었다. 대기실에는 이미 시합에 참여하는 스게와의 아들 7명이 마술사 의상을 차려 입고 기다리고 앉아 있었다. 조금 있자 행사요원들이 바울 일행을 안내하며 대기실로 들어왔다.

"어서오십시오. 기다리고 있었습니다. 자신은 있으시겠죠?"

장자인 입다가 비아냥거리는 투로 말을 건넸다. 디모데가 대신 받았다.

"그건 염려마시구, 오늘 병 고칠 귀신들린 미친 청년은 어디 있죠?"

"우리보다 먼저 와서 기다리고 있습니다. 바로 옆방에 있습니다. 만일을 몰라 방문을 잠가놓았습니다."

그 때 어디선가 쇠북소리가 세 번 울려 퍼졌다. 정오의 쇠북소리였다. 경합(競合)을 알리는 신호였다.

"무대로 나가시지요."

스게와의 아들들이 일어나며 바울일행에게 말했다. 양편이 무대로 나가자 관중들은 알 수 없는 환호성을 지르며 환영했다. 사회를 맡은 마술사가 나서서 시작을 선언하고 경합의 규칙에 대하여 설명하고 양측의 동의를 구했다.

"여러분들도 아시다시피 이번 경합은 스게와 회당장의 자제들인 입다와 일곱 아들이 공동으로 바울 선교사에게 먼저 도전함으로써 이루어진 것입니다. 바울 선교사는 날 때부터 소아마비였던 환자를 안수하여 고치고 귀신들리고 병든 난치병자들도 고쳐내는 기적을 베풀었는데 그 기적은 모두 여호와 하나님 예수의 힘으로 가능했다 하고 있습니다. 그런 기적은 바울만 나타낼 수 있는 게 아니라는 게 입다 마술사의 주장입니다. 자기들도 얼마든지 바울이 빌리는 신비한 힘의 소유자 예수의 이름을 빌려 치료할 수 있다는 것입니다. 믿으시면 환영해주십시오."

그 말에 군중들은 일제히 환성을 질러 답했다.

"그럼 경합 규칙에 대해 말씀 드리겠습니다. 이곳에는 귀신이 들려 정신이 온전하지 못한 미친 청년이 와있습니다. 먼저 입다 마술사 형제들이 그 청년을 상대로 청년의 몸에 붙은 귀신을 완전히 쫓아내고 온전한 청년으로 돌아와 정상인이 되게 만들도록 하겠습니다. 만약 성공하면? 바울은 마술을 부리는 길거리 술사에 불과하다는 걸 인정하고 에베소를 떠나야 할 것입니다."

"실패하면 어찌하겠나?"

관중석 맨 앞줄에 앉아 있던 오네시보로가 외쳤다. 그러자 디모데가 일어서서 큰소리로 말했다.

"나는 바울 사도님의 제자 디모데입니다. 이곳에는 에베소뿐만 아니라 이즈미르, 밀레도스 등 인근 각처의 모든 마술 술사 수백 명이 모여서 지켜보고 있습니다. 만약 입다의 형제 마술사들이 실패한다면 여호와 하나님 예수께 지은 죄를 사죄하고 이후부터는 마술로 사람들을 미혹시키지 않겠다고 맹세하고 간직하고 있는 마술에 관한 서책은 모두 불태워 없애버리겠다는 약속을 해야만 우리 스승이신 사도님께서 경합에 응하실 겁니다. 먼저 약속하시오."

디모데의 요구조건이 너무 갑작스럽고 어려워서 당황한 그들은 잠시 구수회의를 했다. 그러더니 사회를 보던 자가 외쳤다.

"그 조건은 받아들이기로 한답니다. 그 대신 이쪽도 한 가지 요구조건이 더 있답니다. 바울이 지면 40에 한 대 감한 채찍을 맞고 그래도 살아있으면 에베소를 떠나겠다고 약속하란 겁니다. 지킬 수 있소?"

그러자 바울이 자리에서 일어섰다. 천천히 입을 열었다.

"조건은 다 받아들이겠습니다. 그 대신 경합을 시작하기 전 나에게 잠시 해명할 수 있는 시간을 줄 수 있겠소? 긴 시간을 달라는 건 아닙니다."

그러자 입다가 좋다 했다. 바울은 무대 앞으로 나가며 예수 그리스도의 새 복음을 선포하기 시작했다. 한꺼번에 이렇게 많은 군중을 모아놓고 하는 설교는 처음이었다. 이런 기회를 놓칠 수는 없다고 생각한 것이다. 군중은 마술사들 뿐 아니라 헬라인들 그리고 토착민인 부르기아인 그리고 유대인들, 로마인들까지 다 섞여 있었다. 바울은 여호와 하나님은 누구인지 그의 독생자 예수는 누구인지. 하나님의 아들인 그는 아무런 죄도 없었고 죽을 이유도 없었는데 왜 죽게 되었는지. 누구를 위해 죽었는지 그를 믿는 자는 왜 멸망하지 않고 부활 영생을 하게 되는지에 대해 열렬하게 설파해 나갔다. 모든 군중은 숨소리 하나 없이 조용하게 경청했고 곧 감동의 물결이 일었다.

"하나님 예수 그리스도는 말에 있지 아니하고 능력에 있습니다. 미개한 여러분이 예수가 곧 하나님 아들이라는 사실을 믿지 않으므로 나는 그분 이름으로 난치병자를 일으키는 기적을 행하는 것입니다. 의심하지 말고 온전히 그를 믿으면 영생을 얻고 천국에 갑니다."

조금은 긴 바울의 설교가 끝났다. 군중들은 감동하여 설교가 끝났는데도 어떤 생각에 취했는지 조용하기만 했다. 그 때 군중들이 환성을 질렀다. 스게와의 아들 입다가 일어나며 주문을 외우고 뭐라 외치자 바울의 모습이 예수의 모습으로 바뀐 것이었다. 마술의 기술 한가지였다. 그는 바울의 모습을 다시 본모습으로 바꿔놓았다. 다시 환호성이 일었다. 사회자가 나섰다.

"바울은 이런 이적은 행하지 못합니다. 그러면 지금부터 여러분은 기적의 현장을 보게 될 것입니다. 귀신들린 청년을 데려오겠습니다."

턱짓을 하자 무대 밑에 있던 정신병자 청년을 입다의 아우 마술사들이 데리고 무대 위로 올라왔다. 그는 두려운지 파랗게 질려서 떨고 있었다.

"보시다시피 이 청년은 귀신이 들려 미친 광인(狂人)입니다. 지금부터 입다와 그 아우 마술사들이 함께 이 청년에게서 귀신을 내쫓고 그 병을 고쳐 정상인으로 만들어 놓을 것입니다. 자아, 주목해 주십시오!"

사회자의 소개에 따라 마술사인 스게와의 일곱 아들들이 일어나 그 미친 청년을 둘러쌌다. 입다와 그의 아우 둘이 미친 청년의 머리통을 부여잡았다. 그러더니 입다가 강하게 흔들어대며 천둥 같은 소리로 외쳐댔다.

"너에게 붙어 있는 미친 악귀는 바울이 말하는 저 예수의 이름으로 명하노니 써억 물러가라!"

그러자 다른 아우들도 합창하듯 함께 외쳤다.

"예수 이름으로 명하노니 어서 물러가랏!"

머리통을 잡고 있던 세 아들은 바울과 예수 이름을 외쳐대며 미친 청년의 머리통을 눌러 내렸다. 모든 군중은 이제 곧 미친 악귀 귀신이 쫓겨나 달아나고 청년이 온전한 정신을 찾기만 바라며 침을 넘기고 기다렸다. 그 때였다.

"우우우욱!"

고함치는 소리가 아래로부터 터져 올랐다. 미친 청년이었다. 청년은 한 꺼번에 입다와 그 아우 두 사람의 목통을 잡아 올리며 옥죄었다. 그러면 서 천둥치듯 외쳤다.

"이놈들아 난 예수도 알고 바울도 아는 악귀다! 그런데 너희들은 정체 가 무어냐? 빨리 말해. 예수도 바울도 아닌 네놈들은 무슨 귀신이냐? 어 서 대라구!"

미친 청년은 어디서 그런 힘이 솟아나는지 마치 신전기둥을 잡고 흔들 어 무너뜨린 삼손처럼 괴력이 뻗쳐 입다와 그 아우의 입은 옷을 갈기갈 기 찢어 놓았다. 두 사람은 완전히 나체가 되어 무대에서 밖으로 나가 떨 어졌다. 남은 형제들도 혼비백산하여 도망쳐버리고 입다와 그 아우는 벗 은 알몸을 어찌할 줄 모르며 미친 청년이 쫓는 대로 용서를 빌며 관중석 앞뒤로 쫓겨 다녔다.

"멈춰라! 멈춰라!"

무대 위에서 바울이 외쳤다. 그 순간 나체가 된 마술사 형제들을 쫓아 다니던 그 미친 청년은 숨을 헐떡이면서 비틀거리다가 그 자리에 주저앉 았다. 바울이 그 청년이 있는 쪽으로 걸어갔다. 그런 다음 쓰러진 청년을 일으켰다. 조금 전까지만 해도 미쳐서 날뛰던 그 청년은 온순한 한 마리 양처럼 순해져 바울 앞에 무릎을 꿇었다. 스게와의 아들 7형제는 이미 어 디론지 도망쳐버린 뒤였고 모든 관중은 일어나 바울과 청년 주위로 모여 들었다.

"고개를 들어라."

바울의 명에 청년은 얼굴을 쳐들었다. 그러자 바울은 청년의 어깻죽지를 갑자기 내리쳤다.

"예수의 이름으로 명하노니 악귀는 떨어져 나가라! 떨어져 나가라!"

"절 용서하십시오. 용서해 주세요."

청년이 빌면서 머리를 조아렸다. 바울은 청년을 안수하고 기도했다. 기도를 마치자 청년이 일어섰다.

"하나님, 고맙습니다. 예수님 고맙습니다."

온전한 정신으로 고쳐진 청년이 하나님께 감사하고 춤을 추며 대극장 밖으로 뛰어나갔다. 그것을 지켜본 모든 군중들은 감동의 환성을 질렀다.

16

아시아 선교본부 두란노(Tyrannus) 강원(講院)과 바울의 투옥사건

그 사건이 있고나서 사흘이 지난 안식일이었다. 바울은 새 신자가 된 2백여 명의 신도들의 요청에 따라 에베소 항구 쪽에 있는 항구의 문 광장에서 예배를 보게 되었다. 광장에 신도들이 모여 있는데 시청 쪽에서 수레 3대가 광장 안으로 들어왔던 것이다. 검은 물소가 끄는 그 수레 3대에는 낡은 고서(古書)들이 가득 쌓여있었다. 그리고 수레 뒤쪽으로 백여 명의 마술사들이 따라 들어오고 있었다. 수레가 멎고 마술사들이 바울 앞으로 나와 섰다. 그들의 대표자인 듯한, 가슴까지 덮은 흰색수염의 노인이 입을 열었다.

"마술사 입다의 형제들이 사도님의 권위에 대해 감히 도전하고 사도님이 설파하시는 여호와 하나님과 예수님의 권능을 농락한 죄 모든 마술사들을 대신하여 용서를 구합니다. 받아주십시오. 백성들을 각종 점(占)과 예언, 사술(詐術)로 현혹시키며 살아왔던 저희 모든 마술사들은 경합 전 사도님께 약속드렸던 조건을 이제 갚기 위해 왔습니다. 사도님과 사도님이 부르는 예수님은 사술을 부리는 분이 아니라 진정한 구세주임을 믿습니다. 그래서 이제 저희들은 마술을 버리기로 했습니다. 그 증거를 보이기 위해 대대로 내려오던 여러 가지 종류의 마술서적을 다 가지고 나왔으며 그 서책들은 모두 불태워버리려 합니다. 돈으로 쳐도 은(銀) 5만 냥의 가치가 넘을 것입니다. 다시 한 번 찬양합니다. 여호와 하나님은 위대하신 분입니다."

지도자인 노인은 이윽고 서책들을 수레에서 끄집어내려 높이 쌓고 불을 붙였다. 불길이 치솟으며 마술책들이 불타올랐다. 놀란 에베소 시민들이 몰려나와 불길을 보며 모두 바울에게 경외감(敬畏感)을 보이고 하나님을 두려워했다.

에베소의 복음 전도는 봄날을 맞았다. 눈에 띄게 하루가 다르게 교세가 불어난 것이다. 그러든 어느 날 집회장소를 알아보러 나갔던 오네시보로가 돌아와 좋은 곳이 있다고 바울에게 말했다.

"좋은 곳?"

"예, 전에 말씀드렸던 두란노 강원(講院)의 소강당을 빌릴 수 있을 것 같습니다. 강원장의 반승낙을 받았으니 사도님께서 직접 저와 함께 가서 교섭해 보셨으면 합니다."

"알았소. 고맙구려. 실라! 디모데야 함께 다녀오도록 하자."

바울은 일행을 데리고 두란노 강원을 찾아갔다. 강원은 시민들이 여가를 즐기는 곳이기도 하고 취미를 위한 강좌도 열리는 시민들의 문화원(文化院)이기도 한 곳이었다.

"강의실을 구하고 계신다구요?"

바울이 인사하자 강원장이 물었다.

"예, 들어오면서 강의실을 봤습니다만 저희는 더 넓은 소강당이면 좋겠습니다. 매일 사용하고 싶고 그에 따라 원하시는 대관료(貸館料)는 지불하겠습니다."

"하루 몇 시간 정도 원하시오?"

"네 시간 정도면 되겠습니다."

"잠시만 기다리십시오."

원장은 서류철을 뒤적이더니 빈 강의실이 한낮동안 밖에는 나지 않는다며 난색을 표했다. 바울은 새벽이나 아침, 혹은 저녁때나 밤 시간을 원했지만 이미 꽉차있어서 안 된다는 것이었다.

"차별하는군요. 한낮에는 무더워서 일도 하지 않는 곳이 이곳입니다. 그런데 제일 더운 시간을 우리에게 준다니 일부러 그러는 거 같습니다."

실라가 화가 나서 바울에게 돌아가자 했다.

"여기 아니면 빌릴 장소가 없겠어요? 해두 너무합니다."

"실라, 화를 가라앉히게. 당장 좋은 곳이 없어서 여기 온 거 아닌가? 하나님 뜻으로 받아들이고 이곳을 빌리기로 하세."

바울은 실라를 다독이고 계약을 끝냈다.

"내일부터 써도 됩니다."

바울은 두란노를 선교본부로 만들기로 하고 이튿날부터 제자들과 새 신도들을 받아들여 매일 새 복음에 대한 강론을 시작했다. 소강당은 며칠 지나지 않아 입추의 여지없이 들어찼다. 그날도 오후까지 강론을 마치고 바울이 쉬고 있을 때였다. 대부분의 제자와 신도들이 돌아가 조용해진 시간이었다. 네 명의 낯선 사내들이 강당 옆 기도방으로 바울을 찾아 왔다.

"어서오십시오. 누구신지?"

바울이 묻자 그중 중년 사내가 대답했다.

"바울 선생을 뵈려고 온 사람들입니다. 우린 첼수스 시나고구 유대인 회당에서 왔습니다."

"당신들은 할례자 유대인이요?"

"그렇습니다. 선생의 설교를 듣고자 많은 동포 형제들이 모여 있습니다. 모셔오란 회당장님의 분부가 있어 왔으니 저희와 함께 가시지요?"

"오늘은 안식일도 아닌데 예배를 드린단 말이오?"

"예배가 아니고 단지 설교를 듣고 싶으니 해달라는 겁니다."

바울이 이상하다는 듯 고개를 갸웃거리다가 말했다.

"알았습니다. 먼저 가십시오. 잠시 후에 가겠습니다."

"지금 함께 가시지요. 밖에서 기다리겠습니다."

그들은 말을 마치고 기도실을 나갔다. 실라가 내용을 듣자마자 안가는 게 좋겠다 했다.

"뭔가 속임수가 있는 거 같습니다. 위해를 입힐지 모르잖습니까? 가지 마십시오."

디모데도 반대했지만 바울은 가겠다고 나섰다.

"처음 이곳에 왔을 때 우리에게 호의적인 회당이었고 새 복음에 대한 반응도 좋았던 곳 아닌가? 그리고 스게와 회당장은 자기 아들이 나와 경합을 하여 졌고 그 사실을 온 성내에서 다 알고 있으니 나에게 어쩌지 못할 걸세. 그러니 염려 말고 가자구."

바울이 앞장섰다. 네명의 사내들과 실라 디모데 등과 함께 바울은 첼수스 도서관 뒤에 있던 유대인 회당으로 갔다. 회당 안으로 들어간 바울은 흠칫 놀랐다. 회당 안에는 백여 명의 신도들이 있을 줄 알았으나 30여 명의 신도들만 기다리고 있었다.

"다른 신도들은 어디 있소?"

"있긴 뭐가 있어? 이 자를 밖으로 끌어내라!"

그렇게 외친 자는 뜻밖에도 경합에서 진 스게와의 아들 입다였다. 사내들이 한꺼번에 달려들더니 바울의 목통을 잡고 회당 밖으로 끌고 나갔다. 실라와 디모데가 따라붙어 말렸지만 소용없었다. 오히려 얻어맞고 쓰러졌다. 20여 명의 괴한들은 회당 뒤편에 있던 공터로 바울을 끌고 갔다. 제법 오래된 올리브 나무가 서 있었는데 괴한들은 바울을 나무를 껴안게 하고 반대편에서 양 손목을 하나로 묶어버렸다.

"준비를 서둘러라."

입다가 채근했다. 나무를 껴안고 있는 바울의 옷을 위에서부터 찢어 내렸다. 당장 바울의 상체는 알몸이 되었다. 사내 하나가 구석에 놓인, 물이 찰찰 넘치는 나무 물통을 들고 와서 바울의 벗은 등짝에 퍼부었다. 사내들이 둘러서며 그 중 하나가 채찍을 들고 왔다. 그는 소리 나게 하공에 채찍을 날렸다. 20여 가닥으로 갈라지고 그 끝에 납덩이 못을 매달아서인지 바람 가르는 소리가 날카롭고 납덩이 못들이 서로 부딪쳐 무시무시한 소리가 났다. 신도들이 다 몰려나와 구경하고 있었다. 평소 회당에 오면 바울을 환영하고 존경하며 따르던 그리스도 교도들이 많은 회당이었다. 그들이 옆에 있다면 당장 말리려 나섰을 것이다. 그러나 신도들은 조용했고 오히려 그들의 눈동자는 모두 적의에 차 있었다.

"우리 회당에서는 전 에베소 유대교 회당의 이름으로, 그리고 에베소에 있는 전 유대인들과 우리 유대교를 신봉하는 헬라인과 부르기아인 신도들 이름으로 이단자이며 배교자인 너 바울을 고발함에 에베소 랍비회의에서 다음과 같이 중징계령을 내렸다. 채찍형을 받아야 하며 더 이상 성전과 율법과 할례에 대한 신성모독을 중단하고 사흘 후에 이 에베소에서 떠나야만 한다. 불응할 때는 어떤 불이익을 당하고 투옥까지 당한다 해도 우리에겐 책임이 없음을 밝혀둔다."

첼수스 유대인 회당의 스게와 회당장은 처음부터 바울에게 아주 호의적이었다. 그 때문에 그 회당에서 전도의 부흥이 일어날 수 있었던 것이다. 그러나 지금은 그의 태도가 완전히 변해 있었다. 마법사 아들이 바울에게 당했다는 것 때문인 듯 했다.

"오, 주여!"

바울은 눈을 감고 주님께 모든 걸 맡긴다며 기도를 올렸다.

"채찍을 쳐라!"

바람을 가르며 채찍이 바울의 등짝에 날아들었다.

"하나!"

할례자들이 숫자를 세었다. 다섯을 세자 바울의 물 흐르는 등짝이 채찍 납 조각에 박혀서 살가죽이 터지고 핏물이 흘러내렸다. 바울의 등짝은 순식간에 벌집처럼 상처가 났고 살점이 튀었다. 열을 셀 때 바울은 의식을 잃고 고개를 떨어뜨렸다. 물통을 가져오더니 그들은 바울의 얼굴에 물을 끼었었다. 다시 정신을 차리자 또 채찍을 날렸다. 마침내 바울은 피투성이가 되어 두 번째로 의식을 잃어버리고 깨어나지 못했다. 이른바 그들은 40에 한 대 감한 39대의 채찍을 치고서야 멈췄다. 약속이나 한듯 채찍형이 끝나자 모여 있던 할례자와 유대교 신자들이 삼삼오오 흩어져 물러갔다.

"사도님, 정신 차리십시오."

실라와 디모데 그리고 에베네도가 뛰어가 바울을 흔들었다. 디모데가 결박을 풀었다. 바울은 썩은 곡식단 넘어가듯 풀썩 쓰러졌다. 바울은 에배네도의 등에 업혀 아굴라의 집에 옮겨진 뒤에도 하루만에야 겨우 의식을 되찾았다.

"돌아가시지 않은 것만도 천만다행입니다. 한 달쯤은 꼼짝 말고 계시며 치료를 받으셔야 합니다."

브리스길라가 데려온 헬라인 의사가 상처를 치료하며 그렇게 말했다.

"선생님 말씀 들으셨지요? 저희 집에 계시며 치료를 하셔야 합니다."

"에베소 전도는 지금 막 불이 붙어 타오르기 시작하고 있습니다. 중요한 시기이지요. 헌데 내가 누워있으면 되겠습니까? 더구나 두란노 강당을 사용하겠다고 계약까지 했는데 말이지요."

"사도님, 왜 혼자 하시려고 하세요? 훌륭한 동역자인 실루아노 선교사님도 있고 디모데 선교사님도 있는데요? 염려마세요. 실루아노 선교사님과 함께 내가 두란노에 가서 6개월분 대관료를 지불하고 오겠습니다. 사도님이 건강을 추스를 때까지 그곳 강의는 실루아노 선교사께 맡기세요."

"고맙습니다. 그러면 되겠군요. 지불할 대관료는 나중에 제가 일을 해서 갚아드리겠습니다."

바울은 고마워하며 고통 속에서 매 맞은 상처를 치료했다. 상처를 치료하는 의사가 놀라워했다.

"전에도 맞은 흉터가 여기저기 많이 남아 있군요?"

"그리스도를 위한 영광의 상처이지요. 이번으로 네 번째 당한 것입니다."

"루스드라에서 돌로 맞아 일시 돌아가신 적은 있지만 40을 치는 매를 맞으시는 건 한 번도 보지 못했는데 어디서 당하신 거지요?"

디모데가 가슴 아파하며 물었다.

"예수께서도 고향에서는 푸대접을 받으셨다지만 나 역시 내 고향 전도 때는 지독한 박해를 받았지. 40의 매 두 번은 고향 부근 길리기아에서 맞은 거고, 또 한번은 1차 전도여행 때 구브로에 가서 맞았지. 이번이 네 번째 맞은 건데 이렇게 큰매 말고 작은 채찍매는 수도 없이 맞았어."

바울은 씁쓸하게 웃었다. 한편 바울이 치료 때문에 쉬고 있던 두 달 동안에도 두란노의 강습소에는 부흥의 기적이 계속되고 있었다. 기초가 탄탄하게 갖추어져 있었기 때문이다. 그 기초를 이루고 있는 열성 신도들은 에베소의 아굴라 상점 직원들과 글로에 상점의 직원들 그리고 바울에게서 성령세례를 받은 12명의 아볼로 전 제자들. 그리고 이곳에 와서 입교한 유대인, 이방인 등 그들의 숫자만도 30명이었다. 여기에 그동안 새롭게 전도된 신도들까지 합하면 100여 명에 육박하고 있었다.

바울 곁에는 빌립보에서 온 아리스다고를 비롯하여 마게도냐와 아가야지역에서 온 데마, 가이오, 더디오, 그리고 에베소 출신인 에배네도, 오네시보로 등이 곁을 지키고 있었다. 두란노 강원에서는 실라와 디모데가 매일 새 복음을 전하고 제자들을 양육했다. 마침내 바울은 40일 만에 상처가 아물고 몸이 회복되어 두란노 강원에 나가게 되었다. 바울이 나온다는 소문이 나자 강의실이 터져나갈 만큼 사람들이 몰려들었고 그들은 설교를 듣고 새 신자 되기를 원했다. 강의실에 들어가지 못하는 사람들은 근처의 공원 광장에 모아놓고 실라와 디모데가 집회를 계속하며 전도활동을 벌였다. 이윽고 두란노로 집회처를 옮기고 바울은 그로부터 1년 6개월 동안 전심을 다하여 매일 온종일 수강생을 위한 강론을 이어갔다.

두란노 복음학원은 그리스도교가 시작된 이래 최초로 세워진 신학교이기도 했다. 처음에는 평신도들을 위한 신앙교육을 했지만 시일이 지남에 수강생의 수준이 높아짐에 따라 신학적으로 전문적인 강의가 이어졌다. 바울의 두란노 강론의 신학적 핵심 주제는 <이신칭의(以信稱義)> 예수 복음이었다. 율법은 인간이 저주 아래 있다는 것을 보여줄 뿐이며 예수 그리스도는 인간의 모든 죄를 대속해 죽으심으로써 의롭게 될 수 있는 길을 열어주셨기 때문에 인간은 그리스도를 <믿음>으로 말미암아 의롭게 될 수 있는 것이다. 따라서 크리스천의 삶은 예수 그리스도의 십자가와 함께 예전 사람은 죽고 새사람으로 재탄생되어 사는 삶이라며 강론에 임하였다.

수강생들은 개종한 할례자 유대인들로부터 헬라인, 현지인, 그리고 비시디아 갈라디아 멀리 마게도냐 아가야 지방에서까지 다양한 사람들이 모여들었고, 1년 6개월이 지나자 바울에게서 배출된 제자들 2백여 명이 자기들 고향으로 돌아가 모두 개척교회를 세우거나 전도에 열중하게 되었다. 바울의 두란노 강의는 2년여 동안 계속되었고 그 기간에 배출된 제자도 수없이 많아 바울 사후에 바울의 신학과 신앙을 이어받은 바울학파(Pauls school)로 불리기도 했다. 그로부터 1년쯤 지나 바울은 고린도에서

3개월 동안 머물면서 <로마서>를 집필했는데 로마서 말미에 보면 20여 명의 제자들 이름이 나오고 그들에게 문안하라 하는 것을 볼 수 있다. 그건 일부이기도 했다. 수리아지방 아시아지방 헬라지방을 통틀면 바울의 제자 문도(門徒)는 대략 70여 명 정도 된다고 본다. 이들 중에는 바울을 따라다니며 선교사역을 함께 한 동지들도 많았지만 대부분은 각처에 나가서 자기들이 전도하여 신생교회를 세웠거나 이미 서있는 교회를 돌보는 장로 집사 교사들이었다. 그들 중 절반 이상은 두란노 신학교 출신이기도 했다. 바울은 각지에 흩어져 교회를 개척한 제자들을 방문하기 위해 애를 썼다. 자신이 돌보지 못할 때는 실라나 디모데 등을 보내어 양육하고 지도하게 했다. 에베소는 점점 활기를 띠어가며 그리스도교가 토착 우상교(偶像敎)들을 누르고 왕성한 발전을 해나갔다. 새 신자는 기하급수적으로 늘어 천여 명이 되었다. 그러자 바울을 잡아다가 채찍으로 사형(私刑)을 가한 할례자 유대인 무리들이 헬라 이방인들까지 동원하여 들고 일어났다. 에베소를 떠나라 요구했는데 그걸 지키지 않고 있다는 게 이유였다. 모두 몰아내겠다는 것이었다.

그들 3백여 명은 두란노 강원과 공원 광장을 포위하고 몽둥이를 끌고 다니며 위협하기 시작했다.

"여기 모인 시민들은 어서 귀가하라. 우리는 당신들을 족치려는 게 아니라 바울 일당을 잡아 타국으로 내쫓으려는 것이다. 바울 일당은 각오하라! 불응하면 시체가 되어 이 도시를 떠나게 될지도 모른다."

"선생님, 일단 피하시는 게 좋을듯 싶습니다."

제자들이 바울에게 강원 원장실로 피하시라 권했다.

"아닐세. 저들이 대낮에 설마 날 어쩌겠는가? 몽둥이질을 하면 맞겠네."

바울은 담담하게 말하며 겁내지 않았다. 시시각각 긴장이 높아졌다. 당장에라도 대적한 무리들이 덮쳐들어 폭력을 휘두를 기세였다. 때로 지르는 고함소리가 더 커지고 있었다. 그런데 잠시 후 갑자기 조용해졌다. 달려가는 말발굽소리도 들렸다.

"왜 이렇게 조용해졌지?"

그 때 강의실 문이 소리 나게 열리며 한 사람의 관원과 로마병사 두 명이 들어왔다.

"바울선생 어디 있죠?"

"여기 있습니다."

"조사할게 있으니 잠시 우리와 함께 가셔야 하겠습니다. 자, 가시죠."

"왜 연행하는 거지요? 까닭이나 압시다?"

실라가 항의하듯 물었으나 그들은 더 이상 대꾸하지 않고 바울을 앞세운 채 두란노 강원을 나섰다. 길거리에는 이미 로마병사들이 포위하고 있던 무리들을 해산시켜 대부분은 돌아갔고 일부만 남아 있다가 물러가고 있었다. 바울은 에베소 치안청에 연행되었다. 이미 그곳에는 대적했던 자들의 우두머리 세 명이 연행되어 와 있었다. 그들 가운데는 유대인 회당의 회당장 스게와의 아들이며 지난번 바울에게 도전하여 망신당했던 큰 아들 마법사도 끼어 있었다.

"거기 세 사람! 모두 유대인인가?"

치안관이 묻자 그렇다고 대답하였다. 바울에게도 유대인이냐 물었다. 그렇다 했다.

"유대인대 유대인들의 싸움이었군? 싸운 이유가 뭐지?"

"바울은 우리와 똑같은 신을 믿고 똑같은 율법을 가지고 지키고 있으면서도 하나님을 모시는 성전을 모독하고 율법을 지키지 말라며 선동하고 다니며 신자들을 기만하고 유대인 형제들을 분열시켜 원수지간으로 만들고 있습니다. 거기다가 헬라인 등 에베소의 다수 시민에 까지 사교를 전파하며 치안질서를 문란케 하고 있습니다. 그래서 징계하려 한 것입니다."

우두머리 중 하나가 장황하게 떠들었다. 그러자 치안관은 바울의 말은 들어보지 않고 되물었다.

"지난번 야외극장에서 시민들을 불러모은 것도 당신들이지? 정신병자를 마법으로 고친다고 큰소리 쳤다가 망신만 당한 마법사가 누구지?"

"… 접니다."

"그에 대한 보복으로 몽둥이를 들고 찾아온 건가?"

"아, 아닙니다."

스게와의 아들 입다가 손을 흔들며 부정했다.

"유대인들끼리 싸우려면 선량한 시민들에게 피해를 주면 안 된다. 길거리로 나오지 말라. 그리고 싸울 일이 있으면 재판정에서 하라."

그렇게 꾸짖으면서 치안관은 모두 나가라 했다. 뜻밖에도 에베소 치안관청의 덕을 본 셈이었다. 다행히 폭력의 위협에서 벗어나게 되었던 것이다. 저녁식사를 막 마치고 있을 때 아리스다고가 손님이 찾아 왔음을 알렸다. 찾아온 사람은 에베소 시의원(市議員)인 다눈치오와 솔레였다. 두 사람은 바울의 설교를 듣고 경도되어 예수를 영접한 신자들이었다. 에베소는 로마 원로원이 직접 통치하는 직할시였고 주민 자치를 인정해주었다. 그래서 시민들이 선출한 5명의 시의원이 지역 의원들과 함께 의회를 만들었고 재판 역시 배심원 제도가 있었다. 다눈치오와 솔레는 5명의 시의원 중 하나였다.

"무사히 돌아오셨군요."

"발목을 잡을 줄 알았는데 뜻밖에도 순순히 풀어주어서 고맙기도 하고 의아했습니다."

"치안관은 평소부터 저희와는 잘 아는 사이입니다."

"그럼 두 분이 부탁했던 거군요?"

"예, 이번엔 그렇게 진정되었지만 앞으로의 일이 좀 걱정스럽습니다. 할례자 유대인들이 은밀하게 에베소의 은(銀) 세공업자(細工業者)들을 부추겨 난동을 피우려한다는 정보가 있습니다."

"은 세공업자들이라구요? 그들을 왜 부추기지요?"

옆에 있던 디모데가 물었다.

"아시다시피 이곳 에베소는 세상에서 가장 규모가 큰 아테미 신전이 있습니다. 시민들은 아테미 여신을 최고의 신으로 추앙하고 모시지만 그 신전을 보려고 경향각지는 물론 해외에서까지 순례객들이 옵니다. 은 세공업자들은 조상대대로 아테미 신전을 축소하여 은으로 모형을 만들어 팔거나 아니면 황소 고환이 주렁주렁 매달린 아테미 여신상을 조각상으로 새겨 팔아왔습니다. 수입이 막대하지요."

"관광객들이 사가는 거라면 수요가 많지는 않을 것 같은데요?"

"아테미 여신상은 집집마다 모든 가정에 모시고 있으니까 수요는 엄청나지요. 그래서 그들은 상인조합(길드)도 가지고 있습니다. 그러잖아도 전과 다르게 조각물들의 판매가 줄어들어 이유를 찾고 있는데 그걸 안 할례자들이 부추긴 겁니다. 바울이란 선교사가 이상한 도를 전하는 바람에 시민들이 모두 그의 변설에 다 넘어가 아테미상은 우상이니 모시면 안 된다며 다 치우라하여 제품이 팔리지 않게 된 거라 한 것입니다. 그래서 그들이 들고 일어나려 하는 거지요."

"할례자들의 박해가 끈질기군요. 그럼 어떻게 대처해야지요?"

"잠시 안전한 곳으로 피하셨다가 소란이 잠잠해지면 다시 돌아오는 게 어떨는지요?"

다눈치오가 바울에게 권했다. 옆에 있던 실라와 디모데도 그러는 게 좋겠다 했다. 하지만 바울은 단호한 표정으로 고개를 저었다.

"고난이 올수록 견디고 이겨내야 하네. 예수께서는 몸 바쳐서 진리의 복음을 지켜내셨어. 그분이 적들에게 굴복했더라면 오늘의 그리스도교가 어떻게 세워질 수 있었겠나? 우리의 힘이시며 권세이신 여호와 하나님이 지켜주실 걸세."

그렇게 말한 뒤 평소처럼 흔들림 없이 바울은 두란노 강원에 나가 열심을 다하여 제자들을 가르쳤다. 강의를 다 마친 그는 여느 때처럼 아굴라 상점에 딸려 있던 공방으로 나가 천막 깁는 일을 시작했다. 바로 그 때 세공업자 회장인 데메드리오가 은장색(銀匠色) 업자들을 데리고 소요를 일으킨 것이었다. 공방에서 일을 하고 있던 바울은 소요가 시작된 것을 까맣게 모르고 있었다. 소요를 일으킨 데메드리오는 은장색 동업자들을 이끌고 두란노 강원으로 몰려가 바울의 강의실을 급습했다. 강의실에 남아 있다가 분노한 그들에게 붙잡힌 사람은 아리스다고와 가이오 두 사람이었다. 강의가 끝나 다 돌아가자 두 사람이 남은 것은 강의실 청소 때문이었다.

"사기꾼 바울은 어디 있느냐? 바울을 내놓아라."

데메드리오가 다그쳤다.

"여기 계시지 않습니다."

그러자 그들은 두란노 강원을 샅샅이 뒤지게 했다. 그런데도 바울이 나오지 않자 바울의 친척인 안드로니고와 가이오를 잡아서 끌고 나갔다.

"바울을 내놓지 않으면 너희들 목숨은 없다! 자아 연극장으로 가자."

바울을 잡지 못하자 그가 도망쳤다는 소문이 삽시간에 퍼지고 그를 잡아내야 한다며 군중들은 점점 폭도로 변했다. 그들이 외치는 소리도 달라지기 시작했다.

"예수교를 퍼트려 에베소 사람들을 예수의 노예로 만들고 있다. 위대한 우리들의 신이신 아테미 여신이 노하고 있다! 아테미 여신을 모독하는 이교자(異敎者) 바울 일당을 잡아 정죄하자."

"오! 아테미신이시여, 아테미신은 영원하다! 아테미신은 위대하다. 위대한 아테미신이시여! 우리를 지키소서."

앞에서 선동하는 자들은 데메드리오와 은장색 연합회원들이었다. 그들 수백 명이 시내 곳곳에 흩어져 시민들을 선동하고 있었다. 그들은 바울 일당이 아테미 신전을 파괴하려 한다고 외쳤다. 파괴란 말에 시민들은 분노하고 집밖으로 뛰쳐나와 폭도들과 합세 했다. 그 때쯤 마술사 입다는 수십 명의 할례자들을 한 곳에 모이게 했다.

"이제 불길은 완전히 붙었다. 점점 거세지겠지. 이쯤해서 우리는 빠지자. 우리한테까지 불똥이 튈 수도 있으니까. 모두 집으로 돌아가라."

그렇게 말하며 모두 흩어지게 했다. 안드로니고와 가이오가 잡혀서 파나지르산 밑에 있는 야외 대극장으로 들어가자 성난 군중들도 쏟아져 들어왔다. 그들은 계속해서 외치고 있었다. 수천 명이 한목소리로 위대한 아테미를 합창했다.

"아테미신은 크고 위대하다! 위대하신 아테미여!"

천막공방에 숨어 있던 바울은 아굴라의 저택 지하실로 피신했다. 얼마 후 그 지하실로 실라와 디모데와 에라스도가 찾아와 두란노 강원에서 두 사람이 잡혀 대극장으로 끌려갔다는 소식을 듣게 되었다.

"그렇다면 이렇게 숨어 있어서는 안 되겠다. 안드로니고와 가이오를 구해야 한다."

바울이 초조하게 말했다.

"구해낼 방법이 없잖습니까?"

"내가 대신 잡혀주면 두 사람은 풀어줄 것이다. 날 잡지마라, 디모데!"

바울이 지하실에서 나가려 했다. 그러나 실라와 디모데는 완강하게 버티며 나가지 못하게 했다. 바울도 어찌지 못하고 주저앉아 기도하기 시작했다. 한편 대극장 광장으로 끌려들어간 아리스다고와 가이오는 성난 군중들에게 옷이 찢겨 거의 알몸 상태가 되어 고삐 잡힌 소처럼 빙빙 돌려지고 있었다. 그런데 왜 폭동이 일어났는지 그 이유를 확실히 아는 자가 없었다. 중구난방이었다. 은장색 데메트리오가 일으킨 소요지만 그는 바울 때문에 은공예품 장사가 망하고 있어 들고 일어났다고 외칠 수 있는 형편은 아니었다. 그래서 바울 일당이 우상을 믿어서는 안 된다며 아테미 신전을 파괴하고 있다고 거짓 소문으로 불을 붙였던 것이다. 그 계략은 적중하여 시민들이 일제히 분노를 터뜨리게 되었다. 그러나 시간이 흐른 뒤에도 아테미 신전이 무사하다는 것을 알자 시민들의 분노가 가라앉을 기미를 보였다. 그러자 데메드리오는 대연극장 무대 위에 올라가 외쳤다.

"예수교는 유일신을 믿기 때문에 다른 신들은 모조리 우상이라고, 때려 부숴야 한다고 합니다. 위대한 우리의 아테미 신전도 우상이란 겁니다. 그게 바울이란 자의 주장입니다. 바울이 누구입니까? 유대인입니다."

그는 마치 유대인들이 앞장서 아테미 신전을 파괴하려 하는 것처럼 선동하여 꺼지려는 불길을 다시 살렸다.

"유대인놈들을 몰아내자."

군중들은 발을 구르며 함성을 질러 대었다. 그에 놀란 측은 군중 속에 섞여 있던 입다 일당이었다.

"데메드리오는 우리에게 화살을 돌리고 있어요. 어떻게 하지요? 우리가 뒤집어쓰게 생겼는데?"

입다의 아우가 얼굴색이 질리며 자기 형을 흔들었다. 그러자 입다가 지시했다.

"알렉산더를 불러라. 어서 데리고 와. 불을 끌 수 있는 사람은 그 밖에 없다."

할례자인 알렉산더는 체격도 우람하고 키도 컸으며 유식하고 무엇보다 능변(能辯)이라 말솜씨가 좋았다. 그를 불러 변명을 하라는 것이었다.

이윽고 그가 불려왔다. 입다의 채근에 알렉산더는 엄청나게 큰소리로 군중들의 소음을 제압하며 외쳤다.

"여러분! 바울은 유대교와는 전혀 상관없는 변종 예수교의 괴수이며 아테미신을 모독한 자들은 바울과 그의 신도들인 예수교당입니다. 유대교인, 유대인과는 전혀 무관합니다."

"집어 쳐라! 저놈도 바울과 똑같은 놈이다!"

돌아온 것은 군중들이 보내는 분노의 욕설뿐이었다. 그런데 문제는 군중들의 분노였다. 막연하게 바울이 아테미신을 모독했다는 이유만 있을 뿐이어서 나중에는 자기들이 왜 이렇게 길거리로 나와서, 아니면 대극장까지 몰려와서 소란을 벌이고 있는지 확실하게 알 수 없게 되었다. 그때였다. 누군가 무대 앞 광장으로 걸어 나오는 사람이 보였다. 은회색 장발에 역시 은회색 수염을 날리며 갈색 토카를 입은 그 사내는 50 중후반쯤 되어 보이고 중키에 마른 몸을 하고 있었다. 그는 광장 구석에 매를 맞고 옷이 찢겨진 채 잡혀 있던 안드로니고와 가이오 앞으로 달려들듯 뛰어왔다.

"안드로니고! 가이오!"

그는 두 사람을 끌어안았다.

"바울이다!"

누군가 군중 속에서 외치는 소리가 들리자 군중들은 쥐죽은 듯 조용해지며 스탠드 좌석에서 바울을 내려다보았다. 거기 모인 군중의 절반 이상은 바울의 얼굴을 알고 있었다. 회당 전도, 노방(路傍) 전도, 두란노 강원 전도 등으로 알려졌을 뿐 아니라 마법사 입다와의 경합 때 이곳 대극장에서 보인 치유의 기적을 보여주어 더더욱 유명해졌던 것이다. 바울이 두 사람을 끌어안고 박해의 부당함을 외치려하자 십여 명의 괴한들이 달려들어 바울과 안드로니고와 가이오를 결박 지워버렸다.

"그자들을 무대에 세우고 에베소 시민의 이름으로 심판하여 마땅하다. 무대 위로 끌고 가라."

세 사람은 군중들의 소란 속에 무대 쪽으로 끌려가 세워졌다. 바로 그 때였다. 언제 나타났는지 모를 로마병사 5명이 관원 하나와 무대 위로 올라왔다.

"모두 조용하라! 조용하라."

관원이 외쳤지만 군중들은 저희들끼리 떠들어서 혼란스럽기 이를 데 없었다. 그러자 로마병사 5명이 들고 있던 창(槍)대를 세워 바닥에 두들기기 시작했다. 쾅쾅거리는 소리는 군중들의 소란이 진정되고 조용해질 때까지 계속되었다. 이윽고 조용해지며 군중들은 무대 위를 바라보았다. 관원이 입을 열었다.

"나는 로마제국 에베소 총독부 서기관이다. 시민들끼리의 충돌이나 사사로운 린치(私刑)는 엄금하고 있다는 것을 알아야한다. 위반자는 처단할 것이다. 이 사람들의 과오나 죄과가 있다면 고발하고 재판정에서 따지면 될 것이다. 그렇게 알고 이 시간이후 소란 피우지 말고 모두 해산하여 귀가하라. 명령에 불복하는 자는 용서치 않을 것이다. 해산하라!"

결국 군중들은 흩어지기 사작했고 소동이 가라앉자 바울 일행도 두란노로 돌아오게 되었다.

"당국자는 시민들이 행여 반(反)로마 시위를 벌이고 소요를 일으킬지도 모른다는 불안 때문에 해산 명령을 내린 것이지만 우리를 대적하고 있는 할례자들과 데메드리오 일당들은 그냥 넘어가지 않으려 할 것이다."

바울의 말에 실라가 고개를 끄덕였다.

"바로 보셨습니다. 할례자들 보다 저희들 상행위에 막대한 손해를 보고 있다는 이유로 데메드리오 일당은 가만있지 않을 것입니다. 당분간은 거리 전도나 광장 전도를 자제하여 저들의 심기를 건드리지 말고 두란노 강의에만 집중하시는 게 좋을 듯 싶습니다."

"그런다고 가만둘까요? 문제는 불어난 새 신자들의 숫자입니다. 두란노 강원 정도는 어림없습니다. 지금 저희들이 파악한 새 신자는 약 천여 명입니다. 물론 그들은 여러 곳의 가정에 나뉘어 예배를 드리고 있지만 그보다 큰 문제는 사도님을 따라다니는 군중들입니다. 사도님이 움직이면 수십 명 혹은 수백 명씩 그 뒤를 따라다닙니다. 새 신자는 아니면서도 옷깃만 스쳐도 병이 나을 수 있다는 믿음 때문에 그러는 겁니다."

디모데의 말에 일리가 있었다. 1차, 2차, 3차의 전도여행을 하면서도 에베소처럼 전도가 잘 되고 부흥이 된 곳이 없었다. 처음이었다. 바울 자신도 놀라고 있었다. 시민들은 바울을 신격화까지 하고 있었다. 더 나가다가는 위험에 처할 수 있다는 불안감이 있었다. 그 불안감은 얼마 되지 않아 현실로 나타나고 말았다. 바울이 고소를 당하여 구속이 된 채 당국의 조사를 받게 되었던 것이다.

고소자는 에베소 은장색 상인 연합회였고 대표자는 데메드리오였으며 또 다른 고소자는 에베소 유대교 회당 연합회였다. 그 대표는 스게와 회당장이었다. 바울을 전격적으로 구속한 것은 이른바 그의 신도라 불리는 지지자들의 세력을 의식한 때문이었다. 불구속하고 조사하면 지지자들이 소동을 피우게 될지 모른다는 점 때문이었다. 일주일 후. 재판이 열렸다. 로마인 검찰관은 열 명의 배심원들 앞에서 바울의 죄상을 나열했다.

"바울은 자칭 예수교 사도임을 자처하고 에베소에 들어와 많은 물의를 일으켜 오고 있다는 시민들의 고발 고소가 있었습니다. 그가 전하는 예수교는 여호와라는 유일신만을 믿는다고 합니다. 신은 오직 여호와 하나뿐이다. 그외 다른 신들은 우상이니 절대 믿어서는 아니된다. 그러면서 신도가 되려면 집안에 있는 아테미 제단부터 없애라고 겁박을 주어 제단을 파괴하도록 지시했습니다. 아시는 바와 같이 우리 에베소를 지켜주는 신은 오직 아테미 여신이며 그래서 만인이 오로지 숭앙하고 있습니다. 저자는 그래서 신성모독과 신성 파괴범으로 처단 받아 마땅하다고 봅니다. 둘째 고소인은 에베소 유대인회당 연합회입니다. 바울이 같은 신을 믿는다고 떠들고 있으나 전통 유대교와는 전혀 상관없고 예수교는 사교에 불과하고 바울은 사기꾼 이단이라고 고소하고 있습니다. 사기꾼임을 증명한 사건이 바로 정신병자의 병을 고쳤다는 것인바 고도의 요술을 부려 고쳐진 것처럼 만든 것이었습니다. 그렇게 함으로써 손만 잡아도, 옷깃만 잡아도, 손수건만 만져도 만병이 다 낫는다고 일반 시민들이 믿게 만든 것입니다. 그래야 신도의 수가 많아져 지지 세력이 되지 않겠습니까? 바울은 예배 중에도 로마의 식민 지배를 벗어나야 하며 노예생활에서 자유를 찾아야한다고 설교하고 있습니다. 그가 지지 세력을 만드는 것은 바로 로마제국에 반기를 들기 위한 준비과정으로 보아 예비 반역죄를 물어야 한다는 것이 본 검찰관의 소견입니다."

바울은 강력하게 그들이 지적하는 범법사실을 부인하고 예수복음이 무엇인지에 대하여 피고인 진술을 했다. 진술이 아니라 차츰 성령을 받아 전도 설교가 되었다. 방청하러 온 세공업자 상인들과 할례자들이 제지시키라며 소란을 피웠다. 재판장이 그 소란을 잠재웠다.

"법정 안에서의 소란행위는 용서치 않는다. 정숙하라! 그리고 피고는 될수록 짧게 진술하라."

"예."

바울은 대답하고 나서 다시 설교를 이어나갔다. 법정 안은 차츰 이상한 감동의 물결로 적셔지고 누구도 제지하지 않았다. 바울의 설교가 끝나자 그래서는 안 되겠다 싶었던지 데메드리오는 바울 때문에 피해를 본 2명의 피해 시민을 증언자로 내세웠다. 재판장이 물었다.

"어떤 피해를 입었는가 말하라."

"저흰 바울 일당의 유인으로 예수교에 들어갔습니다. 그러자 바울은 조상대대로 모셔 온 아테미신을 버리고 집안에 설치된 아테미 제단을 없애고 아테미 신상마저 없애야만 한다고 강요했습니다. 왜냐하면 예수교의 신인 여호와는 유일신이기 때문에 그 외의 모든 신들은 우상이라는 것이었습니다. 우상인 아테미신을 버리지 않으면 벌을 받게 된다고도 했습니다."

방청석이 다시 소란스러워졌다. 바울을 처단해야 한다는 것이었다. 그러자 미리 신청되어 있던 피고측 증인으로 아리스다고가 증언대에 서게 되었다. 떨려서인지 더듬거리며 입을 연 그는 바울을 보자 자신을 얻고 힘 있는 목소리로 증언을 시작했다.

"피고소인측은 거짓말을 하고 있습니다. 두 사람의 저 증인들도 저희 교인이 아닙니다. 위증(僞證)을 한 것입니다. 바울 사도님이나 저희들은 포교를 하면서 각 집안에 있는 아테미신의 제단과 신상을 없애라고 한 적이 없습니다. 그런데 왜 저들은 그랬다고 증언할까요? 저희들을 고소한 사람들은 아시는 것처럼 에베소의 은세공업자 상인 연합회입니다. 그들은 은을 세공하여 아테미 신전의 복제품을 만들고 아테미 신상을 만들어 판매하여 조상 대대로 부를 축적한 사람들입니다. 그런데 최근 들어 그 제품의 판매량이 자꾸 줄어들고 있다 합니다. 그 원인을 저희들에게 뒤집어씌운 것입니다. 저희 때문에 안 팔린다는 것입니다."

이윽고 배심원들의 평결이 나왔다.

"바울의 예수복음 포교에 대해서는 무죄를 결정했지만 바울과 그의 일당은 그의 교에 새 신자가 된 자들에게 강제 혹은 강요로 각 집안에 모셔진 아테미 신전의 복제 은조각품과 아테미 신상을 철거하라든가 파괴하란 지시를 한 적은 없다고 본다. 그러나 새 신자들 중 일부는 자진하여 철거한 사실들이 있어 그 부분은 유죄로 인정한다."

재판부는 마침내 바울에게 징역 5개월을 선고했다. 바울은 재판정에서 체포되어 해변가에 있던 에베소 감옥에 갇히게 되었다. 재판은 복심제(覆審制)였다. 억울하니 항고를 하자고 실라가 주장했지만 오히려 바울이 말렸다. 에베소 지역은 이미 주님의 영향하에 들어갔고 성령이 역사하고 있어 성시화(聖市化)되었기 때문에 자신이 감옥 안에 있던 감옥 밖에 있던 교세의 부흥은 마찬가지로 가속화될 것이다. 내가 감옥 안에 있어야 적대하던 무리들이 안심하고 조용해진다. 감옥에서 조용해지기를 기다리는 게 낫다고 주장했다.

제자들도 스승의 의지를 꺾을 수 없다고 생각하고 스승이 없다는 걸 감안하고 두란노 강원과 기타 지역의 전도사역에 대해 깊은 논의를 계속했다. 다 세워진 계획안을 가지고 실라가 바울을 면회하러 갔을 때 바울은 만족해하며 그대로 하라 했다. 바울의 예상대로 자신이 투옥되자 적대세력들의 소동이 수면 밑으로 가라앉고 조용해졌다. 실라와 디모데를 비롯한 그의 제자들은 두란노를 거점으로 신도들의 양육에 최선을 다했다. 세 사람의 제자가 두란노에서 그렇게 열심히 전도사역을 하여 수많은 엘리트 새 신자들을 얻게 되었다. 한편 옥중의 바울도 여러 죄수들을 필두로 하여 옥리(獄吏) 관원들한테까지 전도를 하여 제자들을 얻게 되었다. 그러던 어느 날 옥리가 제자들이 면회 왔다는 것을 알려주었다.

"아니, 누가선생! 정말 반갑소. 어떻게 오신 거요? 이게 대체 얼마 만이오?"

드로아에 있던 의사 누가였다.

"선생님, 저도 왔습니다. 얼마나 고생이 많으십니까?"

누가 옆에 서 있던 마가 요한이 인사를 했다.

"이렇게도 반가울 수가. 내가 그토록 찾고 있던 마가형제가 오다니."

"바울선생이 에베소에서 투옥이 되었다는 소식을 듣고 내가 연락해서 마가와 함께 오게 된 것입니다."

"고맙소. 하나님은 이곳 에베소를 특히 사랑하시고 성령을 부어주시어 다른 어느 곳보다 부흥의 거센 물결이 차고 넘치게 하고 있소. 지리적으로나 교통으로 보아도 이곳 에베소는 아시아와 유럽이 만나는 중심지입니다. 내가 그동안 선교했던 사역지가 모두 가깝습니다. 제자들을 보내든가 편지를 보내든가 아니면 내가 직접 찾아가서 각처에 세워진 신생 개척교회를 둘러볼 수도 있고 계속해서 여러 교회들을 관리할 수 있습니다. 실라와 디도 그리고 디모데 등 제자들은 지금 두란노강원에서 집중적으로 지도자급 신도들을 강의로 양육하고 일정 기간이 끝나면 자기들 마을로 파송하고 있습니다. 그 같은 일을 추진해 나가는 데는 마가 같은 인재가 필요합니다. 그래서 연락이 닿으면 마가가 꼭 와 달라 한 것입니다."

바울은 새삼 누가에게 고마워했다. 바울은 궁금한 듯 마가의 외숙부 바나바의 근황을 물었다. 그러자 바나바는 지금 고향 구브로에서 열심히 전도사역을 하고 있다고 말했다. 마가는 당장 두란노 강원에 투입되었다. 비록 바울이 감옥에 있어 강론은 못하지만 실라, 디도, 디모데, 거기다 마가까지 가세하니 막강한 실력자들이 모여 강원을 맡게 된 셈이었다. 한편 의사 누가는 가까이 있는 의학도시인 라오디게아에 일이 있다며 바로 떠나겠다 했다.

"바울 선생, 건강 챙기시오. 그래야 감옥생활 버틸 수 있을 테니."

"고맙소. 에베소 선교가 성공적으로 마무리되면 아시아 여러 곳의 교회들을 방문하고 마게도냐로 건너가려 하오. 그동안 모아진 예루살렘 교회 구제성금을 거두어가지고 예루살렘을 다녀오렵니다."

"그렇게 해요. 바울! 난 드로아에 있을 테니 다시 만납시다."

누가가 떠났다. 그로부터 열흘쯤 지나서였다. 새로 면회 온 사람이 있었다.

"아니 그대는 에바브로 디도 아닌가?"

바울이 깜짝 놀라며 반가워했다. 실라, 디모데와 함께 면회 온 사람은 뜻밖에도 빌립보 교회에서 온 집사 에바브로 디도였다.

"선생님, 얼마나 고생이 많으십니까? 아굴라 상점 직원이 빌립보에 일이 있어 왔었는데 그 편에 선생님 투옥 사실이 전해져서 루디아 집사님을 비롯한 교회 모든 신도들이 놀라서 걱정하고 있습니다."

"하나님 일을 전하러 다니다 보면 언제나 따르는 고난이고 핍박일세. 난 건강하게 잘 있는데 빌립보 형제들은 어떤가?"

"모두 사도님께서 가르쳐주신 대로 하나님을 공경하고 말씀과 믿음에 따라 거룩하게 살고 있습니다. 성도들도 백오십여 명으로 불어났고 인근 마게도냐 지방 멀리까지 소문이 나서 빌립보 크리스천만 같아라는 칭찬을 많이 받고 있습니다."

"허, 듣던 중 기쁜 소식이로군?"

바울은 진심으로 고마워하며 기뻐했다.

"빌립보 성도들이 곤경에 처한 바울사도님을 도와주자며 위로금을 모아주었답니다. 이게 위로금 주머니입니다."

디모데가 가죽 주머니 하나를 들어 보였다.

"얼마 안 됩니다. 건강 추스르시고 선교사역 하시는데 조금이라도 도움이 되었으면 고맙겠다고 성도님들이 한목소리로 말했습니다."

에바브로 디도의 말에 바울은 응답을 하지 못하고 고개를 숙였다. 잠시 침묵이 흐른 뒤 바울은 애써 목이 메임을 참으며 입을 열었다. 그의 두 눈에는 눈물이 고여 있었다.

"나는 그동안 수많은 죽을 고비를 넘기며 살아 왔소. 항상 며칠씩 굶고 주리고 목말랐으며 헐벗은 몸으로 추위에 떨며 주님의 복음을 전하는데 목숨을 바쳤지. 복음을 전하고 사례를 받는 건 당연한 것으로 되어 있지만 나는 한 번도 받지 않았소. 하나님의 복음이 품삯으로 매김 당하는 것 같은 죄송함이 있었기 때문이었소. 거기에 난 구애 받을 필요가 없었어요. 난 내손으로 일용할 양식을 구할 수 있는 기술이 있었으니까. 3차에 걸친 전도여행을 하면서도 사례비를 성도들에게서 받아본 적이 없소. 준다 해도 거절했으니까. 하지만 빌립보 교회만은 예외였소. 내가 어려움에 처해 있을 때마다 벌써 세 차례나 날 도와주다니. 데살로니가에 있을 때 도움을 받았고 고린도에 내려와서도 또 도움을 받았구. 그리고 이번까지! 난 오직 빌립보 교회에서 보낸 도움만 고맙게 받았소. 빌립보 교회 형제들이야말로 나에게는 가장 가까운, 피를 나눈 가족 같은 형제자매들 같아 어쩌면 내 목숨을 내놓으라 해도 아깝지 않을 만큼 사랑하고 있기 때문일 것이오."

그러면서 바울은 고맙게 받았다. 에바브로 디도는 그로부터 아리스다고와 함께 바울의 옥바라지를 했다. 다른 사람들은 두란노를 비롯한 전도지를 돌며 복음전도에 여념이 없었기 때문이었다. 그렇게 채 한 달이 안 되었을 때 에바브로 디도는 정성껏 준비한 식사를 차입해주고 바울이 식사 끝내기를 기다린 뒤에 돌아가려고 돌아섰다가 갑자기 쓰러져 일어나지 못했다. 바울은 놀라 어쩔 줄을 몰라 했다. 그러자 바울로부터 예수를 영접하여 제자가 된 옥리가 너무 염려하지 말라며 감옥 안에 있던 의료실로 옮기고 의원까지 불러 치료를 받게 해주었다. 얼마가 지나서 옥리가 바울을 찾아왔다.

"깨어났습니다. 너무 염려하지 마십시오. 애초부터 그 사람은 지병인 폐결핵을 앓고 있었답니다. 너무 과로해서 쓰러진 거니까 쉬고 나면 괜찮아질 거랍니다."

이튿날 에바브로 디도가 아리스다고와 함께 면회를 오자 바울이 그의 손을 잡고 건강 회복을 위해 안수하고 아리스다고에게 부탁했다.

"내일 당장 에바브로 디도를 데리고 라오디게아 히에라볼리로 가거라. 눔바나 아킵보를 만나면 좋은 치료약을 주고 치료해줄 것이다. 그곳에서 나는 유황이 특효약이란 말을 들었다. 그곳에서 한 달쯤 정양을 시켰다가 건강이 좋아지면 다시 돌아오도록 해라."

괜찮다며 거부하던 에바브로 디도를 데리고 아리스다고는 라오디게아로 떠났다. 얼마 후 빌립보교회에서 클레멘도라는 신도가 에베소로 바울을 찾아왔다. 그는 루디아의 편지를 가지고 있었다. 루디아는 편지에서 복역 중의 바울을 걱정하며 위로하고 에바브로 디도를 속히 빌립보로 돌아오게 해 달라 하고 있었다. 지병이 있다는 것을 그들도 알고 있었기에 바울에게 짐이 될까봐 그렇게 부탁하고 있었다. 에바브로 디도가 혈색이 좋아지고 건강이 많이 회복되어 다시 에베소로 돌아온 것은 그로부터 한 달 만이었다. 바울은 이제 옥바라지는 그만두고 모두들 기다리고 있을 테니 빌립보로 돌아가라 했다.

"빌립보 교회에 감사 편지를 보내기로 했으니 편지가 다 되면 그걸 가지고 돌아가도록 하게."

바울은 구술을 하기 위해 더디오를 불렀다. 대필자(代筆者)인 더디오도 바울이 갇혀있던 감방 안에 들어왔다. 생각을 정리하기 위해 밤새도록 묵상에 잠겨 있던 바울은 이른 새벽빛이 감방문 창살에 들어오자 그 때부터 천천히 입을 열었다.

"그리스도 예수의 종 바울과 디모데는 그리스도 예수 안에서 빌립보에 사는 성도와 또는 감독들과 집사들에게 편지하노라. 하나님 우리 아버지와 주 예수 그리스도로부터 은혜와 평강이 여러분에게 있을지어다. 내가 여러분을 생각할 때마다 나의 하나님께 감사하며 수많은 성도 여러분을 위하여 기쁨으로 항상 간구하노라. (빌립보서 1:1-2)

편지 서두를 빌립보 성도들의 안부를 묻는 인사로 시작하는 바울의 신약성경 중에서도 데살로니가서 갈라디아서 다음으로 씌어진 그 다정다감한 <빌립보서>는 그렇게 시작하고 있었다.

제2차 전도여행 때 바울은 브루기아와 갈라디아 지역을 다니며 전도를 하고 앙퀴라가 있는 터키 북부지방인 비두니아로 전도여행을 떠나기 위해 북서부 해안지역인 드로아(트로이)에 갔을 때 그는 한밤 중 기도 가운데 환상을 보게 되었다. 마게도냐(북부 그리스) 사람 하나가 자기들 땅으로 건너와 복음을 전해 달라 했던 것이다. 바울 일행이 환상에 따라 아시아 땅에서 에게해를 건너 유럽땅인 마게도냐로 건너가 맨 처음으로 복음을 전한 최초의 성이 빌립보였다. 그곳은 유대인들이 별로 살지 않아 회당이 없었다. 그래서였던지 적대세력들이 없어 복음 전파가 순조로워 모범적인 이방인 교회가 탄생하게 되었다. 그 후 그들은 바울이 다른 여러 곳을 다니며 고난 속에서 전도사역을 할 때마다 도움을 주고 위로하기도 했다. 그래서 바울은 다른 어느 개척교회보다 빌립보 교회와 성도들에 대하여 더 애틋한 애정을 가지고 있었다.

바울은 빌립보서 서두에 인사를 마치고 자신이 얼마나 빌립보 교회와 성도들을 사랑하는지 를 밝히고 있다.

- 내가 예수 그리스도의 심장으로 너희들을 어떻게 사모하는지는 하나님이 내 증인이시라. 내가 기도하노라. (中略) 너희로 지극히 선한 것을 분별하며 또 진실하여 허물없이 그리스도의 날까지 이르고 예수 그리스도로 말미암아 의의 열매가 가득하여 하나님의 영광과 찬송이 되게 하시기를 구하노라. (빌 1:8-11)

그런데 에바브로 디도의 보고에 의하면 바울의 투옥사실 때문에 빌립보 지역에는 나쁜 여론이 생겨나고 있다는 것이었다. 마치 바울은 국사범의 취급을 받고 투옥되어 그가 만든 교회는 문을 닫게 될 것이며 바울은 추방되어 재기할 수 없을 것이라는 괴여론이 신도들 사이에 퍼지고 있다 했다. 바울은 그 괴소문을 잠재울 필요성을 느꼈다.

- 형제들아, 내가 당한 일이 도리어 복음의 진보가 되었다는 것을 너희들이 알기를 원하노라. 나의 매임(투옥)으로 그리스도 안에서 온 시위대 안과 기타 모든 사람들에게 (전도로) 나타나게 되었으니 나의 형제들은 나의 매임으로 인하여 주안에서 신뢰하므로 겁 없이 하나님의 말씀을 더욱 담대히 말하게 (전하게) 되었노라. 어떤 이들은 투기와 분쟁으로 어떤 이들은 착한 뜻으로 그리스도를 전파하나니 이들은 내가 복음을 변명하기 위해서 세우심을 받은 줄 알고 사랑으로 하나 저들은 나의 매임에 괴로움을 더할 줄로 생각하여 순전치 못하게 다툼으로 그리스도를 전파하느니라. (빌 1:12-17)

사도 바울의 이름이 나고 가는 곳마다 성도들의 존경과 사랑을 받는데 대해 그를 대적하는 무리들은 그를 깎아내리기에 온갖 방법을 다 썼다. 그런데 때마침 감옥에 투옥되었다니 절호의 기회라 여기고 자기들의 복음을 전파하며 명성을 얻어 보려고 교회 안에 침투하고 있는 것으로 보고 바울은 경계 했다. 그런 다음 바울은 성도들은 그리스도를 본받고 그리스도와 닮은 삶을 살아야한다고 권면했다. 또한 바울은 겸손의 미덕을 가지고 언제나 하나님께 감사하며 기쁜 마음을 가지라 했다. 하나님은 인간들이 세운 자기 공로와 업적 따윈 보시지 않는다. 오직 자신의 기쁘신 뜻을 위하여 행할 뿐이다. 그러므로 인간은 자랑할 것이 없다. 구원도, 선행도 하나님의 은혜와 의지를 받아야 이루어지는 것이며 하나님의 성령을 받는 기도여야만 거룩한 소원이 일어나게 해주는 것이라 했다. 그러면서 바울은 저 유명한 <예수 그리스도의 찬가(讚歌)>를 만들어 기록했다. 그 찬가는 옛날부터 내려오던 찬송을 바탕으로 바울이 새롭게 쓴 시(詩)였다.

예수 그리스도의 찬가 (Hymn of Jesus Christ)

너희 안에 이 마음을 품으라. 곧 그리스도 예수의 마음이니
그는 근본 하나님의 본체시나 하나님과 동등됨을 취할 것으로 여기지 않으시고
오히려 자기를 비워 종의 형체를 가져 사람(인간)들과 같이 되었고
사람의 모습으로 나타나시어 자기를 낮추시고 죽기까지 복종하셨으니
곧 십자가에 죽으심이라.
이러므로 하나님이 그를 지극히 높여 모든 이름 위에 뛰어난 이름을 주사
하늘에 있는 자들과 땅에 있는 자들과 땅 아래에 있는 자들로 모두의 무릎을
예수의 이름 밑에 꿇게 하시고
모든 입으로 예수 그리스도를 주라 시인하여 하나님 아버지께
영광을 돌리게 하셨느니라. (빌2 : 5-11)

　예수 그리스도의 찬가에서 바울은 예수는 하나님과 동격인(同格人)이었지만 자기를 낮추고 인간의 죄를 대속하시기 위해 십자가에서 죽기까지 복종하셨다. 그렇게 되기까지에는 극심한 고난이 따랐다. 빌립보 교회와 성도들은 바로 그리스도의 고난에 동참하고 그의 죽으심을 본받으라 했다. 그 고난 동참은 고난감수로 끝나는 게 아니라 <죽은 자 가운데서 부활에 이르기 위한> 예비단계이며 예수 재림을 위한 준비단계이다. 사나 죽으나 오직 그리스도만을 위해 살려고 고난이 와도 담대하게 싸워 이겨나가는 나(바울)와 중병을 얻고 죽음에 이르기까지 신앙에 헌신하다

쓰러진 에바브로 디도 역시 십자가에서 죽기까지 복종하신 예수와 다를 게 없으니 처음처럼 나만 바라보고 그리스도를 따라야 된다 했다.

이어서 바울은 빌립보 교회에 분쟁이 있다는 보고에 강하게 권면했다. 빌립보에는 3개의 가정교회가 있었다. 처음 바울을 만나 유대교에서 그리스도교로 개종하며 바울의 적극적인 동역자가 된 자주색 옷감상인이었던 루디아가 집사로 있는 루디아 가정교회가 중심이 되어 유오디아와 순두개 두 집사가 각기 다른 곳에 가서 목회를 하고 있는 가정교회였다. 공교롭게도 3개의 빌립보 교회는 여자들이 이끌어가고 있었다. 가장 존경 받던 에바브로 디도가 세 교회를 감독하고 있을 때는 모두 하나가 되어 바울의 가르침을 지켜오는 모범교회였지만 그의 건강악화로 교회들을 돌볼 수 없게 되자 분열이 일어났다. 유오디아교회와 순두개교회가 서로 반목하기 시작했던 것이다. 반목은 사소한 것에서부터 일어났다. 신도불리기 경쟁을 하다보니 새 신자를 전도해 데려오는 게 아니라 상대 쪽의 신도를 끌어왔던 것이다. 그렇게되자 대립하게 되고 사소한 일에도 시기하고 질투하고 모함했다.

유오디아는 바울의 아내였다. 물론 지금은 서로 헤어진 부부였다. 다메섹 회심 후 바울이 복음 전도의 순례길에 나서서 신명을 다 바치기로 했다며 집을 나설 때 그녀는 눈물로 동의했다. 순례길에 자신이 걸림돌이 되게 하고 싶지는 않다는 이유 때문이었다. 유오디아가 빌립보로 온 이유는 그곳에 살고 있던 친정 오라버니의 권유가 있어서였다. 그즈음 그녀는 독실한 교인이 되어 있어서 루디아교회에 출석하게 되었다. 신분을 밝히지 않아 바울의 전 부인이라는 사실은 아무도 몰랐다. 그녀는 곧 인정을 받게 되어 집사가 되었고 분가하여 오빠의 집에 가정교회를 세우게 되었다. 그녀의 열성으로 5명이 시작한 교회는 얼마 되지 않아 30여 명으로 불어났다. 그러자 순두개 교회 쪽에서 유오디아는 바울의 숨겨진 아내이며 그 때문에 음으로 양으로 도움을 받아 급성장한 것이라고 음해하여 두 교회는 분쟁이 일어나게 되었다. 감독이었던 에바브로 디도와 집사 루디아가 나서서 화해를 시켰지만 뜻대로 되지 않았다.

 - 내가 유오디아를 권하고 순두개를 권하노니 주안에서 같은 마음을 품으라. 또 참으로 나와 멍에를 같이한 자 너에게 구하노니 복음 전도에 힘쓰던 저 부녀들을 돕고 또한 글레멘드와 그 외에 나의 동역자들을 도우라. 그 이름들이 생명책에 있느니라. 주 안에서 항상 기뻐하라. 내가 다시 말하노니 기뻐하라. 너희 관용을 모든 사람에게 알게 하라.

아무 것도 염려하지 말고 오직 모든 일에 기도와 간구로 너의 구할 것을 감사함으로 하나님께 아뢰라. 그리하면 모든 지각에 뛰어난 하나님의 평강이 그리스도 예수 안에서 너희 마음과 생각을 지켜주시리라. (빌4:2-7)

(*註 중동지방에서 밭을 가는 소들은 대게 두 마리가 함께 쟁기를 끈다. 두 마리의 소가 한 마리처럼 움직이도록 하기 위해 ㅅ자 모양의 멍에 하나로 두 마리 목에 함께 씌운다. 바울이 유오디아를 가리켜 <참으로 나와 멍에를 같이 한 자 너에게>라 표현한 것은 전 부인이었던 인연을 말하고 있다.)

바울은 용서와 사랑과 관용으로 빌립보 성도들은 하나가 되어야한다고 간곡하게 호소했다. 그런 다음 데살로니가에 있을 때도 두 번이나 쓸 것으로 도움을 주고 이번에는 에베소 감옥에까지 도움의 손길을 보내주니 얼마나 감사한지 모르겠다고 고마움의 인사로 편지를 마쳤다. 바울은 떠나는 에바브로 디도 편에 편지를 주고 디모데와 에라스도(고린도시 재무관 에라스도와 동명이인)를 동행시키며 자기 대신 보내는 거니까 가거든 빌립보 교회를 바르게 다시 세우고 성도들이 하나가 되게 하라고 명했다.

바울은 또 자기를 수행하며 고생하고 있던 아리스다고에게도 동행을 허락했다. 노모가 위독하다는 소식을 들었으면서도 선뜻 나서지 못하고 있던 아리스다고에게 휴가를 줄 테니 고향에 가서 가족들과 만나보고 휴식을 취하다가 오라 했던 것이다. 하지만 아리스다고는 사양했다.

"사도님 옥바라지 할 사람이 없습니다. 저는 가지 않겠습니다."

그러자 바울은 염려 말고 다녀오라 했다. 도와줄 사람이 있다는 것이었다.

"누가 있다는 겁니까?"

"나와 같은 감방을 쓰고 있는 형제가 하나 있네. 오네시모라구 말이야. 그 형제가 내 수족이 되어 도와준다고 했으니 다녀와."

"오네시모 같으면 마음을 놓아도 되겠군요. 그럼 그렇게 하겠습니다."

마침내 아리스다고도 동행하여 떠났다. 오네시모는 바울이 감방에 처음 들어올 때부터 그곳에 있던 죄수였다. 사십여 세쯤 되는 아주 건장한 헬라인이었다. 그는 아테미 신전에 기거하며 신전 청소부로 일을 하고 있었는데 참배객의 보석이 사라진 도난사건이 일어나 그 용의자로 몰려 재판을 받고 2년형을 선고받아 복역 중이었다. 신전 관리부 작은 우두머리 짓이었는데 오네시모에게 뒤집어씌워 잡혀 왔던 것이다.

"억울하다고 왜 끝까지 항변하지 못했는가?"

바울이 물었을 때 그는 밝혀지면 안 되는 자신의 신분 때문에 그냥 당하기로 했다고 했다. 숨기는 비밀을 알고 싶어 했지만 그는 끝내 입을 열지 않다가 바울의 복음 전도에 변화 받아 무릎을 꿇었다. 세례를 받자 그는 눈물을 흘리며 자신의 비밀을 털어 놓았다.

"저는 원래 루커스 계곡에 있는 골로새의 빌레몬 양(羊)목장에 속해있던 노예였습니다. 친구 꼬임에 넘어가 노예로 살지 않고 편하게 살 수 있고 돈도 벌어 가정도 꾸미고 살 수 있다는 말에 그와 함께 도망쳐 에베소에 들어와 아테미 신전에 숨어살게 되었던 것입니다."

빌레몬 목장에 속한 노예였다는 그의 말에 바울은 깜짝 놀랐다. 빌레몬은 골로새 부자이며 큰 목장을 가지고 있었고 그의 아들이 아킵보였다. 바울의 전도에 예수를 영접하고 아킵보 빌레몬 가정은 믿음의 요람이 되었고 그의 목장에는 교회가 세워지게 되었다. 그런데 오네시모는 바로 그 목장의 노예라 하지 않는가. 하지만 바울은 빌레몬을 안다고 내색하지 않았다.

한편 에베소에서 마게도냐의 빌립보까지는 뱃길로 9일 쯤 걸렸다. 그런데 그들 일행이 떠난 지 20여 일쯤 되었을 때 함께 갔던 아리스다고가 급히 돌아와 디모데가 보냈다는 편지 한 통을 바울에게 전했다. 내용을 본 바울은 흠칫 놀랐다. 아시아 지방을 돌아다니며 거짓 복음을 전하고 있던 떠돌이 선교사들이 빌립보 교회에도 침투한 것으로 보인다 했던 것이다. 놀란 바울은 곧 아리스다고 편에 두 번째 편지를 써서 빌립보 교회로 보냈다.

- 개들을 삼가고 행악하는 자들을 삼가고 손할례당을 삼가라. (中略) 또한 모든 것을 해로 여김은 내주 그리스도를 아는 지식이 가장 고상함을 인함이라 내가 그를 위하여 모든 것을 잃어버리고 배설물로 여김은 그리스도를 얻고 그 안에서 발견되려 함이니 내가 가진 의는 율법에서 난 것이 아니요 오직 그리스도를 믿음으로 하나님께로서 난 의라 내가 그리스도와 그 부활의 권능과 그 고난에 참예함을 알려 하여 그의 죽으심을 본 받아 어찌하든 부활에 이르려 하노니 내가 이미 얻었다 함도 아니요 온전히 이루었다 함도 아니라 오직 내가 그리스도 예수께 잡힌바 그것을 잡으려고 좇아가노라. (中略)

형제들아 너희는 함께 나를 본받으라. 또 우리로 본을 삼은 것 같이 그대로 행하는 자들로 보이라. 내가 여러 번 너희에게 말하였거니와 이제도 눈물을 흘리며 말하노니 여러 사람들이 그리스도 십자가의 원수로 행하느니라. 저희의(그들의) 마침은 멸망이며 그들의 신은 배(腹)요 그 영광은 부끄러움에 있고 땅의 일을 생각하는 자라. (빌3:2-19)

외부에서 들어 온 이단을 두려워하거나 미혹되어서는 안 된다고 바울은 빌립보 교회에 경고했다. <개>라는 말은 유대인들이 이방인들을 멸시할 때 부르는 낱말이다. 손할례당(損割禮黨)이란 할례 받은 유대교인들을 말한다. 저들이 손할례당임을 자랑한다면 우리는 하나님으로부터 성령할례를 받은 성스러운 기독교인임을 자랑하자. 그 거짓 이단교사들은 율법을 지키고 할례를 받아야만 영적구원의 완성에 이르며 율법을 순종하므로 하늘의 축복을 완전히 누린다고 선전하지만 거기에 속으면 안 된다. 더구나 그들이 바울을 분노케 한 것은 예수 그리스도의 십자가 구속사를 폄하하고 부활은 미래에 오는 게 아니라 부활과 구원은 현재 받은 상태라며 예수의 재림을 부정한다는 것이었다. 이렇게 되면 윤리의식이 타락하게 되고 해이하게 된다. 그럼에도 그들은 종교적 완성에 도달했다며 영광(빌:3-19)스러움을 자랑(빌:3-3)하고 있지만 그렇게 말하는 자는 땅의 일만 생각하는 <십자가의 원수>이므로 틀림없이 멸망하고 말 것이다. 그러면서 바울은 눈물로 호소하노니 모든 성도들은 나를 본받고 하늘에서 기다리는 예수 그리스도께 가려면 우리처럼 하늘의 시민권자가 아니면 갈수가 없다는 것을 명심하자고 기록했다. 바울은 두 번째 편지를 다시 아리스다고에게 주어 빌립보 교회로 보냈다.

(*註 빌립보서는 2개의 편지가 훗날 하나의 편지로 합쳐진 것이다. 빌립보 교회 성도들에게 보낸 첫 번째 편지는 자신을 믿어주고 언제나 어디에 가든 도움을 주며 이번에도 에베소에서 투옥된 소식을 듣고 위로의 성금까지 마련하여 보내준 그 순수한 마음에 감동하

여 써 보낸 <감사>와 <기쁨><권면>의 편지였다. 에바브로 디도는 그 편지를 가지고 돌아갔다. 그런데 한 달 만에 함께 갔던 아리스다고가 돌아와 바울의 권위를 부정하고 이단교리를 퍼뜨리는 거짓 선교사들이 빌립보 교회를 위협하고 있다는 소식을 전해왔다. 그래서 그 이단들의 정체가 무엇이며 왜 그들을 경계해야 하는지 급히 또 한 통의 편지를 써서 보냈다. 빌립보서를 자세히 보면 전4장 가운데 1.2.4장은 바울의 따스한 온정이 끊이지 않고 이어지며 문맥도 끊임없이 통일성을 갖추고 있는데 이단교사들을 공박하는 3장 부분은 1.2.3장과는 전혀 연결이 되지 않으며 독립된 장처럼 보인다. 그래서 합쳐진 것으로 보는 것이다.)

그로부터 한 달 쯤 지나서 함께 수형생활을 하며 지성껏 바울을 모시고 있던 오네시모가 밖으로 불려나갔다가 한참 만에 돌아왔다. 그러더니 바울 앞에 무릎을 꿇었다.

"왜 그러나?"

"전 이제부터 어떻게 해야지요? 선생님께서 하시라는 대로 무조건 따르겠습니다."

"무슨 일인데 그래?"

"만기(滿期)가 되었으니 출옥해도 된다는 통보를 받았어요."

"며칠 더 남은 줄 알았더니…. 축하하네. 출옥해도 날 만나러 오겠지?"

"물론입니다. 평생 선생님을 모시기로 약속을 드리지 않았습니까?"

바울은 고개를 끄덕였다. 도망친 노예출신 오네시모는 예수를 영접하고부터 새사람이 되었다. 점점 신앙심이 깊어져 바울을 여러 번 감동시키기도 했다.

"나는 자네를 동역자로 평생 곁에 두고 싶네. 그러자면 그리해도 좋다는 승낙을 받아야 하네. 누구한테 받아야하나? 빌레몬 목장의 자네 옛 주인의 승낙이 있어야해. 자넨 지금도 노예 신분이니까."

"아, 아."

괴로운지 그는 머리를 감싸 쥐었다.

"난 자네가 빌레몬집 노예였다는 자네 고백을 듣고 내색은 안하고 있었지만 나도 빌레몬과 그의 가족도 잘 알고 있는 사람이었어. 그 부인 압비아와 그의 아들인 아킵보 다 잘 알지. 내가 세례를 준 소중한 우리 형제니까. 골로새에 교회를 세웠고 인근의 라오디게아 히에라볼리 등도 아킵보 집사가 세워진 가정교회를 돌보고 있네. 내가 자네 주인한테 이제 편지를 써줄 테니 전해주고 승낙을 받아오란 말이야. 그렇게 할 수 있지?"

오네시모는 그 큰 덩치를 떨면서 진땀을 흘리고 있었다. 그러더니 얼마 후 더듬거리며 입을 열었다.

"선생님이 가라시면 지옥엔들 마다하겠습니까? 하물며 저는 백번 죽어 마땅한 죄인입니다. 제 목숨은 주인님께 맡기겠습니다. 가겠습니다."

바울은 오네시모를 잡고 안수를 하며 기도를 해주었다. 사시나무처럼 떨고 있던 오네시모는 바울의 기도를 듣고 나자 평온한 얼굴이 되어 평상심을 되찾았다. 바울은 빌레몬에게 편지를 쓰기 시작했다. 바울이 남긴 서신중에서 사사로운 사신(私信)으로 분류되는, 사랑과 용서의 감동이 가득한 <빌레몬서>는 그렇게 집필되었다. 대부분의 편지는 더디오에게 구술하여 대필시켰지만 빌레몬서만큼은 직접 친필로 쓴다고 본문에 기록되어 있다. 시력이 나빠 보통사람의 글씨 두 배가량 큰 글씨였다.

바울은 서두에 인사를 하고 빌레몬에 대한 감사를 전했다.

- 내가 항상 내 하나님께 감사하고 기도할 때 너를 말함은 주 예수와 및 모든 성도에 대한 네 사랑과 믿음이 있음을 들음이니 형제여! 성도들의 마음이 너로 말미암아 평안함을 얻었으니 내가 너의 사랑으로 많은 기쁨과 위로를 얻었노라. (몬1:3-7)

이어서 바울은 옥중에서 오네시모를 만났는데 그가 개심(改心)하고 예수를 믿어 유익한 자가 되어 동역자로 자기 곁에 두고 싶지만 도망친 노예이므로 주인의 허락이 있어야 하겠기에 편지를 보낸다. 처벌을 하든 허락을 하든 이는 주인인 빌레몬 당신 의사에 달려 있다. 억지로 사도인 내체면을 생각지 말고 스스로 사랑으로 판단해주었으면 한다고 썼다. 그 말은 사도의 권위 가지고도 용서하고 내게 보낸다 승낙하라 할 수 있지만 자의(自意)에 맡긴다 했다. 그러면서 바울은 용서할 바에야 오네시모를 노예에서 해방시켜 자유인이 되게 해달라며 만일 전에 도망칠 때 재물을 훔친 게 있다면 대신 다 갚아줄 터이니 자기 앞으로 회계(會計)하라고까지 했다. 다시 한 번 바울은 그를 용서하고 사랑으로 받아주라며 자기가 옥에서 석방되면 골로새지역과 브르기아, 비시디아 지역에 있는 교회들을 방문해야하니까 미리 골로새에서 지낼만한 처소를 준비해 놓으라 당부했다.

오네시모는 바울의 편지를 가지고 골로새의 빌레몬 교회로 떠났다. 그가 바울에게 다시 온 것은 그로부터 15일쯤 지나서였다. 빌레몬의 답장을 들고 있었다. 바울이 권한대로 모든 걸 용서하고 그를 자유인으로 만들었으며 원하는 대로 바울사도 곁으로 보내기는 하지만 웬만하면 다시 자기 곁으로 보내 달라 청하고 있었다. 아킵보와 동역하며 골로새 인근 교회들을 굳건하게 세우는데 꼭 필요한 일꾼이라는 것이었다. 바울은 흔쾌히 오네시모를 다시 그에게 돌려보냈다.

17
지옥문 앞에 선 고린도 교회

안식일 예배가 끝나자 성찬을 나누는 시간이 되었다. 고린도 교회는 빈부격차가 심했다. 원래 고린도 시 자체가 소비도시이고 사치향락이 만연하여 가진 자들은 허세 부리기를 좋아했다. 가지고 오는 음식이 부자와 가난한 자가 확연히 차이가 났다. 가난한 자들은 근근이 자기 먹을 음식만 겨우 싸오거나 그 마저 없어서 싸오지 못하는 신도들도 있었다. 그러나 부자들은 하인들을 시켜 온갖 음식을 다 만들어 가져다가 자기들끼리 파티를 벌이곤 했다. 성찬은 이름뿐이었다. 교회 성전 바닥은 나무판자로 깐 마루였고 천여 명 신도들은 바닥에 앉아 예배를 보고 마지막 성찬도 나누곤 했다.

성전 안에서는 식사가 끝나고 여기저기서 가지고 온 과일을 서로 나누고 있었다. 그때 성전 뒤쪽이 소란스러워졌다. 누군가 다투고 있었다. 모든 사람들의 시선이 그쪽으로 쏠렸다. 사십여 세쯤으로 보이는 게리온이라는 사내가 오십이 훨씬 넘어 보이는 털투성이 사내를 일으켜 세워놓고 화를 내고 있었다. 게리온은 아고라에서 옷 장사를 하는 상인이었다. 돈을 좀 가졌다고 평소에도 거만을 떠는 친구였다. 혼나고 있는 연장의 털투성이 얼굴의 사내는 행색 자체가 후줄근한 가난뱅이 밑바닥 인생처럼 보였다. 그는 드라게 출신의 노예였다가 양민이 된 신도였다.

"당신이지? 당신이 내 욕을 했다면서?"

게리온이 윽박질렀다.

"왜 이러시는지 모르겠습니다."

"모른다구? 당신네들끼리 모여 있을 때 내 욕을 했다고 했어. 함께 있으면서 들은 사람들을 대질시켜야 바른 대루 말할 거야?"

페리테스는 고개를 숙이고 어물어물 했다. 그러자 참을 수 없었던지 그의 아내가 나섰다.

"왜 얘길 못해요? 모든 예배당 사람들이 다 알고 있는 사실인데요. 우리 남편 하는 말 나도 들었습니다. 그게 욕이었다면 욕일수도 있네요. 말한 적이 있지요."

"뭐라구 했지? 그대로 말해봐."

"우리 교회에는 아버지가 죽고 나자 계모를 데리고 사는 짐승만도 못한 신도가 있다. 그렇게 말했지요. 지금 그게 사실이 아니라는 건가요?"

"짐승?"

화난 게리온이 페리테스 아내를 때리려하자 아가이고가 달려와 말렸다.

"신성한 성전 안에서 이게 무슨 짓이요? 물러서요."

강대상 쪽에서 식사를 하고 있던 목회자 아볼로와 감독인 그리스보와 소스데네가 달려왔다.

"왜 이러시오?"

게리온 처가 하소연했다.

"잘 오셨습니다. 목사님, 그동안 저희들은 참고 있었어요. 사냥개를 말이라구 우기는 사람들이 우리 예배당에 판치고 있습니다. 사냥개는 사냥개지 어떻게 말이 될 수 있습니까?"

"부인, 알아듣게 말씀해 보세요."

"바울 사도님이 계실 때의 성찬식은 그야말로 경건하고 검소하여 때로는 옷깃을 여미고 떡을 나눌 정도였습니다. 그러나 지금은 부자들이 벌이는 잔치마당, 아니 사교 파티장이 되어버렸습니다. 취하도록 포도주를 마시고 노래를 부르며 춤도 추지요. 그 사람들은 그렇게 해도 상관없다 합니다. 우리 크리스천들은 그리스도를 통하여 모두 세례를 받은 몸이다. 세례를 받은 순간부터 우리는 자유인이 된 것이며 부활이 된 것이다. 따라서 율법? 지킬 필요 없고 세상법도 안 지켜도 된다. 신자가 아닌 사람들과는 완전히 구분된 특별한 사람들이기 때문이다. 우리는 지금 이제 오실 예수님만 기다리다가 그분만 오시면 함께 천상으로 떠나면 된다. 재림하실 때까지 기다리는 동안 어떻게 살아도 상관없다. 재산? 다 필요없다. 떠날 때는 짊어지고 갈 수 없다. 여기 있는 동안 그러니 부어라 마셔라 해도 되는 것이다. 심지어는 도덕생활은 하지 않아도 된다며 돌아가신 아버지의 아내였던 계모와 사는 아들까지 생겨났습니다. 내 남편은 다른 신도들 앞에서 과연 교인으로써 그런 행위가 옳은가 이해가 가지 않는다고 말했습니다. 당사자는 그걸 전해 들으시고 흥분하신 모양입니다. 감독님, 확실하게 옳고 그름을 판결해주세요."

그녀의 말이 끝나자 뒤에 있던 점잖은 부인네가 거들었다.

"맞는 말입니다. 뭐가 뭔지 알 수 없게 되었습니다. 상식이 통하지 않습니다. 예비지옥이 따로 없습니다. 바울 사도님을 다시 초청하여 어지러운 교회를 바로 잡아주시게 해주세요."

그러자 계모와 살고 있는 게리온이 외쳤다.

"괜찮다 했습니다. 헛소리를 하며 불만을 말하는 저 바울의 추종자 페리테스같은 부류는 우리 교회 안에서도 극소수에 불과합니다. 다수의 신도들은 구원받은 자유인이며 초영적(超靈的) 세계에 살고 있기 때문에 세상의 도덕 기준은 지키지 않아도 된다며 나의 결혼생활을 문제 삼지 않습니다. 감독님께서 지금 신도들에게 물어보십시오. 과연 난 반인륜적 패륜을 저지르고 있는지 말입니다."

"옳소!"

수많은 사람들이 동조의 박수를 쳤다. 그쯤 되자 여기저기서 웅성이기 시작했다. 고린도 교회는 최근 신도들의 편 가르기가 더욱 심화되고 있었다. 마치 각각의 불만과 불신이 터지기 전의 화산 속처럼 용암류가 되어 끓고 있었다. 감독을 비롯한 직분자들은 위기감을 느끼고 뭔가 대책을 세워야 한다고 느끼면서도 먼저 입을 열지 못하고 지켜보고 있었다. 유대교 시나고구 회당장이었던 소스데네가 아볼로를 건너다보았다. 나서주기를 바라는 표정이었다.

"저보다는 당장님이 말씀하시는 게 좋겠습니다."

슬쩍 빠졌다. 어쩔 수 없는 듯 소스데네가 큰소리로 외쳐 말했다.

"조용히들 하시오. 그리고 모두 기다리시오. 당회를 열어 우리 교회의 공적인 입장을 발표하겠습니다."

마침내 직분자 50여 명이 모여 당회(堂會)를 열었다. 계모와 부부로 살고 있는 가장 심각한 게리온의 근친상간(近親相姦) 문제부터 회의에 올랐다. 놀라운 것은 직분자들의 대다수가 게리온 쪽의 주장에 동조를 하고 적극 옹호를 한다는 사실이었다. 교인이 아닌 일반인들은 전처럼 계속 현실 사회에 속하고 살고 있지만 자기들은 세례 받고 구원을 얻어 자유인이 되었고 초영적 세계에 살고 있다. 초영적 세계란 현실세계와 천상세계의 중간에 위치한 영역이며 예수가 재림할 때까지 <기다리는 장소>를 말한다. 거기에 살고 있기 때문에 율법을 지키거나 세속적인 도덕생활을 할 필요가 없다. 따라서 게리온의 결혼문제를 매도해서는 안 되는 것이다. 그렇게 주장한 것이다.

직분자들이 그런 주장을 한다면 일반 신도들은 말할 것도 없어보였다.

안타까운 표정을 지으며 연장자이며 감독인 소스데네가 입을 열었다.

"나도 그런 말을 최근 들어 부쩍 많이 들어왔습니다. 그리스도의 세례를 받으면 구원을 얻은 것이고 자유인이 되어 율법이나 사회규범은 지키지 않아도 되며 마음내키는 대로 예수께서 재림하실 때까지 살아도 된다며 퇴폐적으로 사는 신도들이 늘어나고 있다고 말입니다. 오늘처럼 그 같은 주장들이 가시화될 줄은 몰랐습니다. 한마디로 슬픕니다. 바울사도님이 이곳을 떠나실 때 특히 나와 여기 계신 그리스보 당장님께 신신당부하고 가신 말씀이 있습니다. 사도님의 가르침에서 일점일획도 빗나가지 않게 양육하고 감독하고 있으란 말씀이었습니다. 대체 무슨 낯으로 장차 사도님을 뵙지요?"

"지금 저희들이 주장하고 있는 것들이 바로 바울 사도님이 가르쳐주신 겁니다. 사도님 가르침대로 믿음 생활하고 있다는 뜻인데 무엇이 문제란 말입니까?"

게리온을 옹호하는 자들은 그렇게 주장했다.

"사도님의 가르침을 제대로 바르게 받아들이지 않고 나름대로 그 가르침을 잘못 해석하고 있습니다."

그러자 그들은 바울에게 사람을 보내어 편지로 가르침의 진리가 무엇인지 응답을 받아보자고 떠들었다. 마침내 당회는 그 결정을 따르기로 하여 스데바나를 에베소의 바울에게 보내기로 했다. 스데바나가 바울을 만나러 왔을 때는 아직 형기를 채우지 못해 에베소 감옥에 갇혀 있을 때였다. 스데바나의 보고를 들은 바울은 깜짝 놀랐다.

"인륜을 저버리고 살면서도 당당하다? 그럴 수가 있나? 대체 내 가르침을 어떻게 받아들였는데 그런 현상이 나타난 거지? 혹시 외부에서 이상한 거짓교사들이 침투하여 그렇게 만들어 놓은 게 아닌가?"

"거짓교사들이 교회 안에 들어 온 적은 있었습니다. 하지만 저희들이 알아차리고 쫓아낸 적은 있지만 그들이 음모를 꾸며서 성도들을 변화시 킨 건 아니라고 봅니다."

"음행 외에 어떤 문제가 있나?"

그렇게 묻자 스데바나는 잠시 망설이다가 입을 열었다.

"이상한 풍조가 생겨 소란스럽습니다만 큰 문제는 없습니다. 크리스 천으로 하나님의 세례 를 받은 자체가 구원과 영생의 약속을 받은 것이 기 때문에 우리는 자유인이 되었다. 그러므로 율법 따윈 지킬 필요도 없 고 사회 혹은 도덕규범 같은 것에도 얽맬 필요가 없다. 영과 육은 다르 다. 영이 이미 구원을 받았으므로 육은 버린 존재다. 아무렇게나 굴려도 상관 없다. 그렇게 재림하는 주님을 따라 승천할 때까지 자유롭게 살다 따라가면 되는 것이다. 그렇게 말하는 신도들이 늘어난 것입니다."

"예삿일이 아니군? 알겠네."

바울은 충격을 받았지만 그때까지만 해도 신도들의 병이 그토록 심각 한 난치병이란 사실을 깨닫지 못하고 간곡하게 신도들의 잘못을 지적하 고 권면만 하면 고린도교회 신도들은 자신을 어버이처럼 믿고 의지하는 양들이니 바로 잡아질 것으로 생각했다. 바울은 그래서 기도 후 두 번째 편지를 써서 스데바나 편에 보냈다.

"이건 교회 전체 신도들에게 보내는 편지지만 이건 세 사람에게 보내 는 편지일세. 아볼로와 그리스보, 소스데네 감독에게 서로 돌려가며 읽으 라 하게."

고린도 교회를 이끌고 있는 지도자는 그 세 사람이었다. 그곳 교회에 문제가 발생했다면 어찌 보면 그 세 지도자들의 잘못이라고밖에 말할 수 가 없었다. 바울은 그들을 꾸짖었다. 어찌 됐건 구부러진 것을 바로 잡아 놓으라 당부했다. 이윽고 바울은 만기가 되어 옥에서 석방되었다. 그로부 터 한 달 쯤 지나서 바울은 에베소를 떠날 채비를 했다. 디도가 물었다.

"어딜 가시려고 그러시죠?"

"드로아로 해서 마게도냐를 다녀오려구 그러네. 예루살렘 교회 구제헌금이 얼마나 또 모아졌는지 확인하기도 하고 독촉하려구 말야."

"혼자 가시게요?"

"아니야. 디모데와 동행하겠네."

바울은 이윽고 두란노 강원은 실라와 디도에게 맡기고 디모데와 함께 육로를 택하여 드로아로 떠나기로 했다. 그때 바울의 발목을 잡는 사건이 생겼다. 두란노로 글로에 본사 사람들이 바울을 찾아 온 것이었다. 여사장 글로에는 고린도에서 사업을 하면서 에베소에도 지점을 내고 있어서 직원들의 내왕이 잦은 편이었다.

"사도님, 안녕하십니까? 저 마우사입니다."

"오랜만이요. 반가워요. 그래 글로에 사장님은 평안하시지요? 사업도 잘되고?"

"사도님 기도 덕분에 잘 되고 있습니다."

"교회는 이제 진정이 되었지요?"

"실은 그래서 뵌 것입니다. 감독님이 사도님이 보내신 편지를 가지고 권면하며 바로 잡아 보려고 애를 쓰셨지만 전혀 효과가 없었습니다. 아무래도 사도님께서 직접 오셔서 바르게 인도해주셔야 할 것 같습니다."

바울은 갑자기 둔기로 뒷통수를 맞은 것처럼 비틀거렸다. 도대체 어디서부터 어떻게 잘못되어 있는지 종잡을 수 없었던 것이다.

"사도님, 괜찮으십니까?"

바울의 얼굴이 창백해지자 마우사가 다가들어 부축했다.

"고맙소. 난 괜찮아요. 알았으니 다른 일을 보시오."

마우사를 보내고 바울은 깊은 고뇌에 빠졌다. 천길 낭떠러지 끝으로 밀려나 있는 위기감과 불안감이 엄습해 왔다.

(해결책을 마련해야 한다. 아니다. 해결책은 하나님이 내려주실 것이다. 성령께서 원하고 지시하는 대로 따르자.)

그러려면 난파직전에 있는 고린도호(號)를 구해내기 위해 그곳으로 건너가 직접 부둥켜안고 기도를 해야 할 것 같았다. 바울이 그렇게 결심을 하고 고린도로 건너가려고 하는데 그보다 먼저 고린도 교회에서 대표로 뽑힌 세 사람이 교회의 여러 난제들을 가지고 해결해달라고 찾아왔다. 대표자는 스데바나 장로와 브드나도 그리고 아가이고였다.

"대체 어찌된 일인가? 무엇이 근본적인 문제인지 속 시원히 말해보게. 스데바나 장로! 지난번에 왔을 때 심각한 상태는 아닌 것처럼 얘길 한 것 같은데 갑자기 여러 사람이 찾아온 걸 보면 교회가 중태에 빠진 것 같은데?"

그러자 스데바나는 어쩔 줄 모르며 사죄했다.

"죄송합니다. 사도님의 권면이 담긴 편지 한통이면 거칠었던 파도가 완전히 가라앉을 것으로 간단하게 생각했던 게 실수였습니다."

"그럼 처음부터 심각했었단 말 아닌가?"

"이제 와서 무슨 변명을 하겠습니까? 감독님을 모시고 저희들이 해결하려고 노력했지만 잘 되지 않았습니다. 저희들 무능을 용서하십시오."

바울은 가슴이 터질듯 아픈지 손바닥으로 가슴을 문지르며 쓴 입맛을 다셨다.

"근본 문제가 무엇인가?"

"대개 5가지 문제점입니다. 첫째가 사도님이 편지로 나무라시고 잘못이니 뉘우치라고 권면하셨는데도 불구하고 인륜을 저버린 음행을 합리화하는 신도들이 아직도 정신을 차리지 않고 버티고 있다는 것입니다."

"순진했던 신도들을 뒤에서 선동하고 잘못된 길로 인도하는 세력이 있는 것이 분명합니다. 일종의 신비주의자(神秘主義者)들이지요. 이를테면 세례의식이나 성찬의식 같은 걸 신비주의화해서 사도님의 가르침을 전연 다른 길로 오도(誤導)하고 있는 것입니다."

곁에 있던 실라가 그렇게 지적했다.

"나도 그 생각을 하고 있었네. 가지고 온 문제점이 한두 가지가 아닌 것 같으니 더 들어 보기루 하지. 다 얘기해 보게."

"예. 두 번째 문제점은 우상제사에 쓰인 제물에 대한 것입니다. 우상제 사에 쓰인 고기는 사먹어서는 안 된다 했었는데 지금은 상관없다며 모두 사먹고 있습니다. 그리고 세 번째 문제는 교회내의 예배가 무질서해서 바로 잡아야겠다는 것입니다."

"무질서란 뭘 의미하는 건가?"

"소란스럽기 짝이 없습니다. 저마다 성령으로 방언의 은사를 받았다며 알지도 못하는 말로 기도를 하는데 마치 목청 큰 신도가 기도응답을 빨리 받는 것처럼 아우성을 칩니다. 예배 진행이 어렵습니다. 그들은 오만 방자해서 감독님이나 장로들의 말을 우습게 압니다. 자기들은 천사의 말로 방언을 하기 때문에 지상에 사는 일반인들과는 완전히 구분되는 하늘 백성이며 신유(神癒)의 은사도 받았기 때문에 안수하면 병자도 낫는다며 떠들고 있습니다."

"허!"

"그리고 사도님께서 가르쳐주신 성찬의 의미가 완전히 퇴색해버렸습니다. 예배 후 성찬을 나눌 때면 있는 자들의 유흥 파티로 변하게 된 것입니다. 부자들만 사사롭게 잔치를 벌이고 다 먹고 남은 음식으로 성찬흉내만 내는 것입니다. 이에 그리스보 당장님과 소스데네 당장님 그리고 아볼로 감독님 등이 바로 잡아보려고 애를 썼지만 오히려 파당만 생겨났습니다. 4대 파벌이라 하고 있지요. 바울 사도를 따르는 바울당, 베드로 사도를 따른다는 게바당, 게바당은 유대교도 믿고 그리스도교도 믿자는 예루살렘 모교회 추종파들이고, 아볼로를 추종하는 아볼로당이 있고 오직 그리스도만을 따른다는 그리스도파 등입니다."

"점입가경이군? 파당까지 생겨났다?"

"물론 명확하게 파당을 나누고 서로 싸우는 건 아닙니다만 편의상 나누어본 것입니다. 그리고 마지막으로는 바울 사도님은 왜 그렇게 예루살렘 모교회에 대한 구호성금 모금에 집착하고 있느냐, 이상하지 않느냐? 주의 일을 하면서 사례를 받아서는 안 된다, 그래서 나는 내가 일해서 벌고 전도를 한다. 그렇게 말씀하는 뒤에는 모금한 구호성금을 빼돌리고 있기 때문에 그런 게 아니냐는 말들을 많이 하게 되었다는 것입니다. 이 모든 오해를 완전히 불식 시킬 수 있는 지침을 내려주십시오. 그래서 저희들이 온 것입니다."

그들의 전언(傳言)을 들은 바울은 눈앞이 캄캄해져 오는 것을 느꼈다. 그리고 엄청난 바윗덩이가 온몸 위를 짓눌러 오는듯한 압박감과 좌절감을 느꼈다. 제1차 전도여행 때 남부 터키 버가에서 비시디아 안디옥으로 가기 위해 해발 2천 미터의 타우르스 산맥을 마주하고 서서 무슨 일이 있던 타우르스의 고산준령을 넘어 비시디아에 가야한다고 다짐하던 때와 같은 암담함과 결연함이 가슴 속에 교차하고 있었다. 지금까지 소아시아 각지를 지나 서양의 마게도냐와 아가야 전토를 다니며 복음을 전하고 개척교회를 세웠지만 이렇게 교회가 파탄직전까지 가게 된 것은 고린도교회가 처음이었다.

실라가 나름대로 고린도 교회 사태를 진단했다.

"고린도는 특수한 지역입니다. 동서양 문화가 만나고 마주치는 국제도시입니다. 부유한 곳이고 그래서 시민들은 사치와 향락을 즐기며 사는 게 일상화 되어 있습니다. 도덕적으로도 문란하여 연극에서 고린도 인으로 등장하는 인물은 거의 모두 사기꾼 아니면 바람쟁이로 출연합니다. 모여

사는 인종도 다양하지요. 헬라인, 로마인, 아시아인, 아프리카인 등등 그들은 모두 자기 족속들이 믿고 있는 우상들을 섬기지요. 아폴로신전, 아프로티테 신전, 포세이돈 신전 등 수없이 많은 신전이 있고, 그들은 풍습과 습관이 다르고 언어가 다릅니다. 그런 곳에 오셔서 사도님은 그 어려운 가운데 예수복음을 전하고 그들을 개종시켜 예수 그리스도의 새 복음이란 공감대를 가지고 예수 이름으로 하나로 묶어내는데 성공하셨습니다. 하지만 사도님께서 고린도를 떠나신 다음부터 문제가 발생한 것입니다. 영적으로 미숙했던 초신자(初信者)들이 사도님이 가르치신 기독교 복음을 자기들 입맛에 맞게 해석하여 혼란이 일어나게 된 것입니다. 새 신자들은 예수 그리스도 안에서 중생(重生)됨으로써 새 생명을 얻고 하나님이 주신 특권을 누리게 되었지만 교회 밖으로 나가면 여전히 비(非) 기독교적인 환경에 부딪치고 고난 받고 살아야했기에 그 충돌에서 오는 갈등이 컸을 것입니다. 이런 현상은 개척교회들이 공통적으로 안고 있는 갈등입니다만 고린도 교회가 특히 그 증상이 심하게 나타나고 있다는데 근본적인 문제가 있는 것 같습니다. 장차 미지의 땅에 전도를 하고 새 교회를 개척할 때를 대비하여 고린도교회의 난제를 잘 풀고 정리해야할 것 같습니다."

바울 옆에 있던 실라가 그들의 전언을 듣고 그렇게 충언을 했다. 바울 역시 실라의 판단과 같다고 동의했다.

이윽고 바울은 해결책을 마련하겠다며 기도실로 들어가 사념에 잠겼다. 어디서부터 잘못된 것인가. 따져보아야 했다. 고린도교회 안에는 4개의 분파가 있다고 전하고 있었다. 그에 대해 바울은 고개를 흔들었다. 그렇게 편가를 만큼 신도들은 성장해 있지 않았다. 분파가 있다면 신령주의에 빠진 채 변질되어 가고 있는 이단 신도들이란 추측이 들었다. 세례를 신성한 접신(接神) 행위로 보고 성찬을 하나님과 한 몸으로 되는 의식으로 여기며 방언을 천사의 말로 여겨 방언을 하면 천사들과 동급이 되어 보통사람들과는 완전히 다른 특별한 사람들이 된다고 믿는 자들을 신령주의자라 한다. 그렇게 변한 신도들이 소란을 피우고 있음에 틀림없었다. 바울은 3일 동안 두란노 강원의 좁은 기도실에서 금식기도를 올리며 하나님께 대책을 물었다. 기도가 끝나자 바울은 더디오를 불렀다.

"금식하셔서인지 아주 수척해지셨습니다."

"더디오. 지금부터 구술할 테니 준비할 수 있겠나?"

"물론입니다만, 너무 지쳐보이시는데 선생님 건강이 염려되는군요."

"아니야. 날아갈듯 가볍고 상쾌하네."

금식 때문에 금방이라도 쓰러질 것처럼 허약해졌는데도 바울의 두 눈은 형형한 불꽃이 일고 있었다. 이윽고 더디오가 필기도구를 갖추고 바울의 구술을 기다렸다. 바울은 먼저 고린도교회의 신도들에게 감사의 인사로 서두를 시작했다. 이른바 훗날 <고린도 전서>가 된 편지였다. 그런 다음 현재 일어나고 있다는 내부 분쟁에 대해서부터 힐난과 설득과 권면을 이어갔다. 교회 내에는 바울파와 게바(베드로)파 그리고 아볼로파와 그리스도파 등 4개의 파가 나뉘어 다투고 있다 했다. 도대체 아무리 생각해도 이해가 가지 않았다. 바울파야 바울이 세운 교회이니 당연히 그럴 수 있는 일이겠지만 한 번도 고린도를 방문한 적이 없는 게바를 따르는 파가 있다니 그건 또 무슨 소린가.

그리고 아볼로가 누구인가. 알레산드리아 출신이며 성경에 박학다식한 웅변가요 호남아였다. 그를 고린도교회에 목사로 천거하여 보낸 사람은 바울 자신이었다. 개척교회 내에 파벌이 생겼다는 것은 신도들의 신앙이 초기 단계를 벗어나 조금은 유식해졌다는 반증이었다. 문제는 그 유식 때문으로 보였다. 바르지 않은 쪽으로, 엉뚱한 쪽으로 그 유식이 행세하게 된다면 그리스도 예수의 복음은 근본부터 무너지게 된다. 교회 내에서

서로 시기하고 분쟁함은 육신(肉身)에 속한 자의 특징이다. 분쟁은 교회를 파괴한다. 교회 신도에는 두 종류가 있다. 신앙적으로 성숙한 신도들(신령한 자 또는 온전한 자라 한다)과 신앙적으로 유치한 어린 아이같은 신도들(육신에 속한 자라 한다). 파당을 만든 신도들은 바로 지식을 자랑하고 성숙치 못한 유치한 신앙을 가진 자들이다.

예수 그리스도는 오직 한 분뿐이다. 바울이나, 게바나, 아볼로는 예수님이 아니다. 이 사람들은 복음을 예수 그리스도로부터 받아 모든 신도들에게 전도하기 위해 존재하는 전도자일 따름이고 복음을 가르치는 교사일 뿐이다. 여기서 말하는 교사는 직접 학생만 가르치는 선생(디다스칼로스)을 말하는 게 아니고, 어린 학생을 선생님께 데려다주고 데려오며 학교 외적인 사사로운 훈육을 맡은 종이며 훈육자(파이다고고스)를 가리킨다. 신도들은 하나님 아들인 예수를 믿고 따라야지 왜 자기들의 종인 훈육자를 따르고 세상 지혜와 지식으로 따지며 누가 더 좋고 누가 실력이 있다며 파당을 짓는가. 그리스도 안에 계시된 하나님의 지혜는 세상 지혜의 기준으로 보면 어리석지만 십자가의 말씀을 믿음으로 받아들일 때에만 깨달을 수 있다. 인간이 참으로 지혜롭기 위해서는 자신의 인간적 지혜의 한계성을 깨닫고 그리스도 안에서 최종적 지혜의 근원인 하나님과 결합해야 한다. 교회는 하나님의 지체이며 성전이다. 신도들은 하나님의 자녀들이다. 자녀들이 하나님을 따르지 않고 분쟁하며 목회자를 따른다면 교회 파괴자로 하나님은 무서운 벌을 내릴 것이다.

그 같은 내용으로 파당에 의한 분쟁을 나무라고 이어서 성례전(聖禮奠)의 변질과 타락에 대하여 권면했다. 성찬은 예수 그리스도의 떡과 잔을 나누며 최후의 만찬을 기념하고 그리스도 대속의 죽음을 기리며 그리스도와 완전히 하나 됨을 체험케 하고, 하나 된 신도들은 그리스도의 재림 때까지 메시야 시대의 기쁨을 맛봄으로 빈부귀천 신분고하를 막론하고 성령의 역사함을 받아 뜨겁고 동일한 형제애로 뭉친 특별한 공동체가 되기 위한 의식이다. 교회는 가진 자보다 빈자가 더 많으며 명예와 권력을 가진 자보다 노예나 과부나 하층민들이 더 많이 모이는 곳이다. 따라서 대부분의 빈자들은 자기들 먹을 것도 싸오지 못하는데 부자들은 언제부터인가 고급 음식들을 산처럼 싸가지고 와서 자기들끼리만 사사로운 파티를 벌이고 놀았다. 그러면서도 빈자들에게는 함께 먹고 마시자며 나누어주는 경우가 없었다. 부자들은 마땅히 가난한 자들과 나누어야 한다. 공동식사를 통한 사랑의 공동체를 이룩하려는 것이 하나님의 뜻이다. 왜 빈자들에게 수치감을 주는가. 하나님의 뜻을 거스르면 안 된다. 듣건대 고린도 교인들 가운데 최근 들어 잠자는 자(죽는 자)와 병자들의 숫자가 많아졌다는 것은 바로 하나님의 심판으로 받아들여야 한다고 경고했다. (고전 11:30)

바울은 또한 성령이 주시는 각종 은사를 자기들 생각대로, 자기들 지식대로 해석하고 주장하는 행태에 대해 꾸짖었다. 이단들은 자기들이야말로 세례 받아 구원을 얻고 신접(神接)하여 하나님과 한 몸이 되었으므로 자기들의 영(靈)은 모든 구속에서 풀려난 자유인이다. 율법의 구속에서 해방되었고, 나아가 사회규범 도덕률 등 각종 죄에서도 해방되었으므로 자기들은 이미 부활이 되어 종말에 받게 되는 하나님의 심판에서 면죄부를 받았다. 또한 그리스도의 성령을 받았으므로 환상 속에서 천사들의 말(방언)로 하나님과 직접 교통하고 하나님과 한 몸이 되어 초영적 경지에서 특별히 강(强)한 자가 되어 살게 되었다. 그리고 영으로 살기 때문에 육체는 전혀 쓸모없게 되었다. 부활이란 영의 부활이지 영육이 함께 받아 일으킴을 받는 게 아니다. 따라서 육체는 아무렇게나 굴려도 된다. 창기와 몸을 섞어도, 계모와 살아도 죄가 되지 않는다며 자신들은 약한 자들보다 더 많고 특별한 성령의 은사를 받았다며 무시하고 우월함을 자랑했다.

바울은 우선 영만 강조하는 그들의 잘못된 주장을 강하게 비판했다. 죽은 자 가운데 다시 살아나신 예수님은 40일 후 5백여 명의 제자들이 지켜보는 가운데 감람산 위에서 부활 승천하셨다. 40일 동안 예수님은 제자들과 생활했다. 영만 아니라 온전하게 영육(靈肉)을 갖춘 몸으로 생활하시다가 승천하신 것이다. 우리들의 몸은 무엇인가. 하나님께로부터 받아 우리 안에 모시고 있는 성령의 성전이다. 따라서 우리 몸은 내 것이 아니며 함부로 해서도 안 된다. 우리의 몸은 그리스도의 피 값을 내고 사들인 것이다. 그러니 우리의 몸은 항상 하나님을 영광스럽게 해야 한다. (고전 6:18-20) 그럼에도 그런 몸을 천하게 생각하고 굴리며 창기와 몸을 섞고 계모와 살아도 된다 한다는 것은 용서받을 수 없는 범죄행위이다.

바울은 그자를 출교(黜敎)시키고 아예 상종조차 하지 말 것을 요구했다.

그리고 성령의 은사에 대해서 가르침을 주었다. 고린도 교회 신도들은 바울의 지적대로 열정적으로 성령의 은사를 구하고 원했다. 그래서였는지 성령은 여러 가지 은사를 내려주었다. 방언과 예언을 하게 되었고 작은 이적을 보이기도 했다. 그러나 그들은 그것들을 오해하기 시작했다. 세례는 신접하는 신비의식이며 세례를 받아야 성령도 받게 되어 천사의 말인 방언을 하게 된다고 생각했던 것이다. 그 비밀을 터득하면 남들보다 우월해지며 강한 자가 된다고 주장했다. 누가 먼저 그 경지에 들어가느냐 경쟁을 벌렸다. 그 때문에 예배 때는 소란스럽기 이를 데 없었다. 저마다 방언을 한다며 떠들어 댔다. 마치 네거리에 서서 대성(大聲) 외식기도(外飾 祈禱)를 하는 바리새인들이나 마찬가지였다. 그러면서 방언을 하지 못하는 다른 신도들을 멸시하고 자신들을 자랑했다. 바울은 그 잘못됨을 질타했다.

성령의 은사는 성령이 주시는 것이다. 성령의 은사는 다양하다. 우열을 따질 수 없다. 교회란 그리스도의 몸이며 몸에는 수많은 지체들이 모여 있는 것처럼 교회도 여러 다양한 사람들이 모여 지체를 이루고 있다. 왜 손가락은 다섯 개여야 하는가. 엄지 한 개 정도는 없어도 되지 않는가. 아니다. 그 한 개의 손가락이 맡은 일이 중요하기에 없어서는 안 된다. 신도가 받은 다양한 은사도 성령의 뜻대로 각 사람의 기능에 따라 정하시고 그 은사를 나누어주신 것이므로 우열이나 귀천을 따질 수 없다. 그리고 각 사람이 그렇게 다양한 은사를 가지고 있으면서도 한 몸인 것은 세례 때 받은 성령 때문이다. 각 지체 중의 하나가 고통을 당하면 모든 지체가 함께 아픈 법이고 영광을 얻으면 함께 기뻐하는 것이다. 성령의 은사를 받으면 자기를 과시하고 자랑하지 말고 교회 안에서나 밖에서 참된 덕을 세우려고 힘써야 한다. 성령의 은사는 사랑이 있어야 한다. 사랑을 따라 은사를 구해야하며 사랑으로 덕을 세워 교회에 유익함을 주어야 하는 것이다. (고전14:1)

바울은 충고했다. 방언은 하나님께 드리는 고해(告解)의 말씀이다. 영으로 말하기 때문에 알아들을 수 없다. 방언을 하지 말라는 건 아니다. 방언을 하되 반드시 통역자가 있어야 한다. 방언보다는 예언(豫言)을 더 많이 하도록 힘쓰라. 방언은 개인적 말이지만 예언을 할 때에는 이성이 작용하므로 사람들이 모두 알아들을 수 있기에 공개적인 말이다. 예언은 <세움>과 <권면>과 <안위>의 말이다. 세움이란 모든 신도들에게 유익함을 줄 수 있도록 사랑으로 든든히 세우는 걸 말하며, 권면이란 신도 상호간에 인격적인 신뢰를 바탕으로 잘못된 것들을 바로 잡아주고 충고해주며 고쳐주는 걸 말한다. 이 권면도 사랑이 바탕이 되어야 한다. 그리고 안위란 슬픔에 빠진 자나 약한 자들을 사랑으로 위로하여 용기를 주는 걸 말한다. 또 예언은 기도의 응답으로 장차 자연 재해나 인간사회의 재앙 등 비밀을 미리 알아내어 알려주기도 하며 하나님의 말씀을 계시와 신탁(神託)으로 받아내기도 하고 자신의 신앙고백을 들려주어 신도들에게 신앙생활에 유익함을 주는 간증을 말한다.

그러면서 바울은 기독교 복음의 핵심은 <사랑>임을 강조했다. 내가 천사의 말을 할지라도 사랑이 없으면 소리 나는 구리와 울리는 꽹과리가 되고, 산을 옮길만한 모든 믿음이 있을지라도 사랑이 없으면 아무 것도 아니며, 우리에게 믿음, 소망, 사랑 이 세 가지는 항상 있을 텐데 그 중에 제일은 사랑이라며, 저 유명한 <사랑의 시(詩)>를 남겼다.

사랑은 오래 참고 사랑은 온유하며
투기하는 자가 되지 아니하며
사랑은 자랑하지 아니하며 교만하지 아니하며
무례히 행치 아니하며 자기의 유익을 구하지 아니하며
성내지 아니하며 악한 것을 생각지 아니하며
불의를 기뻐하지 하지 아니하며 진리와 함께 기뻐하고
모든 것을 참으며 모든 것을 믿으며
모든 것을 바라며
모든 것을 견디느니라.

(고전 13: 4-7)

다음은 우상제사에 쓰인 고기는 먹어도 되는 가로 시끄럽다 했다. 천사의 말을 하고 하나님과 직통하며 영적세계에 산다고 자랑하는 고린도교회의 이단들은 자신들은 강자(強者)이기 때문에 우상 제물로 쓰인 고기는 먹어도 상관없다고 하였다. 일반 사회에서 신이라 부르며 추앙하는 우상들은 단순히 우상일 뿐이고 자기들이 믿는 신은 여호와가 유일신이기 때문에 거기에서 지낸 제사고기는 아무런 의미가 없으므로 먹어도 된다는 것이었다. 강자들은 양심상 제물 고기를 못 먹고 불안해하던 약자들에게 왜 못 먹느냐고 비아냥거렸다. 바울은 꾸짖었다. 그 같은 짓은 약자의 양심을 상하게 하는 것이며(고전8:12-13), 형제로 하여금 죄짓게 하는 것이며, 그를 위해 십자가에서 죽으신 예수께 죄짓는 일이다. 내가 지식을 가져 자유한 것도 중요하지만 더 중요한 것은 다른 사람을 위해 내가 얻은 그 자유를 포기할 줄 아는 용기가 필요하다. 용기는 곧 <사랑>이다. 지식은 사람을 교만하게 만들고 자신만 알게 하지만 사랑은 다른 사람을 배려하며 덕을 세운다.

그러면서 바울은 지침이 되는 권면을 했다.

첫째, 주님의 피와 살을 먹고 마시는 성도이므로 우상 신전에 바친 고기를 절대 먹어서는 안 된다.

둘째, 시장에서 파는 고기는 따지지 말고 사 먹어도 된다.

셋째, 비신자 집에서 음식을 먹을 때 우상고기라 말하지 않으면 먹어도 되고 말하면 먹지 말라.

넷째, 신자는 무얼 먹고 마시든지 하나님 영광을 위해서만 해야 한다.

그리고 바울은 또한 고린도 교회의 이단들이 얼마나 위험한 길로 들어섰는지 경고했다. 그들은 신적 지혜를 소유하려면 신비의식인 세례를 통과해야 하며, 그래야만 성령의 은사를 받게 되고 그걸 받게 되면 천사의 말(방언)을 하게 된다. 방언은 영감이 주는 현상이고 영체(靈體)에 의해 완전한 황홀경에 들어가 하나님과 직접 만나게 되어 천상의 영적생활을 하게 된다. 이는 육으로 사는 자들과 달리 영으로 살며 세상의 율법과 규범 도덕 등 세상 법에서 해방되었다는 것을 뜻하여 <자유인>이 되었고 <강한 자>가 되었다는 말과 같다. 세상의 예수는 저주하고 우리는 영적 그리스도(메시야)만 숭배한다. 육을 가진 예수는 단지 지상의 종교 예언자에 불과하며 따라서 십자가의 죽음을 전도한다는 건 어리석은 짓이다. 그리고 우리들은 이미 천상에서 부활을 체험하므로 미래의 부활은 필요 없고 세례를 받았기 때문에 하나님의 무서운 심판에서 면죄부를 받았으니까 예수의 재림도 의미가 없다. 우리의 구원은 완성이 되었다라고 주장하고 있었다. 게다가 하나님을 알았기에 모든 것을 안다고 자랑하며 예수의 말씀까지도 지혜의 말씀으로 바꿈으로써 예수를 신비운동가(mystagogue) 쯤으로 전락시키고 있었다.

바울은 다시 한 번 고린도에 와서 처음부터 가르쳐준 십자가의 예수도(道)를 설파했다.

첫째로, 우리가 하나님의 자녀가 되고 성도가 된 것은 하나님의 예정된 선택의 결과이다.

둘째, 창조 이래 인간들은 하나님의 뜻을 배신하여 진노를 사서 때마다 심판을 받아야 했다. 하나님의 그 진노에서 우리가 벗어나게 된 것은 인간의 몸으로 오신 하나님의 아들이신 예수께서 우리들의 모든 죄를 대신 지시고 십자가에서 죽으시고 부활하셨기 때문이다.

셋째, 그래서 예수는 우리의 주가 되었고 그리스도(메시야, 구원자)가 되었다.

넷째로, 예수는 죽은 자 가운데 다시 사심으로써 그를 믿는 자는 죽거나 살거나 그와 함께 살게 되었다.

다섯째, 예수는 하나님의 아들임을 믿어야 하고 죽어서 부활하여 다시 사신 것과 그가 심판주와 구속주로 다시 재림하신다는 사실을 온전히 믿어야 한다.

바울이 가르친 예수 복음의 특징은 명쾌했다. 기독교의 탄생과 발전의 열쇠는 교훈이나 종교성이나 신비체험에 있는 것이 아니라 하나님 <능력>의 체험에 있다. 죽은 자를 살리심으로 하나님의 능력은 입증이 된 것이다. 이 능력과 성령은 동의어이다. 성령은 그리스도의 영이며 이 영이 없는 자는 그리스도의 사람이 아니다. 성령을 받으면 내적 변화가 온다. 하나님과 화해했으므로 하나님의 진노와 심판을 두려워하지 않아도 된다. 성령의 역사(役事)는 기쁨으로 나타난다. 기쁨은 모든 것이 자기 뜻대로 되어서 마음이 행복한 게 아니라 닥쳐온 고난과 핍박을 이길 수 있을 때 오는 기쁨을 말하는 것이다. 이긴다는 것은 인내와 연단을 말하며 장차 소망을 이룰 수 있다는 미래를 알기에 기쁨을 느끼는 것이다. 성령의 능력은 우리에게 <자유함>과 <해방감>을 가져다준다. 주의 영이 계신 곳에는 <자유함>이 있다. 죄로부터 해방되었고 악의 세력이나 율법의 예속에서, 공포와 불안과 죽음으로부터도 해방되었다. 게다가 뚜렷한 장래의 소망이 있으니 담대해진다.

그 같은 가르침을 오해하여 왜곡하게 된 것이다. 세례 받는 것을 신적인 지혜를 얻는 신비의식으로 바꾼 것이다. 하나님의 세례를 받았기에 신령한 성령을 받았고, 성령의 은사를 받았기에 천사의 말(방언)을 하며, 영체(靈體)에 의하여 황홀경에 빠지고 알아들을 수 없는 말을 하게 되었다고 했다. 게다가 기적을 행할 수 있는 능력을 얻었다고도 자랑했다. 그러므로 자신들은 이 세상을 떠나 천계(天界)에 사는 신령한 자들이다. 이들은 이미 천상에서 부활까지 체험했으므로 미래의 부활을 믿지 않는다고 말했다. 게다가 자기들은 강하다며 육(肉)에 사는 자들을 약자라고 경멸했다. 자신들을 옭죄던 율법에서 해방이 되어 자유인이 되었고, 성경이나 율법 세상의 법과 일상의 도덕 윤리 등도 초월하게 되었다고도 했다. 예수는 육으로, 그리스도는 영으로 구분하고 있었다. 따라서 십자가와 그 구속사 자체를 경멸한다. 우리는 강하기 때문에 무엇이나 해도 되고 할 수 있다 했다. 이렇게 되면 그리스도의 복음은 무의미해지고 부활의 소망이 무가치해지며 재림에 관한 모든 교리가 무너져버리게 된다.

바울은 편지에서 이단들에게 단언하듯 말했다. 성령의 능력과 은사를 모독하거나 왜곡하지 말라 했다. 성령의 능력을 받으면 자유함과 해방감을 받아 기쁨을 얻고 행복감을 얻지만 그 기쁨은 모든 것이 자기 뜻대로 되어서 얻어지는 행복으로 알지 말라. 성령의 능력은 닥쳐 올 고난과 핍박을 이겨낼 수 있을 때 기쁨으로 오는 것이다.

- 우리가 환란 중에도 즐거워하나니 환란은 인내를, 인내는 연단을, 연단은 소망을 이룬다는 것을 알기 때문이다. (롬5:3-4)

그리고 성령의 능력을 받으면 우리는 자유함과 해방을 얻게 되지만 그 자유와 해방은 이단들이 말하는바 무슨 일이든지 자기들이 하고 싶은 대로 할 수 있다는 자유방임주의가 아니며 도덕의 타락은 영만을 고집하며 육을 멸시하기 때문에 일어나는 것이다. 육신으로부터도 해방되어 천계(天界)에 올랐기 때문에 구원은 이미 받은 것이고 재림이나 심판으로부터도 자유함을 얻었다고 주장하는 것은 망발이 아닐 수 없다. 구원이 완성되었으면 주의 사자들이 왜 지금도 추위와 굶주림에 떨며 이교도들에게 수난을 당하고 매를 맞으며 복음을 전하고 있을까. 구원은 예수께서 재림하실 때 비로소 완성되는 것이다. 그리고 예수 그리스도의 십자가와 그의 부활사건이야말로 기독교를 이해하는 관건이다. 그런데 그걸 부정한다는 건 말이 안 된다. 이단들은 세례만 받으면 성령의 은사와 능력을 받는 것으로 생각하지만 이는 착각이다. 성령은 하나님의 능력이며 이는 어떤 신비체험이나 영적의식 혹은 지혜로 체험되는 게 아니다. 하나님의 능력은 죽은 자를 다시 살리신 데 극적으로 나타났다. 그 사실을 믿고 체험하지 못하면 성령의 은사와 능력은 받을 수 없다.

그리고 그 외에 같은 성도들끼리 소송을 하고 이방인 법정에 서는 일과 크리스천의 결혼문제 등에 대해 묻고 있는데, 세례를 받은 자들은 하나님을 아바 아버지라 부르고 형제자매가 되어 하나님 앞에 예배드리는 신앙의 공동체 안에서 살아가는 자녀들 아닌가. 그렇다면 집안의 문제를 가지고 이방인 법정에 가서 시비를 가린다는 것은 옳지 않다. 성도들은 그리스도가 세운 모범을 따라 분쟁을 조정하고 해결해야 한다. 그리고 교회 안에도 현철한 어른들이 있지 아니한가. 그들에게 맡기라. 결혼은 해도 좋고 안 해도 좋으나 나처럼 혼자 살아가는 것도 좋다. 아내나 지아비가 서로 정 그립고 필요하여 견딜 수 없다면 결혼을 해도 좋다. 그리고 우상 섬김을 떠나 하나님께 와서 빛의 자녀가 되었으므로 성생활을 함에 있어서도 하나님을 모르는 이방인처럼 색욕을 좇지 말고 각자 아내를 사랑과 존귀함으로 대하며 살아가야 한다.

편지(고린도 전서)를 다 끝낸 바울은 디모데를 불러 고린도로 건너가 교회에 편지를 전하고 교회문제를 진정시킨 뒤에 해결하고 돌아오라 명했다.

"알겠습니다. 그럼 바로 떠나겠습니다."

"고린도로 건너가는 배를 직접 타지 말고 드로아를 거쳐서 빌립보, 데살로니가, 베뢰아 등 마게도냐 지역 교회들을 돌아보고 다시 모아진 모교회 구제헌금이 있는지 있으면 모두 모아가지고 고린도로 가라. 그리고 사태가 해결되면 돌아오도록 해라."

"그러겠습니다."

디모데는 즉시 에베소에서 터키 북쪽에 있는 드로아행 배에 올랐다. 드로아를 가야 빌립보로 건너갈 수 있었기 때문이었다.

18
시시포스 신화

전해져 오는 그리스 신화에 의하면 <에피라>로 불리우는 고린도시를 건설한 왕은 시시포스(시지프스)왕이다. 그의 아내는 멜로페이고 바람의 신(神) 아니올로스의 아들이었다. 헬라세계에서 공연되는 연극에서 등장하는 고린도인은 음탕하거나 욕심쟁이거나 사기꾼으로 나오는 것이 예사인데 이는 시시포스왕의 영향 때문이었다. 시시포스가 바로 그런 왕의 전형이었던 것이다. 죽을 때가 되자 죽음의 신 타나토스가 그를 데려가기 위해 왔다. 시시포스는 차일피일 하다가 죽음의 신에게 족쇄를 채워 가두어버렸다. 그 덕에 당분간 죽음 걱정은 덜 수 있었다. 그걸 안 전쟁신 아레스가 군사를 보내어 죽음의 신을 구출하고 그를 저승으로 압송해 갔다. 그는 꾀를 내어 끌려가기 전 자기 아내에게 자기가 죽고 나도 절대 제사를 지내지 말라고 비밀리에 당부했다. 저승에 간 시시포스는 제삿밥도 얻어먹지 못하는 신세가 되었다. 속세에서 제사를 안 지내 주고 있기 때문이었다. 시시포스는 저승신 하데스에게 아내를 설득해서 제사를 지내도록 하고 다시 올테니 속세로 잠깐 보내달라 사정했다. 승락을 받자 이승에 내려 온 그는 저승으로 돌아가지 않고 버텼다. 이에 제우스가 노하여 헤르메스를 시켜 시시포스에게 무서운 형벌을 내렸다.

"너는 아크로 고린도산 밑에 있는 바윗돌을 그 정상까지 계속 쉬지 말고 굴려 올려야만 한다. 다시 굴러내려 오면 다시 올려가야 한다. 반복하고 또 반복하라."

"언제까지 하면 됩니까?"

"영원히"

아크로 고린도는 고린도시 남쪽에 있는 돌산이다. 그 꼭대기에는 천여명의 신창(神娼)들이 우글거리는 거대한 아프로디테 신전이 있다. 영겁(永劫)의 형벌을 받은 시시포스왕은 지금도 그 무거운 바윗돌을 산꼭대기로 굴려 올리고 있다. 올려놓으면 다시 굴러내려 오는 걸 알면서도 그는 쉬지도 못하고 그 바위를 굴려 올리고 있는 것이다.

디모데는 다시 에베소를 가기 위해 겐그레아 대로를 걸어 외항 승선장으로 향했다. 힘없이 걸음을 옮기던 디모데가 뒤돌아보았다. 검은 회색바위로 이루어진 높은 아크로 고린도산이 거기 있었다. 정상에는 아프로디테 신전이 위용을 자랑하고 있었다. 나무 한그루 보이지 않는 악산이었다. 그 산 밑에는 한쪽 발에 족쇄를 차고 쇠사슬을 끌며 엄청나게 큰 바윗돌을 산꼭대기로 굴려 올리고 있는 사나이가 보였다. 시시포스왕이었다.

(아아, 저 시시포스의 저주인가! 우리 사도님께 왜 이런 고난을 주십니까? 하나님!)

그렇게 절규하고 싶었다. 이윽고 디모데는 시시포스의 망령을 떨쳐내기라도 하듯 머리를 흔들고 겐크레아 부두의 승선장으로 갔다.

고린도를 떠난 지 이틀 만에 디모데는 에베소에 도착했다. 디모데로부터 고린도 교회 결과를 자세히 듣고 난 바울은 현기증이 나는지 잠시 두 눈을 감고 감정을 억눌렀다.

"내 편지를 읽고 나서도 전혀 효력이 없더란 말이냐?"

"죄송합니다. 그 편지를 가지고 제가 조목조목 아버님께서 말씀하시고 강조하신 깊은 뜻을 설명하고 이해를 시키는 데도 대다수 강경한 신도들은 귀담아 들으려하지 않았습니다."

"왜 그토록 순한 양 같던 신도들이 그렇게 됐지? 혹시 그들 뒤에 거짓교사들이 있어 선동하는 거 아냐?"

"고린도 내의 각 가정교회가 스데바나 단일교회로 합해진지 일년이 넘었습니다. 출석하는 교인 숫자는 천 오백여 명이랍니다. 이번에 가보니 제가 모르는 성도들도 굉장히 많았습니다. 아버님이 아실만한 성도도 그 삼분의 일 밖에 안 될 겁니다. 그러니 분명 외부에서 온 거짓교사들도 섞여 있겠지만 골라낼 수가 없었습니다."

"디모데야, 고린도로 가는 배편을 알아보아라. 되도록 빨리 떠나는 선편이 있는지 알아보고 승선표를 구해놓아라."

"직접 가시게요?"

"내가 가서 그들의 얼굴을 정면으로 바라보고 대화를 해야겠다. 아니면 사태는 해결이 안날 거 같다."

바울은 직접 고린도로 가야한다고 다짐했다. 그로부터 이틀 만에 바울은 디모데를 데리고 고린도로 가기 위해 에베소에서 배를 타기로 했다. 항구 동문 쪽에는 실라와 디도를 비롯하여 십여 명의 제자들이 나와 전송했다.

"가셔서 힘에 부치시면 사람을 보내십시오. 저와 디도가 건너가 도와드리겠습니다."

실라가 바울의 손을 잡고 위로하듯 말했다.

"하나님께서 돌봐주시고 잘 마무리되게 해주시겠지. 자, 그럼 강원을 부탁하네."

바울과 디모데는 이윽고 고린도를 거쳐가는 이루리곤행 여객선에 올랐다. 그리고 이틀이 채 안된 오후에 고린도 외항인 겐크레아 항구에서 내렸다. 바울은 겐크레아에 살고 있는 여집사 뵈뵈를 보고 싶어 했다. 디모데와 함께 그는 그녀의 집을 찾았다. 찾아온 바울을 본 그녀는 깜짝 반가워하며 맞아들였다.

"정말 오랜만에 뵙네요. 에베소로 뵈러 간다 간다 하면서도 못가서 죄송해요. 그렇게 건강하시더니 수척해지셨어요."

뵈뵈는 겐그레아에 살고 있고 자기 집에 가정교회를 가지고 있었다. 그래선지 그녀는 고린도 교회의 문제점에 대해서는 깊이 알지 못하고 있었다. 하룻밤 자고 난후 디모데는 먼저 고린도 교회로 갈 테니 바울은 안식일 예배에 맞춰오는 게 좋겠다 했다.

"제가 먼저 가서 사도님이 오신다고 알려야겠어요. 그래야 모든 신도들이 다 모일 거 아닙니까?"

"그게 좋겠다. 먼저 가서 알려라."

안식일까지는 삼일이 남아 있었다. 뵈뵈는 그동안 자기 집에서 충분한 휴식을 취하고 건강을 추스르라 했지만 바울은 다락방에 들어가 금식기도에 들어갔다. 바울은 안식일이 되자 뵈뵈의 가정교회에 모인 성도들에게 짤막한 설교말씀을 전하고 곧 고린도 스데바나 교회로 찾아갔다. 바울이 온다는 소식을 들어서인지 목화 창고였던 교회 안에는 천 오백여 명의 신도들이 들어차서 기다리고 있었다. 목회자인 아볼로와 그리스보 당장과 소스데네 당장 등 교역자들이 개척 당시의 신도들과 함께 바울을 기쁘게 영접했다. 바울은 일일이 한 사람씩 끌어안고 인사를 했다. 일반 신도들도 모두 일어서서 환영하며 박수를 보내는데 이상한 것은 절반 이상이 박수를 치지 않는다는 것이었다.

이윽고 바울이 강대상에 올랐다. 신도들의 마음을 다잡아 평상심으로 가라앉히기 위해 먼저 뜨겁게 기도를 올렸다. 기도를 마치고 바울은 그동안 부흥성장한 교회의 발전과 성도들의 수고를 위로하는 인사를 했다. 그러자 오십여 세쯤 되는 남자 신도가 벌떡 일어나 외쳤다.

"우린 당신을 초청한 일이 없는데 왜 오셨소? 누가 부른 거요?"

"내가 낳고 기른 자식들이 보고 싶어 내 발로 왔는데 초청 허락은 왜 받는단 말이오? 여기에 날 부른 이는 하나님이시며 예수 그리스도이시오. 설마 이방의 우상들이 들끓고 있던 이곳에 와서 하나님의 복음을 전하고 그 지체인 교회를 세운 것이 누군지 잊지는 않았겠지요? 성도 여러분! 안타까워서 왔습니다. 사탄의 농간에서 벗어나야 합니다. 여러분은 지금 거짓 십자가의 도에 빠져있습니다."

가늘게 떨리던 바울의 어조에 권위가 실리자 모습이 달라졌다. 이번에는 다른 신도 하나가 소리쳤다.

"우리는 당신이 가르쳐 준대로 하나님을 믿었습니다. 세례를 받으라하여 받았고, 성령을 구하라하여 구했고, 그렇게 했더니 우린 하나님과 한 몸이 되었고 성령의 능력을 받아 천사의 말을 하며 모든 구속에서 해방이 되어 자유인이 되었습니다. 영적인 강자가 되어 신비한 영적 세계에서 살게 된 겁니다. 당신은 기도할 때만 영적 신비와 황홀경을 맛보겠지만 우리는 마음만 먹으면 언제 어느 때고 그 황홀경에 살 수 있습니다. 이 것이 구원이 아니고 무엇입니까? 우리는 예수를 숭배하는 게 아니고 그 리스도(메시야)를 숭배하는 것입니다. 당신은 우리에게 그리스도의 길을 가르쳐주었고, 우리는 거기서 체험하고 한발 한발 더 나아간 것인데 뭐가 잘못되었다고 또 간섭하지요?"

그 말을 들은 바울은 갑자기 그에게 팔을 들어 가리키며 우레와 같은 큰소리로 외쳤다.

"예수 이름으로 명하노니 사탄은 물러가라!"

그러자 그 자는 갑자기 몸을 떨며 진땀을 흘리고 발악했다.

"당신은 신생교회를 만들어 가짜말씀을 증거하고 돈이나 받아가지고 무책임하게 떠나가는 이방인 약장수(gentile charlatans)에 불과하고 이적을 보인다며 마술을 보이고 현혹한 이방인 점쟁이(divine man)나 마찬가지였어."

"옳소! 옳소!"

여기저기서 동조하는 소리가 터져 나왔다.

"바울! 당신은 가짜 사도야! 생전에 예수 따라다닌 제자들만 사도라 부를 수 있어. 아니 그게 아니라면 예루살렘에서 사도로 임명 받았다는 증서가 있어야 해. 예루살렘 모교회에서 파송한 사도나 선교사는 모두 다 임명장을 가지고 있어. 있으면 내놔 보시오. 가짜 사도이기 때문에 그래도 일말의 양심이 있어서 복음을 전하는 하나님 사역을 하면서 정당하게 누구나 요구할 수 있는 사례금을 받지 않았지요. 받을 필요가 없었겠지. 당신은 입만 열면 예루살렘 모교회가 한해(旱害)를 입어 가난에 시달리고 있으니 살려야 한다며 구제헌금을 요구했어. 바로 그 헌금을 꿀꺽한 거야. 예루살렘에서 온 사람들 말 들어보니 지금까지도 그 돈은 한 푼도 보내오지 않았다는 거야."

소란스러워지기 시작했다. 바울은 너무도 충격을 받아서인지 입을 열지 못하고 그 자를 노려만 보고 있었다.

"조용히들 하시오! 조용히! 이게 무슨 망언이요? 하나님이 두렵지도 않소?"

디모데가 벌떡 일어나 외쳤다.

"당신은 뭐야? 앉아!"

야유가 나왔다. 디모데가 지지 않고 더 큰소리로 제압했다. 그런 다음 지난번 써 보냈던 바울의 편지 몇 구절을 낭독했다.

- 장사 지낸 바 되었다가 성경대로 다시 사흘 만에(살아나) 보이시고 후에

열 두 제자에게와 그 후에 오백 여 형제에게 일시에 보이셨나니 그 중에는 지금까지 태반이나 살아있고 어떤 이는 잠들었으며 그 후에 야고보에게 보이셨으며 그 후에는 모든 사도에게와 나중에 만삭되지 못하여 난 자 같은 나에게도 보이셨느니라. (고전15: 4-8)

　성전 안이 다시 조용해졌다. 낭독을 마치고 난 디모데가 천천히 말을 이었다.

　"예수님을 따라다닌 제자들을 사도라 부른다면 예수사후 그분을 직접 만나 소명의 말씀을 받은 제자도 사도인 것입니다. 스데반 집사 처형에 앞장서고 기독교도 말살에 팔을 걷고 나섰던 바울 사도님이 다메섹 언덕 길에서 어떻게 주님이신 예수를 실제로 만나 회심하게 되었는지는 누구나 잘 알고 있을 것입니다. 그 이래 주님의 말씀을 받들고 동양은 물론 서양 각처, 우상이 들끓는 곳에 수천리길을 마다하지 않고 걸어 다니며 한뎃잠을 자고 굶주리며 강도를 만나기도하고 유대교도인 동족을 만나 죽음직전까지 이르도록 매질도 수십 번 당하고 배타고 가는 전도 길에 풍랑을 만나 바다에서 며칠씩 표류하며 그러면서도 하나님의 도우심으로 살아나 다시 교회를 세우고 전도하셨습니다. 그 가르침에는 간사함이나 부정이나 궤계(詭計)나 아첨의 말이나 탐심(貪心)의 탈을 쓰지 않고 오직 거룩하고 옳고 흠 없이, 사람들을 기쁘게만 하지 않고 복음만을 증거하였습니다. 그리고 사도 자격이 없어서 사례비를 안 받은 것이라 하지만 자격이 없어서 안 받은 것이 아닙니다. 복음을 전하는 사도들은 의식주의 문제를 해결해 달라 요구할 권리가 있지요. 그럼에도 불구하고 포기한 이유는 다른데 있었습니다. 첫째 이유는 그리스도 복음 전도에 아무런 장애가 없게 하기 위해서였습니다. 사도님 자신이 권리를 주장하면 신도들이 사도님을 오해하고 복음을 받아들이지 않을까보아 천막 깁고 수선하는 일로 일용할 양식을 구하며 자비량 선교를 한 것입니다. 대가를 받지 않고 복음을 전함으로 공짜복음(free gospel)이 된 겁니다. 대가를 안받음으로 사도님은 복음 안에서 자유자가 되어 수많은 사람들의 종이 될 수 있었습니다. 이건 굴욕이나 아부가 아니라 자유함 가운데 이루어진 남에 대한 배려이며 사랑이었습니다. 목적은 그들을 성도로 얻기 위함이었습니다. 사도님이 선교사례비를 받지 않는 대신 예루살렘 모교회 구제헌금을 모금한다며 돈을 거두어 착복하고 있다는 말을 떠드는 자들은 근거 없이 중상 비방하는 처사입니다. AD 50년, 지금부터 4년 전부터 예루살렘을 비롯한 전 유대 땅과 그 인근지역은 극심한 가뭄이 계속되어 마실 물이 없고 모든 유실수(有實樹)마저 열매는커녕 그 잎이 말라가며 가축들도 목초와 물이 없어 죽어가는 재앙을 겪고 있습니다. 그 속에 살아야하는 수많은 크리스천 형제들은 물론이려니와 사람들이 더위와 굶주림으로 죽어가고 있으며 아직도 그 재해는 끝나지 않고 있습니다. 그 때문에 사도님은 떠나올 때 예루살렘 모교회 사도들과 하나님 앞에서 약속을 드렸다 합니다. 어떡하든 어느 곳에 가든 구제금을 모아서 모교회에 보내고 재해민들을 살리는데 앞장서겠다고 말입니다. 사도님께서도 이곳에 계실 때 누누이 설명을 하셨는데 벌써 잊었단 말이오?"

"변명 듣고 싶지 않아요. 이방에 다니며 복음을 전하고 교회를 개척하려면 예루살렘 모교회에서 선교사, 사도 증명서를 내줘야만 할 수 있는 거요. 그게 없는 바울은 가짜이며 거짓 사도요. 따라서 거짓 사도가 전하는 복음은 거짓복음 아니고 무엇인가? 이제야 우리는 가짜라는 걸 깨달은 거야. 무슨 사기를 치려고 다시 왔나? 돌아가라!"

"돌아가라!"

그 사내의 말에 동조하며 여기저기에서 신도들이 떠들었다.

"이게 무슨 무엄한 짓이요? 어린 핏덩이들에게 젖을 먹여 하나님의 자녀로 키워주신 믿음의 아버지에 대해 은혜를 원수로 갚는단 말이오? 모두 반성하고 뉘우치시오."

안타까운 듯 회당장 그리스보가 일어나 외쳤지만 장내의 소란은 가라앉지 않았다. 그러자 말없이 노려만 보고 있던 바울이 지금까지 자신을 공격하던 사내에게 일갈했다.

"우상신만 우글거리던 이방 땅에 나의 눈물겨운 사역으로 십자가의 도를 따르는 성도가 생겨나고 하나님의 교회가 세워졌다! 이이상 나의 사도됨을 증거하는 증표가 어디 있단 말이냐? 예수의 이름으로 명하노니 하나님의 몸인 이 교회를 파괴하는 저 사탄에게 저주가 내리라!"

그러자 그 사내는 마치 간질에 걸린 환자처럼 갑자기 두 눈을 뒤집고 온몸을 떨다가 선 자리에서 자빠져 버르적거렸다. 성전 안이 찬물을 끼얹은 것처럼 조용해졌다. 바울은 천천히 강대상 위에서 내려와 교회 밖으로 걸어 나갔다. 디모데가 뛰어나왔다.

"어디로 가시려구요?"

"에베소로! 넌 이곳에 남아 주님이 원하시는 대로 따르거라. 따라오지 말고 아무에게도 떠난 걸 알리지 말아라."

바울은 그 길로 혼자서 게크레아 선착장으로 나가 에베소행 화물선에 올랐다. 이틀이 지난 오후 늦게 바울이 탄 화물선은 에베소항으로 들어왔다. 침통한 표정의 바울은 이틀 동안 거의 잠도 자지 않고 갑판에 서 있었다. 붉게 물든 황혼의 바다 빛을 받은 에베소의 대리석 건물들은 분홍색 상아빛으로 빛나고 있었다. 조금은 한가해 보이는 첼수스 대로가 보이고 있었다. 어쩌면 분주하고 지저분한 느낌을 주는 고린도시와는 대조적이었다. 바울이 그것도 혼자서 지친 몸으로 두란노 강원에 들어서자 강의실 정리를 하고 있던 실라가 깜짝 놀랐다.

"선생님, 언제 오셨지요?"

"지금."

"혼자서요?"

"음, 날 혼자 있게 놔두시게. 부탁이야."

바울은 그렇게 말하고 강의실에 붙어 있는 좁은 기도실로 들어갔다. 실라는 더 이상 묻지도 못하고 멍하니 서 있었다. 바울은 삼일동안 금식하고 하나님께 기도하며 소리죽여 가슴으로 대성통곡을 했다. 그리고 자신이 전한 십자가의 도를 왜곡하여 엉뚱한 이단의 길로 나간 고린도 교회의 과오는 전혀 바울 자신의 잘못 때문이었다며 하나님께 스스로의 죄를 고백했다. 비로소 봇물처럼 끓어오르던 분노와 원망이 사그러지고 평화로움이 찾아왔다. 바울은 이른바 눈물로 쓴 편지라 전해지는 세 번째 편지를 엇나간 자식을 사랑으로 끌어안듯이 썼다. 고린도 후서였다. 편지를 다 마치자 바울은 디도를 불렀다.

"이 편지를 가지고 즉시 고린도로 떠나거라. 그리스보, 스데바나, 아볼로 감독에게 전하고 속히 교회 분란을 잠재우고 처음 신생교회를 세울 때로 돌아가야 한다하라. 나는 드로아를 거쳐서 마게도냐로 한 바퀴 돌기 위해 떠난다 하라."

"마게도냐를 가시는 이유를 여쭤 봐도 되겠습니까?"

"각처의 교회를 돌보기도 하고 그 보다 각 교회가 예루살렘 구제헌금을 얼마나 모아놓았는지 살피고 그걸 취합하기 위해 가는 것이야. 지금까지 걷힌 구제금을 모두 모아서 예루살렘으로 가져다 줘야지. 자, 어서 가라."

디도는 편지를 받자 급히 고린도로 떠나갔다.

"너무 염려하지 마십시오. 반드시 하나님이 지켜주시고 원상회복 시켜주실 것입니다. 힘을 내십시오."

실라가 바울의 손을 잡으며 위로했다.

"고마워. 하나님은 사필귀정(事必歸正)하시는 분이라는 걸 믿고 있다네."

"너무 신경 쓰시고 침식을 못하셔서인지 심신이 무척 쇠약해지셨습니다. 제발 다 잊으시고 며칠만이라도 푹 쉬십시오. 이러다 큰일 나겠습니다."

실라가 바울을 모시고 아굴라 집으로 갔다. 마침 브리스길라 부부는 집에 있었다. 에베소 지사의 사업 확장 문제로 부부는 계속해서 이곳에 상주하고 있었던 것이다. 브리스길라가 고린도교회 문제에 대해 분노하여 입을 열려하자 실라가 급히 막았다.

"잘 해결될 겁니다. 그 문제는 나중에 얘기하기로 하시고 우선 주무시게 해주십시오. 계속 잠도 주무시지 못하셨습니다."

"오, 미안해요. 그 생각을 못했군요. 2층에 편안한 침실이 있어요. 모시고 올라가세요."

바울은 거의 쓰러지기 직전이었다. 침상에 눕자마자 그냥 잠이 들었다. 그로부터 바울은 삼일동안이나 잠을 자고 일어났다. 바울은 고린도에서 모든 분란이 진정되었다는 반가운 소식이 오기를 기다렸다. 그런데 드로아에서 누군가 와서 바울을 찾고 있다는 전언을 듣고 바울은 두란노 강원으로 나갔다. 찾아온 사람은 중년사내였다.

"전 두기고 장로님이 보내셔서 사도님을 뵈러 왔습니다."

"허, 그래요? 무슨 일로?"

"누가선생님이 만나 뵙고 싶어 하신다구요. 직접 오시고 싶어도 진료해주는 환자들이 있어 못 오시는 거라 하셨습니다."

"누가 선생이? 알겠소. 내가 뵈러 간다고 전하시오."

심부름꾼은 하룻밤만 자고나서 곧바로 돌아갔다.

"고린도 소식 들으시고 나서 드로아로 가시지요?"

실라의 말에 바울은 머리를 흔들었다.

"지난 3월에 디도가 갔으니까 두 달쯤 지났구먼. 디도가 돌아오면 드로아로 보내주게. 그때 만나 고린도 소식 들으면 되겠지."

　바울은 이튿날이 되자 제자들의 배웅을 받고 홀가분한 마음으로 수행자인 아리스다고만 데리고 길을 떠났다. 드로아는 에베소 북쪽에 있다. 북으로 난 해안 길을 따라 걸어가기로 했다. 배를 타고 가면 편한 길을 굳이 걸어서 가겠다 한 것은 드로아에 가기까지 지교회(支敎會)가 여러 개 있어서 들러야 했기 때문이었다. 지교회는 바울 자신이 세운 곳도 있었지만 숫자가 많아진 것은 두란노 강원을 통하여 배출된 지도자들이 자기 사는 곳으로 나가 교회를 개척했기 때문이었다. 드로아까지 가는 동안 심방해야 하는 도시는 에베소에서 제일 가까운 서마나(現 이즈미르)가 있었고 거기서 북으로 더 가면 버가모(現 베르가마)와 두아디라(現 악히사르)가 있었다. 바울은 차례로 들려 설교를 하고 기쁜 만남을 가졌다. 모아진 구제헌금도 취합하고 오일 만에 드로아에 도착했다.

　"오, 바울! 기다렸소."

　"샬롬. 누가! 이렇게 반가울 수가!"

　두 사람은 만나자마자 포옹한 채 서로의 뺨에 수없는 키스(아스파조마이)를 퍼부었다.

　"바울, 건강이 많이 상한 것 같은데 어디 아프셨소?"

　"멀쩡합니다. 그보다 그동안 어디 갔었는지 궁금하군요. 고향집에 일이 있어 간다는 소식은 들었었지만."

　"수리아 안디옥에 갔지요. 집안에 일이 있어 돌봐주었소."

　"교회는 모두 다 평강하지요?"

　"수리아 안디옥 교회는 이제 명실상부한 이방 선교의 예루살렘이 되어 있습디다. 모두 바울 사도의 안부와 선교사역에 대해 궁금해 하고 있어서 내가 알고 있는 만큼만 대신 선교보고를 했습니다. 바울 사도 돌아오기를 모두 학수고대하고 있었습니다. "

"고맙구려. 그래 예루살렘에는 다녀오셨소?"

"가려고 했는데 일정이 맞지 않아 이곳으로 온 겁니다. 여기서 일을 마치고 라오디게아 의학교로 돌아가야지요. 아참, 이 거 받으시오."

누가는 가지고 있던 가죽부대를 내놓았다.

"모아진 예루살렘 구제헌금 보따리요."

"아니 이걸 어디서 취합했지요?"

"당신은 나한테 고마워해야 할 거요. 당신대신 여기저기 돌아다니며 모아 온 거니까."

"여기저기가 대체 어딘데 그러시오?"

"난 수리아 안디옥에서 당신 고향인 다소를 거쳐 타우르스 관문을 넘어 더베, 이고니온에 가서 교회를 하고 있는 여성 장로인 테크라를 만났소. 바울 말씀을 하자마자 그녀는 눈물부터 흘리며 보고 싶다 하더군? 개척교회를 세 군데나 세웠습디다. 네부, 쉐히르, 괴레메 지하동굴에도 교회가 있었소. 그다음 내가 간 곳은 루스드라였소. 디모데의 어머니와 로하스 할머니 기도가 간절해서였던지 탄탄하고 큰 교회가 세워져 있었습니다. 루스드라교회를 떠나 갈라디아의 중심인 비시디아 안디옥에 이르렀더니 그곳 교회 감독인 빗토리오가 극진하게 맞이 합디다. 마침 그 교회에서는 비시디아 안디옥 교회가 관할하는 갈라디아, 비시디아, 루카오니아, 루커스 등 각지에 산재한 지교회에서 모금된 제 2차 구제헌금을 모아 보관하고 있다면서 날더러 바울 사도에게 전해달라며 맡긴 겁니다."

"허, 대단하군? 도대체 누가 당신을 무얼 믿고 돈을 맡겼다는 거지요?"

"나도 그게 이상했소. 뭘 믿구 나한테 선뜻 내놓았는지. 하하하."

"내가 일일이 돌아다녀야 되는 일을 해주니 정말 고맙소. 하나님이 칭찬하실 겁니다."

전혀 예상치 못했던 누가의 도움에 바울은 진심으로 고마워했다.

"바울, 여기서 내 일이 끝나면 라오디게아에 함께 갑시다. 아무리 봐도 병색이 완연합니다. 휴식을 좀 하시고 진찰을 해봅시다. 건강해야 전도사역도 계속할 수 있는 거 아니겠소?"

"고맙소. 하지만 난 당분간 이곳 드로아를 떠날 수 없습니다. 고린도에 간 디도를 여기서 만나기로 했거든요."

바울은 숨기고 있던 고린도 교회 분란 발생에 대해서 자세히 말해주었다.

"허허, 저럴 수가! 사탄이 날뛰는군요. 내가 보기에 그런 분란은 모든 개척교회가 안고 있는 갈등이고 문제점으로 보입니다. 예수복음을 믿으면? 거룩해집니다. 거룩이 무슨 뜻이오? 남과 다르다, 구별된다는 뜻 아니오? 어른신앙으로 자란 것도 아니고 이제 어린아이 신앙을 가지고 거룩하게 살려니 얼마나 힘들겠습니까? 게다가 주변은 온통 기존의 우상문화가 가득하고 거기에 젖어서 살아왔는데…, 그 갈등이나 충돌을 이기기 힘들 겁니다. 그럴 때 신령(神靈)주의자나 신비주의자들이 유혹하면 그냥 넘어갈 거 아닙니까?"

"나도 그것 때문에 처음부터 그렇게 되지 않도록 힘을 기울였지요. 생각해보니 문제는 두 가지였어요. 하나는, 내가 떠나지 않고 계속 고린도에 남아 있었다면 그런 사태는 오지 않았을 것이고, 또 다른 하나는 가정에 세운 교회를 하나로 통합한 것이었소."

"통합이라니? 그건 또 무슨 말이오?"

"유대교 시나고구 같은 큰 공회당을 얻을 수 없으니까 내가 개척한 도시교회는 모두가 신도의 가정에 만들어진 것이었소. 큰 도시는 2개 정도가 만들어지는데 고린도는 도시 자체가 크고 복음에 대한 열정이 높아 여러 군데 가정교회가 세워졌습니다. 첫 시작은 브리스길라의 집이었는데 이어서 스데바나의 집에 생기고, 다음으로 여성 사업가인 글로에 집과 고린도 외항인 겐크레아의 여집사 뵈뵈집에도 세워져 각각 예배를 보아 왔습니다. 그런데 내가 떠나온 후 신도가 늘어나 기존의 예배처가 비좁아 다른 조치가 필요한 터에 스데바나의 교회가 쓰고 있던 물품보관 창고를 교회로 내놓아 모두 그곳으로 옮겨 통합예배당으로 사용하게 된 것입니다.”

“성도 숫자가 그렇게 많습니까?”

“천 오백여 명입니다.”

“문제가 있군요. 목자 한사람이 관리할 수 있는 양의 숫자는 최고 백 마리랍니다. 넘어가면 누가 누군지 모른답니다.”

“통합하겠다고 전해왔을 때 나 역시 그 점을 제일 걱정했지요. 하지만 유대교 회당의 전 회당장이었던 그리스보, 소스데네 두 분과 목사인 아볼로 등 세 분이 있고, 뵈뵈와 글로에 등 여성 집사 두 분까지 하면 다섯 분의 지도자가 있으니 잘 이끌어 가리라 보았는데 그게 아니었습니다.”

“어쩌면 그 시행착오가 장차 약이 될 수 있겠군요. 교회 조직과 관리, 운영 등을 어떻게 효과적으로 이끌어야할지 철저한 연구가 있어야겠습니다.”

누가의 말에 바울은 전적으로 동의했다. 그렇지 않아도 이번 사태를 겪으며 목회 조직 운영에 대해 새로운 방법을 연구하는 계기가 되었다.

바울이 갑자기 잠자리에서 일어나지 못한 것은 그 이튿날이었다. 두기고 장로가 급히 누가를 데려왔다. 바울은 고열에 시달리며 온몸을 부들부들 떨고 있었다.

“선생님, 사도님이 왜 이러시지요?”

진찰을 하고 난 누가는 쓴 입맛을 다셨다.

“재발이 되었군?”

“재발이라니요?”

"말라리아요. 바울, 너무 염려 말아요. 라오디게아 골로새에 가면 좋은 약초가 있는데…. 장로님, 누구 심부름 보낼 사람 없을까요?"

"있습니다. 유두고란 청년이 있습니다."

두기고가 유두고를 데려왔다. 작달막한 키에 커다란 검은 눈을 하고 있는 유두고는 일견 보아도 정직하고 충실해 보이는 청년이었다. 뭔가 기록이 된 양피지(羊皮紙) 조각을 그에게 주며 누가가 당부했다.

"라오디게아 교회에 가면 눔바라는 집사가 있으니 그를 찾아 이걸 전해주게. 그럼 약초를 구해줄 거야. 그걸 가지고 속히 오게."

"알겠습니다. 그럼 다녀오겠습니다."

유두고가 떠났다. 바울은 오한(惡寒)과 고열 때문에 몇 번이나 의식을 잃곤 했다.

"바울, 조금만 참으시게. 약을 구하러 보냈으니 곧 올 거야. 말라리아엔 특효약으로 알려졌으니 나을 수 있을 거야."

"왜 말라리아에 걸린 거지? 다른 사람들은 무사한데?"

"1차 전도여행 중 터키 남부 해안지방인 아딸리아, 버가에서 말라리아에 걸려 사경을 헤맨 일이 있다는 걸 들은 거 같은데 심신이 쇠약해져서 면역력이 떨어지니까 그게 재발한 걸세."

"4년 전이야 그건."

"그만큼 완치가 어려운 병이야. 병균이 몸속에 남아 있다가 극도로 쇠약해지면 또 재발하는 거지. 그러니까 너무 무리하지 말고 언제나 건강을 지켜야하네."

유두고는 떠난 지 4일 만에 돌아왔다. 그는 말린 약초를 가지고 있었다.

"눔바 집사님이 놀라셔서 직접 사도님을 뵈러 온다고 했는데 떠날 때 누가 선생님이 병이 나아 쾌차해지면 사도님과 함께 가실 거라 전하라 하셔서 그렇게 말했더니 알았다고 하셨습니다."

"고맙네. 약초를 달이게."

달인 약을 복용하고 누가의 간호와 치료를 받은 바울은 일주일 만에 건강을 회복했다. 바울은 디도가 오면 드로아에서 기다리라 말하고 누가의 권유를 받아들여 함께 라오디게아로 떠났다. 눔바의 라오디게아 교회는 성령이 충만하여 생명력이 흐르고 있었다. 의학 도시답게 아시아 각처에서 오는 환자나 가족들이 언제나 거리에 넘치고 있었다. 누가와 바울이 이곳에서 설교를 할 때는 성령을 받아 많은 환자들의 병이 고쳐졌다. 삼일쯤 지나자 누가가 병원 일을 해야 한다며 떠나자 했다. 바울은 이윽고 누가와 함께 라오디게아를 떠났다. 드로아가 가까워질수록 마음이 급해져 바울의 걸음이 빨라졌다. 디도가 와서 기다리고 있을 듯 해서였다. 그러나 실망스런 소식이었다. 디도가 오지 않았다는 것이었다. 바울은 더이상 시간을 허비하지 않기로 했다.

"떠나시려구요?"

두기고의 물음에 바울은 고개를 끄덕였다.

"기다리는 시간에 마게도냐 교회들을 심방하는 게 나을 것 같아 떠나네. 디도도 온다면 마게도냐를 거치게 돼있으니 도중에 만나겠지."

바울은 드로아에서 누가와 헤어지고 아리스다고와 함께 드로아에서 배를 타고 빌립보로 떠났다. 사모드라게섬을 거쳐 마게도냐의 네압볼리에 상륙했다. 거기서 국도를 걸어서 이틀 만에 빌립보성으로 들어갔다. 빌립보 가정교회가 있는 루디아의 집을 찾아갔다. 공방에 나가있던 루디아 부인이 바울이 왔다는 소식에 급히 돌아왔다.

"사도님, 이게 얼마만이세요? 정말 뵙고 싶었답니다."

바울 또한 반가워서 그녀를 포옹한 채 아스파조마이(볼 키스)를 여러 번 했다. 루디아의 빌립보 교회는 굳건하게 서가고 있었다. 고린도 교회의 분란에 대해서는 모르고 있었다. 루디아는 그동안 모아 놓은 구제헌금을 내놓았다. 빌립보 교회는 세 번째 내는 헌금이었다.

"정말 고맙습니다. 루디아! 교회는 조용하지요?"

루디아는 바울이 왜 그런 말을 묻는지 빨리 알아들었다. 성도들 간에 시기 질투 때문에 서로 다투어 교회 안이 시끄러운 때가 있었다. 그 당사자는 유오디아와 순두개였다.

"그 중 한 분은 남아 있지만 또 한 분인 유오디아 자매님은 떠나고 안 계십니다. 예루살렘으로 가신다고만 들었습니다."

"그래요?"

유오디아는 바울의 처였다. 다메섹 회심 후 바울이 하나님의 명으로 이방선교를 떠날 때 서로 헤어진 사이가 되었다. 바울은 가슴이 좀 아픈지 괴롭게 머리를 흔들고 데살로니가로 떠나겠다 했다.

"디모데 선교사와 거기서 만나기로 미리 약속이 되어 있어 가야 되겠습니다."

그 말에 루디아는 몹시 섭섭해 했다. 헤어지면 언제 또다시 만나게 되는지 기약이 없다는 것 때문이었다.

"하나님이 가라 하시면 또 오게 되겠지요. 루디아, 이곳 빌립보 교회는 푸근한 내 어머니 품 같은 곳입니다. 전도지 어느 곳에서든지 사례비를 받은 적이 없지만 빌립보에서 보내 온 돈은 고맙게 받았습니다. 감옥에 두 번이나 갇혀 있을 때도 두 번이나 성금을 보내주었지요. 어찌 그 은혜를 잊어버리겠습니까?"

바울은 감사해 하며 눈물을 글썽거렸다. 데살로니가로 떠날 때는 전교인 50여 명이 나와 헤어지기 섭섭해 했다. 이윽고 바울은 에그나티아 고속도로를 걸어서 데살로니가로 이동했다. 그 곳 교회는 야손의 집에 있었다. 전혀 예고도 없이 나타난 바울을 보고 야손은 반가워서 어쩔 줄을 몰랐다.

"이렇게 직접 오실 줄 몰랐습니다."

"교회는 별일 없겠지?"

"새 성도들이 많아져서 부흥한 모습을 보여드려야 하는 건데 죄송합니다."

"성도 수를 늘이는 것 보다 기존 성도들의 올바른 양육이 더 중요하네. 내가 온 것은 이곳 성도들을 만나 격려하고 하나님의 크신 은혜를 나누려고 왔네. 그리고 고린도로 간 디모데와 디도를 여기서 만나기로 했어."

"그러십니까? 구제성금 모아진 것도 드려야겠네요."

야손은 그동안 제2차로 모아진 성금을 바울 앞에 내놓았다. 바울은 배사하고 안식일 예배를 직접 집례했다. 이윽고 바울이 온지 3일 만에 디도가 나타났다.

"사도님이 이곳까지 오셔서 기다리시고 계신 줄은 몰랐습니다."

"고린도에서 오는 길인가? 어찌되었지?"

바울이 급하게 물었다. 그러자 디도가 바울의 두 손을 잡고 기쁨에 차서 외쳤다.

"사도님 말씀대로 사필귀정하시는 하나님께서 모든 분란을 잠재워주셨습니다. 고린도 교회는 이제 사도님이 계실 때처럼 처음 모습대로 돌아갔습니다."

"하나님, 감사합니다."

"다수가 이단들의 주장에 현혹이 되어 그들 편에서 소란을 피운 걸로 보였지만 알고 보니 정작 대다수 성도들은 침묵으로 일관하고 있었습니다. 방관하고 있었던 거지요. 그러다가 디모데 선교사가 사도님의 편지를 가져왔는데도 소란은 잠잠해지지 않았고 그 와중에 사도님께서 직접 오셔서 바른길로 돌아오라 간절하게 호소했는데도 오히려 감히 사도님을 면전에서 비난하고 매도하는 바람에 반전이 된 모양이었습니다. 어떻게 세운 교회인데 믿음의 아버지에게 불효막심한 행패를 부리는가? 우리가 믿고 우리가 바울사도로부터 배운 십자가의 도는 그게 아니었다며 침묵했던 대다수가 들고 일어나 이단들을 내쫓은 것입니다."

바울은 감격하여 눈물을 흘렸다. 그는 무릎을 꿇고 감사의 기도를 올렸다. 고린도 교회와 신도들도 모두 감사하지 않을 수 없었던 것이다. 바울은 감사와 위로의 편지를 썼다. 이 감사의 편지가 <고린도 후서>이다. 바울은 다시 한 번 교회 안에 침투한 이단들의 오도(誤導)로 생겨난 거짓 교리에 현혹되지 않도록 자신이 가르친 교리를 분명히 했다. 이단들은 기독교의 근본인 십자가 구속사(救贖史)를 부정하도록 만들어놓았다. 그에 대해서 바울은 <기독교는 십자가의 도>이며 그걸 믿지 않는 자는 성도의 자격이 없다고 다시 한 번 강조했다.

- 기독교는 유대교보다 종교적으로 더 심오하거나 헬라철학보다 윤리적으로 더 고상하다거나 헬라의 신비종교보다 종교적으로 더 오묘하고 신비한 구원의 약속을 주지 못한다. 기독교의 탄생과 발전의 열쇠는 그 교훈이나 종교성이나 신비체험에 있는 것이 아니라 하나님 능력의 체험에 있다. 하나님의 능력은 죽은 자를 다시 살리신 데서 극적으로 나타났다. 하나님의 능력은 바로 성령이다. 성령은 그리스도의 영이다. 누구든지 그리스도의 영이 없으면 그리스도의 사람인 성도가 아니다. 성도는 예수가 하나님의 아들임을 믿고 죽어서 부활하여 다시 사신 것과 그가 심판주와 구속주로 다시 재림하신다는 사실을 믿어야 한다. 그제야 구원은 완성이 되는 것이다.

그 다음 바울은 이단들이 자신을 자격이 없는 사도라며 사사건건 매도한 것들을 하나하나 반박하고 자신은 참된 사도라는 걸 제시했다. 그들이 공격한 내용은 20여 가지가 넘는다. 그 중에 중요한 걸 들어보면 (1) 바울은 예루살렘 추천서가 없는 가짜다. (2) 전하는 복음 출처가 불분명하다.

(3) 정신병자이다. (4) 만나보면 볼품이 없고 위엄이 없다. (5) 말이 어눌하고 더듬는다. (6) 떨어져서 보내는 편지는 강해서 그 편지로 위협한다. 비겁하다. (7) 환상과 계시를 받지 못하고 신비체험을 못했다. (8) 사도가 아니므로 교회의 재정적 도움을 받지 못했다. (9) 예루살렘 모교회 구제헌금이라 하여 모금하고 갈취했다. 바울은 감사의 편지 속에서 자기가 누구인지 하나님의 일을 어떻게 수행해 왔는지 본의 아니게 자랑하기도 하며 눈물을 머금었다. 그래서 후세인들은 고린도 후서의 10장에서 13장까지의 내용을 두고 고린도 후서는 <눈물의 편지>라 부르게 되었다.

이단들이 특히 바울의 약점을 물고 늘어진 것은 다른 선교사들은 당당한 체구에 잘 생긴 외모를 자랑하고 있는데 바울은 신체적으로 허약하고 생김새도 그저 그렇고 말까지 느리고 더듬고 지병까지 있다는 것이었다. 그들이 정신병자라 한 것은 바울이 앓고 있던 지병을 가리킨 것이다. 바울은 시력이 아주 나빴고 간질 증세까지 가지고 있었다. 심하게 영육을 혹사하여 지쳐 쓰러지면 간질증세가 나타났다. 그걸 걱정한 누가는 구급약을 처방해서 항상 휴대하고 다니도록 했다. 바울이 그 증세를 보인 곳은 두 군데였다. 페트라의 동굴 교회 안에서와 수리아 안디옥 교회에서였다. 그 다음에는 단 한 번도 그런 증세에 시달려본 적이 없었다. 그런데도 고린도 이단들은 어떻게 그걸 알았는지 문제 삼았던 것이다. 그에 대한 바울의 해명은 눈물겹지 않을 수 없다.

- 무익하나마 내가 부득불 자랑하노니 주의 환상과 계시를 말하리라. 내가 그리스도 안에 있는 어떤 한 사람을 아노니 십 사년 전에 그가 셋째 하늘에 이끌려 간 자라(그가 몸 안에 있었는지 몸 밖에 있었는지 나는 모르거니와 하나님만 아시느니라) 내가 이런 사람을 아노니 그가 낙원으로 이끌려 올라가서 말할 수 없는 말을 들었으니 사람이 가히 이르지 못할 말이로다. 내가 이런 사

람을 위하여 약한 것들 외에 자랑치 아니하리라. 내가 만일 자랑하고자 하여도 어리석은 자가 되지 아니할 것은 내가 참말을 함이라 그러나 누가 나를 보는 바와 듣는 바에 지나치게 생각할까 두려워하여 그만두노라. 여러 계시를 받음이 지극히 크므로 너무 자고하지 않게 하시려고 내 육체에 가시, 곧 사단의 사자를 주셨으니 이는 나를 쳐서 너무 자고하지 않게 하심이니라. 이것이 내게서 떠나가도록 세 번이나 주께 간구하였더니 내게 이르시기를 내 은혜가 네게 족하도다. 이는 내 능력이 약한데서 온전하여짐이라 하신지라 이러므로 도리어 크게 기뻐하므로 나의 여러 약한 것들을 자랑하리니 이는 그리스도의 능력으로 내게 머물게 하려 함이라. 그러므로 내가 그리스도를 위하여 약한 것들과 능욕과 궁핍과 핍박과 곤란을 기뻐하노니 이는 내가 약할 그 때에 곧 강함이니라. (고후 12:1-10)

신구약 성경을 통틀어보아도 셋째 하늘까지 다녀온 사람은 바울을 비롯해서 세 사람이 더 있다고 한다. 그 세 사람은 구약시대의 인물이다. 공교롭게도 셋째 하늘을 보고 내려와서 세사람은 미쳐서 완전히 정신병자가 되었고, 또 한사람은 갑자기 죽어버렸다고 한다. 그 셋 째 하늘이 무엇이고 어디에 있는 것일까. 단순히 통칭 낙원이라 하는 사람도 있고 특수한 낙원이라 하는 사람도 있다. 둘째 하늘과 셋째 하늘은 다 낙원인데 셋째 하늘이 다른 것은 둘째 하늘 위에 있고 그곳에는 하나님의 궁전이 있는 곳이라는 것이다. 그곳에 가서 직접 하나님 말씀을 듣고 그곳의 비밀을 알고 내려왔다면 보고 듣고 안 것들을 내색하거나 발설하고 자랑하면 안 되는 것이 불문율이었는지 모른다. 두 사람은 그걸 어겨서 하나는 미치고 둘은 죽은 것일 수도 있었다.

하나님이 몸에 가시(持病)를 넣어준 것은 스스로를 높이고 자랑하지(自高) 못하게 하기 위함이라고 바울은 생각하고 있었다. 가시를 주신 의미

속에는 셋째 하늘의 비밀을 누설하고 자랑하면 안 된다는 것도 들어 있었는지도 모를 일이다. 하지만 바울은 지병을 고쳐서 떠나게 해줍시사 하고 세 번이나 빌었는데도 하나님은 들어주지 않으셨다. 그러나 바울은 원망하지 않았다. 하나님은 세상의 지혜와 강한 것을 폐하시고 미련하고 약한 것(가시 같은)으로 세상을 구원하시는 능력을 보여주신다. 하나님은 약하고 아름답지 못하다 여겨지는 것들을 요긴하게 만든다. 가시의 고통은 인내와 연단을 통하여 영광을 얻게 만들어 준다는 사실을 깨닫게 되었기에 원망하지 않은 것이다.

바울이 고린도 후서 편지를 자필로 다 써갈 무렵에야 에베소로 대필자인 더디오를 데리러 갔던 아리스다고가 함께 돌아왔다. 바울은 더디오에게 대필 정서(淨書)를 시켰다. 그 일이 다 끝나자 바울은 디도에게 속히 고린도로 가서 편지를 교회에 전하도록 명했다.

"어서가게. 육로보다는 배편이 나을 거야."

"알겠습니다. 사도님은 어떻게 하실 작정이십니까?"

"나는 부로 장로가 있는 베뢰아 교회에 들렀다가 걸어서 남쪽으로 더 내려가다가 일루리곤을 들려서 아덴(아테네)으로 갔다가 고린도로 간다고 전하게."

"혼자 가시게요? 먼 길인데요?"

"아리스다고도 있고, 더디오도 있잖나?"

"디모데 선교사는 지금 고린도에 있는데 뭐라 전할까요?"

"듣자하니 고린도 교회의 안정은 디모데 선교사의 노력과 기도가 큰 힘이 되었다 하더구먼. 내가 고마워하더라 전하고 고린도에 그냥 남아 있으라 하게. 앞으로 두 달쯤 걸려야 만날 수 있게 되겠지."

바울은 디도와 헤어졌다. 야손의 배웅을 받으며 베뢰아로 떠났다.

베뢰아 교회는 부로 장로의 집에 있었다. 신앙이 깊어진데다가 부로는 아들인 소시바더와 함께 열심히 전도하여 30여 명의 성도들이 모여 예배를 드리고 있었다. 바울은 사흘 동안 집회를 열고 성도들을 위로했다. 떠나려 하자 부로가 의논할 게 있다 했다.

"제 아들이 사도님을 따라가면 좋겠다고 자꾸 졸라서요."

"소시바더가요? 불러서 물어봅시다."

부로가 아들을 불러왔다.

"날 따라가겠다는 이유가 뭔지 말해 보게."

"전 생전에 한번 쯤 예루살렘에 가보는 것이 꿈입니다. 문뜩 사도님 말씀하시는 거 들으니까 각처의 구제헌금이 다 모아지면 예루살렘에 전해주러 가신다구 해서 그렇다면 저두 사도님 시중도 들 겸 따라가면 얼마나 좋을까 싶어서 아버지께 말씀드린 겁니다."

"일이 년쯤 집에서 떠나있어야 하는데 부로 장로님 괜찮으시겠습니까?"

"일손은 많습니다. 소원이라니 따라가게 해주십시오. 다 모아지면 헌금 보따리도 무거워 질테니 아예 운반을 전적으로 맡기십시오."

이윽고 바울도 거절하지 않았다. 소시바더를 수행원에 합류시키고 바울은 다시 육로로 길을 나섰다.

"사도님, 고린도로 가시려면 남쪽 길로 가야하는 거 아닌가요?"

북쪽 길로 접어들자 더디오가 놀란듯 바울에게 물었다.

"가봐야 하고 가보고 싶은 곳이 있어 가는 거야."

"예? 어딘데요?"

"일루리곤이란 곳일세."

"거기가 어디쯤이지요?"

그러자 베뢰아 출신인 소시바더가 알려주었다.

"빌립보, 데살로니가, 베뢰아 지방은 마게도냐도라 합니다. 마게도냐

서북쪽은 드리기야도이고 서북쪽 아드리아해 쪽 해안에 있는 도시가 일루리곤입니다."

"자넨 가본 적이 있나?"

"아버지 심부름으로 딱 한번 가본 적이 있습니다. 아름다운 항구이고 사람들도 많은 곳이었어요. 아드리아 바다만 건너면 로마가 있는 이탈리아 땅입니다. 그래선지 로마 쪽과 왕래가 잦은 곳이기도 했어요."

"사도님도 다녀오신 적 있으세요?"

더디오가 묻자 바울은 고개를 저었다.

"처음 가는 길일세. 고린도 교회 성도 중에 안도니오 성도가 있었지. 일루리곤은 그의 고향이야. 내가 고린도를 떠나올 때 안도니오는 자기 고향으로 돌아갔네. 갈 때 나한테 약속을 한 게 있지. 고향으로 돌아가면 자기도 복음을 전도하여 교회를 세워 보겠다구."

"그게 언제였지요?"

"가만있자, 그때가 주후 50년 가을이었으니까 아아, 벌써 5년 전이군?"

"잘못 가면 허사 아닐까요? 5년이나 되었고, 그동안 그분 소식도 모르시는 상태에서 찾아가고 계신다니 말이죠. 고향을 떠나 다른 곳에 가서 살고 있는지도 모르고 또…."

"만나도 좋고 못 만나도 괜찮아. 그보다 소시바더, 이렇게 걸으면 며칠이나 걸릴까?"

"보름 정도 걸어가야 할 겁니다."

바울은 걸음을 재촉했다. 일루리곤(現 알바니아)은 바울이 마게도냐와 아가야 지방의 전도를 성공적으로 마무리한 다음 그쪽으로 전도의 발길을 옮겨보겠다고 생각한 곳이었다. 일루리곤을 마음에 둔 데는 그럴만한 이유가 있었다. 이방 선교의 마지막 지역은 지구 끝이라 말하고 있던 스페인의 다시스까지로 설정하고 있었던 것이다. 다시스는 요나가 하나님을 피하여 도망치려던 지구의 끝이었다. 하지만 바울은 하나님을 모시고 다시스로 가겠다고 결심했던 것이다. 그러기 위해서는 세계의 중심이라는 로마를 먼저 석권할 필요가 있었다. 로마로 가는 길은 육로로 일루리곤까지 가서 배를 타면 이틀도 안 되어 이탈리아 동부해안인 오르도나 항구에 닿을 수 있었다. 오르도나에서 로마는 아주 가까운 거리에 있었다.

바울 일행은 14일 만에 일루리곤에 도착했다. 이곳은 마게도냐보다 훨씬 땅이 비옥하고 우거진 숲들이 많았다.

"바다가 보입니다."

앞서 가던 아리스다고가 전방을 가리켰다. 계곡이 끝나는 곳에 코발트색 푸른 바다가 활짝 펼쳐진 것이 보였다.

"이탈리아 반도와 알바니아, 그리스 반도 사이에 있는 아드리아해입니다. 일루리곤은 바로 바다 윗쪽에 있습니다."

소시바더의 말이었다. 일행은 곧 하얀 포말을 일구며 달려오는 파도를 바라보며 해변에 섰다. 바울은 피로함도 잊고 수평선 너머를 한동안 응시했다. 이 바다만 건너면 로마가 있다. 한 번도 가보지 못한 곳이었다. 로마는 세계의 중심이었다. 로마를 기점으로 동과 서로 나눈다면 지금 바울은 세계의 동부지역 선교는 성공적으로 다 마쳤다고 볼 수 있었다. 남아있는 곳이라면 이젠 세계의 서부지역이었다. 로마를 필두로 하여 지구의 끝이라는 다시스의 스페인, 그리고 유럽 중부와 북부지방에 이르기까지 복음 전도를 해야 한다는 책무를 느끼고 있었다. 그는 수행자 중 하나인 아리스다고를 불렀다.

"예 사도님."

"아굴라 부부가 지금 로마에 가 있다는 말 들었지?"

"예."

"자넨 내일 아침 이곳에서 배편을 이용하여 로마로 가게. 내 근황과 고린도 교회가 다시 평화를 찾았다는 소식도 전할 겸. 로마 시내 콜로세움 원형 경기장 뒤쪽에 가면 아굴라 가게가 있다 했네."

"알겠습니다. 그럼 낼 아침 일찍 로마로 가는 배가 있는지 지금 가서 알아보고 오겠습니다. 있다면 바로 떠나겠습니다."

아리스다고는 부두 쪽에 있는 여객 승선장을 찾아 일행과 헤어졌다. 한편 소시바더의 말대로 일루리곤은 제법 큰 도시였다. 바울은 휴대한 배낭 속에서 양피지에 적어 놓은 기록을 찾았다. 고향으로 가겠다던 안도니오가 적어놓은 그의 집 가게 이름이었다.

"찾기 어렵지는 않을 것 같습니다. 시장거리에 있는 옷가게군요."

소시바더의 말이었다. 일행은 저가거리에서 그 가게를 쉽게 찾아냈다.

"사도님이 아니십니까? 이게 얼마만이지요? 와주셔서 감사합니다."

안도니오가 놀라서 어쩔 줄을 몰라했다. 안도니오는 이곳에 와서 바울과 했던 약속을 지키고 있었다. 그는 시장에서 기성품 옷을 팔고 있는데 조그만 가내 봉재(縫裁)공장도 가지고 있었다. 예배는 공장 안에서 보고 있었고 성도는 모두 열 명이었다. 바울은 그들과 함께 감사예배를 올리고 한 사람 한 사람 일일이 안수를 해주었다. 로마에 있는 아굴라 사장을 만나고 오라며 아리스다고를 보내고 안식일이 되었을 때 바울은 안도니오의 안내로 유대교 회당인 시나고구를 찾아갔다. 유대인 거주자들이 많지 않아 시나고구는 시내에 두 군데 뿐이었다. 바울은 회당장의 배려로 예수가 왜 그리스도인지 십자가의 구원에 대해 설교했다. 바울의 복음 선포는 성령의 힘까지 받아 모든 신도들을 감동케 하고 감화시켰다. 어디를 가나 유대교인 동포들로부터 박해를 당하고 매도를 당하는 게 예사였지만 일루리곤은 그런 지역에서 멀리 떨어진 곳이어서 그런지 처음부터 신도들이 호의적이었다.

'얼마나 좋은 선교지인가? 시간만 허락한다면 에베소처럼 마음껏 전도

사역을 펼칠 수 있겠는데….'

바울은 아쉬워했다. 디도와의 약속 때문에 그는 세 차례만 복음을 선포하고 그곳을 떠나야했다.

"사도님이 한두 달만 계셨다 가시면 큰 공동체가 들어설 수 있을 것 같은데 가신다니 어쩌지요?"

"미안하네. 언젠가는 다시 올 거야. 다시 오지 않으면 안 되는 곳일세. 하나님이 또 날 보내실 걸세. 양은 모으는 것만 능사가 아니고 어떻게 잘 양육하고 기르느냐가 중요한 것일세. 내가 지도한 목회 방법을 잘 공부하고 실행하게."

바울은 일행을 데리고 일루리곤을 떠났다. 그곳에서 배를 타면 그리스 남부 아드리아해를 돌아 고린도에 닿을 수 있었다. 바울은 그 쉬운 여행을 마다하고 육로를 택하여 그리스 반도의 중남부 지역인 메테오라를 경유하여 남부의 아덴(아테네)으로 향했다. 전도에 실패했던 곳이 아덴이었다. 헬라인은 지혜를 구하고 유대인은 표적을 구한다고 바울이 말한 것처럼 높은 지식과 지혜로 세상을 재단하며 교만을 떠는 아테네인들에게 바울의 십자가 도는 관심을 끌지 못하고 무시당한 아픈 기억이 있는 곳이었다. 아덴에서 얻은 열매는 오직 두 사람, 디오누시오와 다마리 부부였을 뿐이었다. 디오누시오는 알레오바고를 관리하던 관원이었다. 알레오바고 설교에서 바울이 헬라인들에게 무시를 당할 때에도 유일하게 감화되어 제자가 된 사람이었다.

"사도님, 와주셔서 정말 고맙습니다."

디오누시오 부부는 깜짝 놀라 반가워했다. 그의 집에 세운 가정교회도 열두 명의 성도들이 예수를 영접하고 예배를 드리고 있었다.

"소중한 성도들입니다. 사도님, 떠나실 때는 저와 함께 델포이에도 다녀가시지요?"

"델포이는 왜?"

"그곳에도 작은 교회가 생겼습니다. 제 친구 중에 페티라는 관원이 있었는데 그 친구가 예수를 믿게 되었습니다. 재작년에 델포이로 전근이 되어갔는데 열심히 전도해서 다섯 명 성도를 가진 가정교회를 세웠습니다."

"오, 정말 기쁜 소식이군."

바울은 좋아서 탄성을 발했다. 한편 디오누시오는 그동안 모아진 예루살렘 구제 성금 주머니를 내놓으며 부끄러워했다.

"얼마 되지 않습니다. 죄송합니다."

"고맙네."

바울은 디오누시오와 함께 고린도 근처의 델포이시로 향했다. 델포이는 그리스인들이 어머니의 품으로 여기는 유서 깊은 곳이었다. 아테네가 정치와 철학의 도시라면 델포이는 줄잡아 천 오백여년 전부터 그리스인들의 신앙 중심지였다. 델포이는 드높은 기르피스산 중턱에 병풍처럼 서 있는 절벽 밑에 펼쳐진 아름다운 도시였다. 수 십개의 하얀 대리석 기둥들이 떠받히고 있는 그리스 최대의 아폴로 신전의 위용이 시야를 압도하고 있었다.

"고린도에 계실 때 델포이는 다녀가셨겠지요?"

디오노시오가 물었다.

"오고 싶었는데 기회가 닿지 않았네. 정말 아름다운 곳이군?"

디오누시오가 소개한 그의 친구 페티는 델포이 극장을 관리하는 관원이었다. 그는 디오누시오 부부의 전도로 입교하고 나름대로 자신이 다섯 명을 전도하여 자기 집에서 예배를 보고 있었다. 바울은 그에게 세례를 베풀었다. 그런 다음 바울은 3일 저녁을 계속해서 집회를 열고 예수 복음을 증거하고 전했다.3일되던 밤에는 철야를 했는데 30 여명으로 불어나 함께 기도했다. 이윽고 바울은 델포이를 떠나 일행들을 데리고 고린도로 가기 위해 이데아 포구로 나갔다. 그 포구에서 배를 타고 고린도만을 거너가면 고린도시였다. 바울 일행은 고린도시 동쪽에 있던 스데바나 교회를 찾았다.

"아버님!"

"오, 디모데!"

그곳에서 바울 오기만 기다리고 있던 디모데가 디도와 함께 바울을 맞고 반가움에 눈물을 흘렸다.

"얼마나 수고했나? 그 수고가 헛되지 않아 평화를 찾았으니 자, 우선 하나님께 감사의 기도를 올리기로 하자."

바울이 왔다는 소식이 전해지자 안식일이 아닌데도 스데바나 교회는 인산인해를 이루었다.

만나는 성도들마다 바울의 손을 잡고, 아니면 옷깃을 잡고 눈물을 흘리며 반가워했다. 바울은 회당장 그리스보와 소스데네, 그리고 감독인 아볼로와 장로들, 글로에 여집사와 겐그레아 여집사 뵈뵈, 시재무관인 에라스도, 고린도 부자 중 하나인 가이오 등과 모든 성도들을 만나 일일이 포옹하며 다정하게 볼 키스를 했다.

안식일이 되어 예배를 드리게 되었다. 천 오백여 명의 성도들이 모여들어 예배당은 물론 그 앞 공터와 골목에까지 가득 차게 되었다. 예배 시작하기 전 아볼로 목사가 나서서 그동안 이단과 사탄의 유혹에 흔들려 교회가 위기에 처했던 것은 내 탓 때문에 그런 것이니 먼저 전교인 회개의 기도를 올리자 했다. 이틀 동안 철야해가며 전교인이 눈물의 회개기도를 했다. 그런 다음 스데바나 장로가 그동안 고린도 교회에는 어떤 불행한 사태가 있었으며 그런 소동을 피워 교회를 파괴한 자들이 누구이며 어떤 세력인지 낱낱이 고했다.

"사도님이 떠나신 후 아굴라 부부가 함께 에베소로 떠났기 때문에 아굴라 댁의 가정교회 신도들이 예배장소가 없어져서 우리집과 합치게 되었습니다. 그랬더니 글로에 사장님도 에베소에 사업차 가 있는 바람에 그 댁에 모이던 신도들도 합치게 되었습니다. 예배장소인 창고가 좁아 아예 다시 고쳐서 지금처럼 크게 만들었습니다. 그게 계기가 되어 고린도시 안에 세워진 가정교회 다섯 개가 하나로 연합된 것이었습니다. 문제의 발단은 거기에 있었습니다. 일사불란한 질서를 잡지 못하고 혼란스러웠던 겁니다. 이 틈을 타서 이단들이 스며든 겁니다. 그 이단들의 사기와 선동에 넘어가 교인들의 믿음은 완전히 흔들렸고 급기야는 계모와 함께 살아도 괜찮다며 인륜까지도 짓밟은 게리온 같은 자들도 생겨나 교만을 떨었습니다. 뒤늦게 바울 사도님의 회초리 편지에 잠자던 당회가 깨어나 그 이단들을 색출하여 추방하고 게리온 같은 자들은 출교(黜敎)의 징계를 내려 이제야 교회는 사도님이 개척하시던 초심(初心)으로 돌아오게 되었습니다. 전 성도들을 대표하여 사도님께 깊이 사과드리고 용서 빕니다. 두 번 다시 그런 일은 없게 할 것임을 약속드립니다."

바울은 감사해 하며 올바른 십자가의 도가 무엇인지 다시 한 번 설교를 통하여 각인시켜주고 사랑과 용서의 권면을 했다. 모든 일들이 끝나자 뵈뵈는 바울에게 자기 집으로 가서 휴식을 취했으면 좋겠다고 권했다. 바로 그때 누군가 와서 바울을 찾았다. 바울이 일루리곤을 떠날 때 수행자 중 하나였던 아리스다고를 로마로 보냈는데 그가 아굴라 부부를 만나고 고린도로 왔던 것이다. 아굴라 부부는 원래 로마에 거주하며 사업을 하던 사람들이었다. 유대교인과 기독교인들 간에 소란이 계속되고 있다는 이유로 글라우디오 황제는 AD 49년 로마에서 모든 유대인의 추방령을 내렸었다. 천막 제조업을 하고 있던 아굴라 부부도 그 때 쫓겨나 헬라지방으로 나온 것이다. 부부는 고린도에서 사업이 성공하자 에베소에까지 사업을 확장했다. 그러다 추방령을 내렸던 황제가 죽고 나자 추방령이 취소되어 쫓겨난 유대인들이 다시 로마로 들어갈 수 있었다. 그에 아굴라 부부도 고향인 로마에도 지사를 만들어 볼까하여 들어가 있었다.

"사업은 잘하고 계신던가? 건강하시구?"

"예. 브리스길라 부인께서 사도님께 전해달라며 편지를 주셨습니다."

그는 가지고 온 편지를 내놓았다. 반가워하며 편지를 개봉했다. 우선 그녀는 바울에 대한 안부를 묻고 고린도 교회의 소동이 평화롭게 가라앉고 정돈된 것에 만족과 기쁨을 표하고 있었다.

"저희 남편과 함께 로마에 온 후 저희는 사업할 수 있는 여건이 되는지 알아보고 있습니다. 두 달 후쯤 고린도로 돌아갈까 예정하고 있습니다. 전에도 말씀 드린 것처럼 로마에는 수많은 유대인 동포들이 살고 있습니다. 이들은 주로 로마시를 가르는 티베르강 서쪽 빈민구역에 모여 살고 있지요. 40여 개의 유대교 회당인 시나고구가 산재해 있습니다. 여기에 기독교 복음이 들어 온 것은 십여 년 밖에 안 됩니다. 로마의 유대인 소동은 바로 전통 유대교 신자들과 기독교 신자들 사이의 다툼이 원인이었지요. 그래서 글라우디오 황제가 모든 유대인을 로마에서 추방한 겁니다. 그것이 AD 49년이었습니다. 그 해에 제가 고린도로 간 것이고 그곳에서 사도님을 뵙게 되었지요. 추방의 직접 원인은 클레이토스(Chrestos)란 유대인이 소란을 피운 것이었습니다. 크레이토스는 그리스도, 예수를 라틴 발음으로 잘못 부른 것이었습니다. 아무튼 글라우디오 황제가 얼마 전에 죽고 나자 추방령이 효력이 없어져 쫓겨났던 유대인들이 다시 로마로 돌아오고 있습니다. 기독교도들은 처음에는 유대인 회당에서 예배를 보았지만 갈등이 심하여 따로 나와 가정교회를 세워 하나님을 모시고 있습니다. 그 숫자도 확실한 건 아니지만 로마시 전체에 기독교도는 2천5백여 명 가량 된다 하고 있습니다. 사도님께서는 평소 남이 개척해 놓은 땅에 가서는 교회를 세우지 않으신다 했으니 이곳 로마는 남이 씨를 뿌렸지만 사도께서는 물과 거름을 주어야할 의무가 있다고 생각합니다. 로마를 복음화하지 못하면 로마제국 전체를 복음화 하지 못한다 하셨지요? 로마의 하나님 자녀들인 크리스천들에게 피와 살이 될 수 있는 편지라도 먼저 써 보내심이 어떠하실는지요? 그리고 이곳에서 사도님과 에베소 감옥에 갇혀 함께 고생했던 안드로니고 님과 그의 부인 유니아 자매님을 만났답니다. 유니아 자매님의 친정집이 로마에 있어 함께 온 모양인데 열심히 여러 가정교회를 돌아다니며 안드로니고 님은 교사 일을 보고 있습니다. 그리고 수리아 안디옥에 사셨던 루포 님과 그의 아버지 시몬과 어머니께서 작년에 로마로 이주하셨답니다. 우리가 고린도에서 왔다고 하니 혹시 바울사도님 소식을 들을 수 있을까 해서 아드님과 함께 절 만나러 오신 적이 있었습니다."

편지를 다 읽고 난 바울은 이틀 동안 다시 금식기도로 하나님께 어찌해야 할지를 물었다.

19
신약성경의 정수(精髓)
'로마서' 탄생

　마침내 바울은 마음의 결심을 굳히게 되었다. 브리스길라의 요청대로 로마에 있는 예수 그리스도교의 형제자매들에게, 그리고 각 가정교회에 보내는 편지를 쓰기로 했던 것이다.

　"사도님, 저희 집에 오셔서 좀 휴식을 취하시고 로마교회에 보낼 편지를 쓰시지요?"

　겐그레아 교회의 여집사 뵈뵈가 바울을 모시겠다고 간청했다. 그러자 역시 집사 중의 하나인 가이오가 나서서 자기 집으로 가자고 했다. 가이오는 고린도 교회 전교인을 초대하여 식사를 대접할 만큼 부자였다. 바울은 가이오의 집으로 가서 로마에 보낼 편지를 다 마칠 때까지 지내기로 했다. 홀로 살고 있는 여인의 집에 가 있는 것보다는 가이오의 집이 편하겠다 생각한 것이다. 가이오 집은 대저택이었다. 아름다운 정원 속에 있는 독립된 가옥이 바울의 처소였다. 바울은 편지 쓸 준비를 마치고 대필자인 더디오를 불렀다. 바울은 꿇어앉아서 기도하듯 편지의 구술을 시작했다. 이른바 그리스도교의 대장전(大章典)이라 불리는, 바울신학의 정수인 <로마서>가 탄생되는 순간이었다.

- 로마에 있어 하나님의 사랑하심을 입고 성도로 부르심을 입은 모든 자에게 하나님 우리 아버지의 주 예수 그리스도로 좇아 은혜와 평강 있기를 원하노라. (롬 1:7)

내가 너희 보기를 심히 원하는 것은 어떤 신령한 은사를 너희에게 나누어주어 너희를 견고케 하려 함이니 이는 곧 내가 너희 가운데서 너희와 나의 믿음으로 인하여 피차 안위함을 얻으려 함이라. 형제들아 내가 여러 번 너희에게 가고자 한 것을 너희가 모르기를 원치 아니하노니 이는 너희 중에서도 다른 이방인 중에서와 같이 열매를 맺게 하려 함이로되 지금까지 길이 막혔도다. 헬라인이나 야만인이나 지혜 있는 자나 어리석은 자에게 다 내가 빚진 자라. 그러므로 나는 할 수 있는 대로 로마에 있는 너희에게도 복음 전하기를 원하노라. (롬 1:11-15)

바울은 편지에서 로마서를 왜 쓰고 보내는지 그 이유를 분명히 밝혔다. 자신은 주께로부터 <이방인 전도사도>로 부름을 받았고, 그 부름은 전 세계를 복음화 시키라는 절대 명령으로 받아서 '이제는 이 지방(동방)에 일할 곳이 없다. 내가 이 일로 인하여 예루살렘으로부터 두루 행(전도)하여 일루리곤까지 그리스도의 복음을 편만(遍滿)하게 전하였다. (롬 15:19) 그 지방은 다름 아닌 소아시아 에베소를 비롯한 아시아 전지역, 그리고 바다 건너 서양인 그리스 마게도냐와 아가야, 고린도에 이르기까지 복음을 전도하여 소임을 다했다. 남은 곳은 로마와 로마 서쪽지역인 스페인 등 유럽지역인데, 언젠가는 그곳 전도를 위해 떠나기에 앞서 먼저 로마교회에 인사를 하고 자신이 전한 올바른 예수 복음의 진리가 무엇이며 로마교회가 왜 중요한 의미를 갖는가에 대해 설명하는 것이다. 예루살렘이 동방의 기독교 중심지가 되었다면 에베소가 남방의 중심지가 되었으며, 다음은 로마제국의 수도인 로마가 서방의 기독교 중심지가 되어야 한다는 게 바울 선교의 목표였다. 그래야만 전 세계를 복음화 할 수 있다는 것이 그의 원대한 꿈이기도 했다.

따라서 로마교회는 전 로마시를 복음화 할 수 있는 모범적이고 역동적인 공동체로 거듭나야 한다는 게 바울의 요구였으며 몇몇 로마교회가 안고 있는 문제점을 지적하고 해결해 주기 위한 것도 로마서를 집필한 목적 중 하나였다. 바울은 브리스길라의 편지를 받기 이전부터 로마교회 활동이나 내부의 심각한 갈등이 무엇인지 여러 경로를 통하여 듣고 있었다. 그건 교회 안의 유대계 기독교 성도들과 이방인 성도들 간의 불화문제였다. 유대인 중에서 기독교로 개종한 자들은 이방인으로 기독교도가 된 자들을 무시하고 자기들과 동등하게 취급하지 않고 있었다. 로마에 기독교가 전파된 것은 예수 승천이후 마가의 다락방에서 수많은 성도들이 성령의 체험을 했을 때 그 성도들 중에는 로마에서 온 자들도 있었다. 그들이 로마로 돌아오면서 전파된 것이다. 따라서 로마의 성도들은 예루살렘 모교회의 영향을 받을 수밖에 없었다. 유대교와 당국의 탄압을 피하려면 기독교인들은 성전예배에 참석해야 하고 할례를 인정하고 전래의 유대교 율법이나 절기법(節期法), 그리고 우상제사를 지낸 고기는 먹지 말라는 식사법 등을 지켜가며 예수를 믿어야 한다는 야고보식 신앙관을 가지고 있었다.

하지만 이방인으로 크리스천이 된 사람들은 그들을 <약한 자>라 부르며 상대적으로 무시했다. 그들은 세례를 받아 하나님의 자녀가 되고 성령의 능력을 받았기 때문에 하나님과 화해하여 무서운 진노와 심판도 두려워하지 않게 되었다. 주의 영이 있는 곳에는 자유함이 있다. 죄에서 해방뿐 아니라 악의 세력이나 율법의 구속이 주는 공포와 불안에서도 해방되었고 구원을 얻고 영생하는 뚜렷한 소망이 있으므로 담대해졌다. 따라서 우리는 율법이나 절기법, 식사법 등을 지키지 않아도 된다. 우리는 <강한

자>들이기 때문이다. 그렇게 자랑하고 있었다. 바울은 그들이 자랑하고 있다는 것을 비판했을 뿐이지 그들의 주장은 적극 옹호해 왔었다. 그러면서 약한 자로 불리던 유대인 크리스천들을 때마다 비난하고 비판했다. 뿐만 아니라 예루살렘 모교회에서 선교사로 파송 받았다며 라이선스를 가지고 다니는 자들을 거짓 교사로 매도하며 질책해 왔다.

그 결과 최근 들어서는 이상기류가 감지되고 있었다. 바울의 그 같은 사고와 행동에 모교회가 외면하기 시작했다는 것이다. 물론 당연히 사도회의에서는 베드로는 유대인 선교사로, 바울은 이방인 선교사로 명하고 세워주었다. 그동안 여러 선교지에서 바울이 보여준 것은 전혀 문제가 없었고 그렇게 가르치고 전도하는 게 당연했다. 모교회도 인정하고 있는 사실이었다. 그런데 왜 등을 돌리고 있는 것일까. 언제부터인가? 그건 수리아 안디옥 교회에서 발생했던 게바의 면책사건 때부터였다. 그로부터 냉담해지기 시작한 것이다. 바울의 주장이 옳은데도 모교회에서는 왜 그럴까. 원인은 이른바 예루살렘 사도회의에 있었다. 회의에서는 베드로와 바울을 서로 다른 선교사도로 선정하고 임명했을 뿐 세부적인 사항은 논의가 안 되었다. 논의가 되어 시행 세칙(施行細則)같은 게 만들어져 있었다면 그런 사고는 일어나지 않았을 일이었다.

바울이 로마서를 써야겠다고 생각한 이유 중 하나에는 예루살렘 모교회 구제 헌금문제도 포함이 되어 있었다. 기근이 들어 가난에 허덕이는 예루살렘 성도들을 위해 선교지에 가면 구제 헌금을 모아 보내달라는 것도 사도회의에서 결정하여 맡겨준 일이었다. 바울은 그동안 열심히 가는 곳마다 성금을 부탁하여 모아왔다. 로마로 진출해야한다면서도 단안을 내리지 못한 이유는 구제헌금 때문이었다. 동방 선교를 마무리했으니 로마로 가기 전에 성금들을 가지고 예루살렘으로 가서 전해주어야 했던 것이다. 지금 예정은 이 편지를 다 써서 로마로 보내고 나면 곧장 예루살렘으로 출발하겠다는 것이었다. 그런데 걱정은 모금된 성금을 들고 모교회를 찾아갔을 때 야고보를 비롯한 사도들이 어떤 태도를 취할까 하는 것이었다. 고마워하고 환영한다면 모르지만 냉대를 한다면 어찌될까. 그렇게 된다면 지금까지의 선교 성과는 빛을 잃고 말 것이다. 예루살렘의 인정 없이 독자적인 선교 사업은 불가능 했다. 따라서 구제성금은 이방인들도 예루살렘 모교회를 인정하겠다는 의사 표시이기 때문에 모교회가 성금을 받으며 기뻐하고 바울을 환영한다면 이방인 선교 사도로써 제대로 인정을 받게 된다. 거기다가 로마 선교까지 성공한다면 바울의 이방선교 사도 위치는 확고부동하게 추인을 받게 된다. 예루살렘 모교회에서도 제국의 수도인 로마의 위치와 권위를 인정하고 있기 때문이다.

바울이 로마서를 쓰면서 약한 자로 표현된 유대인 크리스천과 강한 자라는 이방인 크리스천 간의 불화를 부각시킨 것도, 그들을 권면하고 불화와 갈등을 해소하여 서로 공존하며 신앙생활 하도록 가르친 것도, 따지고 보면 모교회 방문을 앞두고 어쩌면 의식적으로 꺼낸 화두(話頭)이기도 했다. 바울은 지금까지 유대인 크리스천에 대해 비판을 수없이 많이 해왔는데 그로인해 예루살렘과 불편하게 되었다는 것을 알고 로마서에서는 의식적으로 비판의 수위를 낮추어 그들을 올려주고 강한 자들이라 자랑하는 이방인 크리스천들은 깎아내려 두 그룹의 균형을 맞추는데 힘썼다. 그래야만 양 그룹이 서로 화해하고 화평해질 수 있고 예루살렘도 오해를 풀 수 있을 것 같았던 것이다.

바울은 로마서에서 먼저 교리적인 가르침을 내세웠다. 십자가 구원사의 주요 개념인 <믿음으로써 의(義)를 얻는다>는 이신칭의(以信稱義) 이론이었다. 이른바 바울 신학의 요체(要諦)인 <의(義)>와 <성화(聖化)>와 <속량(贖良)> 등 세 가지 추구와 성취에 대한 논의였다. 의라 함은 이신칭의로 얻어지는 하나님 구원의 선물인 의로움, 올바름, 은총, 자비 등을 말한다. 그리고 성화라 함은 거룩하신 하나님과 친교를 갖게된 거룩한 이들 (聖徒)인 그리스도인은 이미 그리스도의 죽음과 부활을 통하여 거룩하게 되었다는 뜻이며, 끝으로 속량이라 함은 성도는 하나님과 화해했으므로 최후의 심판에 있을 하나님의 진노에서 해방되었고 율법과 할례에서도 해방(贖良)이 되어 다시는 죄와 종의 멍에를 지지 않을 자유인으로 그리스도와 죽고 그리스도 속에 함께 살게 되었다는 뜻이다.

태초에 아담의 타락으로 인간의 죄는 시작되었기에 진노의 하나님 심판은 누구나 피할 수 없게 되었다. 하나님의 법 아래 의로운 자는 아무도 없다. 할례자나 이방인 구별하시지 않는다. 유대 율법으로는 누구도 의롭게 될 수 없다. 다만 죄를 깨닫게만 된다. 모세의 율법은 사람들에게 하나님의 요구만 가르쳐줄 뿐 지킬 수 있게 해주지 못한다. <이것들을 행해야 한다. 그래야 너희는 산다>라고 율법은 강요한다. 하지만 누구도 지키고 행할 수 없다. 그같은 죄에서 해방되지 못하기 때문에 율법의 실제 효과는 생명이 아니라 사망이었다. 왜 그런 일이 벌어지나? 육신(肉身) 때문이다. 육신은 약하여 언제나 유혹에 굴복하고 고난에 넘어진다. 그 때문에 죄를 짓고 생명을 얻지 못하고 죽음을 맞이한다. 해결책은 무엇인가? 율법 안에는 없지만 그리스도 안에는 있다. 그리스도만이 구원과 생명의 해결책을 주신다.

따라서 모든 인류구원의 역사는 하나님의 주권과 섭리에 의해서만 이루어진다. 구원을 받으려면 믿음으로써 의롭게 되어야(以信稱義) 하나님의 백성이 되어 구원 영생을 얻게 되고 죄와 사망에서 해방된 자유인이 되어 성령의 생명법 속에서 살게 된다. 믿음으로써 의를 얻은 자의 본보기는 바로 아브라함이었다. 할례자이든 아니든 아브라함은 모든 믿는 자의 영적 아버지이다. 그의 시대에는 할례와 율법이 없었다. 그럼에도 그가 의롭게 된 것은 하나님 자신이 약속하신 것을 아브라함만은 이룰 수 있는 사람이라 확신했기에 믿음으로 의롭다고 인정을 받은 것이다. 하나님의 오묘한 구원사역은 지금도 진행 중에 있다. 누가 구원 받을 자격이 있는가. 육신(肉身)의 자녀들인 이스라엘인가 아니면 하나님의 뜻을 따르는 약속의 자녀들인가. 참 이스라엘로 구분되는 약속의 자녀들만이 구원에 이르는 것이다. 이스라엘은 하나님께 열심은 있었으나 참 진리를 좇지 않았다.

하나님은 유대인이든 이방인이든 예수 그리스도만 믿으면 구원해 주신다. 할례자로서 크리스천이 된 성도들은 할례도 행하고 율법도 지키고 유대교의 식사법이나 절기법도 지키며 기독교 성도의 신앙생활을 해야 된다고 자랑하거나 기뻐하지 말고 그건 사망의 법이기에 버려야 한다. 그러나 참 신자들은 자신들이 하나님의 영광을 공유하고 있다는 사실을 확신하고 기뻐한다. 그 기쁨은 모든 것이 자기 뜻대로 되어 자유방임 상태가 되어서 행복한 것이 아니라 닥쳐온 고난과 핍박을 이기면 반드시 주님이 주실 축복의 선물이 있기에 가지는 소망의 기쁨이다.

- 우리가 환난 중에도 즐거워하나니 환난은 인내를, 인내는 연단을, 연단은 소망을 이룬다는 것을 알기 때문이다. (롬 5:3-4)

예전 이스라엘은 <온 이스라엘>, 혹은 <새 이스라엘>, 혹은 <참 이스라엘>로 바뀌어야 한다. 기독교 안에서는 유대인과 이방인이 서로 차별하고 불화해서는 안 된다. 하나님을 아바 아버지라 부르고 성도들끼리 서로서로 형제자매가 되어 하나님을 찬양하고 경배하며 예배 드리는 신앙의 공동체를 가꾸어 나아가야 한다. 그렇게 바울은 로마서 중반까지 교리적 가르침을 드러내고, 그 다음으로는 교회 안에서의 그리스도인의 삶을 위한 실제 이론과 권면, 가르침으로 이어갔다.

- 그러므로 형제들아 내가 하나님의 모든 자비하심으로 너희를 권하노니 너의 몸을 하나님이 기뻐하시는 거룩한 산 제사로 드리라. 이는 너희가 드릴 영적 예배이니라. (롬 12:1)

우리가 한 몸에 많은 지체를 가졌으나 모든 지체가 같은 직분을 가진 것이 아니니 이와 같이 우리 많은 사람이 그리스도 안에서 한 몸이 되어 서로 지체가 되었느니라. 우리에게 주신 은혜대로 받은 은사가 각각 다르니 혹 예언이면 믿음의 분수대로 혹 섬기는 일로 혹 위로함을 맡은 자면 위로(勸慰)하는 일로 구제하는 자는 성실함으로 다스리는 자는 부지런함으로 긍휼을 베푸는 자는 즐거움으로 할 것이니라. 사랑엔 거짓이 없나니 악을 미워하고 선에 속하라. 형제를 사랑하여 서로 우애하고 존경하기를 서로 먼저 하며 부지런하여 게으르지 말고 열심을 품고 주를 섬기라. (롬12:4-11)

성도들 중에서 자기들은 죄에서 해방되어 자유인이 되었기에 <강한 자>라 주장하던 이방인 성도들은 예수를 믿으면서 율법도 지키고 할례도 인정하며 우상제사에 쓰인 제물은 먹지 말아야한다는 유대인 성도들을 <약한 자>라 불렀다. 신앙이 약하다는 뜻이었다. 스스로 강한 자라고 표방한 이방인 성도들은 유일한 신은 여호와 한 분뿐이며 우상 신전에 있는 신은 우상일 뿐이다. 따라서 우상일 뿐이기 때문에 거기에 제사 지낸 고기는 먹어도 된다고 주장했다. 그런 고기를 먹기를 양심상 꺼려하고 불안해하는 유대인 성도들은 약한 자요 약한 양심으로 불렸다. 바울은 거기에 대해서 힐난했다. 비록 아무런 거리낌 없이 제물을 먹었던 성도들에게, 그들이 가진 지식이 옳고 그렇게 할 수 있는 자유가 있다 할지라도 약한 양심의 형제들을 위해서는 그 자유를 포기할 줄 아는 용기가 필요하다. 용기는 곧 사랑이다. 지식은 사람을 교만하게 만들고 자신만 알게 하지만 사랑은 덕을 세운다. 사랑은 다른 사람을 배려하는 것이다. 멸시하는 그 문제 때문에 약한 성도가 실족하고 멸망에 처할 수도 있게 된다. 교회 밖의 모임이나 연회 장소에 가면 강자들은 약자들에게 왜 자기들처럼 못하느냐고 비아냥거릴 것이다. 그 같은 짓은 약자 형제의 양심을 짓밟는 것이며, 죄 짓는 것이며, 강자와 약자 모두를 위해 십자가에서 죽으신 예수 그리스도에게 죄 짓는 일이다. 그러면서 바울은 사랑이야말로 기독교의 본질이며 근본임을, 고린도 전서 13장에서 말한 내용으로 다시 한 번 강조했다.

- 피차 사랑의 빚 외에는 아무에게든지 아무 빚도 지지 말라. 남을 사랑하는 자는 율법을 다 이루었느니라. (롬 13:8)

- 그런즉 믿음, 소망, 사랑, 이 세 가지는 항상 있을 것인데 그 중에 제일은 사랑이라. (고전 13:13)

모든 성도들은 함께 세례 받고 성찬을 나누어 한 아버지 밑에 한 형제가 되었으므로 성별 여부, 신분 고하, 인종 여하를 따지지 말고 성령의 역사함을 받아 뜨겁고 동일한 형제애로 뭉쳐 거룩하고 특별한 사랑의 공동체인 하나님의 교회로 만들어가야 한다고 바울은 말하며, 그리스도께서 재림하시는 날이 머지않았으므로 그분이 오실 때를 대비하여 부끄러움을 당할 일에 관여하지 말고 그날을 준비하며 값있게 살아야한다고 역설했다.

그리고 바울은 마지막 문안인사로 마무리 했다.
- 내가 겐그레아 교회의 일꾼으로 있는 우리 자매 뵈뵈를 너희에게 천거하

노니 너희가 주안에서 성도들의 합당한 예절로 그를 영접하고 무엇이든지 그에게 소용되는 바를 도와줄 지니 이는 그가 여러 사람과 나의 보호자가 되었음이라. (롬 16:1-3)

바울은 뵈뵈에게 로마인들에게 보내는 편지(로마서)를 맡겨 로마로 보내려고 작정하여 미리 그녀를 로마 교회에 추천한 것이었다. 그런 다음 브리스길라와 아굴라 부부 그리고 친척인 안드로니고와 유니아부부, 에베소에서의 전도 첫 열매였던 에배네도, 그리고 루포와 자신의 어머니나 다름없던 루포의 어머니 등 많은 이들에게 안부를 전하고 있다. 그리하여 신약성경 최고의 보고(寶庫)라는 로마서는 끝을 맺었다. 후세의 수많은 학자들은 로마서를 여러 가지로 평가하고 있는데 그 평가 논의는 아직도 계속되고 있다. 평가한 학자들 중 멜란히튼(Melanchton)은, 로마서는 <기독교 교리의 대요(大要) 원전>이라 칭송하기도 하고 맨슨(T.W Manson)은 <바울 신학의 종합편> 혹은 <바울 신학의 성명서(Manifestor)>라 정의를 내리기도 하는가 하면, 보른캄(G.bornkamm) 같은 학자는 로마서는 <바울의 마지막 유언과 언약>이라 평하기도 하였다.

로마서를 가지고 뵈뵈가 겐그레아 항구에서 로마로 떠나는 시간이 되자 여객 대합실에는 바울을 비롯하여 겐그레아 교회의 교우들과 바울과 가장 가까운 제자들만 그녀를 배웅하기 위해 나와 있었다. 여집사 뵈뵈는 겐그레아에서는 부유한 유력자였다. 당시 먼 지방에 살면서 제국의 수도인 로마를 다녀온다는 것은 아무나 할 수 없었다. 바울이 뵈뵈를 선택한 것은 그녀만은 평소에 로마를 잘 알고 로마 왕래를 가장 많이 한 사람인데다 성실하고 믿음이 깊어 신뢰하기 때문이었다. 그녀가 로마를 자주 다녔어도 물론 유대인촌을 찾아간 적은 없었다. 언제부터 유대인들이 로마시에 이주하여 살았는지는 분명치 않다. 유대와 로마는 처음에는 선린관계를 유지하였다. 특히 유대 독립을 표방하고 일어난 시몬 마카비 일가가 셀류코스 왕조를 멸하기 위한 전쟁을 벌였을 때는 로마의 원조를 얻은 적도 있었다. 유대인 이민은 그 때부터 자연스럽게 이루어지다가 BC 63년에 로마장군 폼페이우스가 유대땅을 점령하고 많은 유대청년들은 군대로 끌어가고 백성들은 포로로 잡아 로마에 데려갔다. 그 후 노예로 잡혀 온 유대인들과 징집 당한 병사들이 돌아오고 나자 유대인들을 노예의 신분에서 속량(贖良) 받아 평민이 되어 로마시 티베르강 서쪽 지역에 집단 거주하게 되었다.

로마의 글라우디오 황제가 죽은 것은 추방령을 내린지 3년 뒤였다. 그가 죽고 나자 추방령은 효력이 없어져 쫓겨났던 유대인들이 다시 로마로 돌아오기 시작했다. 돌아온 유대인 가운데는 기독교로 개종한 크리스천들이 많아 다시 긴장감이 돌았으나 할례자들과는 다른 장소에서 안식일이 아닌 그 첫날 예배를 드렸기 때문에 전처럼 직접 충돌은 없었다.

"지금 가지고 가는 편지 필사본은 모두 3통일세. 로마에 가면 다시 여러 통의 필사본을 만들어서 각 교회에 전해주어야 할 거야."

바울이 뵈뵈에게 당부했다. 통상적으로 바울이 새 편지를 쓸 때는 더디오가 대필을 하지만 대필한 원본이 나오면 곧 이어서 다른 몇 사람이 그걸 보고 다시 필사를 하여 여러 통을 만들어 동시에 현지에 보내곤 하였다. 당시 교회는 하나로 통합된 공동체가 아니고 거의가 가정교회였기 때문에 여러 통의 편지가 필요했던 것이다.

"알겠어요. 그렇게 할게요. 자, 그럼 다녀올게요."

뵈뵈가 배에 오르면서 손을 흔들었다. 세 명의 겐그레아 교인들이 그녀를 수행하고 있었다. 이윽고 로마행 배는 스파르타 남쪽으로 떠나갔다.

가이오의 집으로 돌아온 바울은 쉬지도 못하고 측근 제자들을 모아놓고 회의를 열었다.

"이로써 길고 먼 대장정의 절반은 끝이 난 셈이다. 사도회의 약속대로 모아진 구제헌금을 예루살렘 가난한 형제들에게 전하고 로마로 발길을 돌려 이탈리아, 스페인 등등 남아 있는 미지의 땅에 복음의 씨앗을 뿌리기 위해 다시 출발한다."

"예루살렘으로는 언제쯤 떠나는지요?"

디모데가 물었다.

"로마 편지 쓰는 일로 이곳에서 너무 지체했다. 두 달이 훨씬 넘었지? 수전절(守殿節 Kislev, 유대인들이 지키던 1년 절기 중 마지막 절기. 유대독립을 외치던 마카비에 의해 파괴되었던 성전이 다시 재건되었는데 그날을 기념하는 명절. 유대월력 12월 25일)이 지나고 해가 바뀌었어, 유월절(踰越節, 출애굽을 기념하는 유대 해방절. 4월 14일)까지는 예루살렘에 도착해야 될 것이다."

"넉 달도 채 남지 않았네요? 촉박한데요?"

"준비를 서둘러야 한다. 그래서 말인데 우리는 지금까지 1차, 2차, 3차에 걸쳐 소아시아에서부터 시작하여 헬라땅에 이르기까지 각처에 복음을 전하고 25개의 가정교회를 세웠다. 마음 같아서는 우리가 예루살렘으로 갈 때는 25개 전 교회 대표자 2명씩을 뽑아 함께 갔으면 하지만 그렇게 되면 수행자들까지 육칠십여 명이 함께 움직이니까 여러 가지 어려움이 따를 거 같다."

"굳이 그렇게 대규모 대표단을 데리고 가야하는 이유가 있나요? 그게 뭐지요?"

"예루살렘은 이방인들에게 한없는 복음의 은혜를 보내주었다. 이번엔 그에 보답해서 이방의 형제들이 구제성금으로 그 은혜를 갚아야할 때이다. 그러자면 다 함께 가야한다. 그래야만 예루살렘에서도 우리가 말로만 이방 각처의 전도사역을 하지 않았다는 사실을 확인할 수 있을 것이다. 그렇게 돼야 예루살렘과 이방이 하나로, 한 형제로 거듭날 수 있게 되는 것이다."

"그렇군요. 성도가 열사람 미만인 가정교회라면 대표로 한 명만 가던지 아니면 생업에 어려움이 있으면 함께 가지 못해도 어쩔 수 없지 않을까요?"

"물론이다. 자유의사에 맡겨야지."

"그럼 각처에 연락은 해놔야지요?"

바울은 모아진 성금을 가지고 예루살렘으로 간다는 날짜와 여행 스케줄을 상의했다.

"여기 고린도에서 배를 타고 먼저 에베소로 건너가시죠?"

디도의 말에 바울은 고개를 끄덕였다.

"이렇게 하기로 하자. 겐그레아에서 배를 타고 에베소로 가자. 성금 운송단은 세 곳에 집결시키자. 에베소에서 가까운 지역 대표들은 에베소로 모이게 하고, 마게도냐와 비시디아와 지역 대표들은 드로아로, 그리고 구브로와 남부 아시아 지역 대표들은 두로에 모여 기다리게 하면 될 것 같다. 그럼 우리는 에베소로 건너가서 드로아로 갔다가 봉송단을 이끌고 다시 에베소, 그리고 남쪽을 돌아 예루살렘으로 가면 마지막 두로항에서는 봉송단 전체가 만날 수 있게 될 것이다. 각 지방 교회에 소식을 전달할 전달자를 여기서 선정하려 한다. 서로 가까운 지역을 하나로 묶겠다. 로마교회도 브리스길라 부인이 이미 성금을 모아두었다고 들었다. 로마로 가서 출발일자를 알려야 한다. 그리고 고린도가 있는 아가야 지역을 다녀올 사람과 빌립보 데살로니가가 있는 마게도냐 지역을 맡아 전할 사람, 에베소를 비롯하여 라오디게아, 골로새, 파묵칼레 등 아시아 지역과 갈라디아, 비시디아 안디옥, 루스드라, 이고니온, 더베 등 루가오니아 지역 그리고 다소교회가 있는 길리기아 지역, 그리고 구브로섬의 살라미와 바포교회 등 나누어서 알리고 와야 한다."

바울은 전달자를 선정한 후 이튿날 새벽에 각처로 떠나보냈다. 한 달 후에나 전달이 끝나 현지에 갔던 제자들이 돌아올 것이고, 그로부터도 한 달 후쯤에야 예루살렘을 향하여 고린도를 떠나게 될 것이다.

"두 달 후에나 다시 만나실수 있겠네요. 그럼 드로아에서 예루살렘까지는 또 한 달은 걸려야 도착할 수 있을 테니 유월절 안에 가기가 아주 빠듯하겠습니다."

디모데가 걱정하자 바울은 결연한 빛을 보이며 그때까지는 어떡하든 가야한다 했다.

"성금은 명절 때 전해주어야 더 뜻이 있다. 서두르기로 하자. 그리고 디모데!"

"예, 아버님."

"내일은 나실인 서원(誓願)을 드리려 한다. 가장 무흠(無欠)하고 성결한 하나님의 종, 나실인이 되어 로마제국의 동반부 이방선교를 마무리하고 예루살렘으로 돌아가는 나와 나의 모든 형제들을 거룩한 자들로 지켜주십사 하나님 전에 서원을 드릴 것이다. 내일 오후에 교회로 그리스보 회당장과 소스데네 회당장, 그리고 아볼로 감독을 모셔오너라. 입회 증인이 되어야 한다."

"그러겠습니다."

이윽고 디모데와 디도는 밤늦게까지 사도를 모시고 먼 여행을 가기 위한 준비를 시작했다. 짐을 싸면서 문득 디모데가 물었다.

"디도 선교사님! 이해가 가지 않는 점이 있어 묻고 싶은데 괜찮을까요?"

"뭐지?"

"아버님은 내일 오후 나실인 서원을 하시겠다는데 이해가 갈듯 하면서도 안갑니다. 아버님은 AD 36년 다메섹 회심 이후 지금까지 22년 동안이나 이방인 선교에 신명을 다 바쳐오셨습니다. 낯선 선교지에서 수없이 사경을 헤매게 되었지요. 괴롭힌 적대자들은 동족인 할례자 유대인들이었습니다. 그들로부터 40에서 한 대를 감한 채찍을 5번이나 맞았고, 몽둥이질에 맞아 만신창이가 된 것도 3번이요, 돌에 맞아 죽었다가 살아난 것도 한 번이고, 감옥에 갇힌 것도 헤아릴 수 없이 많았습니다. 뿐만 아니라 이른바 게바 면책사건 이후 유대 율법과 관습 등을 부정하고 이방인을 옹호해 왔습니다. 그런데 왜 유대인들이 지키는 나실인 서원을 하시겠다는 거지요?"

그러자 디도는 즉시 대답을 못하고 잠시 뜸을 들였다가 말을 이었다.

"좋은 질문일세, 사도님이 루스드라에 가셨을 때 난 따라가지 못해 잘은 모르지만 그때 사도님은 디모데 아우를 부르시고 할례를 시켜주셨다 하던데 아닌가?"

"했습니다."

"왜 해주셨다고 생각하지?"

"할례자 동족들이 하도 적대를 하니까 그들의 비난을 받게 하지 않으려고 그러신 거지요. 그래야 전도활동이 좀 원활해 질테니까."

"물론 그게 표면적인 이유겠지. 하지만 사실 사도님은 뼛속까지 유대 바리새인이지. 예수께서 뭐라 하셨나? 나는 율법을 폐하러 온 게 아니라 율법을 완성하러 온 것이다. 완성은 사랑이다. 나쁜 건 버리더라도 좋은 점은 취해야겠지. 완성은 사랑이란 그 말씀을 사도님은 가장 좋아하셨지. 나실(나지르) 서원도 그래서 하시는 게 아닐까?"

이튿날 오후가 되자 디모데는 바울이 원한대로 나실 서원 준비를 마쳤다. 고린도 교회 성전 안에서 의식을 치르기로 했다. 참석한 사람은 그리스보, 소스데네 회당장과 아볼로 감독, 그리고 디도와 디모데 등이었다. 절차에 따라 바울은 무릎을 꿇고 앉았고 집례자인 아볼로 감독이 성경

구절을 읽었다.

- 여호와의 사자가 그 여인에게 나타나시고 그에게 이르시되 보라 네가 본래 잉태하지 못함으로 생산치 못하였으나 이제 잉태하여 아들을 낳으리니 그러므로 너는 삼가서 포도주와 독주를 마시지 말지며 무릇 부정한 것을 먹지 말지니라. 보라 네가 잉태하여 아들을 낳으리니 그 머리에 삭도를 대지 말라. 이 아이는 태에서 나옴으로부터 하나님께 바치운 나실인이 됨이라 그가 블레셋 사람의 손에서 이스라엘을 구원하기 시작하리라. (사 13:3-5)

바울은 하나님 앞에서 엄숙히 서원했다. 이 서원은 자신을 하나님께 바친다는 서약이며 구별된 거룩한 자, 바쳐진 자란 뜻이고 서원자는 나실인이 됨을 말한다. 나실인이 되면 최소 한 달 이상의 일정한 기간 동안에는 삭도(削刀, 삭발)하면 안 되고 술을 멀리하고 부정한 것과 시체를 가까이 하지 않아야 했다. 나중 서원 기간을 채우고 끝나면 비로소 길렀던 머리를 삭발하고 그 머리털과 하나님이 명한 제물을 성전 제단에서 함께 태워버려야 했다. 이른바 정결례였다. 굳이 바울이 예루살렘으로 가기 전에 나실 서원을 치르기로 한 것은 머리털과 제물은 예루살렘 성전에 있는 제단에서만 태워야만 한다는 규례가 있었기 때문이었다.

의식을 끝내고 한 달쯤 지나자 각처에 산재한 교회로 갔던 제자들이 하나 둘 돌아오기 시작했다. 집결할 각 교회 대표들은 대략 30여 명이 될듯했다.

"길리기아 다소 지역과 다메섹 지역으로 간 전달자들은 에베소 쪽으로 오기보다 직접 예루살렘으로 오는 것이 가까우니 먼저 출발하여 두로항에서 기다리겠다 하여 몇 명이 대표자로 올지 잘 모르겠습니다. 대략 30여 명이라 한 것은 다소, 다메섹 쪽 대표 숫자는 포함하지 않은 것입니다."

어림잡아 전체 봉송단의 숫자는 40여 명이 될듯해 보였다. 바울은 예루살렘행을 서두르고 고린도로 가는 배를 타기로 했다. 그런데 겐그레아 승선장 주변은 떠나려는 사람들로 북새통을 이루기 시작했다. 거의가 유대인들이었다. 유월절은 이스라엘 최대의 명절이었다. 그때가 되면 전국 각처는 물론 멀리 떨어진 해외에 사는 디아스포라 유대인들도 명절을 쇠기 위해 예루살렘으로 모두 모여든다. 명절 때문에 떠나는 유대인들이 벌써부터 서두르기 시작한 것이다. 디모데는 성도 중의 하나인 부드나도와 함께 고린도행 배표를 미리 구입하기 위해 겐그레아 승선장으로 갔다. 승선자는 모두 아홉 명이었다. 배삯을 지불하고 돌아왔다. 바울 일행이 떠나기에 앞서 마지막 고별 예배를 드리게 되었다. 다시는 이단들에게 속지 말자는 내용의 설교를 했다. 오전 예배라서 점심에 성찬을 나누게 되었다. 그 때 누군가 급히 뛰어 들어와 디모데를 찾았다. 부드나도였다. 그는 겐그레아 부두에서 선원들을 상대로 음식점을 하고 있었다.

"왜 이렇게 숨이 차지?"

"큰일 났습니다."

"차분하게 말하게. 뭔데 그래? 응?"

"예루살렘 가이사랴로 직항하는 여객선은 유대인 순례객으로 만원이었고, 에베소로 가는 여객선은 텅 비어가게 되어 있었습니다."

"우린 에베소로 가는데 왜?"

"그런데 갑자기 유대인 20여 명이 떼를 지어 직항을 마다하고 에베소행으로 바꾸었다지 뭡니까?"

"뭐야? 그건 뭘 의미하지?"

디모데가 긴장해서 물었다.

"이상해서 은밀하게 그 이유를 알아보았습니다. 그랬더니 거기엔 음모가 있었습니다. 바울 사도님 일행이 직항 여객선을 타는 줄로 알았는데 에베소로 간다는 걸 나중에야 알고 바꾼 것이었습니다. 그 20명은 암살자들이랍니다. 에베소행 배가 겐그레아를 떠나 바다 복판으로 나가면 그 유대인들이 들고 일어나 바울 사도님을 시해하여 수장하자고 흉계를 꾸미고 있답니다."

"그래? 사도님께 보고 드리고 대책을 세워야지 안 되겠군."

디모데의 보고를 들은 바울은 깜짝 놀랐다.

"어디서 온 암살자들이지?"

"지난번 교회 분란 때 출교 당하고 징계 당한 자들이 주축을 이루고 유대교 신도들이 가세해서 만든 거랍니다. 어떡할까요?"

"으음, 그자들 계획대로 되게 해서는 안되지. 여하튼 떠날 채비를 서둘러라."

성찬을 끝내고 바울은 성도들과 일일이 석별의 정을 나누었다.

"언제쯤 다시 보지요?"

"예루살렘을 다녀오면 로마로 가야하니까 그렇게 하려면 다시 고린도도 들려야 합니다."

바울은 이윽고 일행들을 데리고 겐그레아로 가기 위해 교회를 나섰다. 고린도 시내에서 겐그레아 항구까지 가려면 두 시간쯤 걸어가야만 했다. 그리스보 회당장을 비롯한 아볼로 등 교회 지도자들이 따라오고 있었다.

"여기까지만 오십시오. 여기서부터 일행과 함께 가겠습니다."

바울은 아크로 고린도산 밑에 이르렀을 때 이제 헤어지자 했다. 그들도 거기서 배웅했다. 바울은 일행과 함께 해안길을 타고 걸었다. 겐그레아에 도착하면 하룻밤 묵어야 했다. 왜냐하면 에베소행 배는 새벽 미명에 떠나기 때문이었다. 얼마 후 겐그레아에 도착하자 뵈뵈의 집을 찾아갔다. 뵈뵈는 아직도 바울의 심부름으로 로마서를 전달하기 위해 로마로 간 뒤 돌아오지 않고 있었다. 주인도 없는 집에서 바울 일행은 저녁식사 대접을 받았다. 이윽고 밤이 되었다. 찌푸리던 하늘에서는 부슬비가 내리기 시작했다. 바울이 일행을 모이게 했다.

"아마 그 암살자들도 우리가 겐그레아에 이미 도착해 있다는 것을 알 것이다. 승선은 내일 새벽이니까 시간되면 전연 눈치 채지 않게 그들도 승선하겠지. 하지만 우리는 그 배에 승선하지 않는다. 지금 바로 이 어둠을 이용하여 아덴으로 빠져나갈 것이다. 서너 시간만 걸으면 아덴에 도착할 수 있다. 내쳐 걸어서 델포이까지 간다면 날이 밝아질 것이다. 어쨌든 우리는 마게도냐를 종단하여 베뢰아, 데살로니가, 빌립보에 간다. 빌립보에서 휴식한 다음 배를 타고 드로아로 건너가 일차 모인 대표자들과 합류하면 된다. 자, 어서 떠나자. 아홉 명이 한꺼번에 가면 안 된다. 두 명 세 명 흩어져서 아덴으로 가는 길로 나간다. 암살자들이 우리가 같은 배를 타지 않고 사라졌다는 걸 알 때쯤 우리는 80킬로미터 이상 그들로부터 떨어져 있을 테니 안심해도 좋다. 자, 떠나자."

바울이 디도, 디모데와 함께 먼저 떠났다. 그로부터 바울 일행이 빌립보 교회에 도착한 것은 이십일 만이었다. 숲속에 자리 잡은 아담하고 작은 빌립보 교회를 찾은 바울은 가슴이 찡해오는지 걸음을 멈추었다.

"왜 그러십니까? 사도님."

"난 빌립보 교회만 생각하면 내 어머니 품 속 같은 푸근함을 느낀다네. 내 고향 다소보다 더 친근한 고향으로 다가 온단 말야."

그 때 바울이 왔다는 말을 들은 루디아 부인이 공방에 있다가 에바브로디도와 뛰듯이 나와 맞았다.

"오, 사도님! 이렇게 오실 줄이야. 정말 뵙고 싶었습니다. 건강이 많이 상하셨네요. 얼마나 고생하셨어요?"

포옹을 하고 루디아 부인은 어쩔 줄 모르고 반가워했다. 부인 곁에 있는 에바브로를 보고 바울은 그를 포옹하고 아스파조마이 키스를 했다.

"에바! 건강해 보이는데 다 나은 거지요?"

"예, 사도님. 전 사도님이 살려주신 겁니다."

에바는 주먹으로 눈물을 훔쳤다. 에베소에서 은장색 더메트리오의 난동으로 바울이 투옥이 되어 있을 때 빌립보 교회에서는 바울의 생활비조로 두 번째 성금을 보내왔었다. 그때 심부름 온 성도가 에바브로 디도였다. 빌립보로 돌아가야 했으나 에바브로는 지병이 악화되어 빈사상태에 빠지게 되었다. 감옥에 있었지만 바울은 두란노 강원에 있던 실라를 비롯한 제자들을 시켜 극진히 간병하고 치료를 하여 건강을 거의 회복시켜 돌아간 적이 있었다.

빌립보의 루디아 가정교회에 온 바울은 오랜 기간 동안 객지를 떠돌며 고생하다가 고향집으로 돌아왔을 때처럼 평안하게 모처럼 숙면을 취하고 며칠간 쉴 수 있었다. 그때 아덴 교회에서 디오누시오 대표와 델포이 교회의 안도니 대표가 모아진 구제헌금을 들고 빌립보로 바울 일행을 찾아왔다. 그 이튿날에는 데살로니가 교회 대표로 야손이, 그리고 베뢰아 교회 대표로 부로장로의 아들 소시바더가 모금된 성금을 가지고 바울을 찾아왔다. 바울은 디모데에게 빌립보에 모인 여러 대표들을 데리고 먼저 드로아로 건너가라 명했다.

"일이 늦어져서 늦게 출발한 고린도 대표인 소스데네 회당장과 가이오 장로가 이삼 일 기다려야 이곳 빌립보에 도착할 것 같다. 그들이 오면 함께 갈 테니 먼저 떠나도록!"

디모데는 대표단들을 데리고 먼저 드로아로 떠났다. 바울이 기다리던 두 사람은 이틀 후에 도착했다. 바울은 루디아에게 자기도 떠나겠다 했다. 그러자 루디아는 아쉬워하며 작은 가죽 주머니 하나를 내놓았다.

"가난한 교회라 아주 적은 헌금이 모아졌습니다. 정성이니 전해주십시오."

바울은 감격하여 루디아의 손을 잡았다.

"이방인 선교를 나선 13년 동안 나는 한 번도 당연히 받아야하는 선교사 사례금을 받은 적 없습니다. 내 손으로 직접 벌어서 자비량 선교를 했지요. 준다는 것도 다 사양했습니다. 하지만 유일하게도 어려울 때 빌립보 교회가 보내준 성금은 마음에 아무런 거리낌이나 부담 같은 걸 느끼지 않아 기쁘게 받았습니다. 마치 내 집에서 보내준 용돈 같았기 때문입니다. 그만큼 나는 빌립보교회를 사랑합니다. 예루살렘 모교회 구제헌금도 이번으로 세 번째 주시는 겁니다. 가난하고 어렵기로 말하면 예루살렘 교회보다 사실은 빌립보 교회가 더 하다는 걸 알고 있습니다. 하나님은 빌립보 교회와 성도들을 기억하실 것입니다."

바울의 말에 모두 목이 메었다. 이튿날이 되자 바울 일행은 빌립보를 떠났다. 배를 타고 에게해를 건너 터키 북서쪽 해안에 자리한 드로아로 향했다. 도착하자마자 바울은 문득 생각이 났는지 수행자인 소시바더를 불렀다.

"예, 사도님. 시키길 일이라도?"

"넌 지금 곧 에베소 가는 배를 타라. 도착하면 실루아노 선교사를 만나 드로아에 있는 우리 일행이 에베소에 들려갈 시간이 없으니 거기 모인 대표들과 에베소 교회 장로들은 밀레도로 가서 기다리라 한다고 전해라."

"예, 그럼 출발 하겠습니다."

소시바더가 승선장이 있는 외항으로 떠났다. 한편 드로아 가보교회의 장로인 가보는 바울에게 이곳 성도들을 위해 안식일 다음날인 오늘 밤 예배에 은혜의 말씀을 남기고 가달라고 간청했다. 피곤했지만 바울은 승낙했다. 드로아는 여러 번 다녀갔고 그래서 교회도 만들어졌지만 시간을 가지고 성도들을 양육해 본 적이 없었다. 언제나 시간이 없다는 핑계만

댔던 차에 두기고의 청을 받아들였다. 밤이 되어 두기고의 가정교회에 모인 성도는 스물여섯 명이었다. 예배가 시작되고 바울의 설교말씀이 시작되었다.

성령이 임하자 바울 모습이 거룩하게 변하고 온 방안 사람들도 점점 은혜의 말씀에 빠져들어 갔다. 해질녘부터 시작된 설교가 밤이 깊어지도록 끝나지 않고 새벽녘이 되었다. 예배장소인 3층 다락방이 비좁아 다락 난간 울타리에도 여러 명이 앉아 말씀을 듣고 있었다. 그런데 갑자기 비명 소리가 터졌다.

"아앗, 사람이 떨어졌어요."

바울이 설교를 멈추었다. 사람이 떨어졌다는 장소로 몰려들었다.

"어떻게 된 일이지요?"

"졸고 있었거든요? 졸다가 그만 3층 다락 밑으로 떨어진 거예요."

모든 사람들이 이번에는 다락 밑으로 뛰어 내려갔다. 어둠 속 맨땅에 엎어진 남자의 등이 보였다.

"자, 비키세요."

누군가 달려들어 의식을 잃고 있는 청년을 뒤집어 반듯하게 뉘어놓고 응급처치를 했다. 그러나 깨어나지 못하고 있었다. 3층 높이의 다락에서 떨어졌으니 온전할 리가 없는데 머리와 얼굴은 깨끗했다. 그가 이미 죽었다는 듯 만지고 있던 성도가 고개를 흔들었다. 바울이 내려다보다가 그를 밀어내고 그 옆에 꿇어앉아서 머리를 붙잡고 안수기도를 간절하게 올렸다. 한참 기도 중에 그 청년의 몸이 꿈틀하더니 막았던 긴 숨을 내쉬었다.

"유두고 성도가 살아났다. 사도님이 살려냈다!"

성도들이 기쁜 소리로 부르짖었다. 스스로 일어나 앉은 유두고에게 새벽 한기를 막아주기 위해 자기가 입고 있던 겉옷인 토카를 벗어 입혀주었다. 잠시 후 유두고는 방안으로 옮겨져 안정을 취하게 되었다.

"하나님 감사합니다. 감사합니다."

성도들이 바울을 에워싸고 하늘을 우러르며 감사해 했다. 이튿날은 대표단이 예루살렘을 향하여 드로아를 떠나야만 되는 날이었다. 떠나기에 앞서 디모데를 불렀다.

"대표단을 이끌고 지금 바로 배를 타고 아쏘에 가서 기다리도록 하라."

"아버님은 어떡하시려고요?"

"너도 어젯밤에 유두고를 간병하느라 제대로 잠을 못 잤지만 그 사람은 열이 떨어지지 않아 하루 이틀 더 경과를 지켜봐야 할 것 같다. 상태가 좋아지는 걸 보고 따라가마. 아쏘에서 기다리면 된다."

바울만 남고 대표단이 먼저 떠났다. 바울은 정성을 다하여 유두고를 간병했다. 하루가 지나자 차도를 보였다. 열이 떨어지고 고통스러워했지만 몸을 자유롭게 움직였다. 가보장로가 헬라인 외괴의사 하나를 데려왔다. 찬찬하게 진찰을 한 의사는 천만다행하게도 골절된 곳은 없다 했다. 약을 먹고 일주일쯤 지나면 완전하게 나을 수 있을 거라 했다. 의사에게 감사함을 표하고 바울은 대표단이 기다리는 아쏘로 가기 위해 드로아를 떠났다. 아쏘까지는 25킬로미터, 60리 길이었고 걸어서 5시간쯤 걸리는 거리였다. 그는 걸어가기로 했다. 배를 타면 빠를 것 같지만 드로아와 아쏘 사이에 에게해 쪽으로 튀어나온 렉툼곶(Cape Lectum)이 있는데 그곳을 돌아가야 하기 때문에 걸어가는 것보다 훨씬 늦게 도착하게 되어 있었다.

바울은 수행자인 브드나도를 데리고 자기가 오기만 기다리고 있는 아쏘를 향해 해안길을 걷기 시작했다.

"해 전에는 도착해야겠지. 부지런히 걷자."

아쏘(Assos)는 터키 북서부 해안지방에서는 풍광이 아름답고 플루샨 블루의 에게해를 향해 하얗게 펼쳐진 모래사장과 맑은 태양으로 로마인들이 선호하던 휴양지였다. 기원전 4세기의 아쏘 군주는 헤르미아스

(Hermias)였는데, 그는 그리스 철학자 플라톤의 제자였고 아리스토텔레스와 동문이었다. 그는 스승 플라톤이 꿈꾸었던 이상국가(理想國家) 건설을 아쏘에서 시도했던 것으로 유명했다.

"다 온 것 같습니다. 해안에 치솟은 절벽을 보십시오."

브도라도가 외치듯 말하며 가리켰다. 아쏘는 그 절벽 위 초원 위에 세워진 도시였다. 해변에서 올려다 본 아쏘는 온통 황금빛 노란 물결이었다. 해바라기 밭이 끝없이 이어져 있었던 것이다.

"시가지 남쪽으로 가보자. 아이발리크라는 항구는 그쪽에 있고 모두들 거기서 기다린다고 했으니까."

바울의 예상대로 헌금봉송 대표단은 그곳에 모두 집결해 있었다. 모두 24명이었다. 그런데 뜻밖에도 반가운 모습이 섞여 있었다.

"바울! 오랜만이오."

다가와 그를 포옹하는 사람은 의사인 누가였다.

"눅! 이게 얼마만이오? 어디 계신지 몰라 연락도 못 드렸는데 어떻게 아시고 오시었소?"

"라오디게아 병원에 있었는데 그곳 교회 책임자인 눔바부부가 와서 알려줍디다. 그동안 정말 고생 많으시고 큰일 하셨습니다. 로마제국의 절반을 전도 완료하고 구제헌금까지 마련하여 예루살렘으로 개선하니 말이오. 하나님이 기뻐하실 것입니다."

"과찬의 말씀이오. 여하튼 선생까지 와주시니 용기가 백배로 솟습니다."

바울은 흡족해 했다. 이튿날 대표단은 남부지역의 항구인 밀레도를 향해가는 여객선을 탔다. 밀레도는 에베소에서 남쪽으로 50킬로미터 쯤 떨어진 곳이었다. 바울은 소시바더를 먼저 보내 날짜가 촉박하여 에베소에 들를 수 없으니 그곳 교회장로들은 밀레도로 내려와 있게 해달라고 실라에게 당부했었다. 그들을 만나고 가야 했던 것이다.

배는 터키 서부 해안을 따라 남진했고 먼저 미둘레네(Mytylene) 레스보스에 기항하여 하룻밤 정박하고 이튿날 다시 출항하여 기오를 지나 사모(Samos)에 도착했다.

"사모로군요. 여기서 아주 유명한 인사 두 분이 출생했다는데 혹시 누구누구인지 아시는지?"

누가가 바울에게 물었다.

"둘이라구요? 난 하나 밖에 모르겠는데? 그 유명한 기하학자 피타고라스가 이곳 사람 아니오? 헌데 또한 사람은 누구지요?"

"풍자(諷刺) 문학가요 우화(寓話) 작가인 이솝의 고향입니다."

"이솝? 역시 누가 선생은 의사일 뿐 아니라 탁월한 문학가요. 난 알지 못하는 작가까지 알고 있으니. 그러니 그렇게 유식하고 화려한 문장을 자유롭게 쓰시지요."

"내 글을 언제 보셨다고 그러시오?"

"예전, 수리아 안디옥 교회에 보낸 선생의 복음에 관한 편지를 본 적이 있지요."

"괜히 잘난 체 했군? 하하하."

이튿날 정오쯤 해서 배는 일차 목적지인 밀레도(Miletus)로 떠났다. 밀레도 또한 아쏘처럼 과학의 천재들을 배출한 철학과 학문의 도시였다. 기원전 6세기, 밀레도 출신 철학자이며 과학자였던 탈레스(Thales)는 BC 522년에 일식을 최초로 알렸고 이집트의 초대형 피라미드의 높이를 측정해 냈다. 그리고 그는 <물>은 만물의 근원이라고 설파했다. 그리고 그의 제자 아낙시만드로스는 만물의 근원은 무한 정자(無限精子)라 주장하기도 했고, 또 다른 제자 아낙시메네스는 만물의 근원은 공기라고 주장했다. 뿐만 아니라 밀레도는 아쏘 못지않은 휴양지로 소문이 난 이오니아 최고의 미항(美港)이었다. 이튿날 배는 밀레도 라이언 베이에 상륙했다. 항구는 메난더 강 하구에 자리 잡고 있었고 높은 언덕 위에 엄청나게 큰 백색의 하얀 대리석 원형 야외극장이 위용을 자랑하고 있었다. 실라가 기다리고 있었다.

"지금 오셨습니까? 아니 누가 선생이 동행하신 줄 몰랐습니다. 반갑습니다."

"실루아노, 일 년 만에 만나는군요. 에베소 두란노 강원은 수준 높은 바울학교(Paul Line's Shcool)로 소문이 자자합니다. 그곳 출신들이 소아시아 각처마다 안 가있는 곳이 없습니다."

"그게 다 실루아노 선교사의 피와 땀으로 양육한 결과물이라 자랑스럽습니다. 그런데 에베소교회 장로들은 어디 계신가?"

"여기서 좀 떨어진 해변에서 기도하고 있습니다. 제가 인솔해 오겠습니다."

"무슨 소리, 누가선생! 직접 우리가 가서 만납시다."

바울은 대표단들을 여객선 대합실에서 기다리도록 해 놓고 누가와 함께 실라를 따라 나섰다. 시내쪽으로 들어간 해안가 모래사장에 에베소 교회 장로 일곱 명이 기다리고 있었다.

"사도님, 얼마나 고생하셨습니까?"

바울은 두 팔을 벌리고 한 사람 한사람 포옹하며 정이 가득한 볼 키스를 했다. 그런 다음 바울은 다함께 하나님 앞에 감사의 기도를 올리자 했다. 기도가 끝나자 바울은 천천히 입을 열었다. 장로들은 한마디도 놓치지 않으려고 긴장하는 표정이 되었다.

"그동안 모아진 예루살렘 모교회 구제헌금을 가지고 유월절까지 예루살렘으로 가서 전하려 했으나 아무래도 시간이 걸려 초실절이나 오순절 안에 도착할 듯싶습니다. 그런데 구제헌금을 모금한다는 걸 오해하시는 분들이 있었습니다. 유대교 신도들은 세계 어느 나라에 있던 성전세(聖殿

税)를 의무적으로 내고 있다. 구제헌금도 그런 종류의 세금이 아니냐, 그런 의문이었습니다. 다시 한 번 말하지만 절대 아닙니다. 기근으로 고생하는 예루살렘 성도들을 돕기 위해 모금한 것입니다. 여하튼 모금해 오라는 사도회의 결정에 따른 것이고 그걸 전하고 그동안의 전도사역에 대한 종합적인 보고 말씀도 드려야 해서 가는 것입니다. 가는데 시간 절약을 위해 에베소를 방문하지 못하고 여러분을 이곳까지 오게 해서 미안합니다."

바울은 사과했다. 그런 다음 고별설교를 시작했다. 그는 먼저 다메섹 회심 후 만나 뵌 예수 그리스도로부터 이방선교에 나서라는 소명을 받고 지난 13년 동안 3차에 걸친 전도여행을 하면서 아시아와 유럽지역을 복음화 하는데 성공했지만, 거기에는 목숨을 담보로 한 고난과 수난 그리고 죽음의 위험까지도 감수해야 하는 가시밭길이었고, 가는 곳마다 자기를 박해하고 폭력을 휘두른 적대자들은 바로 동포인 할례자 유대인들이었다는 걸 회상했다. 그러면서 지난 3년 동안 에베소에서도 똑같은 시험과 수난을 당했지만 눈물과 겸손으로 하나님께 대한 회개와 주님이신 예수 그리스도에 대한 믿음만 증거하여 수많은 하나님의 자녀를 얻었으니 감사할 따름이라며 눈물지었다. 그러면서 결연하게 어조를 높였다.

- 보라! 이제 나는 성령에 매임을 받아 예루살렘으로 가는데 거기서 무슨 일을 만날지 알지 못하노라. 오직 성령이 각 도시를 지날 때마다 내게 증거하여 결박(結縛)과 환난(患難)이 나를 기다린다 하시나 나의 달려갈 길과 주 예수께 받은 사명, 곧 하나님 은혜의 복음을 증거하는 일을 마치려 함에는 나의 생명을 조금도 귀한 것으로 여기지 아니하노라.

보라! 내가 너희 중에 왕래하며 하나님 나라를 전파하였으나 지금은 너희가 다 내 얼굴을 다시 보지 못할 줄 아노라. 그러므로 오늘 너희에게 증거하노니 모든 사람의 피에 대하여 내가 깨끗하니 이는 내가 꺼리지 않고 하나님의 뜻을 다 너희에게 전하였음이라. (행 20:22-27)

그러므로 너희가 일깨워 내가 삼년이나 밤낮 쉬지 않고 눈물로 각 사람을 훈계하던 것을 기억하라. 지금 내가 너희를 주와 그 은혜의 말씀에 부탁하노니 그 말씀이 너희를 능히 든든히 세우사 거룩하게 하심을 입은 모든 자 가운데 기업(基業)이 있게 하시리라. 내가 은이나 금이나 의복을 탐하지 아니하였고 너희가 아는 바와 같이 이 손으로 나와 내 동행들이 쓰는 것들을 당하여 범사에 너희에게 모본(模本)을 보였으니 곧 이같이 수고하여 약한 사람을 돕고 또 주 예수께서 친히 말씀하신대로 <주는 것이 받는 것보다 복이 있다> 하심을 기억하여야 할지니라. (행 20:31-35)

바울의 고별설교가 끝나자 거기 모인 모든 장로들이 울음을 터뜨렸다. 바울이 예루살렘에 들어가는 것은 섶을 지고 불 속에 들어감과 같았다. 적대자들로부터 지금까지보다 더 극악한 박해와 음모를 송사로 엮어 투옥까지 시키면 어쩌면 순교 당할지도 모른다는 성령의 말씀이 있었지만, 그 성령의 명으로 예루살렘으로 가지 않으면 안 된다고 말했기 때문이었다. 게다가 이렇게 만나는 것도 어쩌면 마지막이라고까지 말하고 있으니 모두 흐느껴 울지 않을 수 없었다. 바울은 울고 있는 그들을 위로하며 다 같이 무릎을 꿇고 기도를 하자 했다. 기도는 통곡소리로 바뀌었고 장로들은 바울의 목을 끌어안고 울며 입을 맞추었다. 마침내 그들과 헤어져 바울은 기다리고 있던 대표단들과 다시 배에 올랐다.

"환자가 생겼는데요."

디모데가 바울에게 급히 알렸다.

"환자라니? 누구지?"

"드로비모 집사입니다. 처음 떠날 때부터 현기증이 생겨 토하고 먹지를 못해 비틀거렸는데 참고 왔답니다."

바울은 누가를 찾았다. 그리고 진료를 부탁했다. 누가가 그를 진찰하고 가지고 있던 상비약을 먹였다.

"무슨 병이지요?"

바울의 물음에 누가는 선뜻 말을 못하고 있다가 한마디 했다.

"저 상태로는 예루살렘까지 갈 수 없을 것 같소. 원래부터 지병이 있었는데 그게 악화되었습니다. 심장에 문제가 있는 듯합니다."

"그럼 어떡하지요? 에베소로 돌려보낼까요?"

"일단 떠납시다. 다음 기착지가 고스(Cos)항이라 했으니 거기 잠시 하선할 때 치료를 해봅시다. 다행히도 고스는 라오디게아 처럼 의학의 도시라서 좋은 병원이 있습니다. 히포크라테스 의료원이지요."

"히포크라테스는 의학의 아버지이며 의성(醫聖) 아니오?"

"그렇소."

에베소에서 온 장로 중 여섯 명은 돌아가고 한 사람이 실라와 함께 떠나는 배에 동승했다. 고스까지 함께 가서 드로비모를 가료하고 우선해지면 그를 데리고 에베소로 돌아가는 게 좋겠다는 바울의 말을 들은 것이었다. 다음날 배는 고스에 도착했다. 바울은 누가 그리고 실라와 함께 드로비모를 데리고 의료원을 찾아갔다. 누가가 응급 처치를 잘해서 좋아졌지만 그곳 병원에 며칠 입원해서 안정을 취해야 한다 했다. 바울은 실라에게 함께 간병하고 있다가 나으면 에베소로 돌아가라고 부탁했다.

"예, 그러겠습니다."

그러자 드로비모는 병상에서 내려와 자기에게 맡겨진 헌금 봉송 의무는 꼭 지켜야하니까 예루살렘에 가야한다고 나섰다. 누구도 그의 고집을 꺾을 수 없었다.

"의사이신 누가 선생님이 계시지 않습니까? 걱정하지 않겠습니다."

그의 말에 바울도 어쩔 수 없어 그를 다시 데리고 가기로 했다. 드로비모는 바울이 에베소에 입성한 후 두 번 째로 예수를 영접한 성도였다. 첫 번째는 에배네도였다. 드로비모는 그 후 바울을 도와 열심을 다해 전도에 앞장서고 바울과 아리스다고와 간난(艱難)도 함께 했다. 은장색 더메트리오가 바울 축출 소요를 일으켰을 때는 바울 패거리로 몰려 린치를 당하고 집단구타도 당했었다. 헌금 봉송단 일행은 다시 승선하였다. 배는 로도섬을 경유하여 소아시아 터키의 서남단에 있는 바다라(Ptara, 現 크산투스)에 도착했다. 바다라의 뮈라(Myra)항구는 국제항이었다. 지금까지의 항해는 해안에 있는 섬들 사이를 헤치고 오는 연안 여객선이라면 이곳에서 뜨고 도착하는 배는 대형 선박이고 장거리 항해를 하고 있었다. 이곳에서는 로마로, 수리아로, 알렉산드리아로 직항할 수 있는 배가 교차하고 있었다.

"마침 수리아(시리아) 두로(Tyre)항을 거쳐 돌레마이(Ptolemais)항 까지 직항하는 배가 있었습니다. 돌레마이에서 내리면 예루살렘으로 가는 길의 북쪽 관문인 가이사랴가 가깝습니다. 그 배로 갈아타시죠."

디모데가 먼저 알아보고 전했다. 바울과 대표단이 큰 배로 갈아타게 되었다. 인원을 세어보니 24명이었다. 이틀이면 두로에 도착할 수 있는 거리인데 강풍을 만나 사흘이나 걸려 두로항에 입항하였다. 그런데 난처한 일이 있었다. 두로는 통과하는 항구로 알았으나 그곳에서 이 배는 하물을 하역하고 다른 짐을 다시 실은 다음 떠나야 하는데 일주일이 걸린다는 것이었다. 두로는 바울이 직접 전도를 한 곳은 아니었지만 수리아 안디옥 교회에서 이주한 주민들이 자연스럽게 교회를 세운 곳이었다. 두로와 인근 항구인 시돈은 일찍이 예수께서도 전도를 하기 위해 들린 곳이었다. 이곳은 수로보니게 족속이 살던 땅이었다. 그 족속의 한 여인이 귀신 들린 자기 딸을 고쳐달라고 간청하여 깨끗이 낫게 해준 곳이다. 두로의 성도들은 바울을 잘 알고 있었다. 수리아 안디옥 교회에 있을 때 사도회의에 참석하기 위해 예루살렘을 방문하려고 떠난 그는 배를 타고 베니게(페니키아, 現 레바논) 지역 해안인 두로와 시돈을 들려, 가고 온 적이 있고 그때 환영을 받은 적이 있어 친한 성도들이 많이 있었다. 문제는 헌금 봉송단이 숫자가 많아 그곳 성도의 집에 머물 수 없다는 데 있었다. 관청에서 여행객들과 행상들의 숙식 편의를 위해 만들어 놓은 여인청(旅人廳)이 어느 도시에나 있었는데 규모가 큰 곳은 대형 합숙소와 수십 개의 객실도 갖추고 말이나 당나귀도 매어두는 마방시설도 되어 있었다. 봉송단은 모두 그곳으로 가 묵기로 하고 바울과 누가만 두로의 성도집에 있게 되었다. 두로를 바로 떠나려 했으나 성도들이 바울을 잡고 놓아주지 않았다.

두로 교회에는 예언자가 두 사람 있었는데 마침 기도 중에 성령 가운데 하나님이 예언을 내려주셨는데 바울 사도가 예루살렘에 들어가면 불행한 일이 신상에 닥치게 되니 절대 들어가서는 안 된다고 예언 내용을 전했기 때문에 모두가 가는 걸 반대하고 붙잡았던 것이다. 그러나 바울은 예루살렘으로 가야만 하는 것은 하나님의 뜻이므로 거역할 수 없다면서 결연한 태도를 보였다. 마침내 두로의 성도들도 그렇다면 하는 수 없다면서 배가 있는 해변까지 배웅을 나왔다. 바울의 제의로 모래사장에 무릎을 꿇고 하나님의 가호를 비는 합심 기도를 올렸다. 그런 다음 성도들과 헤어져 다시 배를 탔다. 배는 이틀 만에 돌레마이(現 이스라엘 Haifa)항에 도착했다. 돌레마이는 현재 이스라엘의 수도인 텔아비브 다음으로 큰 도시이며 군사항구인 하이파를 말함이었다. 바울 일행은 이곳에서 하룻밤 묵었다. 하이파 항구의 등허리에는 길게 남쪽으로 뻗은 높은 산맥이 있었다. 그 산맥의 최고봉이 갈멜산이다. 구약시대. 여호와를 믿는 대 예언자였던 엘리야와 바알 우상신을 믿던 바알 예언자 450명이 만나 사생결단을 벌여 엘리야와 여호와가 승리를 거둔 산이기도 했다. 이곳에서 일행은 이튿날 소형 여객선으로 바꿔 타고 가이사랴항으로 향했다.

가이사랴에서 내린 봉송단은 일단 여인청을 찾아 여장을 풀고 휴식을 취했다. 그 사이 바울과 누가와 디모데는 가이사랴 빌립교회를 찾아갔다.

"아주 큰 성읍이네요?"

디모데가 놀라서 즐비하게 서 있는 건물들을 둘러보며 탄성을 발했다. 그러자 누가가 대꾸했다.

"옛날에는 아주 작은 항구에 불과한 곳이었지. 그러다가 이렇게 번성하는 도회지가 된 것은 헤롯왕 때문이었어. 주전 10년이던가. 그때부터 신도시를 만들고 견고한 성곽을 쌓고 부두엔 큰 선박의 입출항과 정박을 쉽게 만들기 위해 제방을 쌓아서 국제적인 항구로 만들었지. 그러고 나서 항구 이름을 새 이름, 가이사랴(황제)라고 명명하고 당시 로마황제였던 가이사 아우구스투스에게 바친 것이라네. 지금은 로마제국의 팔레스타인 식민지를 지배하는 총독부가 있고 1천명 군대가 주둔하고 있는 곳이기도 하지."

"게바에 의하여 백 명의 군사를 거느리는 백부장 고넬료 본인은 물론 온 식구들까지 회개하고 예수를 믿게 만든 최초의 이방인 전도에 성공한 곳도 여기군요."

그뿐이 아니었다. 가이사랴에 최초로 복음을 전한 것은 예수였지만 최초로 교회를 세운 사람은 역시 기독교 최초로 순교자가 된 스데반 집사의 친구인 예루살렘 리버디노 교회의 집사 빌립이었다. 빌립 또한 아프리카 여왕의 내시 간다게를 개종시킨 선교사이기도 하다. 빌립의 교회는 어렵지 않게 찾을 수 있었다. 바울을 만난 빌립은 무척 반가워했다.

"십 년 만에 뵙는 것 같군요. 그동안 아시아와 헬라지역에서 이방선교 사역을 벌여 큰 열매를 맺고 계시다는 소문만 듣고 있었습니다. 오늘밤

저녁 예배가 있으니 이방 선교가 얼마나 어려운 일인지 우리 성도들에게 들려주시면 믿음 생활에 많은 도움이 될 것 같습니다."

바울은 사양하지 않고 밤 예배에서 이방선교에 대한 간증을 했다. 파란만장했던 지난 13년 동안의 이방 선교의 고난과 영광의 복음 역사를 전할 때 모든 성도들은 탄식하고 감탄하며 눈물지었다. 그러면서 바울은 이번 예루살렘 방문 목적에 대해 말했다.

"말씀 드린 것처럼 그동안의 이방 선교 사역에 관한 보고 말씀도 사도들에게 드리고 아울러 모아진 예루살렘 모교회 구제 헌금을 전하기 위해 가는 것입니다. 헌금 봉송에 참가한 각 교회 대표는 24명으로, 그들은 바로 나를 도와 개척지 교회를 세운 형제들입니다."

바울의 간증이 끝나자 빌립의 딸 4명 중에서 맏딸이 바울이 이곳에 오기 전 기도실에서 하나님으로부터 예언을 받았는데 그 내용을 말씀드리고 싶다 했다. 빌립 전도사에게는 4명의 딸이 있었는데 네 명 모두 영험한 예언의 은사를 가지고 있다고 알려져 있었다.

"이틀 전 새벽 기도 중에 하나님의 말씀을 듣게 되었습니다. 서방의 하나님 사자가 이곳 교회에 오시는데 그 사자(使者)는 사자굴(獅子窟)을 찾아가려 한다. 가지 못하도록 해야 한다하셨습니다. 예루살렘에 가시면 불행한 일을 당하게 된다는 예시(豫示)임이 분명합니다. 가시면 안 됩니다."

의외에도 완강하게, 가면 안 된다 했다. 아버지 빌립도 딸의 예언은 항상 적중해 왔다며 그대로 따르라 했다.

"나의 안전을 위해 그러는 거라면 염려하지 마십시오. 하나님을 위해서라면, 그리스도의 복음을 위해서라면 목숨을 내 놓은 지 13년이 되었습니다. 어떤 불행이 닥칠지라도 난 가야합니다. 걱정해줘서 고맙습니다."

빌립도 바울의 고집을 꺾을 수 없다는 것을 알고 다른 제의를 했다. 마침 아가보라 하는, 뛰어난 예언의 능력을 가진 예언자가 유대지방에서 이곳 가이사랴에 일이 있어 와 있는데 그를 초청하여 장래의 일을 물어보자 했다.

"아가보는 예루살렘 유대땅에 기근이 들어 대흉년이 휩쓸 것을 예언하여 적중시킨 유명한 예언자입니다. 말씀을 한 번 들어 보십시다."

빌립의 초청으로 예언자 아가보가 왔다. 칠십여 세 쯤 되는 그는 온통 백발과 흰 수염이 얼굴의 절반을 덮고 있는 노인이었다. 바울이 빌립의 소개로 인사하자 쩌렁거리는 소리로 물었다.

"당신이 바울이오?"

"그렇습니다."

아가보는 바울을 노려보았다. 깊이 패인 그의 두 눈에서 불꽃이 일고 있었다. 마치 바울의 몸뚱이를 태워버릴 것처럼 강력했다. 한동안 노려보더니 돌아앉으며 눈을 감았다. 오랜 침묵의 시간이 흘렀다. 마침내 눈을 뜬 그는 자리에서 일어나더니 바울에게 다가들어 그의 겉옷 허리에 매어진 띠를 풀어내더니 그의 두 손을 모아 결박을 해버렸다. 방 안에 있던 모든 사람들이 놀랐지만 그의 엄숙한 기세 때문에 누구 하나 왜 그러느냐 하지 못했다. 이윽고 아가보가 외쳤다.

"성령이 말씀하신다. 그대가 지금 예루살렘에 들어가면 당신을 적대하는 유대인들이 당신을 붙잡아 이와 같이 손발을 묶어서 이방인의 손에 넘겨주리라 하신다."

그 말을 듣자 모든 사람들이 놀라서 바울에게 예루살렘 입성을 만류했다. 그러나 바울은 머리를 흔들었다.

"가야합니다."

고집을 세우자 모든 사람들이 울며 가지 말라 했다. 바울이 괴로워하며 울고 있는 성도들을 오히려 달랬다.

"형제자매 여러분, 울지마시오. 더 이상 내 마음을 아프게 하지 마십시오. 적대하는 할례자들이 이처럼 날 잡아 묶는다는 것도 하나님의 뜻이고, 날 이방인들의 손에 넘겨준다면 그것도 하나님 뜻입니다. 내가 그들의 손에 죽임을 당할 수 있다는 것도 하나님의 뜻입니다. 난 각오가 되어 있습니다."

더 이상 만류하고 가는 길을 막으려 해도 소용없다는 것을 안 성도들은 그 가는 길을 하나님의 은총으로 지켜달라고 기도했다. 이튿날 헌금 봉송단을 이끌고 바울은 가이사랴 성도들의 배웅을 받으며 예루살렘으로 가는 길로 나섰다. 그 때 누군가 바울에게 다가와 자기가 가는 길을 안내하겠다고 자청했다.

"저는 이곳 교회 성도입니다. 구브로의 나손집사를 아시는지요?"

"나손? 아다마다요. 왜 묻지요?"

"나손 집사는 제 친구입니다. 지난달에 제가 일이 있어 예루살렘에 갔다가 마침 만나게 되었습니다. 사도님께서 예루살렘에 오실 걸 알고 있더군요. 다메섹에서 연락을 받았답니다. 헌데 사도님 일행이 혹시 가이사랴로 들어오실지 모르니 오시면 예루살렘 자기 집으로 모셔 달라 했습니다."

"오, 그래요? 감사한 일이군요."

나손(Mnason)은 구브로섬의 살라미 출신이었는데 바나바의 친척이었다. 바나바와 같이 그의 고향땅인 구브로 선교를 펼칠 때 가장 큰 도움을 준 신도였다.

20

죽어서라도 가야 할
예루살렘의 길

이십여 명의 일행을 이끈 바울은 예루살렘을 향하여 사마리아 쪽 세겜의 대로를 바라보고 울창한 종려나무 숲길을 앞장서서 걸었다. 한 손엔 지팡이, 짙은 갈색의 겉옷, 그리고 머리에는 차양이 넓은 갈잎 모자를 쓰고 있었다. 예루살렘에 들어가면 죽음이 기다린다며 가시면 안 된다고 만류하던 제자들을 뿌리치고 예수께서는 주의 뜻이라며 죽음을 알고 십자가를 지시기 위해 어린 나귀를 타고 입성하셨다. 지금 바울의 모습이 그 예수의 발자취를 따라 가고 있었다. 가이사랴에서 예루살렘까지는 이틀거리 길이었다. 세겜에서 남쪽으로 베델을 지나면 예루살렘이었다. 이윽고 바울의 헌금 봉송단은 예루살렘 북쪽 문에 이르렀다.

"성안의 왼쪽에 위치한 여러 개의 건물들은 로마 주둔군인 안토니오 병영 요새(兵營要塞)입니다. 병사 천 명을 인솔하는 천부장(千部將)이 집무하는 곳입니다. 그리고 오른쪽에 보이는 바위가 많은 언덕이 골고다입니다. 예수께서 십자가 위에서 우리 죄를 대속하시고 돌아가신 성지(聖地)입니다. 그 밑으로 남쪽에 있는 건물이 헤롯 궁전입니다. 나손 집사의 집은 그 궁전 남쪽에 있습니다. 예루살렘에 도착했으니 골고다를 참배하고 가셨으면 합니다."

안내하던 성도의 말이었다. 당연하다며 바울이 일행들에게 골고다 참배를 하고 가겠다 했다. 봉송단 대표들은 성지에 오르자 모두 무릎을 꿇고 감사의 기도를 올리며 간단한 예배를 드렸다. 오후가 되어 일행은 나손의 집에 안내되었다. 구브로는 지명이 구리 땅이듯 구리(銅)매장량이 많았고 로마제국 안에서 가장 유명한 광산들이 많았다. 나손은 처음에는 생선 도매상인으로 출발하여 나중에는 구리 수출사업으로 크게 성공한 사업가였다. 그래선지 구브로에도 집이 있었지만 예루살렘에도 아주 큰 저택을 가지고 있었다.

"사도님, 정말 오랜만에 뵙습니다. 한 번도 찾아뵙지 못한 죄 용서하십시오."

"사업에 바쁜 사람이잖나? 이해하네. 그보다 우리 일행 숫자가 많아 성내 여인청에 숙소를 마련했으면 하는데, 그게 좋겠지?"

"무슨 말씀이세요? 저희 집에서도 충분히 계실 수 있으니 염려하지 마세요."

"고맙네. 그리고 참, 바나바 선교사님 연락은 되나?"

"작년에 살라미에서 잠시 뵈었습니다. 요즘엔 바포에서 크게 성장시킨 교회를 돌보고 계십니다."

"으음, 그립고 보고 싶은 얼굴이다. 예루살렘 일 마치고 돌아갈 때는 이번에야말로 만나고 가리라."

"그러시지요. 저와 함께 가시지요. 헌데 유월절에 맞춰서 오신다고 들었는데 늦으셨어요?"

"어떤 일이 있더라도 유월절까지는 도착하려고 했지. 하지만 지체되는 일들이 겹치는 바람에 늦어진 걸세. 그래도 오순절 안에 오게 된 것만도 감사한 일이지."

나손의 집에서 하룻밤을 푹 쉬고 난 다음 바울은 주의 아우인 야고보 사도가 지키고 있는 모교회를 찾아 나섰다. 모교회는 마가의 집 다락방에 있었다. 야고보 사도는 3개월 전, 바울이 오리란 전갈을 받았기 때문에 놀라지 않고 반갑게 맞아주었다.

"얼마나 고생하시었소? 바울 사도."

야고보는 바울을 포옹하며 볼키스를 나누었다. 바울은 그동안의 선교 활동에 대한 보고를 할 수 있는 기회를 마련해주었으면 한다고 말하면서 보고 뒤에 모금해 온 헌금을 모교회에 전달하겠다 했다.

"오, 사도께서는 사도회의 때의 약속을 지키셨군요. 이렇게 어려운 때 구제헌금을 모아 오시다니 하나님께 감사드릴 일입니다. 고맙습니다. 모두 모여서 기쁨의 예배를 드리도록 하십시다."

야고보는 흔쾌히 승낙했다. 안식일 첫날을 택하여 모교회인 마가의 다락방에서 예배가 열리게 되었다. 열두 사도 중 참예한 사도는 야고보 한 사람이었지만 12명의 모교회 장로들이 참예했다. 베드로, 요한 등 다른 사도 역시 다른 곳에서 사역 중이어서 만날 수 없었다. 바울은 24명의 봉송 대표단을 이끌고 예배에 참석하였다. 야고보의 집례로 예배를 마치자 선교 보고회를 열었다. 바울은 소개를 받고 강대상에 오르며 감개무량해하며 성도들을 둘러보고 입을 열었다.

"이 자리를 만들어주시고 이 자리에 제가 있게 해주신 주님께 감사합니다."

그러면서 기도를 올리고 다시 말을 이었다.

"13년 만에 주님의 아우이시며 예루살렘 모교회의 기둥이신 야고보 사도님을 만나 뵈니 정말 반갑고 고맙습니다. 먼저 보고에 앞서 저와 함께 이 자리에 와 있는 형제들부터 소개하겠습니다. 24명의 형제들은 모두 소아시아 지역과 부르기아, 비시디아, 루가오니아 본도 지역과 구브로 지역, 아시아 북부인 무시아 지역과 헬라 땅인 마게도냐 지역 그리고 아가야 지역 등 그동안 이방선교를 하여 신생 교회가 들어선 곳에서 교회 대표자들이 절 따라온 것입니다. 따라온 이유가 있습니다. 이들은 예루살렘 모교회의 어려움을 알고 구제헌금 모금에 적극 동참한 분들입니다. 그 지역의 모든 성도들도 이곳 성도 못지않게 가난합니다. 그럼에도 기꺼이 헌금에 동참했습니다. 예루살렘 모교회에서 보내준 선물이 바로 생명의 복음이었으니 우리도 가만있어서는 안 된다, 우리는 보잘 것 없는 성의지만 헌금이란 선물로 은혜에 보답하자. 그래서 각 교회가 대표자를 뽑아 그 뜻을 전해드리자 하여 동행한 것입니다. 당초에는 유월절에 맞추어 오려고 서둘렀지만 어려움이 많아 이제야 왔습니다. 유월절이 아니면 늦어도 초실절(初實節)엔 도착하려 했습니다. 왜 명절에 맞추려했는지 거기에도 뜻이 있습니다. 유월절 후 첫 주일날이 초실절입니다. 초실절이 되면 게네사렛 평야에서 햇보리를 베어 일년 농사의 첫 열매를 성전에 바쳤습니다. 예수 그리스도는 잠자는 자들 가운데 다시 살아나 잠자는 자들의 첫 열매가 되신 분입니다. 그분이 재림하실 때는 그리스도에 속한 우리도 차례로 새로운 열매가 됩니다. 그래서 제가 이방을 다니며 맺은 많은 새 열매를 예루살렘에 와서 바치고 싶었습니다."

24명 대표자들이 자리에서 일어나 인사하자 모교회 장로들은 감격하여 어찌할 바를 몰라 했다. 곧이어 바울은 지금까지 해온 이방 선교 사역의 종합적인 결실의 내용을 하나 하나 보고하며 귀중한 그 결실이 있기까지는 죽음도 불사해야 할 만큼 박해와 비난과 폭력에 시달려야 했음도 회고했다. 그 보고회는 탄식과 감동과 감사의 눈물로 가득차서 끝이 났다. 구제 헌금의 액수도 상당해서 야고보와 장로들이 놀라움을 금치 못했다.

"이 헌금을 어디에 어떻게 나누어 쓰는 게 좋을지는 사도님께 맡기겠습니다."

"바울 사도, 정말 대단하시오. 이렇게 어렵고 큰일을 완수하시다니?"

"모두 다 하나님께서 하신 일이십니다."

야고보는 바울의 손을 잡고 고마워하며 진정어린 위로를 했다. 야고보는 바울에게 따로 상의할 게 있으니 다음날 다시 만나자 했다.

이튿날 바울은 다시 모교회에 와서 야고보 사도를 만났다.

"무슨 하실 말씀이라도 있으신지요?"

"바울 사도, 지금부터 내가 하는 말 오해하시지는 마시고 들으시오. 이방선교를 다니면서 모세의 율법을 배격하고 할례도 받지 말며 조상이 전해준 장로의 유전(遺傳)도 지키지 말라고 가르치고 있다고 많은 사람들이 모교회에 와서 항의를 합니다. 순교한 스데반 집사가 주장한 말이고 유대교 신도들이나 믿지 않는 이방인들에게 전도할 때 바울 사도도 당연히 그렇게 했으리라 알고 있습니다. 나는 그것을 탓 하자는 게 아닙니다. 방법의 차이라고 봅니다만 바울사도는 원리론을 지켜야하기에 처음부터 완강하게 반대쪽으로 나가야한다 하고 계시고 나는 중도에서 타협하는 것처럼 보이며 서서히 바울 사도가 추구하는 목적을 달성하자는 입장입니다."

"루스드라에서 신앙으로 얻은 양자(養子) 디모데를 바로 할례를 시키고 동역자로 데리고 다니고 있습니다. 그런가하면 이곳에 오기 전 고린도 겐그레아 교회에서는 나실인이 되겠다고 서원을 했습니다. 저는 예수님의 말씀을 따르고 있습니다. 나는 율법을 폐하러 온 게 아니라 새로운 계명으로 완성하러 온 것이다. 그 계명은 사랑이다."

"알고 있습니다. 존경하고 있습니다. 급하면 돌아가야지, 급하다고 맞서면 손해만 봅니다. 율법에 열심인 할례자들 중에도 예수 믿는 이들이 수없이 많습니다. 그들 때문에 난 성전에 가서 예배를 보아도 좋다 한 것입니다. 그들이 율법과 할례와 유전을 하루아침에 버리면 당장 유대동포들과 살아가는데 따돌림을 당하고 힘이 듭니다. 그들의 믿음이 강해질 때까지 기다립시다. 소나기는 피해야 합니다. 그래야 탄압을 피할 수 있습니다. 더구나 사도께서는 지금 며칠 있으면 초실절이 지나 오순절이 시작되는데 오순절에 맞춰 성전으로 들어가 나실인 정결예식을 올리려 하고 있지 않소? 그리되면 분명 사고가 일어납니다. 명절이라 멀리 해외에 사는 유대인들도 성전으로 몰려들 것입니다. 그들 가운데는 사도님을 아는 사람들이 분명 있을 거고, 그럼 그들이 소란을 피울지 모릅니다. 그래서 말인데 이렇게 합시다. 바울 사도도 율법을 지키며 할례도 인정하고 조상의 유전도 지키고 있다는 걸 명절날 모인 군중들 앞에 보여주는 겁니다. 그리되면 모두 조용해질 겁니다. 마침 우리 성도들 가운데 나실인 서원을 한 사람이 넷이 있는데 기간이 끝나 정결예식을 성전에 가서 드려야 합니다만 제사드릴 비용이 없어 그걸 못하게 된 사람들이 있습니다. 사도께서 대신 비용을 내주시고 그 사람들과 함께 성전에 나가 예식을 하고 머리털을 잘랐으면 합니다. 그렇게 되면 바울은 율법을 어기는 사람이 아니라는 것을 천하에 밝힘으로 증명이 될 수 있잖습니까?"

"알겠습니다. 그렇게 하지요."

바울도 야고보의 제안을 받아들였다. 나실인 서원 기간이 끝나면 성전에 들어가 정결례 의식을 치러야 했다. 일주일 동안 제사를 드리고 길렀던 머리털을 잘라서 불에 태우면 서원 기간이 끝나는 것이다. 그 같은 의식을 치르려면 경비가 있어야 한다. 소제나 관제를 드리려면 제물이 필요하다. 숫양이나 암양 한 마리. 숫염소나 암염소 한 마리. 도합 두 마리가 필요한데 그 가격이 만만치 않다. 시장에서 사가지고 들어가면 싼데 성전 안에서는 인정을 해주지 않고 아무리 좋은 양이라 해도 불결하다며 트집을 잡고 불합격을 시킨다. 요구하는 대로 돈을 내고 제사를 관장하는 사두개인 종무원(宗務員)이나 제사장이 성전에서 파는 제물양(祭物羊)을 사야만 합격을 시킨다. 예수께서 성전에 들어가 장사치들을 몰아낸 것은 바로 종무를 맡은 그들이 장사를 하므로 언제나 도떼기시장이어서 그랬던 것이다. 그 가격이 비싸서 웬만한 서민들은 엄두를 내지 못한다. 서원한 모 교회 성도 네 명도 그런 처지였던 것이다.

마침내 바울은 서원자 네 명과 함께 성전으로 들어갔다. 성전은 이방인들도 들어갈 수 있는 바깥뜰(外庭)이 있었고 안뜰(內庭)이 있었다. 유대인만 성전이 있는 안뜰로 들어갈 수 있었다. 여기는 자는 자기 목숨을 내놓아야 한다는 헬라어와 라틴어로 된 경고문 석판이 출입문 위에 걸려 있었다. 그리고 성전 왼쪽에 있는 뜰은 여인의 뜰이라 해서 여자들만 입출입이 가능했다. 안뜰에는 제사장만이 들어갈 수 있는 성전이 있고, 성소에는 하나님이 계신 지성소가 있는데 그 지성소에는 1년에 딱 한번 대속죄일(大贖罪日)에 대제사장만 들어갈 수 있었다.

바울은 돈이 없어 정결례를 못하고 있는 네 명의 신도들 제사비용을 자기가 부담하기로 하고 마침내 오순절이 시작되는 첫날 아침에 정결례를 받기 위해 성전으로 들어갔다. 유대인들에게 오순절은 특별한 의미가 있었다. 애굽의 노예생활에서 해방된 날을 기념하는 날이 유월절이라면 오순절은 그로부터 무교절과 초실절이 지난 지 49일이 되는 날이라 77절이라 하기도 했다. 애굽에서 쫓겨나올 때는 어떻게나 급했던지 겉옷에 허리끈을 묶고 그것도 앉지도 못하고 서서 누룩도 들어가지 못한 무교빵을 먹으며 사지(死地)를 벗어나야 했었다. 그때의 고난을 기념하기 위해 유대인들은 가나안에 들어 온 뒤에도 누룩이 들어가 발효되지 않은 무교 보리빵(無酵餠)을 먹으며 유월절부터 무교절 초실절까지 49일을 견디었다. 보리는 가축들의 사료로 쓰일 정도인데, 그것으로 빵을 만들어 먹으며 고생을 참아야 했다.

그러다가 오순절이 되어야 비로소 주식인 밀을 추수한다. 밀농사가 끝나면 각종과일이 익어가고 두 번째로 포도와 올리브, 무화과, 석류 등 여름과일의 추수가 이루어진다. 오순절이 되면 추수한 밀에 누룩이 들어간 정상적인 밀빵(有酵餅)으로 제사를 드린다. 따라서 오순절은 유교병을 먹음으로써 정상적인 생활의 복귀를 뜻하며 새로운 시대의 시작을 알리는 의미였다. 나실 서원을 한 후 기간이 차서 정결예식으로 제사를 마치고 머리를 잘라 불에 태운다는 건 바로 새로 출발한다는 시작의 의미가 있었다. 그래서 오순절을 택했는지도 모르지만 크리스천으로서는 그보다 더 의미심장한 날이 오순절이었다. 유월절은 애굽의 노예생활과 장자 재앙에서 해방된 이스라엘의 부활이지만 십자가에서 우리의 죄를 대속하시고 화목제물이 되신 예수님은 장자의 재앙을 받아 희생이 되셨다. 하지만 예수께서는 부활의 첫 열매가 되시어 40일 만에 승천하셨다(초실절). 그런 다음 구약시대에는 왕이나 선지자, 사사나 제사장 등 특별한 사람들에게만 한정해서 성령이 임하게 해주셨지만 오순절 마가의 다락방에는 예고하신대로 제자들과 모든 성도들 머리 위에 성령을 폭포수처럼 쏟아 부어주셨다. 신분고하, 빈부귀천을 가리지 않고 만인이 성령을 받음으로써 예수의 십자가 구속사가 일단 완성되었으며 그 이후 구약시대가 끝나고 신약시대가 열리게 되었다. 오순절 성령강림은 새로운 시대에 맞는 새로운 언약의 갱신을 위해 주어진 것이다.

마침내 바울은 모교회 성도 네 사람과 함께 성전으로 들어갔다. 성전 바깥 이방인의 뜰을 지나 유대인만이 들어갈 수 있는 성전 안뜰로 들어갔다. 문 뒤에는 종무소가 자리하고 있었다. 안으로 들어가자 종무를 맡고 있는 제사장이 있었다.

"무슨 일로 왔는가?"

"우리는 해외에 살고 있는 디아스포라 유대인입니다. 나실인 서원을 했는데 기한이 차서 정결례와 더불어 번제를 올리려 왔습니다."

"제물은 어디에 있지?"

제사장이 바울 일행 주변을 살폈다.

"제물은 무흠(無欠) 무결(無缺)해야 한다는데 그런 제물 구하기가 어려워서 그냥 왔습니다. 종무소에서도 살 수 있다고 해서요."

그러자 제사장은 만족한 듯 미소를 지었다.

"돈은 가져왔겠지? 다섯 명의 제물이라? 마침 준비된 게 있네."

바울은 다섯 명의 돈을 치렀다. 제법 많은 액수였다. 그 돈은 그동안 땀 흘려 천막을 만들며 스스로 벌어서 저축한 돈이었다. 제사장은 제물인 양과 염소 등을 보여주고 이것들은 일주일 후, 정결제사를 지낼 때 필요한 것이므로 맡겨두라 했다.

"일주일동안은 매일같이 번제단 밑에서 정결의식을 치러야 한다. 그 마지막은 일주일후 제사와 함께 마무리하는 것이다. 그리고 제물 이외에 더 필요한 것이 있다."

"그건 뭐지요?"

"양과 염소는 번제를 올리는 것이고 소제를 올리는 제물이 따로 있어야 한다. 그건 누룩이 안 들어간 무교빵 한 광주리와 기름에 볶은 무교빵 한 광주리, 그리고 포도주 다섯 병이다. 준비해 오겠나?"

"아닙니다. 그것도 돈으로 값을 내겠습니다."

바울은 시비가 생길까봐 그 역시 돈으로 해결했다. 제사장은 그로써 정결례를 허락했다.

"매일 새벽 번제단 밑에 와서 정결예식을 해야 한다."

"알겠습니다. 고맙습니다."

바울은 비로소 안도의 숨을 내쉬고 나손의 집으로 돌아왔다. 바울은 이튿날 새벽부터 정결예식을 시행했다. 유대인의 뜰이라 하기도 하고 제사장의 뜰이라 하는 성전 앞에는 각종 제사를 드리는 번제단이 있었다. 그곳에 이르자 제관이 나타나 따라오라 했다. 제관은 남쪽으로 나있는 성전 옆 긴 복도를 앞서 걸어갔다. 복도 끝에 돌로 쌓은 탕이 있고 깨끗한 물이 흐르고 있었다. 정결탕(精潔湯)이었다.

"먼저 몸과 마음을 깨끗이 씻으라."

탕의 물은 고여 있는 게 아니라 흐르는 물이었다. 이스라엘은 물이 귀한 땅이었다. 우기에는 비가 좀 내리지만 건기인 6개월 동안은 비 한 방울 내리지 않는다. 그래서 모든 집에서는 우기 때 빗물을 받아 6개월을 버텨야 한다. 성전에서 필요한 물도 저장된 빗물이었다. 빗물을 모아 웅덩이를 만든 곳이 실로암이고, 실로암은 도성 밖에 있었다. 떨어져 있었기에 불편했는데 그걸 해소한 왕이 히스기야였다. 그는 실로암 웅덩이와 기드온 골짜기에 있던 기혼샘을 연결하고 지하에 수로를 만들어 성전 밑으로 끌어들였던 것이다. 성 밖에 있던 실로암이 성전 밑으로 옮겨 온 셈이다. 정결탕도 그 물줄기였다.

정결탕에서 몸을 씻고 번제단 밑으로 돌아온 일행은 제관의 집례로 의식을 행하였다. 그렇게 한 주일을 정결케 하고, 마지막 날은 제사로 마무리한다는 것이었다. 번제와 소제는 정오경에 지낼 것이란 통보를 받고 바울은 일행과 함께 시각을 맞추어 성전으로 향했다. 성전 안팎은 몰려든 순례객으로 인산인해였다. 오순절 명절이 시작되었기 때문이었다. 명절이 오면 절기를 지키기 위해 온 유대땅에 사는 모든 유대인들은 성전이 있는 예루살렘으로 모여든다. 해외 각지에 사는 유대인도 마찬가지였다. 바울 일행이 한주일 동안 성전 출입을 하면서도 이 많은 순례객과 부딪치지 않은 이유는 이른 새벽에 다녀갔기 때문이었다. 하지만 지금은 정오가 가까운 시각이었다.

이방인의 뜰을 지나 성전 뜰로 들어갔다. 그곳도 만원이었다. 하얀 가운에 높이 솟은 모자를 쓰고 허리에는 붉은 띠를 두른 제관은 이미 제물들을 운반해 놓고 번제단에서 제사드릴 준비를 하고 있었다.

"나실인 정결제사를 드린다!"

그런 소리가 전해지자 성전 뜰에 모여 있던 유대인들이 호기심을 가지고 모두 몰려들었다. 번제단 밑에는 머리를 기른 다섯 명의 나실인들이 앉아 있었다. 바울은 가운데 앉아 있었다. 이들은 무릎을 꿇은 채 머리를 숙이고 있어서 누가 누구인지 알아볼 수 없었다. 제관이 기도를 올리고 나더니 한 사람씩 호명하여 일으켜 세웠다.

"바울!"

"예!"

그 때였다. 십여 명의 유대인들이 누군가를 끌고 번제단 앞으로 다가왔다. 그러더니 그 사람을 바울 옆에 짐 부리듯 자빠뜨리고 이번에는 바울의 긴 머리칼을 뒤에서 잡아 제쳤다.

"아!"

아파서 비명을 질렀다. 그들이 소리쳤다.

"여러분! 이 자는 예수교라는 염병을 퍼트리는 바울 사도라는 자올시다. 이 자가 부인해도 소용없습니다. 바로 저희들이 잡아온 이 헬라인은 바울이라는 자와 함께 다니는 한패거리이기 때문에 부인하지 못할 것입니다. 우리는 아시아 에베소에서 온 유대인입니다. 바울과 이 자는 온 아시아를 누비고 다니며 우리 유대 백성을 비방하고 모세를 욕하고 율법은 쓰레기 취급하고 할례도 필요 없다고 가르친 자입니다. 게다가 바울 이 자는 이방인이 성전출입을 하면 사형 당하는 중죄라는 걸 알면서도 헬라인을 데리고 성전에 들어왔습니다. 이 자는 신성한 성전을 모독한 자입니다. 어찌 가만 둘 수 있겠습니까?"

바울은 흠칫 놀랐다. 고발하는 자들은 에베소 유대인들이었고 은장색 더메드리오 사건 때부터 바울과 그 동역자들의 얼굴도 잘 알고 있었다.

이 자들은 이방인 출입이 엄금되어 있는 성전 뜰에 바울이 자기 신도인 헬라인까지 데리고 들어왔으니 중죄를 범했다 주장하고 있었다. 바울을 따라온 에베소 사람은 두 사람이었다. 드로비모와 두기고였다. 그 중에서도 드로비모는 더메드리오 사건 때 바울과 함께 성난 군중들에게 린치를 당하고 바울과 감옥까지 함께 같기 때문에 그들이 너무도 잘 알고 있었다. 그런 드로비모와 두기고가 성전 밖에 있는 걸 보고 끌고 왔던 것이다.

"성전을 모독한 자는 돌로 쳐죽이는 벌을 받아 마땅하다!"

"저런 자를 어찌 그냥 둘 수 있습니까?"

여기저기에서 화가 난 군중들이 발을 구르며 바울을 욕했다. 순식간에 성전 뜰에 있던 순례객 천여 명이 흥분하여 달려들었다.

"그 자를 죽여라!"

그러자 누군가 큰소리로 외쳤다.

"여러분, 이곳은 신성한 성전 안뜰입니다. 여기서 피를 보면 안 됩니다. 이 자들을 성전 밖 이방인의 뜰로 끌고 가 끝장을 냅시다."

"옳소. 옳소. 성전을 더럽혀서는 안 된다. 바깥뜰로 끌어내라."

군중들은 바울을 개처럼 끌고 성전 뜰로 나갔다.

"성전 문을 닫아라."

이방인의 뜰로 끌고 나온 바울을 수십 명이 달려들어 린치(私刑)를 가했다. 주먹으로 발로 구타를 하기도 하고 지팡이로 맞기도 했다. 순식간에 바울은 피투성이가 되었다. 얼마 후 철갑 쩌렁거리는 소리가 들리더니 로마병사들이 들이 닥쳤다.

"멈춰라!"

그 소리에 맞춰 지축을 흔드는 요란한 소리가 울렸다. 2백여 명의 병사들이 들고 있던 창으로 일제히 땅바닥을 찍는 소리였다. 모두 놀라 붙잡고 구타하던 바울을 놓아버리고 물러섰다. 병사들 앞에 위풍당당하게 선고관은 천부장(千部將)이었다. 성전과 연결된 서북쪽에는 로마군 사령부인 안토니오궁이 있었는데 성전을 지키고 있던 병사가 달려가 사태의 위급함을 고하여 그가 백부장 2명과 2백의 병사를 이끌고 급히 내려온 것이었다. 수비대장인 천부장(Chiliarch)은 보병 760명과 기병 240명 등 1천 명을 지휘 통솔하는 하급 장군이었고 그의 이름은 루시아스(Claudius Lysias)였다. 예루살렘 안에서 혹은 성전 안팎에 폭동이 일어나거나 소요 사태가 일어났다면 자기의 책임이라 달려 내려왔던 것이다.

"무슨 일인지 말하라."

천부장 대신 부하인 백부장이 군중들에게 물었다. 그러자 가라앉으려던 흥분이 다시 물결치며 전염되자 군중들은 저마다 다투어 바울을 고발하는데 누가 무슨 소리를 하는지 전혀 알 수 없었다.

"차근 차근! 대표가 말하라."

그러나 소용없었다. 천부장이 나섰다.

"이 자를 영내로 연행하고 조사하라!"

천부장의 명령에 병사들이 다가들어 피투성이가 된 바울을 일으켜 세워 연행해 갔다. 그러자 군중들은 그 뒤를 따라가면서 떼로 소리쳐 외쳤다.

"없이 하소서. 없이 하소서." (행 22:38)

이와 똑같은 떼 소리를 군중들이 지른 것은 예수님의 재판 때였다. (눅 23:18) 루시아스 천부장은 바울을 3년 전(AD 54년)에 로마에 반란을 일으켰다가 광야로 도주한 반란군 괴수인 애굽인으로 오해했다. 그 애굽인 괴수는 로마제국의 압제에서 벗어나려면 모두 자기 아래 뭉쳐서 일어나 싸워야 한다고 선동했다. 한때는 4천여 명의 무리가 감람산에 모여들어 위세를 떨쳤다. 예루살렘만 점령하면 로마군은 물러가며 새 시대가 온다고 외쳤다. 당시 유대총독은 벨릭스였는데 토벌군을 보내 잔인한 토벌을 했다. 이때 4백여 명을 죽이고 2백여 명을 생포했으며 나머지 반군은 그 애굽인과 함께 광야로 도망쳐 행방을 감추었다. 루시아스는 그 애굽인이 성전에 왔다가 분노한 유대인들에게 당하고 있는 것으로 알았다. 그래서 그는 바울에게 확인했다.

"아닙니다. 나는 애굽인이 아니고 유대인입니다. 장군께 부탁드립니다."

유창한 헬라어를 하는 바울을 보고 흠칫 놀라며 물었다.

"뭘 말인가?"

"따라오는 저 무리들에게 이 자리에서 변명할 시간을 주십시오."

"그래? 좋다."

안토니오궁 앞에는 정문으로 올라가는 높은 층계가 있었다. 천부장이 거기 서서 큰소리로 말했다.

"이 자가 자기변명을 하겠다고 한다. 조용히 듣기를 바란다."

"없이 하소서. 없이 하소서."

그러나 그들의 소란스러움은 가라앉지를 않았다. 이윽고 바울이 층계 앞으로 나왔다. 수건으로 얼굴의 피를 닦고 손짓으로 조용하라며 차분하게 입을 열었다.

"여러분, 나는 뼛속까지 유대인이요. 베냐민 지파의 후손이며 태어난 지 8일 만에 할례를 받았으며, 히브리인 중에 히브리인이며 율법으로는 바리새인이고 예수교회를 맹렬하게 반대한 사람이며 율법이 말하는 흠잡을 데 없는 의로운 사람입니다. 내 고향은 길리기아 다소이며 소년시절부터 이곳 예루살렘에 와 대석학이신 가말리엘 문하에서 랍비교육을 받았으며 산헤드린 검찰부에 검찰관으로 근무도 했습니다. 그런 내가 어찌 모세를 비방하고 율법을 모욕하며 할례를 부정하고 조상의 유전을 안 지키겠습니까? 그뿐 아닙니다. 난 나실인 서원을 했고 기한이 차서 정결례를 치르려고 이곳에 온 것입니다. 그런 내가 성전을 모독했다니 말이 되는 소립니까?"

바울은 유대인들의 생활어이며 히브리어의 사투리인 아람어로 연설을 했기 때문에 군중들은 당장 조용해졌다. 군중들은 점차 바울의 설교에 빠져들어 갔다. 바울은 그처럼 모범적인 히브리 바리새인이 어쩌다가 예수 그리스도를 만나게 되었으며 어떻게 회심하게 되었고 예수 그리스도는 누구이며 그분으로부터 어떤 소명을 받아 유대 형제들과 이방인 선교에 나섰는지에 대해 간증해 나가자 군중들이 다시 적대감을 드러내며 악을 썼다.

"더 이상 들어볼 필요 없다. 저런 놈은 세상에 살려두어서는 안 된다."

"죽어야 마땅한 놈이다."

"죽이자! 죽이자!"

군중들이 극도로 흥분하여 당장에라도 바울을 끌어내 살인을 할 듯이 옷을 벗어 던지고 티끌을 날리며 날뛰자 천부장은 위기감을 느꼈는지 백부장에게 외쳤다.

"이 자를 영문 안으로 끌고 들어가 심문하라. 왜 이 자를 죽이라고 저렇게 난동하는지 이유를 알 수 없지 않은가?"

"예."

바울은 군영 안으로 끌려 들어갔다. 바울의 심문을 맡은 자는 백부장이었다. 그는 바울의 두 손에 쇠사슬을 채우고 윗저고리를 벗겨 알몸으로 만든 다음 움직이지 못하게 가죽 끈으로 돌기둥에 묶었다. 바울이 뭐라 말하기도 전에 백부장이 명령했다.

"쳐라."

병사 한 명이 가시채가 매달린 긴 채찍으로 바울의 등짝을 갈겼다. 여러 갈래의 채찍 줄 끝에는 날카로운 쇳조각이나 뼈 조각이 매달려 있어 등짝을 파고들면서 살 속에 박히고 잡아당기면 살점이 떨어져나가 피가 낭자해진다. 이것이 40에 한 대 감한 채찍 형벌이었고 바울은 지금까지 그런 매를 세 번이나 맞았었다. 바울은 두 번째 채찍이 날아올 때 비명처럼 외쳤다.

"멈춰라! 할 말이 있다."

백부장이 손을 들자 채찍이 멈췄다.

"뭐냐?"

"로마의 시민권자는 발레리아와 포르기아법(Valerian & Porcian Laws, 509-195 BC)에 의거 매로 때리거나 고문하거나 십자가형이나 태형을 금지하고 있다는 것을 아시오?"

"뭐야 그럼 네가 로마 시민권자라도 된다는 소린가?"

"그렇소. 난 로마제국 시민권자요. 상관에게 보고하시오."

백부장은 놀라서 매를 멈추게 하고 급히 천부장에게 가서 보고했다.

"그게 사실인가?"

"사실이 아니면 채찍을 맞고 있는 자리에서 거짓말 할 수 있을까요?"

"으음, 돈이 많은 자인가보군? 쇠사슬을 풀고 데려와."

"예."

잠시 후 백부장은 천부장 앞으로 바울을 데려왔다. 천부장이 물었다.

"시민권자라고? 얼마주고 샀나?"

"난 나면서부터 시민권이 있었습니다."

"세습이라고?"

천부장은 입맛을 다셨다. 전 황제 글라우디오는 비싼 돈을 받고 시민권을 팔았는데 무려 1만여 명에게 팔았다. 천부장도 그때 샀다. 로마제국의 인구는 대략 1억2천만 명이었는데 그중 시민권자는 50만이었다. 자기는 돈 주고 샀는데 바울이란 이 사내는 날 때부터 자동으로 시민권을 받왔다니 긴장하지 않을 수 없었다. 이윽고 천부장은 바울의 눈치를 살피며 제의했다.

"도대체 동족인 유대인들이 왜 당신을 죽이려 하는지 난 이유를 알 수 없소. 이 사건을 해결하려면 그 이유를 알아야 하는데 말이오. 그래서 말인데 이러면 어떻겠소? 난 유대교 공회를 소집하려 하오. 공회에 나가 시비를 가리는 게 좋을 것 같소. 그렇게 합시다."

"좋습니다."

바울도 고개를 끄덕였다. 그 이튿날 바울은 공회에 넘겨졌다. 공회 건물은 예루살렘 성전 서쪽 언덕 위에 있었다. 천부장의 지시에 의하여 공회 회원들이 모여들었다. 대제사장과 여러 제사장들 및 바리새 율법사, 유대교 지도자 이십여 명 등이었다. 천부장이 나서며 공회를 소집하게 된 이유를 설명했다.

"여기 바울이란 이 바리새 유대인은 다른 동료 4명과 함께 나실인 서원 기한이 다되어 성전 뜰의 번제단에서 정결예식을 하고 있었는데 해외에서 온 순례자 유대인들이 바울을 지목하고 이자는 예수교를 퍼트리면서 동족인 유대인을 욕하고 토라를 비방했으며 할례는 물론 조상의 유전도 지키지 말라고 가르치며 돌아다닌 원흉이고 또한 헬라인을 데리고 성전 뜰까지 들어와 성전을 모독했으니 죽여야한다고 들고 일어났습니다. 그런데 본관은 유대인간의 종교싸움에 대해 잘 알지 못해 무엇이 죄이며 무엇이 죄가 아닌지 판단할 수 없어 공회가 판단을 해달라는 뜻에서 소집한 것입니다. 회의는 이제부터 아나니아 대제사장이 진행하십시오."

그러자 화려하고 근엄한 제복을 입은 대제사장 아나니아가 거들먹이며 일어섰다.

"방금 천부장 각하의 말씀만 들어도 저 자는 극형인 투석형(投石刑)을 받아 마땅하다고 생각됩니다. 시간도 줄일 겸 이 자의 마지막 변명을 들고 마칠까 합니다. 할 말 있으면 하라. 짧은 시간을 주겠다.”

바울이 일어서서 좌중을 둘러보고 말을 이었다.

“여러분 형제들이여. 오늘날까지 나는 범사에 양심을 따라 나의 하나님 여호와를 섬겼노라.”

그러자 대제사장이 불같이 화를 내고 바울을 손가락질하며 외쳤다.

“감히 너 같은 이단의 입에 하나님을 올리다니 천벌이 두렵지도 않더란 말이냐? 저놈이 더 이상 지껄이지 못하도록 저 입을 돌로 쳐라!”

갑자기 장내가 찬물을 끼얹어 얼어붙은 것처럼 살벌해졌다. 그러나 바울은 조금도 위축됨이 없이 맞받아 외쳤다.

“회칠한 담이여, 하나님이 너를 치시리로다. 네가 나를 율법대로 판단한다며 네가 앉아서 율법을 어기고 있으면서 나를 치라 하느냐!” (행 23:3)

그러자 제사장 중 하나가 바울을 나무랐다.

“감히 여기가 어딘 줄 알고 대제사장님을 능멸하느냐? 어서 사과드리지 못할까?”

“죄송합니다. 모세 5경인 출애굽기 22장 28절을 보면 너는 재판관을 모독하지 말며 백성의 지도자를 저주하지 말지니라 하고 나와있는 걸 알고 있습니다. 모독하고 저주했다면 그 죄 용서하십시오. 나는 저 분이 대제사장인 줄 모르고 결례를 저지른 것입니다.”

이스라엘에서 길가는 어린아이라도 알아보는 대제사장을 몰라봤다니 대제사장 본인은 자신을 비아냥거림에 너무도 분통이 터졌지만 기가 막혀 얼굴만 시뻘겋게 달아오를 뿐 말을 못하고 있었다. 바울은 개의치 않고 다시 말을 이어갔다.

“나는 길리기아 다소출신의 베냐민 지파 유대인입니다. 소년시절부터 예루살렘에 유학을 와서 이 시대 최고의 대율법사 가말리엘 문하에서 랍비공부를 한 바리새 중에서도 바리새인입니다. 그런 내가 이 공회 앞에 불려와 신문을 받게 된 이유가 무엇일까? 생각해 보았습니다. 그랬더니 원인은 한 가지, 내가 죽은 자의 부활을 증거하면서 전도를 다니며 죽은 자의 부활을 믿는 소망 때문이라는 걸 알았습니다. 저기 계신 사두개인 대제사장께선 죽은 자의 부활을 믿지 않지만 바리새인인 나는 믿습니다. 그 차이올시다. 나는 누구보다 나사렛 예수당을 증오하고 그들을 탄압했습니다. 당시의 대제사장 가야바는 나에게 수리아지방에 가는 공문서를 가지고 다메섹으로 가서 예수교도를 체포 연행해 오라 명했습니다. 다메섹 근교의 카우카브 언덕길에 이르렀을 때입니다. 정오의 태양보다 더 밝고 환한 빛이 쏟아져 오는 바람에 나는 말에서 떨어졌습니다. 누군가 내 이름을 부르며 왜 자기를 핍박하느냐 했습니다. 누구시냐 했더니 나는 네가 박해하는 나사렛 예수라는 것이었습니다. 환상 중에 그분을 뵌 것이 아니라 직접 대면하고 말씀을 들은 것입니다. 그분은 내가 할 일과 해야 할 일을 말씀하시고 얼마 후 다시 승천하셨습니다. 예수당을 내가 그토록 증오하고 타도해야 한다 한 이유는 예수의 죽음과 부활 그리고 그가 그리스도라는 주장 때문이었습니다. 아시는 것처럼 바리새인들은 부활을 믿습니다. 구원과 심판을 담당하는 그리스도 메시야가 하늘에 선재(先在)한다는 걸 믿습니다. 그 메시야는 종말에 오신다 했습니다. 세기의 중간에는 오시지 않는다 했는데 종말도 아닌 때에 와서 나사렛 예수는 메시야를 자처했던 것입니다. 사기꾼이 아닐 수 없다하여 그분을 십자가에 매달았습니다. 하지만 그분은 그리스도임을 증명했습니다. 죽은 지 사흘 만에 하나님이 다시 살려내셨고 사신 다음 40일 동안 제자들과 함께 생활하다가 500여 명이 지켜보는 가운데 감람산에서 부활 승천한 것입니다. 나에게 다시 와주신 것은 바로 부활의 실체를 보이신 것입니다. 나는 바리새 랍비 교육을 받은 바리새인입니다. 바리새인은 부활도 천사도 영도 믿습니다. 나는 누구보다 이스라엘 소망의 올바른 계승자라 자처하고 있습니다. 나는 지금껏 떳떳한 바리새인으로 신앙의 양심을 지켜왔다고 자부합니다."

바울의 당당한 진술이 끝나자 공회는 자중지란이 일어났다. 부활을 믿는 바리새 율법사들과 믿지 않는 사두개 제사장들 사이에 다툼이 벌어진 것이다. 사두개인들은 바울이 과오를 범했다며 중벌을 주장했지만 바리새인들은 천사가 영으로 바울에게 그렇게 하도록 만들었다면 이건 함부로 정죄할 일이 아니라며 바울의 무죄를 주장했다. 그러나 사두개 제사장들이 승복을 하지 않고 바울과 바리새 율법사를 싸잡아 비난하고 공격했다. 바울의 생명까지 위태롭게 되었다. 그러자 천부장은 백부장에게 바울을 군영으로 데리고 가 감금하라 명했다.

그날 밤 바울은 기도 중에 환상으로 주께서 다시 나타나시어 말씀하시는 것을 들었다.

- 담대하라. 네가 예루살렘에서 나의 일을 증거한 것같이 로마에서도 증거해야 하리라. (행 23: 11)

이튿날 이른 아침이 되어 바울이 군영에서 제공하는 간단한 아침식사를 하고 있는데 파수병이 들어와 물었다.

"미샬이라는 청년을 아십니까?"

"내 조카 이름인데 어떻게 아시지요?"

"급히 전할 말이 있다면서 찾아왔습니다. 그럼 바로 데려오겠습니다."

파수병은 나가더니 삼십오륙 세 된 청년을 데리고 들어왔다.

"오, 미샬! 네가 여길 찾아오다니 이게 웬일이냐?"

"시간이 없습니다. 지금 대제사장 집무소에는 40여 명의 암살 자객단이 모여 있습니다. 그들은 바울 사도를 죽이기 전까지는 먹지도 않고 마시지도 않기로 맹세하며 준비를 하고 있습니다."

"뭐야? 어떻게 암살하겠다는 거지?"

"내일 공회에서 바울 사도에 대한 공식적인 재판 판결선고를 할 예정이니 그를 공회에 출두케 해달라고 재판장인 대제사장 명의로 천부장 각하께 청한다 했습니다. 그럼 사도께서 공회로 오실 때 중도에 매복해 있던 암살단 자객들이 일어나 죽인다 합니다."

"넌 그 정보를 어디서 그렇게 소상하게 알아낸 거지?"

"첫 번째 공회 재판 후 낌새가 이상했었습니다. 암살단이 조직된다는 소문이 돌기도 했구요. 나도 자원했습니다. 자세한 걸 알아야 했기에 그런 겁니다."

"허허, 네가 이곳에 온 것이 알려지면 위험해지겠구나?"

바울은 놀라서 파수병에게 백부장을 불러오게 했다. 백부장에게 그 정보를 말하고 속히 천부장에게 알리고 자기 조카의 신변을 철저히 보호해 달라 부탁했다. 백부장은 알겠다며 바울의 조카를 데리고 천부장에게 갔다. 바울의 조카 미살로부터 자초지종을 다 듣고 난 천부장은 잠시 생각에 잠겼다가 뭔가 결심한 듯 백부장을 다시 불렀다.

"이 사람의 밀고가 사실로 보인다. 대제사장이 다시 공회를 열 테니 바울을 인도해 달라 한다면 내일 아침일 것이다. 요청에 따라 바울을 보내면 암살단은 서쪽 언덕 울창한 올리브 숲 속에 매복해 있다가 덮치려할 것이다. 그러기 전에 먼저 바울을 총독부가 있는 가이사랴로 이송할 것이다. 로마 시민권자가 유대인 암살단에게 살해되는 사건이 내 구역에서 발생하면 골치 아파진다. 그래서 이송하려는 것이다."

"몇 시쯤 이송해야 할까요?"

"새벽 세시가 좋겠지. 호송대를 구성한다. 보병 200명, 창병(槍兵)200명, 기병(騎兵) 70명 전원 470명으로 구성하되 바울은 군마에 태워 이송한다. 의문사항 있나?"

"가이사랴 총독부 어느 부서에 가면 됩니까?"

"가이사랴 식민지 관할 제1군단 사령부 예하 부대인 안바드리(Antipatris) 요새까지 가면 바울의 신변은 안전해진다. 그곳에 도착하면 보병과 창병은 예루살렘으로 돌아오고 기병들만 이끌고 바울을 이송하여 가이사랴 군사령부에 들어가 내 보고서를 총독각하께 보이면 이후의 일은 총독 각하께서 하실 것이다. 임무를 마치면 기병들도 즉시 예루살렘으로 돌아온다. 알겠나?"

"옛!"

"그리고 이 청년이 여기에 온 사실이 발각되면 안 된다. 감쪽같이 속여서 군영 밖으로 내보내 다시 암살단에 들어가게 하라."

천부장은 총독 베릭스에게 보고서를 썼다. 이 사람이 성전에서 분노한 유대인들에게 잡혀 죽게 되었는바 대신 잡아들여 조사를 해보았으나 자기들끼리 유대교의 율법문제 때문에 다투었을 뿐 로마법을 위반한 다른 죄를 발견하지 못했는데 적대한 유대인들은 암살단까지 조직하여 암살하려 하고 있어 가이사랴로 급히 이송하니 총독께서 판단해 달라 썼다. 그러면서 천부장은 바울을 보호하고 이송하는 이유는 그가 로마시민권자이기 때문이라 했다.

새벽 3시가 되자 백부장이 바울을 데리러 왔다. 바울이 나가보니 벌써 영문 앞에는 470명의 군사들이 무장을 한 채 떠날 준비를 하고 있었다. 그들은 바울을 군마에 태웠다. 호송대는 곧장 안토니오궁을 뒤로 하고 서북쪽으로 난 가이사랴 길로 행군했다. 암살단이 40명이라는데 그 열 배가 넘는 정규 군병으로 호송하고 간다는 게 좀 우스워 보이지만 그만큼 당시 암살단의 잔인성과 위력이 대단했다는 걸 감안한다면 그럴 수도 있는 일이었다. 자객 암살단이 이스라엘에 생겨난 것은 지금부터 4년 전이었다. 이른바 애굽인이 무리 4천을 이끌고 반(反)로마 반란을 일으키고 나서였다. 반란이 일어나자 당시 로마의 유대 총독 베릭스는 토벌군을 보내어 400명을 잔인하게 잡아 죽이고 200명을 생포하여 노예로 만들었다. 애굽인은 남은 무리를 이끌고 광야로 도망치고 반란은 진압된 것처럼 보였다. 그러나 지하로 숨은 무리들이 자객(Assassin)이 되어 암살단을 만들고 검을 숨기고 다니며 요인들을 습격하곤 했다. 이때부터 자객이란 말이 생겨났다.

바울 호송단은 이튿날 오후에 안디바드리 요새에 도착했다. 로마제국은 3개 군단으로 전체 식민지를 관할하고 있었다. 1개 군단의 병력은 6000명이었으며 가이사랴에는 제1군단이 파견되어 있었고 사령부가 있었다. 호송 기병을 이끌고 바울을 이송해 온 백부장은 곧 총독 베릭스에게 천부장의 보고서를 제출하고 총독의 명을 받아 바울을 그의 앞에 세웠다.

"로마 시민권자라 적혀 있는데? 맞는가?"

"예."

"얼마주고 샀느냐?"

"아버지가 시민권자라서 세습(世襲)된 것입니다."

"…."

그 말에 베릭스는 못마땅하게 입맛을 다시더니 잠시 후 엉뚱한 질문을 했다.

"유산을 많이 받았겠군?"

"그건 저어…."

선뜻 대답을 못하자 베릭스가 명했다.

"추후 재판이 있을 때까지 헤롯궁 옥안에 감금하라."

베릭스 총독은 예루살렘에 연락하게 하여 바울을 재판할 테니 고소자는 가이사랴로 오라 전했다. 그러자 5일 후, 대제사장 아나니아가 제사장들과 장로들 그리고 로마인 변호사인 더들로와 함께 가이사랴에 도착했다. 재판정이 열리자 더들로가 대제사장을 대신하여 바울의 범법 사실에 대한 고소를 했다.

"저 자는 대략 3가지 용서받을 수 없는 중죄를 지은 자입니다. 첫째로, 저 자는 염병 같은 사교(邪教)를 퍼뜨려 유대 세계와 전 유대인을 소란케 한 자입니다. 둘째로, 저 자는 나사렛 사교 이단의 괴수이며 셋째로, 이방인까지 성전 안으로 데리고 들어와 성전을 더럽혔으니 이는 신성한 성전을 모독한 행위로써 마땅히 사형을 시켜야 한다고 봅니다."

"그렇습니다. 여기에 온 저희들 뿐 아니고 온 유대인이 같은 분노를 표하고 있습니다."

함께 온 제사장들이 가세했다. 베릭스가 고개를 끄덕이고 바울에게 반론이 있으면 제기하라 했다.

"감사합니다. 내가 예루살렘으로 간 이유는 두 가지 때문이었습니다. 첫째는 극심한 기근으로 예루살렘 교회와 성도들이 고생한다하여 구제금을 모금한 것이 있어 전하기 위함이었고, 둘째로는 나는 나실인 서원을 하고 근신하다가 기한이 다되어 오순절 절기에 맞춰 예루살렘 성전에 정결례를 치르기 위해 온 것뿐입니다. 예루살렘에 온지 12일 밖에 안 되었고 그동안 7일간은 성전에서 정결례를 치르고 있어서 성결(聖潔)함을 지켜야 하기 때문에 어느 누구와도 변론을 하거나 다툼을 벌인 일이 없습니다. 그런 사실이 있다면 증거를 대야만 할 것이고 증인도 데려와야 할 것입니다. 셋째로, 나와 함께 아시아에서 보았다는 이방인을 데리고 성전 안으로 들어갔으니 처벌해야 한다 주장하고 있으나 이 또한 무고입니다. 구제금을 가지고 함께 온 이방인들이 있어 그들과 함께 도성 안을 다니는 걸 본 걸 가지고 짐작으로 성전까지 함께 들어갔다 하는 것은 모함일 뿐입니다. 이방인 출입은 사형이라고 문패를 달아 놓았는데 그걸 어긴 이방인을 현장에서 보았다면 유대인 중 어느 누군들 그냥 두었겠습니까? 그리고 나에 대하여 나사렛 이단의 괴수라 하고 있습니다만 그 도는 결코 이단이 아닌 올바른 정도(正道)입니다. 왜냐하면 그리스도로 오신 예수님은 자기는 율법을 폐하러 온 것이 아니라 <사랑>이란 계명으로 율법을 완성하러 오셨다 했기 때문입니다. 나는 바리새 유대인이며 할례를 받았고 모든 유대인들이 성경으로 믿는 율법과 선지자들의 글과 유전을 그대로 믿고 있습니다. 내가 이단이라면 나실인의 서약을 왜 하며 성전에서 정결 제사는 왜 지냈겠습니까? 그리고 나는 부활과 구원과 천사와 영을 애초부터 믿어 온 바리새인입니다. 그 부활과 구원을 나사렛 예수가 직접 보여주고 자신은 그 첫 열매가 되었습니다. 다만 마지막대에 심판주로 온다던 바로 그 그리스도 메시야가 세기 중간에 왔다는 사실을 처음엔 믿지 않았지만 그 분의 부활을 보고 열렬히 믿게 되었습니다."

바울의 진술이 끝나자 더들로가 대제사장의 눈짓을 받고 헛기침을 두어 번 한 뒤 자리에서 일어났다.

"총독각하, 고소인 측의 반론을 받아주시겠습니까?"

그러자 베릭스는 손을 흔들며 제지하고 폐정을 선언했다.

"고소인의 주장대로 피고가 염병처럼 무서운 이단의 사교를 온 천지에 퍼트림으로써 로마 제국을 전복 시키려는 의도가 있거나 음모가 있다고 보이지는 않는다. 본관은 전통 유대교가 뭔지 나사렛 예수당의 교리가 뭔지 정도는 잘 알고 있다고 자부한다. 본 사건은 유대인간에 벌어진 종교와 교리 싸움이라 본다. 이 재판은 이로써 끝내는 게 아니라 천부장 루시아스가 오면 다시 재개정할 예정이다."

총독 베릭스는 바울이 무죄라는 걸 너무도 잘 알고 있었다. 하지만 석방을 해버리면 유대교 지도자나 성전 지도자들이 편파적이라며 불복할 것이다. 그것까지 감안해서 영리한 베릭스는 그냥 재판을 끌며 바울을 억류하는 것으로 유대인들의 환심을 사려 했다. 실제로 그 후 재판은 다시 열리지 않았다. 군무(軍務)가 바빠 루시아스 천부장이 올 수 없다는 이유 때문이었다. 베릭스는 바울을 헤롯궁에 연금시켰지만 총독부 밖에만 나가지 못하게 했을 뿐 안에서는 자유롭게 생활하고 사람도 만날 수 있도록 특별히 허용하며 호의를 베풀었다. 게다가 베릭스는 유대인 출신 부인인 드루실라와 함께 예수 도를 듣기 원하여 바울은 총독 앞에서 설교도 하게 되었다. 베릭스는 한 번 부른 게 아니라 그 후에도 여러 번 불러 말씀을 듣고자 했다. 베릭스가 기독교에 대해 듣고 싶어 한 이유는 딴 데 있었다. 바울에게는 이방교회들이 모금하여 준 거액의 구제헌금이 있다는 것을 알고 있었던 것이다. 무죄석방을 시켜줄 테니 석방금을 내놓으라고 노골적으로는 말하진 않아도 말을 돌려서 그 뜻을 은근히 비쳤다. 바울이 가이사랴에 연금된 것은 도합 2년간이었다. 진작 바라는 대로 뇌물을 주었더라면 그 당장에라도 석방될 수 있었는데 거부했기 때문에 불이익을 당해야 했다.

베릭스는 원래 그의 형인 팔라우와 함께 클라우디우스 황제의 모후(母后)집에 속한 노예였다. 황제의 모후 눈에 든 형 팔라우 덕분에 노예 신분에서 속량이 되었으며 베릭스는 기사(騎士)가 되었다. 형 팔라우는 두 황제를 모시며 막후에서 막강한 권력을 휘둘렀다. 그런 형의 배경으로 베릭스는 유대총독이 되었다. 베릭스는 <노예의 근성을 가지고 제왕의 권력을 행사하였다>란 평을 들은 것처럼 강자에겐 약하고 약자에겐 강하며 축재라면 물불 가리지 않는 전형적인 노예출신이었다. 비천한 출신이지만 그는 공주와 두 번 결혼했다. 첫 번째는 클레오파트라의 딸이었고 두 번째 공주는 아그립바 1세의 딸인 드루실라였다. 그런 자이니 뇌물을 밝히는 건 당연했다.

하지만 바울은 뇌물을 바치지 않았다. 그러던 어느 날 누가가 찾아왔다.

"아니 누가! 수리아 안디옥으로 간다하지 않았소?"

"다녀왔지요. 바울 당신 안위가 걱정되어 예루살렘에 다시 온 겁니다. 그랬더니 이런 사단이 났군요. 그런데 웬일로 베릭스는 특혜를 베풀고 있군요? 궁밖 외출만 금하고 있을 뿐 궁 안에서는 자유를 보장하고?"

"덕분에 편안하게 지내기는 하지만 마음이 편하지는 않습니다."

바울은 베릭스가 뇌물을 원하고 있고 그래서 특별대우를 하는 거라고 설명하자 누가는 베릭스의 노예근성에 영합하지 말고 그냥 당당하게 버티라고 조언했다. 그렇게 2년의 연금생활이 흘렀다. 그동안 바울이 연금되어 있던 가이사랴 총독부 헤롯궁에는 바울이 보고 싶어 하던 많은 형제들이 찾아와 위로와 용기를 주고 갔다. 베드로와 요한이 다녀갔고 마가도 와서 여러 날 동안 바울 곁에 있어주었다. 그러던 어느 날 베릭스는 황제의 명을 받고 로마로 소환 당하고 말았다. 유대총독의 자리를 바꾼 것이다. 새로 부임한 총독은 베스도(Forcius Festus)였다. 베릭스가 소환 당한 이유는 무능하다는데 있었다. 이스라엘 본토 안에는 다른 어느 때보다 치안이 어지러웠다. 언제 어디서 민란(民亂)이 일어날지 모르는 상황이었다. 베릭스가 잘못 대처한 민란은 애굽인의 반란이었다. 수천 명의 백성들을 선동하여 그가 들고 일어났을 때 베릭스는 초강경책을 써서 반란군은 그 가족까지 처참하게 죽이거나 노예로 팔아버렸다. 그것이 불씨가 되어 각지에 암살 자객단이 생겨나고 불온한 움직임이 여기저기에서 터졌다. 베릭스는 그걸 효과적으로 대처하지 못했기에 소환 당한 것이었다.

부임하자마자 베스도는 현안인 바울문제가 뜨거운 감자임을 직감하고 그 처리를 서둘렀다. 예루살렘에서는 아직 부임초라 정돈되지 않은 틈을 이용하여 바울 송사를 예루살렘에서 처리할 수 있도록 해달라고 장로들을 가이사랴에 보내어 베스도에게 청원했다. 거기에는 음모가 숨어 있었다. 바울이 재판 받기 위해 예루살렘으로 호송되면 그 중간에 자객단을 잠복시켜 암살하겠다는 것이었다. 베스도는 바울에게 제의했다.

"나는 네가 다소의 시민이며 로마시민권자라는 걸 알고 있다. 로마시민을 무책임하게 유대인들에게 넘겨주어 불이익을 당하게 하고 싶지는 않다. 그래서 말인데 그걸 방지하기 위해 내가 재판장이 되고 널 호송하여 예루살렘에서 재판을 받게 하고 싶다. 어떻게 생각하나?"

일종의 타협안이었다. 유대인들의 요구도 들어주고 바울도 보호해주겠다는 것이다. 하지만 바울은 거절했다.

"호송 도중 매복한 자객단에 암살당할 위험이 가장 큽니다. 그 때문에 예루살렘 주둔군 천부장 루시아스는 470명이나 되는 병사들을 나에게 붙여 호송했습니다. 그리고 무사히 예루살렘 재판정에 간다 해도 위험은 상존합니다. 저들 자객단은 재판정 밖에 숨어서 밖으로 내가 나올 때 찌르겠다는 음모도 있었습니다. 이곳을 떠나면 안 됩니다. 재판은 여기서 받고 싶습니다."

그러자 베스도는 바울의 청을 들어주었다. 떠나는 장로들에게 전하도록 했다.

"피고 바울을 재판하기 위해서는 예루살렘의 고소인들이 직접 가이사랴 총독부 법정에 내려와야 할 것이다."

그 명을 어길 수는 없어 대제사장을 비롯한 서기관 장로 등 고소인들이 예루살렘에서 모두 내려왔다. 베스도가 재판장이 되어 개정하게 되었다. 변호사 더들로가 장황하게 1차 재판 때처럼 바울의 범법 사실을 늘어놓았다. 전과 똑같은 고소사실에 바울 역시 같은 대답을 할 수밖에 없었다. 베스도는 머리가 영리한 편이었다. 고소자나 피고나 알고 보면 똑같이 유일신 여호와를 믿고 있는 신도들인데 다만 교리상 견해차이 때문에 죽여야한다 주장하고 있다는 걸 간파했다. 그 견해차이란 예수의 <부활>문제였던 것이다. 지루하게 며칠 동안 공방이 벌어졌다. 휴정이 되었다.

가이사랴 헤롯궁에 연금되어 있을 때 바울을 시중 들은 사람은 디모데였다. 휴정이 되어 방으로 돌아와 쉬고 있는데 디모데가 디도와 함께 들어왔다. 디도에게 물었다.

"고린도에 있어야 할 사람이 여길 오다니 이게 어찌된 일인가?"

"걱정이 되어 왔습니다."

"모두 다 잘들 있지?"

"그럼요. 마침 예루살렘 모교회에 갔더니 야고보 사도님께서 헌금 봉송단으로 온 각처 교회 대표들을 다 자기 교회로 돌려보내고 있었습니다. 사도님의 부탁이라면서요."

"내가 부탁해 놓았지."

"그런데 사도님. 좀 걱정이 됩니다."

"뭐가?"

"재판을 가이사랴나 예루살렘에서 하고 판결을 받으면 안됩니다. 저들이 가만두지 않을 겁니다. 무죄가 나도 승복하지 않을 것이고 유죄가 나면 저희들 음모대로 소리 소문 없이 처단해 버릴지도 모르는 일 아닙니까?"

"디도, 나도 그 문제를 심각하게 생각하고 있던 중이야. 일단 이 호랑이 굴에서 벗어나려면 한 가지 방법 밖에 없다."

"로마 상급 법원에 상소하는 방법이지요. 로마시민이기 때문에 가능합니다. 저도 그렇게 하시는 게 최선책이다 싶어 말씀 드리러 온 것입니다."

"좋아. 그렇게 하기로 하자."

바울은 다시 법정이 개정하기 전에 총독 면회를 요청했다.

"무슨 일인가?"

"전 로마 시민입니다. 로마 법원에서 재판 받을 수 있게 하여 주십시오. 로마법원에 상소하겠습니다."

어떤 판결이 나오든 즉시 로마법원에 상고하겠다한 것이었다. 베스도도 거부하진 못했다. 로마시민은 로마법으로 심판 받아야 하게 되어 있다. 그러자면 그의 상고요구를 받아들여야 했다. 베스도는 그러겠다 했다. 베스도가 상고를 결정하고 났을 때 특별한 손님이 총독부에 찾아왔다. 예루살렘에서 유대왕인 아그립바2세 왕이 그의 여동생 버니게를 데리고 가이사랴에 왔던 것이다. 표면적인 이유는 베스도의 총독부임을 축하하기 위한다는 것이었지만 사실은 바울 재판을 대제사장 편에서 지원하기 위함이었다.

유대왕은 로마황제가 식민지인 이스라엘에 임명해 준 명목상의 왕이었다. 아그립바 2세는 1세의 아들이었다. 아그립바 1세는 악명 높은 독재자였으며 기독교라는 사교를 퍼뜨려 유대사회와 유대교를 어지럽게 한다며 베드로 사도의 형인 야고보 사도를 체포하여 칼로 목을 쳐 죽인 장본인이었다. 예수의 제자 가운데 야고보는 최초의 순교자가 된 것이다. 그 당시 아들은 17세 소년이었으며, 야고보의 체포와 심문 그리고 처형장면까지 다 직접 제 눈으로 목격한 것이었다. 그 뒤에 이그립바 1세는 천벌을 받아 온몸이 썩어 들어가는 병으로 고통을 당하다가 죽었다. 함께 온 버니게는 여동생이었고 버니게는 전 총독 베릭스의 부인이었던 드루실라와는 친자매지간이었다. 아그립바왕이 예루살렘 장로들이 바울을 고소한 사실을 들추어내고 베스도 총독의 의중을 알고자 했다.

"각하께서는 그자를 어찌할 작정이십니까?"

"그자를 심문해 본 결과 그자는 죄가 없었습니다. 우리 로마법을 위반한 것도 없고 유대법을 어긴 것도 없었습니다. 그런데도 왜 제사장들이나 장로들은 그를 사형대에 올리지 못해 난리를 피우는지 이해가 가지 않습니다."

"그자가 사죄(死罪)를 짓지 않았다면 그럴 리가 없잖습니까?"

"그럼 그자를 다시 불러낼 터이니 대왕 전하께서 직접 그자의 변명을 들어보시겠습니까?"

"좋습니다."

베스도는 아그립바 왕 앞으로 바울을 불러내기로 했다. 왕과 그의 누이 버니게는 한껏 위엄을 부리며 누대(樓臺)의 안석에 베스도와 함께 좌정하고 주변에는 제사장들과 천부장들과 장로들, 성중의 유력자들 수십명이 방청석을 가득 메웠다.이윽고 바울이 끌려나와 피고석에 섰다. 베스도가 선언했다.

"피고는 사형을 받아 마땅한 죄를 지었다고 고소를 당했다. 본관이 재판을 진행하면서 보니 피고는 로마법을 위반했거나 유대 치안법을 위배한 사실은 발견하지 못했다. 그런데도 고소를 당한 걸 보면 유대인간의 종교문제 시비가 아닌가 생각될 뿐이다. 마침 그런 문제는 잘 알 것으로 보이는 아그립바왕 전하께서 오셨기에 피고의 죄상이 무엇인지 다시 한 번 따지기로 했다. 피고의 진술을 들어보기로 한다."

바울이 왕과 제사장 장로들을 한 번 일별하고 천천히 입을 열었다.

"왕이시어! 당신은 우리 유대인의 관습과 유전과 모든 문제를 누구보다 잘 아시는 분이라 이제부터 말씀드리는 것을 정확하게 판단하시리라 믿습니다. 나는 길리기아의 대도시인 다소에서 히브리인 중에도 히브리인으로 태어나 8개월 만에 할례를 받았으며 바리새 랍비가 되기 위하여 예루살렘에 유학하여 대석학이며 율법사인 가말리엘 문하생이 되어 가장 모범적인 바리새인 교육을 받았습니다. 바리새인으로 살아왔고 지금도 천사와 부활과 영을 믿는 바리새인 신앙을 가지고 살고 있는데 죽은 자의 소망인 부활을 증거하며 전도했다하여 투옥과 고소와 심문을 당하고 있습니다."

그러면서 바울은 예수교도들을 박해하고 심지어 죽이는데 앞장섰던 자신의 전력은 예루살렘 사람들이 다 알고 있다고 했다. 왜 그렇게 극렬하게 반대했을까. 십자가에서 죽은 예수는 그리스도인 메시야이기 때문에 하나님이 다시 살려내 부활 승천시켰다는, 그 <부활>이 사기이며 거짓으로 보였기 때문이었다. 메시야는 하늘에 계시다가 마지막대 환란 날에,주의 날에 오시어 심판을 내리신다 했는데 시대의 중간에 나타나 그런 기적을 보였다는건 믿을 수 없는 거짓으로 생각되었다는 것이다.

"그랬던 나는 기독교도들을 색출 연행해 오려고 수색대를 이끌고 다메섹 교외까지 쫓아 갔다가 갑자기 나타난 예수를 환상이 아닌 실제 현실로 만나고 나서 죽은 예수는 정말로 하나님이 살리셔서 다시 살아나 부활했다는 걸 깨닫고 놀랐습니다. 그리스도는 바로 그분이라는 걸 안 것입니다. 죽었다가 다시 사셨으니 하나님의 아들이기 때문이었습니다. 뿐만 아니라 그분은 홍해를 가른 모세의 권능을 가지고 이스라엘 민족을 살려낼 영웅으로 오실 정치적 지도자일 것으로 모두 기대했지만 사실은 이사야 선지께서 이미 6백년 전에 예언하신대로 그분은 <고난 받는 종>으로 이 땅에 오셨던 것입니다."

- 그러므로 주께서 친히 너희에게 주실 것이라. 보라. 처녀가 잉태하여 아들을 낳을 것이요 임마누엘이라 하리라. (사 7:14)

- 그는 멸시를 받아서 사람에게 싫어 버린바 되었으며 간고(艱苦)를 많이 겪었으며 질고를 아는 자라 사람들에게 얼굴을 가리우고 보지 않음을 받는 자 같아서 멸시를 당하였고 우리도 그를 귀히 여기지 아니하였도다. 그는 실

로 우리의 질고를 지고 우리의 슬픔을 당하였거늘 우리는 생각하기를 그는 징벌을 받아 하나님께 맞으며 고난을 당한다 하였노라.

그가 찔림은 우리의 허물로 인함이요 그가 상함은 우리의 죄악으로 인함이라 그가 징계를 받음으로 우리가 평화를 누리고 그기 채찍에 맞음으로 우리가 나음을 입었도다.(사 53:3-5)

"나의 이사야서 암송을 들으셨겠지만 장차 오신다했던 그리스도는 나사렛 예수였습니다. 그는 고난 받고 죽임 당해야할 아무런 죄도 없었지만 우리 인간들이 지은 모든 죄를 대속해주기 위해 십자가에서 죽어 부활함으로써 우리는 하나님의 무서운 진노에서 구함을 받아 화해를 하게 되었으며, 예수는 우리의 주님이 되셨고 메시야인 구원자 그리스도가 된 것입니다. 죽은 자 가운데 다시 사심으로 예수는 하나님의 아들이심을 증명하였고 부활의 첫 열매가 되심으로 해서 그를 믿는 모든 사람이 다시 부활 영생하게 된다는 것과 그가 이제 주의 날에 심판주와 구속주로 다시 재림(再臨)하신다는 사실이 드러난 것입니다. 이는 바로 예수 그리스도를 보내주심으로 하나님이 우리 조상들에게 약속한 것이 성취됨을 뜻하고 <모세와 선지자들의 글>이 지금 우리에게 응답한 것이라 할 수 있습니다. 그 같은 진실을 전파하고 전도한 것이라 아무런 죄가 없는데 대적하는 유대인들은 나를 죽이려 하고 있는 것입니다."

바울의 말이 끝나자 베스도가 화가 나서 외쳤다.

"바울! 네가 미쳤구나. 네 많은 학문이 널 미치게 한다." (행 26:24)

아는 게 병, 이른바 식자우환(識字憂患)이란 소리였다.

"각하, 난 미친 게 아니고 진리를 말하고 있는 것입니다. 총독께서는 생소할지 모르지만 아그립바 왕께서는 누구보다 잘 이시고 계신 것들입니다. 예수 복음 사건은 어느 지방 구석에서 일어난 사건이 아니고 천하가

다 아는 사건이기 때문입니다. 왕께서는 선지자를 믿으시지요?"

바울의 직접적인 물음에 아그립바왕은 가슴이 찔린 듯 흠칫하다가 말을 더듬었다.

"네, 네가 지금 그 몇 마디 안 되는 말로 나를 묶어 그리스도인으로 만들고 싶으냐?"

"그렇습니다. 비록 몇 마디 안 되는 말이지만 예수 그리스도의 말씀은 운동력이 있어 당장 넓게 그리고 멀리 퍼져나갑니다. 오늘 내 말을 듣는 이들이 많으나 적으나 모두 나처럼 되기를 하나님께 원합니다."

좌중이 갑자기 조용해졌다. 침묵이 잠시 머물렀다. 그게 겸연쩍은 듯 아그립바가 총독에게 일어나겠다는 손짓을 하자 베스도가 고개를 끄덕이며 일어났다.

"이로써 재판은 피고 바울의 죄에 기소유예(起訴猶豫) 평결을 내리며 피고 바울이 로마 시민권자로써 가이사 황제께 상고하므로 로마로 이송함을 선고한다."

재판을 마치자 바울은 옥사가 있는 헤롯궁으로 돌아가고 아그립바와 베스도 총독은 집무실로 돌아와 휴식을 취했다.

"왕께선 바울이 유죄라 생각되시지요?"

베스도가 물었다.

"우리끼리 이야기지만 바울은 투옥 당하여 재판 받을만한 죄가 없었습니다. 로마의 가이사폐께 상소하지 않았더라면 여기서 무죄로 석방해도 될 일이었습니다."

아그립바는 아쉽다는 듯 그렇게 말했다.

21

지중해의 악마, 죽음의 광풍 유라쿨로 (Euraquilo)

베스도 총독은 바울을 비롯한 일곱 명의 죄수들을 로마로 이송하기로 했다. 죄수 이송을 담당하는 부대는 가이사랴 파견 로마 황제 아구사도 (Cohors Augusta) 시위대였다. 바울을 포함한 7명의 죄수들을 로마 상급 법원으로 이송하는 책임자는 시위대의 백부장인 율리오(Julius)였다. 헤롯궁 감옥 앞에 죄수들이 집결했다. 누가가 디모데와 디도 그리고 아리스다고를 데리고 바울을 만나러 왔다.

"어떻게 하기로 했나?"

바울이 디모데에게 물었다.

"로마까지 같은 배를 타고 일반 승객으로 따라가는 건 괜찮다 합니다. 알아보니 이곳 가이사랴항에서 터키반도를 돌아 북쪽 드로아 밑의 아쏘 근방에 있는 아드라뭇데노(Adramyttium, 現 북서부 터키 Edremit)로 가는 연안 상선(沿岸商船)을 탄다합니다."

"드로아 쪽으로 올라가는 이유는 뭐지?"

그러자 누가가 대답했다.

"그곳으로 가야만 로마로 직항하는 큰 배를 탈수 있기 때문이랍니다. 그래서 일단 우리도 사도께서 타는 그 배를 타고 아드라뭇데노까지 가겠습니다. 넷이 함께 로마로 갈 수 있다면 따라갈 수는 있겠는데?"

"아니지. 디모데와 디도는 각기 에베소와 그레데로 가서 할 일이 많아요. 로마까지 함께 갈수 있다면 아리스다고 한 사람이면 족해요. 나중 기회 될 때 누가선생도 로마로 오시구."

바울이 그렇게 결정을 내렸다. 죄수들을 인계 받은 백부장 율리오는 부하 군병 30명으로 그들을 호송하고 승선장으로 나가 상선에 올랐다. 이 상선은 이스라엘과 터키 해안을 돌며 장사하는 작은 배로 이제 뱃길이 막히는 동절기를 앞두고 있어 자기네 항구인 아드라뭇데노로 돌아가고 있는 중이었다.

바울이 죄수의 몸으로 로마를 향하여 가게된 것은 그의 나이 53세, AD 58년 가을이었다. 바울이 다메섹에서 회심한 것은 서른한 살 때인 AD 36년이었고, 수리아 안디옥교회에서 교사로 봉사한 것은 AD 43년에서 2년 간이었다. 예언자들이 받은 예언에 의하여 <바나바와 바울은 이방전도자로 따로 세우라>는 하나님 말씀이 있어 바나바와 함께 제1차 전도여행을 떠난 것이 마흔네 살 때인 AD 45년이었고, 4년 간 구브로와 루가오니아, 갈라디아, 브루기아 등 아시아 선교를 했다. 이듬해(AD 50-52년)엔 터키 중부 갈라디아 지역을 경유하여 서양 땅인 헬라지역 마게도냐, 아가야, 고린도 등에 전도하여 많은 개척교회를 세우고, 그 다음해인 AD 53년엔 제3차 전도여행을 떠나 에베소에서 2년 6개월 동안 두란노 강원에서 복음을 가르치고 수많은 제자들을 길러 각처에 내보내 교회를 세웠다. 그러다 AD 58년 예루살렘 모교회 구제헌금을 모아 전하기 위해 왔다가 체포 구금되어 이제 죄수의 신분으로 로마로 떠나게 된 것이다. 사도로써 사마리아 땅 끝까지 주의 말씀을 증거하고 이방인 선교에 헌신한지 22년만이었다. 배는 가이사랴항을 떠나 수리아의 시돈항에 들어가 화물 하역을 했다. 그 작업은 이틀 후에 끝나므로 배는 그 후에 다시 떠난다는 것이었다.

바울은 배에서 내리기 전 백부장 율리오에게 시돈에는 형제자매들이 있으니 그들과 함께 지내다가 떠나면 안 되겠느냐고 물었다. 그러자 율리오는 의외에도 좋다 했다. 그는 병사 한 명으로 바울을 지키게 하고 자유를 주었다.

바울은 누가와 디도, 디모데 그리고 아리스다고를 데리고 시돈 교회를 찾아갔다. 시돈에는 바울이 데살로니가에서 입교시킨 드루베나가 교회를 이끌고 있었다. 바울이 오자 드루베나 뿐 아니라 전교인이 감사하며 반갑게 맞아 주었다. 바울은 그들의 청에 의해 예수 그리스도의 이신칭의 복음을 풀어내며 오랜 시간 설교했다. 백부장도 감시병과 함께 바울의 설교를 들었다. 감동한 표정이었다. 레바논 베니게의 시돈과 두로는 지중해 해안에 있는 도시이고 일찍이 예수께서도 전도 여행으로 다녀가신 곳이었다. 시돈의 드루베나 집에서 머문 지 이틀째 되던 날 오전에 배가 출항하니 속히 다시 승선하라는 백부장 율리오의 명령이 왔다. 바울과 일행은 시돈교회 성도들과 헤어져 타고 왔던 상선에 다시 승선했다. 이윽고 배는 아드라뭇데노를 향하여 바다 복판으로 나섰다. 제법 강한 서풍이 불어오고 있었다. 배는 서쪽으로 나가야하는데 강한 서풍이 불어 그 바람을 정면에서 맞게 되어 항진이 어려움에 처하게 되었다.

"배가 방향을 북쪽으로 바꾸는데요? 왜 그러지요?"

디모데가 걱정스러운 듯 누가에게 물었다.

"돛을 올려 가는 배지 않나? 맞바람이 불면 앞으로 나갈 수가 없지. 그럴 때는 바람을 옆으로 비스듬하게 받게 하여 돌아가는 수밖에 없다. 그래서 방향을 북으로 돌렸을 거야."

시돈에서 출항하면 구브로섬을 북쪽에 두고 그 남쪽 뱃길을 이용하여 터키 남부해안인 바다랴의 뮈라항에 직항할 수 있다. 뮈라에 가면 바다 복판에 나가지 않고도 해안을 타고 안전하게 북상할 수 있었다. 하지만 계속해서 마파람이 불어 항진을 막고 있으니 우회로로 갈 수밖에 없어 구브로섬 쪽으로 올라가서 바울의 고향인 길리기아 바다와 밤빌리아 바다 사이를 겨우 겨우 갈지자를 그리며 헤쳐 나가고 있었다.

"계속해서 서풍이 불어 훼방을 놓으란 법은 없잖습니까?"

"대해(大海, 지중해)를 운항하는 선원들이나 선주들은 그렇게 말한다. 1년 중 안전하게 항해할 수 있는 달은 불과 7개월 동안뿐이라고 말야. 나머지 5개월 동안은 항해를 할 수 없는 위험기간으로 친다, 안전한 달은 3월부터인데 3월 9일에 대해의 뱃길이 열린다. 그러다가 9월 14일에 이르면 향후 두 달간인 11월 11일까지는 뱃길이 완전히 닫히지는 않지만 위험시기로 쳐서 피치 못할 항해가 아니면 배를 띄우지 않는다. 지금이 그 시기이다. 풍랑이 심해지고 바람도 거세진다. 태풍이 많이 부는 때이기도 하지. 서풍은 11월달까지 불어온다. 베스도가 이 위험한 시기에 로마 압송령을 내렸다는 게 이해가 가지 않는 부분이야."

"11월 이후는 어떻게 되지요?"

"11월부터 이듬해 3월 10일까지는 겨울철이어서 모든 뱃길이 막히고 항해가 중단된다. 백부장 율리오도 그런 단점을 잘 알고 있을테니 잘 헤쳐가리라 믿는다."

누가도 지중해 연안의 바다 여행은 많이 한 편이어서 기후나 수세(水勢)의 변화 등을 잘 알고 있었지만 바울은 그보다 더 체험적으로 잘 알고 있었다. 바울은 바다에서 파선이 되어 태풍 속에 떠다닌 것이 3번이요, 하루 낮 하룻밤을 꼬박 널빤지 한 조각에 의지한 채 표류한 것이 한 번 있었다고 고린도 전서 12장에서 밝히고 있다. 아무튼 누가의 지적대로 이 배가 출항한 날짜를 보면 9월 16일이어서 위험한 시기였다.

이틀이면 올 수 있는 거리를 닷새가 걸려서야 배는 뮈라에 간신히 입항할 수 있었다. 뮈라는 바울이 드로아에서 밀레도를 거쳐 터키 남부해안을 돌며 기착했던 바로 그 항구였다. 이곳에도 멀리 알렉산드리아나 고린도, 로마, 서바나의 다시스까지 오가는 대형 선박이 들르는 곳이어서 국제적 항구였다. 바울 일행을 태우고 온 배는 여기서도 화물을 내리고 싣는 하역작업을 했다. 그동안 모든 승선자들은 배안에서 기다리다가 저녁이 되어 잠을 잤다. 이튿날 아침이 되자 백부장 율리오가 나타나 자기를 따라 배에서 하선하라 했다.

"배를 바꿔 타기로 한다. 마침 알렉산드리아에서 온 곡물선(穀物船)이 로마로 직행한다 하여 바꿔 타는 것이다. 자, 날 따라오도록!"

모든 일행은 더 큰 화물선으로 옮겨 타게 되었다. 바울이 누가에게 당부했다.

"누가선생! 여기서 헤어집시다. 디도는 그레데섬으로 가기로 되어 있고 디모데는 에베소로 가서 실라와 함께 두란노 강원을 돌보아야 합니다. 아리스다고 한 사람만 데리고 가겠습니다. 로마로 가서 어떤 사정이 생길지 몰라서입니다. 선생이 필요하면 연락 드릴게요."

"그럼 그렇게 합시다. 바울, 건강 조심하시오. 또 만납시다."

바울은 세 사람과 헤어지고 아리스다고만 데리고 배를 옮겨 탔다. 그 배는 대형 선박이었다. 이집트에서 수확하는 곡물, 그중에도 밀은 로마시민들의 주식으로 사용되는 식량이었다. 이집트 밀이 오지 않으면 로마인들은 굶을 수밖에 없는 입장이었다. 이 배는 그 밀과 곡물을 싣고 운반하는 대형 곡물선이었다. 바닷길이 막히는 겨울이 오기 전, 어쩌면 마지막으로 항해하는 운반선일 듯했다. 백부장 율리오는 드로아 쪽에 있는 아드라뭇데노로 가서 로마로 가는 배를 갈아탈 예정이었으나 잘못하면 일정이 늦어져 뱃길이 닫히면 큰일이다 싶어 걱정하고 있던 차에 뮈라에서 이집트 곡물선을 만나게 되어 재빨리 죄수들을 갈아 태우게 했던 것이다. 배는 곧 출항했다.

그러나 배는 역풍 때문에 제대로 항진하지 못했다. 지그재그로 해안선을 따라 운항하면서 삼일 만에 니도(Cnidus)항의 앞바다를 지나게 되었다. 니도는 터키의 서남쪽에 송곳니처럼 나온 도리스 반도의 끝에 있는 작은 항구였다. 그러자 갑자기 풍세(風勢)가 거칠어지고 난폭하여 강풍이 잠잠해질 때까지 니도 해안에 피항(避航)할 곳을 찾았으나 도저히 마땅치 않아 뱃머리를 남쪽 그레데 섬 쪽으로 돌려 미항(美港)이란 곳으로 향했다. 배는 그레데 섬의 동북쪽에 있는 살모네(Salmone)곶을 지나 섬의 연안을 항해하여 겨우 목적지로 정한 미항에 이르렀다. 이윽고 배는 천국의 항구(Fair Havens)란 이름을 가진 미항 포구에 정박했다. 서남쪽 중간에 점점이 떠있는 섬들이 방파제 구실을 하여 미항을 보호하고 있었다. 뮈라에서 그레데섬의 미항까지는 200킬로미터로 쾌청한 날씨라면 하루 정도 걸릴 거리였으나 역풍 때문에 사흘 만에 도착할 수 있었다. 그레데(Cretea)섬은 터키 서남쪽과 그리스 동남쪽의 역삼각형 꼭짓점에 해당하는 중간인 지중해 바다 위에 있는 섬으로 별로 크지 않았다. 남북은 짧고 동서로만 240킬로미터쯤 되는 길쭉한 섬이었다. 섬 가운데 있는 해발 2400미터가 넘는 이다(Ida)산은 머리에 만년설을 이고 있는 아름답고 높은 산이었다. 그레데섬은 애초 바울과 디도가 그곳 섬에 들어가 개척 교회를 세우고 전도사역을 하려고 한 섬이었다.결국 바쁜 일정으로 바울은 빠지고 디도만 들어가서 1차 전도를 했고 2년 뒤에는 디도 혼자 들어가 선교를 하게 된 섬이기도 했다.

본섬인 그레데 이다산이 보이는 미항에 들어가 일단 정박하게 되자 그곳에서 로마까지의 항해를 앞두고 백부장 율리오는 선상회의를 하자고 선장에게 제의했다. 죄수들을 안전하게 로마까지 호송해야할 막중한 임무를 가지고 있었기 때문에 안전한 항해를 해야 하고 그러자면 안전 운항에 대한 회의가 있어야 한다는 것이었다. 얼마 후 선장은 백부장의 명에 따라 회의를 열었다. 거기 참석한 사람은 백부장 그리고 선주, 선장, 항해사, 조타수 등 다섯 명이었다.

"그러면 백부장께서 회의를 주재하시겠습니까?"

선장이 율리오를 바라보며 권했다. 그러자 율리오는 손을 저었다.

"선장님이 당연히 주재를 해야지요."

"그렇다면 시작하겠습니다."

"잠깐 한 사람이 더 참석하면 시작하십시다."

"올 사람이 또 있다구요?"

"그렇소. 오, 저기 오는군요."

"아니, 저 사람은 죄수 아닙니까?"

"맞습니다. 저 사람은 바다 위에서 세 번씩이나 파선 당하여 구사일생한 풍부한 경험의 소유자입니다. 유익한 조언이 있다면 들어봅시다."

마지막으로 들어 온 죄수는 바울이었다. 선장은 죄수를 회의에 참석시킬 수는 없다고 거절했지만 무장한 병사들의 호위를 받고 앉아 있는 백부장의 뜻이 완강하여 선주의 눈치를 살피자 선주도 어쩌지 못하고 바울에게 앉으라 했다. 백부장 율리오는 바울에 대해 제법 상세하게 그의 과거를 파악하고 있었다. 시돈항에 정박하여 바울에게 그곳 교회 신도들을 만날 수 있게 허락해 준 사람이 율리오였다. 그는 그곳 교회에서 바울이 설교하는 것을 다 들었고 감동한 바 있었다. 백부장이 말을 이었다.

"머지않아 동절기가 다가오고 뱃길이 막히는 계절이 옵니다. 그전에 로마까지 가야합니다. 그런데 순탄치만은 않을 듯싶어 걱정입니다. 이럴 때는 신분고하를 막론하고 좋은 의견을 들어서 정하는 게 좋을 듯싶어 호송 중의 죄수도 바다의 경험이 많아서 참예시킨 겁니다. 의견들을 나누시지요."

백부장이 선장을 바라보았다. 선장은 육십 여세쯤 되는 건장한 초로의 헬라인이었다. 하얀 구레나룻이 턱과 입을 다 덮고 있었다.

"나는 사십여 년을 이 지중해 대해를 안다녀 본 곳 없이 선박을 구령하며 바다에서 늙은 선장이요. 물론 계절이 좀 마음에 걸리고 다른 어느 때보다 풍랑이 심할 때지만 로마까지 가는 데는 너무 염려하지 않아도 됩니다."

그는 느긋하게 선장의 권위를 과시하며 미소를 지어보였다. 선장이 그렇게 나오자 항해사와 조타수, 갑판장, 창고관리장 등 배의 간부들은 한결 같이 선장의 말에 전적인 동의를 표했다. 오히려 한술 더 떠서 선장의 그동안 경력을 추겨 세우며 아부하는 자들도 있었다. 잠자코 듣고 있던 백부장도 입을 열었다.

"여러분의 말씀을 들어보니 안심해도 되겠군요. 다행입니다. 마지막으로 바울! 당신의 의견을 들어봅시다."

그러자 침묵을 지키고 있던 바울이 비로소 한마디 했다.

"난 항해사도 아니고 선장도 아니어서 배에 대해서는 잘 모르지만 폭우와 강풍 속에서 내가 탄 배가 일엽편주가 되어 파선이 되고 거기서 살아난 것이 세 차례 있었기에 경험으로만 알고 있습니다. 여러분! 오늘이 며칠이지요? 10월 15일입니다. 뭐라에서 이곳 그레데까지 오는 동안 시간을 너무 허비하여 이미 우리 유대인들이 금식하며 지키는 절기 중의 하나인 티슈레이(Thshri, 대속죄일. 10월 10일)가 지나갔습니다. 동절기는 이제 이십여 일 밖에 남지 않았습니다. 뱃길이 막히는 거지요. 그 전까지 로마에 도착해야 하는데 남은 날짜 안에 가기는 정말 어려울 거란 것입니다. 어쩌면 불가능해 보입니다. 그게 문제라는 겁니다."

그러자 항해사가 비아냥거리는 표정으로 그의 말을 막았다.

"재수 없는 작자로군? 그래서 어찌해야 된다는 거야? 그렇게 되기를 비나? 해결방법을 내놓아 보라구. 방법을!"

"이 배에는 귀한 곡물과 화물이 가득 차 있습니다. 그것들도 중요하지만 그보다는 이 배에 타고 있는 승객의 숫자가 276명이라는 겁니다. 그 승객들의 안전이 더 중요하지 않습니까? 그들을 안전하게 할 방법은 한 가지 밖에 없습니다."

"그게 뭐지?"

"겨울 전에는 로마에 도착하지 못할 것 같으니 이곳 미항에 정박해서 겨울을 난 뒤에 다시 뱃길이 열리는 내년 3월에 출항하는 게 최선책이란 겁니다."

"말도 안 되는 소리. 너 같은 죄수 주제에 뭘 안다고 지껄이나? 여기서 겨울을 나고 이듬해 출항을 한다? 앞으로 5개월 동안을 허비하고 간다? 제 때 운반하지 못하고 5개월이나 늦게 도착하게 되면 금전적인 손해가 얼마나 많이 나는지 아나? 그 막대한 손해는 무얼로 보상하지? 네가 해줄 텐가?"

선주가 화가 나서 나무랐다. 백부장이 끼어들었다.

"의견인데 뭘 그렇게 화까지 내시오? 자, 이 사람은 여기서 과동(過冬)을 해야 된다 했는데 선장 생각도 마찬가지요?"

"그 반대올시다. 11월 11일부터 뱃길이 닫힙니다. 앞으로 한 달 조금 못 남은 날짜입니다만 속도를 내면 그 기간 내에 로마 보디올 항구에 입항할 수 있습니다."

"그렇게 자신 있다면 망설일 필요 뭐가 있소? 지금이라도 출항합시다?"

바울이 선장에게 말했다. 선장은 흔쾌히 대답했다. 배는 미항을 출발했다. 목적지는 이곳에서 640킬로미터(160리) 떨어진 서남쪽 섬의 끄트머리에 해당하는, 종려나무라는 뜻을 가진 뵈닉스(Phoenix, 現 Pheneka)항이었다. 지형적으로 뵈닉스까지는 북서쪽으로 산들이 막고 있어 현재 불고 있는 서풍을 비켜갈 수가 있었기 때문이었다. 그런데 출항하자마자 바람의 방향이 바뀌었다. 서풍이 남풍으로 변한 것이다. 이거야말로 전혀 예상치 못한 순풍이었다. 모든 사람들은 역시 산전수전 다 겪은 노련한 선장의 과감한 판단을 칭송했다. 선주를 비롯한 모든 뱃사람들은 의기양양하였다.

"이렇게만 바람이 도와준다면 예정된 날에 충분히 도착하고도 남는다. 갑판장은 감사제사 지낼 준비를 하라. 바다의 신 포세이돈께 제사를 올리기로 하자."

선장이 지시했다. 승객 276명 중 헬라인은 150여 명이었고 50명은 애굽인 마르마르카(리비아)인 등이었고 유대인이 70여 명이었다. 그 가운데 기독교인은 10명도 채 안되었다. 얼마 되지 않아 제사준비는 끝났고 선주가 제주가 되어 포세이돈신에게 제사를 올렸다. 누구도 제사를 말리지 못했다. 대다수가 헬라인들이고 포세이돈은 그들이 믿는 바다의 신이기 때문이었다. 선주 다음으로 선장이 제단 앞에 꿇어앉자 포도주를 가득 잔에 부어 올리는 순간이었다. 갑자기 바람의 방향이 바뀌더니 제상 위에 벌여놓았던 제수(祭需) 그릇들이 지진이 나서 엎어지는 것처럼 제단 밑으로 쏟아져 굴렀다. 남쪽에서 불던 바람이 다시 서북풍이 되어 강하게 몰려오고 있었다. 눈 앞에 뵈닉스 항구가 안개 속에 보이는 지점인데 강풍을 만난 것이었다. 배 안은 삽시간에 비상사태가 되었다. 긴장한 선원들이 가로 뛰고 세로 뛰며 태풍에 대비했다.

"모든 승객은 아래층 선실에서 대기케 하고 선원들은 자기 부서를 떠나지 말고 만일의 사태에 대비하라. 창고부는 모든 화물이 파도가 쳐도 요동치지 않도록 잘 묶어놓아야 한다. 현재 2급 상황이다. 언제 1급으로 변할지 알 수 없다. 긴장하라."

선장이 사자처럼 서서 으르렁거리자 주변에 서 있는 갑판장이 따라서 복창하며 알리고 있었다. 분명 뵈닉스에 가까워질 때까지는 순풍이 불고 화창한 날씨였으나 북서풍으로 변하여 바람이 거세지기 시작하자 잿빛

구름이 몰려들며 온 천지를 어둡게 만들었다. 강풍에 파도가 높아져 배를 좌우로 거세게 흔들었다. 십여 미터 높이의 파도는 담벼락처럼 일어나서서 전속력으로 달려와 뱃전을 때렸다. 승객들은 객실 안의 기둥을 서로 붙잡으려고 아우성을 쳤다. 잡고 있지 아니하면 요동치는 배안에서 좌우 사방으로 내팽개쳐지며 굴러다니기 때문이었다. 백부장이 부하에게 외쳤다.

"죄수들의 쇠고랑을 모두 풀어주어라."

죄수들의 손목은 자유로웠지만 발목은 마치 마른생선 두름처럼 외줄 쇠사슬로 연결되어 묶여 있었다. 연결이 되어 있었기 때문에 하나만 넘어져도 다 함께 자빠져 구를 수밖에 없었다. 백부장 부관의 노력으로 쇠사슬이 풀어졌다. 강풍은 광풍(狂風)으로 변했다. 변화무쌍한 폭풍이었다. 뇌성소리가 머리 위에서 터지는가 싶더니 폭우가 쏟아지기 시작했다. 배는 누구도 제어할 수 없게 되었다. 돛이 찢기고 배는 십여 미터나 되는 파도 위에 실려 꼭대기까지 올라갔다가 순식간에 굴러 떨어져 몸부림쳤다가 반대편 꼭대기까지 다시 올라가 밑으로 패대기질을 치는 바람에 승객들은 토하며 실신한 채 나뒹굴고, 팔이 부러지는가 하면 머리가 깨져 피를 흘리며 여기저기서 비명을 질러댔다. 지중해 바다에서 잔뼈가 굵었다는 선장이나 선원들이 그레데섬 남쪽 해안을 지날 때는 언제나 불시에 방향을 바꿔 부는 광풍을 조심해야 한다는 것을 알고 있어야 하는데 이들 중엔 그 위험을 아는 자가 없었거나 알고 있다 했더라도 그냥 무시한 것이 잘못이었다. 이 폭풍은 그레데섬의 최정상, 해발 2400미터 이다산에서 불어오는 미친바람이었다. 동절기를 앞에 두면 북서풍이 언제나 불어오는데 이다산의 정상에 막혀서 갇힌 상태가 된 바람이 일시에 폭발하며 남쪽으로 불어 내려와 폭우를 동반한 광풍으로 돌변하는 것이었다. 이 바람의 이름은 유라쿨로(Euraquilo)였다.

유라굴로는 유라(Euros)라는 동남쪽 돌풍을 뜻하는 헬라어와 북풍, 북서풍을 의미하는 라틴어의 아퀼로(Aquilo)가 합성된 단어이고 이 폭풍은 전혀 방향을 예측할 수 없을 만큼 순간순간 바꾸며 부는 무서운 광풍을 의미했다. 훗날 태풍(Typhoon)이란 말도 거기서 비롯되었다. 배는 광풍이 회오리치는 대로 갈 바를 잃고 급류에 휩쓸린 한 장의 낙엽처럼 밀려다녔다. 네 개 중 돛대 두 개는 벌써 꺾어진 채 부러져 나가고 보조 돛대 두 개만 찢어져 펄럭이는 돛을 걸레처럼 매달고 있을 뿐이었다. 온 밤 동안 그렇게 시달리며 이튿날 새벽을 맞이할 때에야 비로소 폭풍과 폭우가 멎었다. 배의 일부는 파괴되어 있었지만 선체는 그래도 만신창이가 된 채 무사한 게 다행이었다. 죄수들도 무사했다. 바울은 감사 기도를 올렸다.

"섬이다."

선원 하나가 외쳤다. 근처에 작은 섬이 나타났는데 무인도였다. 가우다(Cauda, 現 Gozzo) 근처였다. 일단 닻줄을 내리고 배를 멈추었다. 배 옆구리에는 마치 문어발처럼 줄이 매달려 있고, 그 끝 물속에는 시커먼 물체가 끌려 다니고 있었다. 선장이 선원들에게 명령했다.

"구명정(救命艇, Life Boat)을 원위치에 끌어 올려라!"

배의 좌우 옆구리에 흩어져 물속에서 끌려 온 것들은 열 척의 구명보트였다. 죄수들까지 나서서 보트에 든 물을 쏟아내고 끌어 올려 원위치 시키고 밧줄로 묶었으나 단 한 번 힘을 쓰고 선원들이나 죄수들이나 일반 승객들은 모두 뱃전에 쓸어져 일어나지 못했다. 그도 그럴 것이 폭풍에 시달려 먹은 것을 토했는데 처음엔 푸른색으로 두 번째 구토할 때는 누런색으로, 세 번째 마지막은 피를 토했기 때문이었다. 구명정을 배의 좌우현(左右舷) 원래 고정된 위치에 다시 끌어다 매는 데만 몇 시간이 걸려야 했다. 선장만 발을 동동 구르고 있었다. 뵈닉스 근처에 있던 배는 표류하여 남쪽 가우다라는 곳까지 밀려왔는데 뵈닉스에서 이곳까지는 32킬로미터. 80여 리를 표류한 것이었다. 선장이 돛을 수선하고 키를 잡아 북쪽으로 선수(船首)를 돌리라고 재촉하고 있었다.

"여기서 더 남쪽으로 표류하여 밀려 내려가면 우리 배는 끝장이다. 아프리카 마르마리카(리비아)에 있는 스르디스(Syritis)에 걸린다. 우선 배가 떠내려가지 못하도록 고물 쪽에 있는 닻, 네 개를 모두 내려 꽂아라."

스르디스는 아프리카 해안의 구레네와 서쪽의 레프티스(Leptis) 사이에 있는 바다의 모래섬을 말함이었다. 그 섬은 지중해를 떠다니는 배들의 공동묘지로 선장이나 선원들 사이에서 악명이 높았다. 모래섬이긴 했지만 바다 위로 솟아 있지 않고 바닷물 속에 보일 듯 말듯 감춰져 있어 거기만 지나면 배가 빠져 꼼짝달싹할 수 없어 파선이 되는 것이었다.

"선장님, 키가 말을 듣지 않습니다. 확인해 보니 반파되어 있었습니다. 물속에서 고친다는 것은….."

"고치지 못하면 끝장이란 걸 모르나? 물속에 들어가라."

선장에게 혼이 나서 조타수가 돌아가는데 갑판장이 달려 왔다. 완전히 다 찢어진 돛을 수선하여 배를 움직이게 하는 건 당장 불가능하다고 보고했다. 선장은 그래도 희망을 잃지 말고 스스로 배가 움직여 갈 수 있게 만들라고 여기저기 뛰어다니며 채근했다. 그러나 소용없다는 것을 아는데는 그리 오랜 시간이 걸리지 않았다. 배는 바다의 파도와 해류에 운명을 맡기는 수밖에 없게 되었다. 그냥 망망대해를 표류하다가 근처를 지나는 배를 만나 구조 받기만 바라게 되었다. 그런데 문제는 풍랑이었다. 잠시 폭풍이 약해지는 듯하더니 다시 거세어지기 시작했던 것이다. 하루가 지나면 잠잠해지겠거니 했지만 3일이 지났는데도 마찬가지였다. 누구도 음식을 찾지 않았고 얼마나 토했는지 나올게 없으니 피가 나오고 있었다.

"배가 전복되지 않게 하려면 선체 바닥 쪽은 무겁게 하고 이층 다락 위에 있는 창고의 화물은 바다에 던져 가볍게 하는 게 좋겠습니다."

갑판장이 선장에게 건의했다.

"좋다. 상층 창고의 모든 화물은 밀만 남기고 다 버리도록 하라. 밀 포대는 배 밑 창고로 옮겨라. 그런 다음 배 위쪽에 있는 선구(船具)들도 다 버려서 배의 무게를 가볍게 하라!"

선장의 명에 항해사가 막았다.

"갑판 위에 있는 화물들을 버리는 건 이해하지만 항해에 꼭 필요한 선구들을 버리라 하심은 너무 지나치신 것 같습니다. 폭풍이 가라앉으면 선구가 있어야 항해할 수 있습니다."

"그보다 먼저 배가 파선되면 말짱 허사다. 배부터 살려놓고 보아야 할 게 아닌가? 밀 포대부터 배 밑으로 옮겨라!"

선장의 명에 따라 선원들은 갑판 위 창고에 쌓여 있던 밀 포대를 배 밑 창으로 옮기기 시작했다. 그런 다음에는 배의 상층부 곳곳에 있던 어구들까지 미쳐서 날뛰는 바다에 던져버렸다. 그렇게 했는데도 가랑잎 같은 배는 언제 전복될지, 아니면 좌우에서 때리는 파도에 언제 파선이 될지 알 수 없는 운명이었다. 폭우만 가랑비로 변하였을 뿐 여전히 강풍은 그 기세를 꺾지 않았다. 이들이 폭풍우에 떠밀려 와 있던 해상은 이탈리아 시칠리섬 남쪽의 멜리데섬(現 Malta) 인근이었다. 그러니까 그레데섬을 떠나오다가 유라쿨로 태풍을 맞아 대해상에서 표류하다가 가우다섬에 이르렀는데 그곳에서도 그 폭풍은 멎지 않았고 계속되어 배는 완전히 선장이나 선원들의 손에서 벗어나 사선을 헤매게 되었다. 그러다 이른 곳이 멜리데 인근이었다. 가우다섬에서 멜리데섬까지는 760킬로미터였고 2백 리가 넘는 거리를 14일 동안 해도, 달도, 별도 보지 못하고 아무 것도 먹지 못한 채 어둠과 광포한 성난 바다와 사투를 벌이며 오직 목숨을 건지기 위해 죽을힘을 다해 버텨 오고 있을 뿐이었다.

- 여러 날 동안 해와 별이 보이지 아니하고 큰 풍랑이 그대로 있었으매 구원의 여망이 다 없어졌더라. (행 27:20)

살아서 두 번 다시 땅을 밟아 본다는 것은 포기할 수밖에 없다고 모두가 체념한 채 두 손을 놓고 선실 바닥에 쓰러져 있었다. 바울 혼자 갑판에서 세찬 비바람을 맞으며 돛대를 끌어안고 무릎을 꿇은 채 하나님께 간절한 기도를 하고 있었다.

"죽으려고 환장했나? 아무리 온힘을 다해 돛대를 껴안고 있어도 힘 풀리는 건 순식간이야. 그리되면 당신은 소용돌이에 휘말리는 파리 신세가 되어 파도에 묻혀 동댕이질 쳐진다고! 당장 선실로 내려오지 못하나?"

선실 문을 비집고 눈과 입만 내놓고 악을 쓰고 있었다. 백부장 율리오였다. 그러자 무릎을 꿇고 있던 바울이 벌떡 일어섰다. 십여 일 동안 먹지도 못하고 토하기만 한 빈사상태 어디에 그런 힘이 남아있는지 모를 일이었다. 그러면서 바울은 목이 터지게 하나님을 불렀다.

"하나님 아버지! 말씀 고맙습니다. 하나님! 나의 하나님. 감사합니다. 아멘."

그 때였다. 선실 문을 박차고 누군가 바울 곁으로 뛰어나갔다.

"무슨 짓이야? 돌아오라!"

백부장이 외쳤다. 세찬 파도에 휩쓸리며 배의 옆구리로 시계추처럼 밀려나가 배에서 떨어질 순간이 되었다. 그러나 다행히 떨어지진 않았다. 훔쳐보던 선원들이 숨을 막았다. 다행인 것은 그 사람은 자기 몸에 밧줄을 매달고 있었다. 그래서 무사했던 것이다. 그 사람이 일어나 바울 곁으로 온 힘을 다해 기어갔다. 드디어 그는 바울의 허리를 휘감았다. 그가 돌아보며 외쳤다.

"밧줄을 팽팽하게 잡아당겨 우리를 끌어가시오."

백부장이 병사들에게 명하여 바울과 그 사람, 둘을 선실 밑으로 끌어내리게 했다. 이윽고 무사히 끌려 내려왔다.

"사도님, 무사하셔서 다행입니다."

바울을 구한 사람은 아리스다고였다. 백부장이 화를 냈다. 왜 죽음을 자초하느냐는 것이었다. 바울과 이리스다고 앞에는 2백여 명의 승객들이 모여 있었다.

"아리스다고, 날 일으켜 세워다오."

"예, 사도님."

바울이 부축을 받고 비틀거리며 일어섰다. 바울이 무엇엔가 사로잡힌 표정과 목소리로 입을 열었다.

"나는 우리 배가 그레데섬의 미항에 도착했을 때 지금은 로마행선이 어려우니 3개월의 겨울을 미항에서 보내고 다시 바닷길이 열리는 새봄에 출항해야 한다고 건의했으나 묵살 당했습니다. 지금의 고난은 바로 나의 충고를 무시한 벌입니다. 물론 이제 와서 그걸 책하자는 건 아닙니다. 대체 이제 어찌해야 하느냐고 내가 섬기는 나의 하나님께 물었습니다. 드디어 하나님은 어젯밤에 당신의 사자를 보내시어 내 곁에 세우시고 말씀을 전하셨습니다. 바울아, 바울아. 두려워 말라. 이제는 안심하라. 너희 가운데 생명에 손상 입을 자는 아무도 없을 것이며, 다만 손상을 당하는 것은 배 뿐일 것이다. 하나님께서는 너의 죄 없음을 증거해주시기 위해 틀림없이 로마의 가이사 앞에 서게 할 것이며 하나님께서 너에게 주신 276명의 인명 또한 너 때문에 하나님께서 모두 목숨을 구해주신다고 약속하시었다고 전했습니다. 여러분! 부디 나의 하나님 말씀을 믿으십시오. 희망을 가지고 용기를 내시오."

"오, 알지 못하는 하나님이시어, 우리를 살려주시옵소서. 살려주시옵소서."

모두 엎드려 울면서 간청했다. 그날 밤이었다. 천지가 조용해졌다. 보름 이상 계속해서 불고 있던 폭풍이 약풍(弱風)으로 바뀌고 집채만하게 덤벼들던 파도 또한 언제 그랬느냔 듯이 잠잠해져 있었다. 그 때 갑판에 올라갔던 선원 몇 명이 내려와 급히 선장에게 보고했다.

"어둠과 물보라 때문에 보이는 것은 없습니다만 우리 배 앞, 머지않은 곳에 육지가 있음이 분명합니다."

"땅 냄새와 수목에서 나는 냄새가 어디선가 바람에 실려오고 있습니다. 다른 사람은 맡지 못하지만 바다에서 늙은 저희 선원들은 맡을 수 있는 냄새입니다."

그들의 보고를 선장도 믿어주었다.

"바다 깊이를 재어보아라."

"예."

얼마 후 선원들이 깊이 재보기가 끝났는지 외쳤다.

"20미터입니다."

"음, 그렇게 얕다니 분명 육지가 가깝구나. 더 나아가서 또 깊이를 재어보라."

한동안 배를 움직인 다음 깊이 재기를 끝낸 선원이 또 외쳤다.

"15미터입니다."

"분명 육지가 가까이 있구나. 수심이 15미터라면 암초들이 있을 것이다. 암초에 부딪치면 배는 파선한다. 날이 샐 때까지 배가 움직이지 못하게 닻을 내려라."

급히 네 개의 닻이 내려졌다. 배가 멈추었다. 처음으로 모든 승객들은 요동 없는 배 안에서 편안하게 잠이 들었다. 새벽녘이 되었을 때 누군가 바울을 흔들어 깨웠다. 아리스다고였다.

"사도님, 수상합니다."

"뭐가 말인가?"

"잠시 산책하러 갑판에 나가보니 선원들이 나와서 몰래 구명정을 바다에 내리는 작업을 하고 있었습니다. 배가 파선될지 모르니 저희만 그걸 타고 도망치려는 것 같습니다."

그러자 바울도 급히 갑판으로 올라가 그 광경을 목격했다. 그들은 도둑질하는 해적선 선원들처럼 쉬쉬하며 구명정을 내리고 있었다. 바울은 재빨리 백부장에게 달려가 그를 깨우고 사태의 급박함을 알렸다.

"몰래 탈출하려 한다?"

"그렇습니다. 배를 부릴 줄 아는 선원들이 이 배를 떠나고 나면 망망대해에서 누가 배를 부려 항해해 가겠습니까?"

바울의 말이 끝나기 전에 백부장은 부하들을 깨우고 무장한 채 자기 뒤를 따르라며 갑판으로 올라갔다.

"구명정을 타고 몰래 도망치려는 선원들은 들어라. 당장 동작을 멈춰라. 그리고 모두 갑판으로 올라와 집합한다. 불응하는 자는 장창(長槍)의 맛을 보여주겠다. 창을 날려 가슴 복판을 꿰뚫어버린다는 것이다. 제병은 발사 준비하라! 발사준비!"

우렁찬 명령이 터지자 구명정을 바다 위에 내리고 있던 선원들이 하나둘씩 겁을 집어먹고 밧줄을 타고 갑판 위로 올라왔다. 스무 명이었다. 백부장이 부하 병사들에게 다시 명했다.

"구명정에 매달린 밧줄은 남김없이 잘라버려라. 어서!"

병사들은 허리에 차고 있던 검을 뽑아들어 밧줄을 모두 끊어버렸다. 그러자 구명정들이 남김없이 장마철에 거미 흩어지듯 떠내려 가버렸다. 그러고 나자 바울이 백부장의 허락을 받고 입을 열었다.

"지금까지 우리는 보름동안 빵 한 조각, 물 한 모금 마시지 못했습니다. 취사부(炊事部) 선원 여러분에게 청합니다. 우리 276명의 모든 형제들이 먹고 마실 수 있도록 지금부터 준비해주시오."

"좋은 생각입니다."

선장이 동의하더니 취사부에 명하여 식사 준비를 시켰다. 이윽고 배안 넓은 방에서는 오랜만의 식사가 시작되었다. 276명 전원이 참석하니 방이 좁아 복도까지 꽉 차게 되었다. 식사가 시작되기 전에 백부장 율리오가 바울에게 감사기도 해주기를 부탁했다. 대다수의 이방인들은 처음에 바울을 단순한 범법자 정도로 알았지만 그가 속해 있는 신께 기도를 드려 응답을 받은 후 그가 보여준 놀라운 일들을 직접 보았기 때문에 모두 바울과 바울의 신께 경외감(敬畏感)을 느끼고 조용히 그의 다음 말을 경청하고자 했다. 그들이 본 놀라운 일들은 바로 그가 나서서 자기는 물론 모든 승객 전원은 터럭 끝 하나 상하지 않고 하나님이 목숨을 살려주실 거라 했는데, 그의 선언이 있고 나자 폭풍은 멎었고 바다가 잔잔해졌으며 그토록 바라던 육지가 근처에 있다는 것도 알게 되었던 것이다. 어찌 놀라지 않을 수 있단 말인가.

"폭풍과 폭우를 만나 대해를 떠돌다가 죽는 것은 불가항력이니 어쩔 수 없다 쳐도 배 안에서 먹을 식량이 풍부한데도 모두 굶주려서 죽었다면 세상의 웃음꺼리 밖에 더 되겠습니까? 여러분, 우리는 자그마치 14일 동안을 태풍 만난 배안에서 뒹굴며 물 한 모금 넘기지 못하고 토하기만 하면서 목숨을 이어왔습니다. 내가 이미 우리 하나님이 약속해주신 것을 밝힌 바 있듯이 단 한사람도 다치거나 목숨을 잃게 하지 않으시겠다 했습니다. 믿으시면 우선 구원을 대비하여 먹고 정신을 차려야 합니다. 하나님은 더구나 이제 육지가 가까웠다고 알려주셨습니다. 우리는 산 것입니다. 용기를 내시고 배부르게 먹고 마시며 하나님께 감사하십시다. 자아, 그럼 내가 하나님께 축사(逐邪)기도를 올리겠습니다. 기도가 끝나면 똑같이 떡을 나누십시다."

바울은 떡을 들고 축사기도를 올린 뒤 먼저 떡을 떼었다. 모든 승객들이 그제야 따라서 떡을 먹고 식사를 시작했다. 다함께 배불리 먹고 나니 늦은 아침이 되었다. 잠시 후 갑판에서 환희에 찬 고함소리가 터져 나왔다.

"육지다! 육지가 보인다."

그 소리에 모두 배 위에 올라왔다. 모처럼 맑은 태양이 잔잔해진 온 바다를 비추고 물결 위에서 반짝이고 있었다. 모든 것이 꿈만 같다, 눈앞 2백여 미터에는 푸른 숲이 우거진 육지와 황금색 모래사장이 펼쳐진 해변이 나타나 있었다. 환호성도 잠깐, 선주와 선장은 긴급히 회의를 열었다. 어떻게 하면 무사히 배를 해변에 대느냐는 것이었다. 갑판장이 난처한 표정으로 말했다.

"구명정은 모선(母船)이 파괴되었을 때 인명을 구하기 위해 있을 뿐 아니라 지금 같은 상황 때문에 필요한 것입니다. 모선은 대형 선박이어서 수심 80미터 이상 되지 않으면 바다 바닥에 돌출되어 있는 수많은 암초를 피할 수 없습니다. 수심이 얕아서 해안으로 접근할 수 없으면 배를 수심 깊은 곳에 세워두고 구명정을 이용하여 사람과 화물을 운반해내는 것입니다."

"이제 와서 구명정 없어진 걸 원망할 필요 없다. 다른 방법을 찾아보자. 배를 최대한 가볍게 해서 해안에 붙일 수는 없을까?"

"현재로써는 그 방법 밖에 없습니다만 창고에는 귀하고 비싼 밀만 남아 있는데 그걸 버릴 수는 없지 않습니까?"

갑판장의 말에 창고의 책임자인 고장(庫長)이 나섰다.

"배 밑 창고가 부서져 바닷물이 들어오는 바람에 멀쩡한 밀포대가 얼마 없는 것 같습니다."

고장의 말을 들은 선장이 선언했다.

"창고에 쌓여있는 모든 밀 포대를 바다에 버리고 배를 최대한 가볍게 하라. 접안을 시도할 것이다. 그 일이 끝나면 마지막으로 지금 내려져 있는 닻줄을 끊어 바다에 버리도록 하라."

닻줄은 엄청나게 무거운 갈고리(닻) 쇳덩이를 매달고 있는 줄이었다. 배를 정박시킬 때 쓰는 것이었다. 지금 이 배는 한 개도 아니고 모두 네 개의 닻을 이물 쪽(뱃머리쪽)에 내려놓고 해류에 밀리지 않게 하고 있었는데 그 무게만도 엄청났다. 그걸 버려 그 무게를 줄여보자는 것이었다. 가볍게 몸무게를 줄여야만 얕은 수심에도 뜰 수 있어 최대한 해안 쪽에 무사히 접안할 수 있다고 본 것이다.

"키 줄을 풀고 돛을 올려라!"

이윽고 배가 서서히 육지의 해안가로 움직여 갔다. 잠시 후 뱃머리에서서 전방을 관망하고 있던 선원이 다급하게 외쳤다.

"위험합니다. 좌로 각도를 꺾으십시오! 육지 쪽에서 흘러나오는 두 줄기 물이 합해지는 지점에 모래더미가 숨어 있습니다. 각도를 꺾지 않으면 뱃머리가 모래 속에 파묻힐 위험이 있습니다. 각도를 변경하십시오! 아아, 안됩니다. 안됩니다."

선원의 외침은 절망으로 바뀌었다. 우지직 하는 소리가 바다 밑에서 올라왔다. 뱃머리는 이미 두 줄기 물이 만들어 놓은 삼각주 모래섬에 처박혀 버렸다. 배는 모든 선구를 이미 다 버린 상태였으므로 속수무책이었다. 엎친데 덮친 격으로 배의 꼬리부분은 강한 파도에 부딪쳐 좌우로 요동을 치다가 부서져 나가기 시작했다. 그렇게 두면 완전히 산산조각이 나 파선되는 것은 시간문제였다. 위급해진 것을 감지한 선장이 먼저 선원들을 집결시켰다. 배에서 어떤 방법으로든지 탈출하란 명을 내렸다. 그것을 본 다른 승객들이 동요하여 도망치려 했다.

"죄수들은 꼼짝하지 마라. 가만있으란 말이다. 족쇄를 차고 있으니 바다에 들어가면 너희들은 떼죽음을 한다. 그러니 꼼짝 하지 말란 말이다."

백부장을 모시는 부장(副將)이 죄수들의 동요를 막으며 백부장 율리오에게 동의를 구했다.

"죄수들은 이 자리에서 하나씩 목을 날려 바다에 던져버려야 한다고 생각합니다. 이들을 하나라도 놓치면 준엄한 처벌을 받기 때문입니다." 부장의 채근에 율리오는 잠시 생각에 잠겼다가 결심한 듯 명령했다.

"죄수들의 족쇄와 연결된 사슬을 다 풀어주어라. 그리고 수영을 할 줄 아는 자는 수영을 해서 해변으로 나가고 그도 저도 자신 없는 자들은 배에서 던질 널빤지나 문짝을 의지하고 기타 나무 조각이라도 붙잡고 해안으로 헤엄쳐 목숨을 구하게 해야 할 것이다. 뭐하나? 빨리 풀어주어라!"

이윽고 자유의 몸이 된 죄수들과 선원들 그리고 다른 승객들도 배에서 뛰어내렸다. 헤엄을 치지 못하는 자들은 선원들이 나서서 도와주어 276명 전원이 바울의 기도대로 무사히 살아서 땅을 밟게 되었다. 그들은 물 속을 헤쳐 나오느라 몸에 지닐 수 있는 것이 없어 모두 맨몸이었다. 게다가 초겨울이 시작되는 날씨라 바다 속은 차가웠고 모든 사람은 추위 때문에 젖은 몸을 덜덜 떨고 있었다.

"선장! 여기가 어디쯤이요?"

백부장이 물었다.

"자세힌 모르겠습니다만 어느 섬인 것만은 분명합니다."

그 때 누군가 남자 하나가 근처 바위 뒤에 숨어 있다가 급히 도망치는 게 보였다.

"멈춰라!"

병사들이 소리쳤다. 그러자 백부장이 말렸다.

"어디선가 일하고 있던 섬사람이다. 마을이 있는 것 같다. 아마 달려가 알리겠지. 그럼 마을 사람들이 우릴 내쫓으려고 달려올지도 모른다. 제병은 병장기를 버리고 오진 않았겠지?"

"예."

병사들이 대답했다. 병사들이었기에 가지고 있는 창과 칼을 끝까지 소지하고 나온 것이었다.

"민간인은 뒤쪽으로 후진시키고 병사들은 앞에서 전투태세로 대기하라!"

훈련이 잘된 병사들이라 당장 전투태세를 갖추었다. 백부장의 예상은 적중해서 섬의 숲속에서 20여 명의 마을 사람들이 쏟아져 나와 빠른 걸음으로 접근해 오고 있었다.

"전투준비!"

백부장이 외쳤다.

"멈추시오! 백부장!"

그때 바울이 앞으로 나서며 막았다.

"저들은 누구도 무기를 가지고 있지 않습니다. 노인도 있고 아이들도 있습니다."

그 말에 백부장도 어물어물하는데 섬사람들이 이십여 미터 앞까지 다가왔다.

"조난 당한 분들입니까?"

나이 지긋한 선한 인상의 남자가 앞으로 나서며 물었다.

"그렇습니다."

바울이 대표로 나섰다.

"배가 완전히 파선되었군요? 인명 피해가 많습니까?"

"아닙니다. 가진 것과 배만 잃었을 뿐 승선한 사람들은 모두 무사합니다. 크게 다친 사람도 없구요. 그런데 여긴 어딘가요?"

"여긴 멜리데(Melita, 現 Malta)라는 섬입니다. 북쪽은 시칠리섬이고 남쪽은 아프리카 땅이지요. 그 중간지점쯤 되지요. 나는 이 섬의 촌장인 보블리오(Popilius)입니다."

"그러십니까? 저는 기독교 사도인 바울이고, 이쪽은 로마군 친위대 백부장이시고, 그 옆은 선주, 또 선장님이십니다."

바울이 인사를 시켰다. 팽팽했던 긴장감이 사라지고 평화로움으로 바뀌었다. 따뜻하게 대해주는 보블리오란 촌장 때문이었다.

"다들 젖어서 몹시 떨고 계시군요. 자, 우릴 따라 오십시오."

촌장이 앞장섰다. 바울 일행은 전장에서 패하여 도망다니던 굶주린 패잔병들처럼 그의 뒤를 따라가고 있었다. 이들이 표류하다가 상륙한 멜리데섬은 이탈리아 시칠리섬에서 남으로 약 96킬로미터(240리) 떨어져 있고 그보다 남쪽인 북 아프리카에서는 약 320킬로미터(800리) 떨어진, 지중해를 동남방으로 가르는 분기점에 위치하고 있는 작은 섬이었다. 동서로 된 섬의 길이는 32킬로미터(80리) 남북의 폭은 16킬로미터(40리) 정도였다. 멜리데섬에 사는 주민들은 로마인도 헬라인도 아니었다. 그들과는 피부색부터 달랐다. 백인이 아니고 검은 갈색이었다. 로마제국 이전에 지중해 연안을 지배한 강대국은 북아프리카 한니발의 카르타고(Carthage)였으며 그때 그곳에서 이민 온 푸닉(Punic)인들이 이곳에 살게 되었다. 그들은 로마인이나 헬라인 못지않은 문화인들이었다.

마을 앞 숲속에 빈터가 있었다. 촌장의 지시에 따라 마을 사람들이 울창한 숲 속으로 가 죽은 나뭇가지들을 모아다가 높이 쌓았다. 젖은 몸으로 떨고 있는 사람들을 더 두고 볼 수 없었던지 촌장은 불을 피우게 했다. 화톳불은 당장 붙어 우지직거리며 타올랐다. 불길에 몸을 녹이려고 모두 원형으로 둘러싸고 앉았다. 바울은 불 앞에 가까이 있었기 때문에 동네사람들이 해 온 나무를 받아 불붙은 나무들 위에 쌓고 있었다. 그때였다. 누군가의 비명소리가 고막을 찢었다.

"아악! 도, 독사다!"

"오, 오."

다른 사람들은 놀라서 말을 잇지 못하고 놀란 입을 다물지 못했다. 나 뭇단을 던지던 바울의 팔목에 뭔가 굵은 허리끈 같은 게 걸려 있었다. 바 울은 싸늘한 냉기를 느끼며 오른팔을 올려 쭉 폈다. 팔목에 매달린 건 허 리끈이 아니라 살아 있는 뱀이었던 것이다. 몸통이 날렵하고 여러 겹의 S 자로 구부린 뱀의 몸 위에 일으켜 세운 머리가 삼각형으로 들려 있는 것 으로 보아 독사가 분명했다. 흑백의 바둑알 무늬가 수놓아진 그 독사는 맹독성을 가진 뱀이었다. 그 독사에게 물리면 입으로 그 독을 빨아낼 수 도 없고 십 분이 지나면 전신이 마비되고 심장이 마비되어 죽게 되어 있 었다. 그걸 아는 동네사람들은 말을 하지 못하고 모두 온몸을 떨고 있었 다. 그러나 정작 독사를 팔에 매달고 있는 바울은 오히려 태연했다. 독사 는 바울의 손목을 물려고 혀를 날름거리고 있었다. 주민 가운데 누군가 큰소리로 떠들었다.

"저 사람 팔목을 보아라. 쇠고랑이 채워져 있다. 원래는 양쪽이지만 풍 랑 때문에 한쪽은 풀어주었겠지. 분명 저자는 사람을 죽인 살인자일 것이 다. 태풍 속에서 목숨은 구할 수 있었을지 모르지만 만일 독사에 물려 죽 게 된다면 그건 억울하게 죽은 그 원혼이 뱀이 되어 복수하는 것으로 보 아야 한다."

그 소리를 듣고도 바울은 더 태연하게 왼손으로 그 독사의 꼬리를 잡아 다녔다. 독사는 몸부림을 치면서 느슨하던 팔목을 더 휘감으려 꿈틀대며 큰 입을 벌려 바울의 팔목을 물었다. 그러나 같은 순간 독사는 힘을 잃고 휘감은 것을 풀고 불 속으로 떨어졌다.

"아아."

모든 사람들은 다시 한 번 일제히 탄성을 발했다. 독사가 감고 있던 바 울의 손목은 아무런 상처 하나 없이 말짱했던 것이다. 그러면서도 아직은 알 수 없다. 좀 더 두고 보면 이미 물렸을지 모를 팔이 부어오르고 저 사람은 정신을 잃고 쓰러져 죽을지도 모른다며 기다려보자 했다. 그러나 말짱한 걸 보고는 섬사람들이 한 목소리로 말했다.

"저 사람은 분명 살아서 이곳에 내려오신 신이다."

"물린 데는 없으십니까?"

걱정된 표정으로 보블리오 촌장이 물었다.

"다행히 물리진 않았습니다."

"정말 신기하군요. 건들면 먼저 무는 게 독사인데 말이지요. 자, 여러분 몸을 녹였으면 음식을 대접해드릴 테니 저희 집으로 갑시다. 얼마나 시장하시겠소?"

"촌장님, 저흰 일이십 명도 아니고 276명입니다. 이 많은 식구들을 어떻게 대접하신다는 거지요?"

"저희 집은 섬 안에서 가장 넓고 큽니다. 그리고 넓은 마당이 있습니다. 너무 염려마십시오."

보블리오 촌장의 따뜻한 후의로 바울과 백부장과 선주와 선장은 방안에서, 다른 식구들은 너른 마당에서 다 배부르게 먹고 마시며 쉬게 되었다.

"촌장님 같은 의인을 만나다니 나의 하나님이 보내주신 천사가 아닌가 싶습니다. 정말 고맙습니다."

바울이 고마워하자 촌장은 손사래를 쳤다.

"무슨 말씀이오. 태풍을 만나 다 잃고 표류해 오는 선원들이 가끔 섬에 구사일생 하여 상륙합니다. 그들을 돌봐주지 않으면 굶어죽을 수밖에 없지요. 누군가는 도와주어야 하지 않습니까? 너무 신경 쓰지 마십시오. 헌데 선생 말씀에 나의 하나님이라 하신 것 같은데 어떤 신을 믿으십니까?"

"난 유대인입니다. 나의 하나님이란 이 세상을 창조하시고 운행하시는 유일신인 여호와 하나님을 말씀하는 것입니다. 태초에 인간들은 낙원에 살았지만 하나님을 배신했습니다. 하나님께서는 그 죄를 회개하고 뉘우치면 다시 낙원으로 부르신다했지요. 인간들은 회개하는 듯하다가 다시 범죄하고 그 악순환을 계속했습니다. 안타까워하시던 하나님은 외아드님이신 예수님을 구세주인 그리스도로 인간 세상에 보내시어 그동안 인간들이 지은 모든 죄를 다 대속하게 하시고 십자가에서 죽임을 당하여 화목제로 돌아가시는 걸 인간들에게 보여 주셨습니다. 그런 다음 죽은 지 삼일 만에 하나님은 예수님을 살려내 부활 승천케 하시었습니다. 우리도 예수님과 함께 죽었습니다. 하지만 우리도 하나님의 용서를 받았으므로 죽어도 살아나며 부활하여 구원 받고 영생을 하게 되었습니다. 부활 영생의 길을 바로 예수 그리스도께서 열어주신 것입니다. 그걸 믿으면 내 하나님이 언제나 지켜주십니다."

섬사람들은 독사에게 물리지 않은 것이 바로 바울이 믿는 하나님의 보호 때문이었다며 모두 고개를 끄덕여 수긍했다. 식사대접 받고 자리에서 일어설 즈음 옆방에서 고통스런 신음소리가 밖으로 새어나왔다.

"신경 쓰지 마십시오. 아버님이 좀 편찮으십니다."

"무슨 병이신데요?"

"음식을 잘못 드셨는지 좋지 않은 물을 드셨는지 설사를 계속하시다가 그게 이질로 변하여 의원들도 치료를 못하네요.이젠 고열까지 나서 떨어지지 않으니 저렇게 고통스러워 하십니다."

바울은 고개를 끄덕이더니 그 노인 옆으로 가 작은 의자에 앉았다. 열 때문에 노인은 인사불성이었다. 바울은 한동안 노인을 꿰뚫어버릴 것처럼 노려보다가 노인의 가슴과 얼굴에 손을 얹었다. 그런 다음 강한 어조로 안수기도를 했다.

"아아아!"

한순간 노인이 버르적거리더니 거품을 물고 사지를 늘어뜨렸다. 보블리오와 가족들이 놀라 왜 이러느냐고 외쳤다.

"괜찮습니다. 주무시는 거니 깨우지 마시오. 단잠을 자고 나면 깨끗해질 겁니다."

바울의 말대로 노인은 그로부터 하루 낮밤을 계속 자더니 개운한 표정으로 일어나 배고프다고 음식을 찾았다.

"오오, 아버님이 깨끗이 나으셨군요. 바울 선생이 고치셨습니다. 신의 손입니다."

보블리오의 아버지는 바울의 안수기도를 받고 당장 깨끗이 나았다. 그러자 역시 하늘에서 신이 내려 온 것이 분명하다며 섬 안에 소문이 나서 여러 병자들이 찾아와 병 고쳐주기를 원했다. 바울은 많은 환자들을 고쳐주었다.

난파되고 조난당하여 로마로 갈수 있는 배도 없이 구사일생하여 멜리데섬에 오른 바울 일행은 앞으로가 난감했다. 오도 가도 못하는 처지였다. 그러나 다행스러웠던 것은 북쪽 해안에 큰 배 한 척이 정박해 있다는 소식이 전해졌던 것이다. 선장과 선원들이 그 배를 찾아갔다가 돌아왔다.

"무슨 배였습니까?"

바울이 물었다.

"당신의 신인 하나님이 봐주신 모양입니다. 나도 잘 아는 배이고 선장 또한 잘 아는 친구였습니다. 우리와 같은 곡물 운반선인데 멜리데 근처까지 지나다가 그냥 항해해 가다가는 뱃길이 닫히는 동절기와 겹치게 되어 이곳 멜리데섬에 피항하고 겨울을 나기로 했답니다. 새봄이 되어 뱃길이 열리면 로마로 간답니다. 그때 동승하면 되겠습니다."

"하나님 감사합니다."

겨울나기는 삼 개월이었다. 그 삼 개월을 어디서 어떻게 버티느냐가 심각한 문제였다. 한 두 명도 아니고 276명의 대식구가 먹고 잘 수 있어야 했기 때문이다. 그같은 고민을 시원하게 풀어준 사람은 촌장 보블리오였다. 아버지의 병을 낳게 해준 데 대한 고마움을 모든 식구들을 대접함으로써 보답하고 싶다 한 것이다. 바울 일행은 마음 편하게 삼 개월 동안의 겨울을 나게 되었다.

이윽고 동절기가 끝나고 봄이 되자 닫혔던 뱃길이 열렸다. 바울 일행은 로마로 가던 난파된 전 선박과 동일한 크기의 곡물선인 알렉산드리아 해운회사 소속인 대형 선박 디오스구호에 승선하게 되었다. 디오스구는 제우스신의 쌍둥이 아들인 카스톨과 폴룩스의 이름이고 선원들을 도와주는 신으로 알려져 모든 선원들이 존경하고 있었다. 디오스구호가 멜리데섬을 떠난 것은 3월 10일이었다. 북서쪽으로 배가 항진한지 이틀 만에 멜리데섬에서 128킬로미터 떨어진 이탈리아 반도 남단에 있는 시칠리아섬의 동남쪽에 있던 시라쿠사(Suracuse)항에 도착하게 되었다. 시라쿠사는 고린도시의 식민지였다가 로마제국에 점령당하여 로마의 식민지가 된 곳으로 유명한 수학자 아르키메데스(Archimedes)의 고향이기도 했다. 배는 곧장 다시 그곳에서 떠나지 못했다. 초봄이면 불어오는 거친 북서풍 때문에 사흘 동안 피항하여 잠잠해지기를 기다리고 있었다. 이탈리아반도의 문턱에 와 있으면서도 쉽게 본토 남단의 항구인 레기움(Rhegium)에 가지 못하고 뜸을 들인 이유는 시칠리아섬과 이탈리아 본토 사이에 있는 메시나(Messina) 해협 때문이었다. 그곳은 물살이 빠르고 급해서 모든 배가 꺼리는 사고 다발지역이었다. 바람도 바람이지만 그 해협 때문에 지체한 것이다.

22
죄수 사도 바울,
로마에 개선(凱旋)

바람이 잠잠해지자 배가 출항하여 메시나 해협을 에둘러서 위험을 피해가며 조심스럽게 이탈리아 본토의 최남단 항구인 레기움에 입항하게 되었다. 레기움에서 하루 동안 정박하고 남풍을 기다렸다가 이탈리아 해안을 끼고 북쪽으로 항진하여 나폴리만으로 들어가 보디올(Puteoli) 항구에 정박하게 되었다. 승객 276명은 모두 이곳에서 하선하게 되었다. 선주와 선장 일행이 모두 떠나고 바울을 비롯한 죄수들과 백부장과 그의 군사들만 남게 되었다. 백부장이 이들에게 말했다.

"여러분은 천신만고 끝에 이제 이탈리아 땅을 밟게 되었다. 누구 하나 목숨을 잃지 않고 상함도 없이 무사히 도착하였다. 바울이 믿는 하나님과 황제 폐하의 가호에 감사를 드린다. 이곳 보디올 항구는 로마를 향해 지중해 대해를 운항하는 모든 선박들의 기착지이며 출발지이다. 죄수들은 이곳 보디올 군정청(軍政廳)에 이감(移監)하여 다음 명령을 받게 된다."

보디올 군정청은 해외 각 식민지에서 오는 범법자들을 일단 구치(拘置) 수용하고 사안에 따라 나누어 법원이 있는 곳에 죄수들을 분산 이송해 주는 곳이었다. 군정청으로 가기 전 여기까지 바울을 따라 온 아리스다고 가 백부장 율리오를 만났다.

"할 말이 있는가?"

"백부장님은 바울사도님을 믿으시지요?"

"무슨 뜻인가?"

"듣자하니 이곳에서 며칠 있어야 할 것 같다 하더군요. 마침 이곳에는 저희 사도님 제자들이 살고 있습니다. 가이사랴에서처럼 이번에도 특별히 제자들과 며칠 함께 지낼 수 있는 은전을 내려주셨으면 해서 간청드립니다."

"가이사랴와 보디올은 다른 곳이다. 어려운 부탁이지만 여하튼 생각해 보겠다."

보디올에는 바울의 친척인 헤로디온이 살고 있었다. 다소에 살다가 로마로 이주했고 로마에서 보디올로 천막 짓는 공방을 옮겨 가게를 하고 있었다. 그가 로마에 있을 때 유대교에서 개종하여 기독교 신도가 되었다. 보디올에도 교회가 있었다. 이들은 바울이 써 보낸 로마인들에게 보낸 편지(로마서)를 읽어 그를 존경하고 있었고, 그가 예루살렘에서 체포당하여 로마로 이송되어 온다는 것도 이미 로마에서 사람이 왔다가서 잘 알고 있었다. 사실은 바울이 오기를 기다리고 있었다. 뱃길이 막히기 전까지는 하루에 한 번씩 예루살렘 쪽에서 오는 배가 있는지 없는지 확인하는 일을 거르지 않았다. 다만 뱃길이 막힌 동절기 동안은 나가보지 않았지만 봄이 되어 뱃길이 열린 다음부터는 다시 확인하곤 했다. 백부장은 죄수들이 이탈리아땅에 들어 온 것을 군정청에 신고하고 추후 로마로 이송하는 문제의 답을 기다리기로 했다. 그동안 죄수들은 군정청 옥사에 감금해 두었다. 이윽고 백부장은 그날 밤 바울을 불러냈다.

"이곳 보디올에 친척이 있단 말을 들었네. 특별히 시간을 내줄 터이니 나가서 만나고 들어오도록! 본청의 이송 지시 명령이 오기까지는 한주일 정도 걸리니까 앞으로 닷새만 친척과의 만남을 승낙하겠네. 내가 그대를 믿는 만큼 실망시키지 않을 거라고 믿네."

"고맙습니다."

바울은 진심으로 고마워했다. 그날 오후가 되어서 누군가 군정청으로 바울 사도를 찾아왔다. 젊은이였다. 그는 이곳 보디올 교회에서 보낸 성도 중 하나였다. 어제 늦게 항구에 입항한 선박의 일지를 보고 바울이 죄수들과 함께 왔다는 사실을 알고 면회를 보냈던 것이다. 바울은 백부장의 호의로 외출하게 되었다. 아리스다고도 동행하게 되었다. 바울의 친척인 헤로디온 집으로 갔다. 이미 면회 왔던 청년이 전해서인지 보디올교회의 성도 20여 명이 모두 모여서 바울 오기를 기다리고 있었다. 자기 친척 헤로디온 외에 아는 얼굴은 아무도 없었다. 하지만 그들은 늘 만나던 사이처럼 바울을 따뜻하게 환영하고 위로했다. 바울은 밤을 새워 자신이 보낸 로마서를 바탕으로 강론을 이어갔다. 모두 감동 감화되어 자리를 뜰 줄을 몰랐다. 이튿날 아침 바울은 수행자인 아리스다고를 불렀다.

"예, 사도님."

"너는 오늘 아침에 로마로 가라. 아직도 뵈뵈 집사가 로마의 어느 교회엔가 있을 것으로 생각된다. 뵈뵈 집사에게 나의 로마 도착소식을 알려줘야 해. 한주일 후에 로마로 이송되면 식민지 출신 죄수들을 수용하는 본청 어느 곳에 있을 것 같으니 그곳으로 면회를 오면 만날 수 있다고 알려주게. 지금 바로 떠나게."

"알겠습니다. 그럼 로마에서 나중에 뵙겠습니다. 건강 조심하셔야 합니다."

먼저 아리스다고가 로마로 떠났다. 바울은 해상에서 표류하고 고생하여 지치고 피폐해져있던 심신을 헤로디온의 집에서 다시 추스르고 원기를 회복하여 일주일 만에 백부장을 따라 다른 죄수들과 함께 로마를 향하여 길을 나섰다. 보디올에서 로마까지는 걸어서 5일쯤 걸리는 길이었다. 캄파나 도로를 걸어서 나폴리(Napoli)를 지나 카푸아(Capua)까지 가서 아피아(Appia) 고속도로를 만나 걸어서 갔다. 바울이 오고 있다는 소식이 전해져서 로마의 성도들이 로마에서 70킬로미터(약 170리) 떨어진 압비오 역의 저자인 광장에 까지 십여 명이 마중 나와 있었다.

"바울 사도님, 로마에 개선하신 것을 환영합니다."

기다리던 성도들이 다가와 바울의 목에 화환을 걸어주고 환영했다.

"사도님, 그동안 얼마나 고생하셨어요?"

그때 누군가 바울을 포옹하며 눈물을 쏟는 여인이 있었다. 겐그레아의 여집사 뵈뵈였다.

"오, 집사님. 로마에 계셨군요."

"겐그레아에 갔다가 로마에 다시 온지 한 달쯤 되었어요."

마중 나온 사람들 십여 명이 바울의 뒤를 따라 압비오를 떠나 로마로 향했다. 한나절쯤 걷다보니 관문 앞에서 또 다른 십여 명의 성도들이 바울이 오기를 기다리고 있었다. 이곳은 로마에서 50킬로미터(약 120리)쯤 떨어진 곳으로 트레스 타베르네(Tres Tabernae)였다. 그곳에는 비롤로그와 그의 처 율리아가 그의 교회 성도 십여 명을 데리고 환영나와 있었다.

"사도님, 보고 싶었습니다."

부부도 눈물을 흘리며 반가워했다. 두 사람은 원래 빌립보가 고향이었고 루디아 염색공방 기술자였다. 바울을 만나 루디아 부인의 식구였던 부부는 예수를 영접하게 되었었다. 그러던 부부는 오륙년 전에 친척들이 살고 있는 로마로 이주하게 되었다. 로마로 온 다음 부부는 자기 집에 가정교회를 세우고 전도에 앞장섰다. 비롤로그는 함께 온 성도들을 일일이 바울에게 소개했다. 그들은 바울 앞에 무릎을 꿇고 경의를 표하며 기도해주기를 원했다. 이윽고 바울 일행이 로마 시내로 들어가는 관문인 카메나 성문 앞에 이르렀을 때는 그를 마중하러 나왔다가 뒤따라 온 믿음의 형제들이 거의 삼십여 명에 달하게 되었다. 백부장 율리오의 부관은 죄수 이송에 위험을 주고 방해가 되니 바울을 따라오는 그의 추종자들을 모두 해산시키자고 청했다. 그러나 율리오는 고개를 흔들었다. 염려하지 말라 했다.

바울은 비록 죄수의 몸이었지만 드디어 믿음의 형제들과 함께 카메나 성문을 통과하여 그토록 오기를 소망하던 로마의 땅(ager Romanus)을 밟게 되었다. 이는 예수께서 죽음을 예비하시고 예루살렘에 입성하던 때와 닮아 있었다. 어쩌면 순교를 당하게 될지도 모른다는 생각을 하고 있었지만 조금도 굴하지 않고 복음전도를 위해서는 목숨까지 바칠 각오가 되어 있었다. 그러기 전에 그가 로마행을 원했던 것은 세계의 수도인 제국의 심장부에 복음의 씨앗을 뿌리고 열매를 맺어 로마가 복음화 됨으로써 기독교가 세계를 제패했다는 위대한 승리의 십자가 역사를 기록해야 한다는 포부를 실현하고 싶다는 결심이 있었던 것이다.

백부장은 바울을 비롯한 죄수들을 인솔하고 로마의 법조원(法曹院)이란 곳으로 갔다. 바울을 제외한 다른 죄수들은 일반 법원에 인계하고, 바울은 다른 곳으로 데려갔다. 같은 법죄자라 해도 로마 시민권을 가진 자는 다른 곳에서 심리를 했던 것이다.

"바울, 고생 많았습니다. 당신을 인계하면 내 임무는 완수되니 다시 되짚어 가이사랴 군영으로 귀대해야 합니다. 예루살렘 대제사장의 고소장과 총독부의 재판기록을 전하겠지만 내 생각으로 당신은 무죄방면이 될 것입니다. 당신은 단순히 당신네의 종교문제 다툼 때문에 무고를 당하여 고소된 것일 뿐 로마법을 위반한 사례가 없기 때문이오. 사안이 경미하기 때문에 즉시 처리하지 않고 아마 비슷한 사건들을 한꺼번에 모아 판결을 하자면 시간이 걸릴 것이오. 미결수로 기다리는 시간에는 감옥에서 대기해야겠지만 시민권자인 당신은 불구속 재판을 받을 겁니다. 그리고 로마까지 오는 도중에 일어난 조난사고에서 보여준 당신의 헌신적인 도움들을 일일이 내가 기록했으니 그것도 참고로 제출하고 갈 것이오.”

“고맙습니다. 당신 같은 분을 만나게 해주신 나의 하나님께 오직 감사할 뿐입니다. 다시 만날 때는 나의 하나님이 당신의 하나님도 되기를 간절히 바라겠습니다.”

백부장 율리오는 바울을 관계부서에 인계하고 부하 군병들을 이끈 채 떠나갔다. 바울은 법조원의 구치방(拘置房)에서 대기하며 심리를 받게 되었다. 바울이 고소를 당하기는 했지만 유대인의 종교재판만 받았을 뿐 로마법원에서는 재판한 기록이 없으므로 단순히 고소사건이었다. 따라서 로마법원에는 아직 기소조차 되지 않은 사건이었다. 심리를 한 것은 기소 여부를 정하기 위함이었다. 마침내 법원은 기소를 유예(猶豫)시키고 고소인을 소환하여 다시 조사를 하고 기소 여부를 결정하겠다고 판결했다. 그때까지 피고소인 바울은 도주의 우려가 있으므로 구속을 해야 하지만 시민권자이기에 가택 연금에 처한다 했다.

“연금 당해야하는 주택은 피고소인 자신이 마련해야 하며 모든 생활의 자유는 보장한다. 외출, 여행은 금지하며 파견된 감시병의 감시를 받아야 한다.”

당국은 이른바 거주제한을 명하고 거주지도 티베르강 서쪽, 유대인촌으로 한정했다. 그와 같이 결정되자 아리스다고는 서둘러 뵈뵈를 비롯하여 로마에 거주하거나 체류 중인 바울의 제자들을 불러 모우고 장래 일을 의논했다.

“시급한 것은 사도님이 거처할 방을 마련해야 한다는 것입니다. 모금되었던 예루살렘 교회 구제헌금은 모두 다 전달했고 수중에 남아 있는 게 별로 없다는 것입니다.”

“아굴라 상회의 지점에도 방이 있는 걸로 알고 있습니다만 그곳으로 가시는 게 어떨는지요?"

에배내도의 의견이었다.

"영업하는데 피해를 주어서는 안 된다. 지점 안에 죄수가 연금되어 있다는 것이 소문나서야 어떻게 영업을 하나?"

바울이 고개를 흔들었다. 그러자 뵈뵈가 한마디 했다.

"너무 염려하지 마세요. 제가 조그마한 독립된 가옥을 한 채 사든 세를 얻던 하겠습니다. 당장 아리스다고씨와 나가서 집을 구할 테니 염려하지 마세요."

여집사 뵈뵈는 다행히 경제적인 여유가 있는 부자였다. 이튿날 그녀는 아리스다고와 돌아다니며 전세집을 구했다. 집을 구하자 바울을 당장 입주하게 하고 당국에 신고했다. 그러자 법조원 소속의 경비대 대장이 감시병 하나를 데리고 찾아왔다. 대장은 바울이 왜 이 집에 연금되어야 하며 생활 중 지켜야할 수칙(守則)에 관한 서류를 읽어주고 감시병을 잔류시키고 떠나갔다. 감시병은 젊은 병사였고 그를 위해 거처할 방 하나를 내주어야 했다. 바울의 집은 단층집으로 방이 세 개였고 아주 넓지는 않았지만 숲으로 둘러싸인 아담한 마당이 하나 있었다. 바울이 그 집에 입주하자마자 뵈뵈를 비롯하여 로마 시내에 있는 몇몇 교회에 있던 바울의 옛 제자들이 찾아와 깨끗하게 청소를 해주었다. 바울을 따라 온 아리스다고를 제외하고 십여 명이 도와주고 있었다. 청소를 다 끝내고 정리도 끝나자 여자들이 식사 준비를 하여 숲속 마당에 식탁을 차렸다. 그토록 소원하던 로마에 진출하여 죄수의 집이지만 하나님의 집을 마련하여 선교의 중심이 될 수 있는 거점을 마련해준데 대해 바울은 기도를 올리고 떡을 떼어 축사하며 제자들과 식사를 나누었다. 그 자리에서 바울은 먼저 자기가 할 일이 있다며 말을 꺼냈다.

"유대인 동포들에게 적대감을 주지 않으려면 먼저 영향력 있는 유대인

연장자들을 만나 설득할 필요가 있다고 본다. 유대인 회당인 시나고구 대표들도 좋고 장로들도 좋다. 누가 모아주겠나?"

좌중을 둘러보자 비롤로그가 나섰다. 그는 에베소 두란노 강원 출신의 바울 제자였다. 몇 년 전부터 그는 로마에 이주하여 살았고, 그의 아내와 율리아와 함께 예수복음을 전도하여 개척교회도 가지고 있었다.

"로마에 사는 유대교 신자들은 꽤 되는 편입니다. 회당(시나고구)도 많구요. 제가 아는 장로들도 여러 명 있습니다. 사업상 알고 지내는 사람들입니다. 그 사람들에게 부탁해서 모아보겠습니다."

"고맙네."

이윽고 입주한지 3일 만에 바울의 집에는 유대인 장로 열다섯 명이 찾아왔다. 정원 마당에 의자를 내놓고 모두 앉게 했다. 바울이 인사했다.

"형제 여러분, 이렇게 만나뵈어서 반갑습니다. 보시다시피 나는 죄인으로 로마에 왔습니다만 고소만 당했을 뿐 아직 정식 재판도 받지 않았고 따라서 어떤 판결도 받지 않은 상태이므로 죄인은 아닙니다. 내 이름은 바울입니다. 그 전의 이름은 히브리식으로 사울이었습니다. 나는 길리기아의 다소에서 히브리인 중에 히브리인으로 태어났습니다. 할례를 받고 예루살렘에 유학을 가 당대 현인이며 율법의 대가였던 가말리엘 문하에서 랍비 바리새교육을 받았습니다. 따라서 나는 지금껏 조상이 가르치신 유대교나 유대동포들을 배척한 적이 없는데 같은 동포들의 송사를 받아 체포되었습니다. 송사를 받은 로마인들은 재판하려했어도 죄가 없다하여 석방하려 했으나 할례자 유대동족들이 오히려 반대하여 나를 석방치 않고 단죄하려하여 난 너무도 억울한 나머지 로마황제에게 상소하여 여기까지 온 것입니다."

바울이 말을 끊고 물 한잔을 마셨다. 그러자 누군가 말했다.

"동족 형제들이 당신을 정죄해야 한다고 고발했다면 그럴만한 이유가 있었을 거 아니오? 그게 뭐요?"

"내가 말씀 드리지 않아도 여러분이 더 잘 알고 계실 텐데요?"

"당신에 대해서 우린 아는 바가 없소. 고국에서 온 친척들이 전해준 것도 없고 배편으로 오는 편지에도 그런 내용은 없었으니까. 나만 모르는 건 아닐 거요. 여기 계신 다른 분들에게도 물어 보시오."

그가 둘러보았지만 안다고 나서는 사람은 없었다. 로마만 해도 대도시이고 예루살렘 정도는 변방의 작은 시골도시였다. 작은 시골이 시끄럽다한들 반란사건이 아니고서는 로마에까지 전해지는 건 쉬운 일은 아니기도 했다. 바울은 그렇게 이해했다. 그들은 별로 아는 게 없었다.

"그러면서도 고발이 되었다면 당신은 이단에 빠져 그 이단교를 퍼뜨리고 다녀서 그런 게 아니오?"

"그렇습니다만 그건 이단교가 아니고 여호와의 정교(正敎) 올시다. 모세의 율법과 선지자들의 글을 상고하고 지키며 여호와를 믿기에 정교라 한 것입니다. 여러분은 이스라엘의 소망을 무어라 보시오? 그 소망은 이스라엘에 오실 미래의 메시야(구원자)에 대한 기대와 소원이지요? 그 메시야는 이 세대 중간에 오지 않고 종말에 심판자로 오신다고 믿고 있었습니다만 나사렛 예수가 우리들의 잘못된 생각과 기대를 완전히 바꾸어놓은 것입니다. 우리는 예수가 혹세무민하는 가짜 메시야라며 십자가에 매달아 죽였습니다. 그렇다면 그는 다른 위대한 인물들인 모세나 솔로몬처럼 무덤에 묻힌 채 썩어 흙이 되어야 했습니다. 하지만 예수님은 사흘 만에 다시 살아났습니다. 하나님이 살리신 것입니다. 부활하신 겁니다. 예수님은 다시 살아서 제자들과 40일 동안 함께 지내다가 500여 명이 지켜보는 가운데 감람산에서 승천하셨습니다. 그 중에는 죽은 이들도 있지만 대다수 증인들은 아직도 살아 있습니다. 예수님이야말로 메시야 그리스도였던 것을 증명한 사건이었습니다."

그러면서 바울은 지금까지 전해 온 새로운 복음이 무엇인지 하나하나 풀어나갔다. 바울의 강론이 계속되는 동안 열다섯 명 중 열 명은 감동하는 표정으로 진지하게 듣고 있었고 다섯 명의 완고한 장로들만이 정색하고 화를 냈다.

"당신이 왜 고소당하고 처벌해 달라 했는지 이제야 알겠소. 그 따위 말도 안 되는 이단이설을 가지고 동족의 선량한 신도들까지 농락하고 다니면 용서하지 않겠소. 로마를 떠나시오."

그러자 아리스다고가 대신 입을 열었다.

"우리 사도님은 말씀드린 대로 억울하다며 로마황제께 상소를 했기에 이곳 로마로 이송되어 온 것입니다."

"감히 황제께 상소를 하다니? 그게 통하기나 한 일인가?"

"우리 사도님은 로마 시민권자입니다. 시민권자는 함부로 체포, 구금, 매질을 할 수 없다고 명시되어 있습니다."

시민권자라는데 모든 장로들이 놀랐다. 당장 입을 다물었다. 아리스다고가 한마디 더 했다.

"우리 사도님은 예수님께서 직접 이방 선교사로 택정하신 분이시기도 합니다. 오늘 여러분을 모신 것은 장차 이곳에 체류하면서 동포들과 친하게 지내고 상부상조하려면 여러 어르신들의 도움이 필요할 것 같아 모신 겁니다. 잘 봐주십시오. 글라우디오 황제 때였지요? 당시 로마 유대인촌이 아주 시끄러웠다고 합니다. 특히 유대교 신자들이 기독교 신자들을 박해하여 소동이 그치지 않고 일어나자 황제는 유대인 로마 추방령을 내렸지요? 모조리 로마 밖으로 나가라는 것이었습니다. 여러분은 글라우디오 황제가 죽고 나서 황제의 칙령이 유명무실해지자 다시 로마로 돌아온 거 아닙니까? 지금의 네로 황제도 전 황제 못지않은 분이라는 소문입니다. 부디 시끄럽게 해서 또 추방되는 어리석은 일은 없었으면 합니다. 어르신들도 저와 같은 생각이시겠지요?"

유대교 장로들은 아리다고의 말을 듣자 모두 알겠다는 듯 잠잠히 고개를 끄덕였다. 이 사람들은 모두 지난 번 유대인 로마추방령 때 쫓겨나 삶터를 잃어버리고 타국에서 고생한 기억이 있었다. 유대교인과 기독교인들 간의 다툼과 소란이 추방의 원인이었다. 그런데 지금 바울이 옴으로해서 다시 소란이 벌어진다면 또 추방당할지 모른다는 두려움이 생겼던 것이다. 이리스다고는 그것을 읽고 먼저 단속을 한 셈이었다. 장로들이 모두 돌아갔다. 바울의 셋집은 가정교회처럼 되었다. 아리스다고와 비롤로 그 율리아 부부가 셋집을 지키며 바울의 숙식 해결을 도왔다. 제자들이 낮밤을 가리지 않고 들락거리고 바울은 자연스럽게 그들을 모아놓고 숲 속 마당에서 밤이 이슥하도록 복음 강론을 이어갔다. 다행이었던 것은 손님들이 셋집을 찾아오는 것을 감시병이 제지하거나 문제 삼지는 않는다는 것이었다. 그리고 바울이 그들에게 강론하는 것도 개의치 않았다.

그러든 어느 날 셋집에는 반가운 여인이 찾아왔다. 그녀를 데려온 사람은 구레네 시몬의 아들인 루포였다. 마당 의자에 앉아 성경을 읽고 있던 바울은 들어온 여인을 보자 벌떡 일어나 달려가서 포옹했다.

"수리아 안디옥에 계셔야하는 어머니가 여길 오시다니! 어머니, 뵙고 싶었습니다."

그녀는 바울의 양어머니인 루포의 어머니였다.

"아들아, 이게 얼마만이냐? 못 만나고 죽는 줄 알았어."

그녀는 바울을 안고 눈물을 흘렸다.

"못 만나긴요. 어머니, 어디 봐요. 얼마나 늙으셨는지?"

바울은 그녀의 늙은 얼굴을 들여다보았다. 갈색 피부에 굵은 주름이 패이고 머리는 회색으로 변해 있었다.

"이젠 헤어지지 않을 겁니다. 언제나 어머님을 뵐 수 있습니다."

루포의 어머니는 아예 바울의 셋집에 들어와 식사 수발을 하며 함께 살고 싶다고 했다.

"루포아우는 어떡하고 여길 오시겠다는 거지요?"

"루포는 제 아내도 있구 영감은 아들과 며늘아이가 잘 보살펴주니 괜찮을 거야."

"가끔 오세요. 아버님이 계신데 어떻게 늘 여기서 함께 생활할 수 있겠어요?"

그러자 루포가 집에 돌아가 아버지 시몬과 상의해서 정하자 했다. 루포와 어머니가 떠나고나자 바울은 아리스다고를 불렀다.

"이제 이곳에 자리를 잡았으니 너는 먼저 고린도로 가서 소식 전하고 에베소로 건너가서 무사히 도착해서 잘 있다고 소식 전하도록 해라. 실라는 에베소에 있구, 디모데는 고린도에 있겠지. 실라에게 누가선생과 마가를 연락해서 함께 와주었으면 한다고 전해라."

"그러겠습니다."

바울은 벌써 이곳을 로마의 선교본부로 만들고 에베소의 두란노 강원처럼 많은 제자를 길러내는 전도사역을 시작하겠다는 청사진을 펼치고 있었다. 디모데가 가장 먼저 달려왔다. 바울은 그에게 앞으로의 선교계획을 설명했다.

"두란노 강원처럼 만드시겠다는 발상은 아주 좋습니다. 연금 상태에 계시니 일일이 여러 지역을 찾아다니며 전도를 할 수 없는 처지이니까요. 어쩌면 오히려 잘된 일인지 모릅니다. 현재 로마에는 약 이십여 군데의 기독교회가 산재해 있다합니다. 모두 가정교회지요. 먼저 그 교회 교역자들과 성도들을 차례로 불러 양육교육을 하시면 좋겠습니다. 에베소에서처럼 능력이 출중한 제자들을 집중적으로 길러내시는 겁니다. 그러면 그들 중에는 다른 곳으로 가 개척교회를 여는 형제들이 늘어날 것이고 그리되면 로마뿐만 아니고 이탈리아 전역이 복음화될 수 있을 것입니다."

디모데는 역시 양아들답게 바울의 심중을 꿰뚫어보고 있었다. 바울이 결론지었다.

"그게 장래 계획이다. 그리고 두 가지 문제가 더 해결되어야 한다고 본다. 첫째는 나를 도와서 찾아오는 성도들을 가르칠 수 있는 탁월한 교사가 필요하다."

"탁월하진 못하지만 제가 보좌하면 어떻겠습니까?"

"디모데, 넌 빌립보, 데살로니가, 베뢰아, 아덴, 고린도까지 늘 돌아다니며 각 교회들을 감독하고 양육하는 업무를 담당해야 한다. 에베소는 실라가 책임질 것이다."

"그럼 누굴 염두에 두고 계시지요?"

"바나바의 조카 마가 요한이다. 마가가 필요하다. 실라에게 부탁을 해놓았지. 마가와 누가를 수소문하여 오게 해달라고."

"마가라면 적임자로군요. 또 한 가지 해결해야 하는 문제는요?"

"재정이다. 여집사 뵈뵈가 고린도로 돌아가서 글로에 여사장님과 부자인 가이오와 상의하여 전담할 테니 염려말라 하더라만 너도 알지만 평생난 그런 도움 받기 싫어서 스스로 일하여 일용할 양식을 구했다."

"그럼 여기서도 천막을 만들고 수선하는 일을 하시겠단 말인가요?"

"내일부터라도 해야지."

바울은 자유가 없는 몸이었으나 하고자하는 의욕은 넘쳤다. 그의 셋집은 매일 들고나는 사람들로 북적였다. 바울은 발목에 쇠사슬로 된 착고(鉎鋼)를 차고 있었다. 예비 죄수라는 걸 드러내기 위해서였다. 며칠 후 어느 중년 사내가 바울을 찾아왔다.

"사도님, 제 이름은 나깃수라 합니다. 이웃에 살고 있습니다. 제 아내와 함께 사도님을 모실 수 있는 영광을 주십시오."

그는 바울이 이 집에 세를 든 다음 자기도 뒷집을 얻고 가족들을 데리고 이사를 했다 했다. 그는 예수를 영접한 성도였으며 아순그리도가 인도하는 그의 가정교회에 나가고 있다고 했다. 나깃수는 자기 집안의 불우한 가정사를 이야기했다. 그의 아버지는 T.C 나르키수스라는 사람이었는데 로마 황제 궁전의 노예였다가 황제의 총애로 속량을 받아 글라우디오 황제 때는 막강한 영향력을 행사하다가 글라우디오 황제 사후, 네로가 제위를 물려받자 평소 미워하고 있던 나르키수스를 반역자로 몰아 사형을 시켜버렸다. 그 때문에 나깃수의 집은 모든 재산이 몰수되고 다시 노예 신분으로 전락하여 궁에서 쫓겨나 살게 되었다는 것이었다.

"자식은 셋입니다만 모두 다른 귀족집안에 노예로 팔려갔고 지금은 딸 하나와 아내, 세 식구가 함께 살고 있습니다. 여생을 사도님 시중을 위해 바치겠습니다. 받아주십시오."

나깃수 부부는 바울 셋집의 모든 살림살이를 맡게 되었다. 여기에 루포의 어머니까지 거의 살다시피 하며 바울을 보살펴 마음 편하게 찾아오는 성도들에게 복음의 진리를 가르치고 전하게 되었다. 그러면서 한가한 시간에는 천막 제작과 수선일을 했다. 그 일을 도운 사람은 안드로니고였다. 바울의 친척이었던 그는 전부터 아굴라의 공방에서 천막 만드는 일에 종사하기도 했던 것이다. 안드로니고는 아내인 유니아와 함께 일을 도왔다.

바울의 로마연금 셋방은 이윽고 로마시내에 산재한 이십여 곳 기독교 가정교회의 중심이 되었다. 그 가정교회는 바울이 로마에 오기 이전부터 세워진 것이었다. 로마제국이 강성해지면서 지중해 연안의 수많은 영토들을 정복했다. 유대 땅도 복속이 되었다. 그런데 다른 나라와는 달리 로마는 유대를 후대(厚待)해 주었다. 관계가 좋았던 것이다. 이유는 BC 140년 마지막 유대왕국이었던 마카비가 로마의 편을 들어 안티오쿠스왕조와 대적해 주었기 때문이었다. 그리하여 유대는 로마한테 여러 가지 특권을 얻었다. 첫째는 결사의 자유를 허용 받은 것이다. 로마는 이념이 같은 동호인들의 클럽활동이나 친목을 위한 클럽활동을 일찍부터 허용해왔다. 클럽의 결사는 그리스로부터 오랜 역사를 가지고 있었다. BC 6세기 기하학자 <피타고라스 클럽>, 플라톤의 <아테네 아카데미클럽>등이 효시였다. 로마가 그 같은 단체의 결성과 활동을 허용한 것은 국가에 대한 지식인들의 불만을 클럽으로 해소시킬 수 있고 그들에 대한 감독, 관리가 편했기 때문이었다. 그런데 로마가 이스라엘에 대해서 결사의 자유를 주었다는 것은 그들이 믿고 있는 유대교 형태를 기존의 다른 클럽과 동일한 클럽으로 인정했다는 뜻이었다. 두 번째 특권은 해외 거주 디아스포라 유대인들의, 예루살렘 성전유지를 위한 <성전세(聖殿稅)>를 걷는 것과 송금을 허용한다는 것이었다. 셋째로는 유대인은 강제징집에서 면제시켜 준다는 것이었다.

세 가지 특권 중에서 두 가지는 오랜 기간 지속이 되었지만 마지막 셋째 조항인 징집면제는 BC 63년에 끝나게 되었다. 로마 삼두정치(三頭政治)의 주인공 중 하나였던 폼베이(Pompey)장군에 의해 이스라엘이 짓밟히고 그는 수많은 유대청년들을 강제 징집해 가고 불응자는 노예로 만들어 끌어갔다. 당시 끌려간 유대인은 5천여 명이었다. 훗날 로마 시내에 남게 된 유대인은 그 사람들이었다. 군역(軍役)에서 풀려나고 노예에서 속량이 되어 로마에 살게 된 것이다. 로마제국은 줄리어스 씨저가 암살 당함으로써 공화정이 폐지되고 강력한 왕정이 들어섰다. 씨져의 양자였던 옥타비아누스가 아우구스투스 황제로 등극하게 된 것이다. 그리하여 로마제국은 5대 계급으로 형성되었다. 황제 밑에 600명 대표로 구성된 제국의 원로원이 있었고, 그들을 호위하는 1800명의 기사계급이 있었으며, 그 밑에 일반시민이 있었고, 일반시민 아래에는 노예에서 속량된 평민계급이 있었으며, 맨 밑바닥에는 가장 숫자가 많은 노예계급이 있었다. 그들은 전체 인구의 30%를 차지하고 있었다. 바울의 전도사역으로 각처에서 얻어진 성도들의 출신을 실라가 통계를 낸 적이 있었다. 성도가 된 사람들 중에 유대인은 전체의 20%에 불과하고 80%는 이방인들이라는 것이었다. 그리고 신분과 교육 정도를 보면 성도의 과반수인 60%가 노예들이며, 30%가 일반인과 평민이었으며 부자 상인이거나 신분이 좋은 성도는 10% 미만이라는 것이었다. 따라서 교육수준은 거의가 받은 적이 없는 문맹자들이 대부분이었다. 하나님의 말씀은 들음에서 난다는 말이 생긴 것도 따지고 보면 글을 몰라 성경을 볼 수 없으니 읽어줄 때 귀 기울여 잘 듣고 기억해야 한다는 말이었다.

한편 기독교가 로마에 전해진 것은 AD 30년 전후였다고 보인다. 수리아 안디옥과 로마는 빈번한 교류가 있던 도시고 당시 안디옥에 기독교교회가 성령을 입어 부흥하는 바람에 그곳에 있던 성도들이 로마로 복음을 가져온 것이다. 대표적인 성도가 우르바노와 스다구였다. 상인이었던 그들은 바울을 잘 알고 있었다. 그러다가 AD 52년 글라우디오 황제의 로마에서의 유대인 추방령이 내려졌다. 이유는 유대인 회당인 시나고구에서 크레스토스(Chrsestos)라는 자가 분쟁을 일으켜 소동이 그치지 않아 추방령을 내린 것이었다. 크레스토스는 그리스도의 라틴어 발음이었다. 새로 들어온 기독교도와 유대교도 사이에 갈등이 커져 다툼이 일어나 추방의 빌미가 되었던 것이다. 3년 후 황제가 죽자 황제의 추방령이 빛을 잃고 유명무실해지자 해외로 추방되었던 유대인들이 다시 로마로 돌아왔다. 기독교도들이 많은 수로 불어나 돌아온 것이 특기할만한 일이었다. 당시 로마시는 일곱 개의 언덕으로 이루어진 구릉지대 평원 위에 세워진 도시였고, 14 개구(區)로 나뉘고 265개의 교차로와 피아짜(廣場)가 있었고 광장과 교차로마다 보호해주는 보호신을 가지고 있었으며 티베르강이 시내의 중심에 흐르고 있었다. 유대인촌은 그 티베르강 왼쪽 언덕인 트라스테베레(Trastevere)지역과 사부라(Sabura)지역, 마르티우스(Martius)지역과 카페나(Capena) 성문 일대의 변두리 서남쪽 빈민지대에 이루어져 있었다. 유대교 회당은 전체 13개가 있었으며 기독교 가정교회는 20여 개였다가 바울이 로마 전도를 시작한 뒤에는 40여 개로 늘어났다. 유대인촌은 지형적으로 로마시의 중심부에서 벗어나 있었다는 것 때문에 훗날 대재앙에서 면함을 받았지만 동시에 또 다른 재앙을 뒤집어쓰는 이유가 되기도 했다. 대재앙은 AD 64년 7월 19일에 일어난 로마 대화재 사건이었다. 불을 지른 자는 네로황제였다. 로마시의 14구역 가운데 10개 구역이 완전히 잿더미가 되었는데 유대인촌은 무사했다. 결국 무사한 것이 병이되었다. 황제 네로는 유대인촌에 사는 기독교인들이 방화범이라고 뒤집어씌운 것이다.

바울의 셋집은 유대인촌에서 좀 떨어진 동쪽 9구역에 자리 잡고 있었다. 로마의 법조원에 가까운 곳으로 그들이 지정해주었기 때문이었다. 바울은 개인적으로 셋집을 방문하여 자기의 복음전도 말씀을 듣고자하는 사람도 중요하지만 기존 교회들이 재교육을 받고 싶다며 오는 걸 더 환영했다. 로마 유대인촌에 있는 20여 개의 가정교회를 직접 하나하나 방문하여 성도들에게 가르침을 주면 좋겠지만, 바울은 미결죄수의 몸이어서 그렇게 할 수 없으니 희망하는 교회가 있다면 아예 각 교회가 순번을 정하여 셋집을 방문하여 바울과 함께 예배를 드렸으면 한다는 뜻을 몇몇 교회 지도자들이 건의해 왔다. 바울은 흔쾌히 승낙했다.

"좋은 생각이오. 복음으로 다시 한 번 무장을 시키고 지도자들을 위해서는 교회의 발전을 위한 목회 방법 등을 배우는 계기가 될 것입니다."

드디어 각 가정교회들이 순번을 정하여 단체로 셋집을 찾아와 예배를 드리게 되었다. 바울이 직접 예배를 인도하고 설교를 하고 성찬과 교제를 나누게 했다. 단체라고 해봐야 많으면 20명 적으면 10명 정도의 성도들을 가진 교회였다. 전부터 바울이 아는 성도들은 극소수이고 모두 로마에 와서 알게 된 형제자매들이었다. 셋집에서 생활한지 석 달 만에 드로아에서 누가가 마가를 데리고 로마로 왔다.

"선교사 마가 요한이 오다니 정말 반갑네. 무척 기다렸어."

"저도 하도 오래 못뵈어서 만나고 싶었습니다. 건강하신 모습 보니까 기쁩니다."

"바나바 외숙부는 지금 어디 계신가? 구브로섬의 바포에 아직도 계신가?"

"예, 바포교회에서 성도들 양육에 헌신하고 계십니다."

"구제헌금을 들고 예루살렘에 갈 때 바포를 들려서 가려했는데 도저히 일정이 맞지 않아 그냥 갔네. 여기서 석방되면 꼭 찾아뵈려고 벼르고 있네. 아무튼 잘 왔어. 들었는지 모르네만 비록 연금은 되어서 외부출입은 제한되고 있지만 그 밖에 모든 것은 자유롭게 할 수 있게 되었네. 그래서 이 셋집은 로마의 선교본부로 만들고 로마의 두란노 강원으로 활용하여 각처에 파송할 수 있는 지도자들을 양성하고 싶었네. 그들을 나 혼자 감당하기엔 어려울 거 같아서 자네를 찾은 거야."

"실라, 디도, 디모데 등등 실력파들이 즐비하게 사도님 밑에 있는데 왜 저 같은 사람을 부르셨습니까?"

"비교하면 안 되지. 자넬 포함해서 모두 우수한 인재들이니까. 지금까지 전도사역을 한 곳을 권역별로 나누면, 우선 동양과 서양으로 나눌 수 있네. 동양 쪽은 비시디아 안디옥이 있는 갈라디아, 루가오니아, 갑파도키아 지역과 에베소를 중심으로 한 라오디게아, 골로새, 그리고 드로아 지역, 이상이 동양전도 지역이지. 역시 동양지역의 중심지는 에베소일세. 실라가 두란노강원을 맡고 있고 에베소 교회의 감독으로 있네. 그러면서 실라는 주기적으로 동양 각지를 돌아다니며 교회들을 점검하고 양육하는 책임을 맡고 있지. 다음은 서양일세. 서양이라면 빌립보, 데살로니가, 베뢰아 등이 있는 아가야 지역과 일루리곤, 델포이, 아테네가 있는 헬라 중부 지역, 그리고 고린도, 겐그레아, 레카이온 등이 있는 남부지역 등일세. 그 지역들은 디모데에게 책임을 맡겼지. 그리고 디도는 지금 그레데 섬에 파송되어 교회 개척을 하고 있네. 그들은 모두 현지에 가 있네. 그러니 로마에 왜 자네가 필요한지 알겠지?"

"내가 적임자를 모셔왔구먼?"

누가가 마가의 어깨를 치며 웃었다.

"함께 양육해보세. 난 출입금지라 심방 나갈 수도 없고 외부행사도 못하잖나? 그 모든 걸 해달라는 것일세. 그리고 성도들의 성분을 보면 거의 과반수 이상이 헬라인 아니면 다른 이방인들일세. 역시 우린 이방인들을 적극적으로 포섭해야 했어. 그리고 누가선생은 급히 돌아가지 않아도 된다면 빈민지대에 사는 우리 성도들을 위해 의료봉사와 선교를 해주었으면 하는데 어땠소?"

"당연히 나서야지요."

누가는 흔쾌히 승락했다. 누가는 이튿날부터 올롬바 교회에서 자원봉사자로 나선 성도 아벨레를 조수삼아 의료 활동에 나섰다. 아벨레는 로마인이 경영하던 어느 의원에서 조무사로 일했던 경력이 있는 사람이었다. 한편 마가가 와서 활발한 전도를 벌이게 되자 로마 선교는 아연 활기를 띠게 되었다. 입교하는 이방인들의 숫자가 많아져 전도의 영역이 유대인 촌에서 다른 구역이 있는 전 로마시내까지 확산되기 시작했던 것이다. 로마의 교회들은 지금까지와는 다르게 바울의 케리그마를 받아들여 새롭게 변모를 거듭하기 시작했다. 그렇게 2년 동안 바울은 혼신을 다하여 로마 복음화를 이룩했다.

어느덧 연금생활 2년이 지나가게 되었다. 고린도에 있던 부리스길라와 아굴라 부부가 로마 지사를 점검하기 위해 왔다가 바울을 찾아왔다. 그동안 부부는 열 차례 이상 바울을 찾아 위로 했었다.

"어서 오시오. 아굴라 사장님."

"축하합니다."

"무얼요?"

"이곳 바울학교 출신 성도들이 로마시 밖으로 나가 각처에 가정교회를 세우고 있다면서요?"

"어디서 들으셨습니까?"

"보디올에 상륙하여 로마로 오려고 하니까 아순그리도 장로가 알려주었습니다. 나폴리에도 생겼고 로마 북쪽으로 떨어진 피렌체에도 생겼다더군요? 피렌체 복음화는 아주 중요한 의미를 갖는 게 아닐까요? 이탈리아 반도는 북쪽지방이 요지(要地)라서 북쪽에 복음이 전해지면 제노아, 밀라노까지 영향권에 들어와 전 이탈리아를 복음화 할 수 있는 터전을 마련하게 된다 그 말씀이지요."

"말씀만으로도 고맙습니다."

"그리고 연금생활 만 2년이 지나지 않았습니까? 우리가 알아보니까 2년 안에 재판 요건이 갖춰지지 않으면 기각(棄却)을 하는 게 판례라고 합니다. 아직 소송법(訴訟法)에 명문화돼 있지는 않지만 관례법이라 합니다. 무죄 석방될 수 있습니다."

"골로새에서 온 에바브라가 요즘 내 곁에서 열심히 날 보살펴주고 있습니다. 안 그래도 그 형제가 그 문제를 끄집어내 동분서주 다니고 있습니다. 모든 재판요건이 갖춰져야 재판을 하는데 하자가 있다면 할 수 없다는 거지요. 지금까지 요건을 못 갖춘 것은 예루살렘 유대교의 대제사장의 이름으로 날 고소했지만 그건 식민지 법원에서였고 거기서도 기소유예된 채로 로마법원에 상고된 데다가 로마에서 재판을 받으려면 고소인

들이 다시 소장을 제출하고 로마에 와야 하는데 2년이 지나도록 고소인
들이 오지 않아 고소를 포기한 것으로 보아야 한다는 것입니다."

"예, 바로 그겁니다. 그러니 기각결정을 받아내자는 겁니다. 황제에게
탄원서를 제출해보시지요?"

"그건 안 됩니다. 오히려 내가 당할 수 있습니다."

"왜지요?"

"지금의 황제 네로(Nero)를 움직이고 있는 절대권자는 포페(Poppae
Sabina)라는 자입니다. 포페는 적극적으로 유대교에 호감을 보이는 잡니
다. 황제에게 올라가는 탄원서는 그자의 손을 먼저 거치게 되어 있습니
다. 내용을 보면 날 가만두려 하겠습니까?"

"그럴 수가! 그걸 몰랐군요? 그럼 어찌해야지요?"

"내 집에 나깃수란 형제가 함께 살고 있습니다. 이 형제가 그런저런 문
제가 있다는 걸 알고 자기가 나서보겠다며 알아보고 있습니다. 전 황제
때엔 나깃수 형제의 부친이 황제 측근이었는데 새 황제로 바뀌면서 미움
을 받아 처형당하고 가족들은 하루아침에 노예 신분이 되었답니다."

"그렇다면 아직도 잘 아는 관리들도 있겠네요?"

"사법담당 원로원 위원이 있어 부탁을 했더니 알았다 하더랍니다. 그
래서 그냥 기다리고 있는 중입니다."

"범법사실도 없으니 곧 석방되겠지요. 무죄가 되면 이곳 로마에서 계
속 전도사역을 하실 겁니까?"

"준비가 끝나면 서바나(스페인)로 전도 여행을 할까 생각 중입니다. 로마
로 잡혀오기 전 로마인들에게 보낸 편지에서도 약속을 했거든요. 서바나
는 주님이 말씀하신 사마리아 땅 끝이 될 것입니다. 십자가 복음을 들고
찾아가렵니다."

"고린도로 돌아가면 사도님의 서바나 전도 여행을 위해 여비를 마련해

놓겠습니다."

"아닙니다. 아시다시피 난 내가 일해서 벌어왔습니다. 2년 동안 모아놓은 여비도 있으니 전혀 신경 쓰실 필요 없습니다."

드디어 바울은 자유의 몸이 되었다. AD 63년 가을이었다. 이른 아침이었다. 골목 밖에 나갔던 에바브라가 뛰어들어 왔다.

"사도님, 로마군 장교가 오고 있습니다."

바울이 막 아침 기도를 끝내고 났을 때였다. 바울은 법조원(法曹院)의 명령을 받으라는 소리에 밖으로 나왔다. 마당 공터에는 군마를 타고 있는 로마군 장교 하나가 두 명의 병사와 서 있었다. 바울이 앞에 섰다.

"그대가 바울인가?"

"그렇습니다."

장교가 말에서 내려섰다. 다른 병사들도 동시에 말에서 내렸다. 장교는 옆에 있는 병사로부터 두루마리로 된 문서를 받아 펼쳤다.

"피고소인 바울은 오늘 부로 기소유예 처분을 내리고 따라서 석방을 명한다. 로마제국 로마 대법조원 제1부 재판장 데시카."

장교의 명으로 바울이 차고 있던 착고 쇠사슬이 풀렸다. 자유를 찾은 것이었다.

"사도님, 안녕히 계십시오. 주 예수님을 가르쳐주셔서 감사합니다."

근 2년 동안 셋집에 파견 나와 거의 바울과 함께 생활했던 병사 잠파노였다.

"틈 날 때마다 찾아오게. 전도 많이 하고!"

"예, 사도님."

장교 일행이 떠나갔다. 바울은 하나님께 감사기도를 올렸다. 그런 다음 이튿날부터는 유대인촌과 그 외 다른 구역에 설립된 가정교회를 일일이 심방하고 부흥 예배를 드렸다.

23

서쪽 땅 끝 스페인의
다시스(Tharshish)와
사라고사(Zaragoza) 전도

자유인이 된 바울을 영접한 모든 성도들은 함께 기쁨을 누리며 고마워했다. 2년 전 바울이 로마에 들어왔을 때는 19개에 불과한 가정교회가 있었는데 2년이 지난 지금에 와서는 42개의 교회가 세워져 있었다. 성도들도 거의 모두 열명 미만이었으나 지금은 모두 20여 명이 넘고 부흥하는 교회는 삼사십여 명이 모여 예배를 드리고 있었다. 석 달에 걸쳐 바울은 모든 가정교회 심방을 다 마쳤다. 그때쯤 해서 고린도에서 고린도시 재무관인 에라스도와 부유한 성도 가이오가 바울을 만나러 셋집에 왔다.

"무죄석방이 되셨단 말 듣고 고린도 교회 모든 성도들이 고마워서 하나님께 철야 감사기도를 올렸습니다."

"고맙군요. 헌데 재무관님은 로마에 어쩐 일이십니까?"

"제국 안의 원로원 직할시들의 재무관 회의가 있어 왔습니다. 내가 온다니 가이오 장로께서도 함께 와서 석방을 축하해드리고 싶다 해서 같이 왔습니다."

"잘 오셨습니다."

"오, 참! 그리고 이걸 받으십시오."

가이오가 불룩한 가죽주머니 하나를 꺼내어 바울에게 건넸다.

"이게 뭐지요?"

"부리스길라 부인께서 말씀 하시더군요. 사도님이 곧 서바나로 전도여행을 떠나신다구요. 그래서 나와 에라스도 재무관과 두 사람만 성금을 내어 가지고 온 것입니다. 여행비에 보태십시오. 고린도 교회에서는 누구도 모릅니다. 아굴라와 부리스길라 부부께도 비밀로 하고 우리 두 사람만 알고 한 일이니 받아주십시오."

시재무관 에라스도나 가이오 두 사람은 고린도에서도 손꼽히는 부자들이었다. 에라스도는 시비(市費)가 아닌 자비로 고린도시의 중앙로 포장을 할 정도의 재력가였고, 가이오는 고린도 교회 전교인들을 불러 식사를 낼 수 있을 만큼 부유한 사람이었다. 하지만 바울은 전도 사역이 어렵다고 해서 한 번도 그들에게 신세를 진 적이 없었다. 몇 차례, 선교비를 받은 교회는 유일하게 가난한 빌립보 교회 정도였다. 모든 경비는 스스로의 손으로 벌어서 충당해 왔던 것이다.

"한 번 정도는 받으셔도 됩니다. 저의 성의이고 하나님 사업에 쓰이는 물질이니 이번만 받아주십시오."

두 사람의 진지한 청에 바울도 기쁘게 받았다.

"고맙소."

에라스도와 가이오는 며칠 동안 지내다가 회의가 끝나자 고린도로 돌아갔다. 바울은 서바나 여행을 위해 짐을 꾸리고 자기와 함께 숙식하며 지내온 제자들을 불러 모았다. 의료봉사를 하던 누가는 드로아로 떠났고, 셋집에서 교육을 담당하고 있던 마가는 어머니가 위독하다는 전갈을 받고 예루살렘 집으로 돌아갔기 때문에 이제 친척인 안드로니고와 골로새 교회에서 온 에바브라, 그리고 데살로니가의 아리스다고와 에베소의 에배네도 그리고 베뢰아의 야손 장로의 아들 소시바더가 바울 곁을 지키고 있었다. 바울은 서바나 전도여행을 떠나기로 한 것을 들려주었다.

"몸도 마음도 자유로워졌고 로마의 복음화도 커다란 진전과 성과를 보았으므로 새로운 미지의 땅으로 전도를 위해 떠나려한다. 이 세상 끝이라는 서바나로 간다. 모두 다 함께 갔으면 좋겠지만 꼭 필요한 몇 사람만 데려가는 것을 양해해야 할 것이다. 전도여행은 유람여행이 아니다. 언제나 죽음의 위험과 싸워야하는 험난한 여행이다. 나는 지난 30여 년 동안 전도여행을 하면서 수없이 매질을 당했고, 수없이 감옥에도 갇혀야 했으며 할례자 유대인으로부터 40에 한 대 감한 매를 5번이나 맞아야 했고, 몽둥이질도 세 번이나 당하여 실신했고, 돌에 맞아 하룻밤 하루 낮 동안 죽었다가 살아나기도 했으며, 태풍에 파선 당하여 바다에 표류하며 사경을 헤맨 것도 네 번이었고, 추위에 떨며 며칠이고 굶주리며 빈사상태에 빠진 것도 수없이 많았다. 그런 고난을 각오하지 않으면 날 따라갈 수 없다는 생각이다. 소시바더!"

"예."

"이 중에서는 가장 젊다! 함께 가도록 한다. 그리고 아리스다고와 에바브라! 두 사람도 출발 채비를 하라. 안드로니고는 섬기고 있는 자신의 가정교회를 잘 돌보아야 할 것이며, 에베내도는 로마 전체 교회의 움직임을 보아두었다가 이상한 조짐이 있을 때는 지체 없이 고린도교회에 있는 디모데 감독이나 에베소에 있는 실라 감독에게 전하여 지시를 받도록 하라. 이상 조짐이라 함은 할례자 유대인들이 대적행동을 하거나 로마교회 내에 이단 거짓교사들이 나타나 성도들을 미혹함을 말한다. 그리고 나깃수 집사!"

"예."

"그대는 셋집을 잘 지키고 내가 없더라도 아시아나 마게도냐, 아가야 쪽에서 찾아오는 손님들이 더러 있을 것이다. 대접에 소홀함이 없게 하고 이삼일에 한 번씩 찾아오시는 루포의 어머님이자 내 어머님, 자식처럼 잘 돌보아 드리기를 부탁한다.”

바울은 일일이 사람들을 만나서 당부를 마쳤다. 일행을 데리고 보디올을 향하여 떠나기 전 바울은 누군가 오기를 기다렸다.

“누가 올 사람이 있습니까?”

“아벨레라는 성도가 오기로 돼있다. 오, 오는구나.”

아벨레는 사십여 세쯤 되는 중년 남자를 데리고 들어 왔다.

“좀 늦었습니다. 사도님께 인사하시게.”

“훌리오입니다. 잘 모시고 가겠습니다.”

훌리오는 서바나말의 통역을 담당하는 성도였다. 아벨레에게 부탁해서 그가 데려온 것이었다. 바울은 히브리어와 헬라어 그리고 로마의 라틴어까지도 하지만 서바나는 그 지역 말인 카탈루냐어를 해야만 전도에 나설 수 있었던 것이다. 가장 많이 사용되고 있는 카탈루냐말 외에도 서바나는 여러 부족이 있어 각기 언어가 달랐다. 이윽고 바울은 안드로니고와 에바브로 그리고 소시바더와 통역인 훌리오만 데리고 로마를 떠났다. 지중해를 건너 서바나 다시스(現 스페인 바르셀로나 부근)로 가려면 국제항인 보디올까지 걸어가야만 했다. 압비아 고속도로를 걸으면 5일 정도 걸리는 항구였다. 멜리데에서 로마로 압송되어 올 때도 보디올에서 하선하여 도보로 로마에 들어갔었다. 마침내 바울 일행은 보디올에 도착하여 헤로디아 가정교회를 찾아 갔다.

“아니 사도님, 기별도 없이 어떻게 여기까지 오셨습니까? 안 그래도 연금에서 풀려나셨단 소식 듣고 기뻤습니다. 축하드립니다.”

헤로디아 집사가 반갑게 영접했다. 바울은 전도 여행을 가기 위해 서바나로 가게 되었다고 밝혔다. 그런 다음 배편을 알아보고 승선예약을 하도록 부탁했다.

“지금 당장 여객선장에 나가 알아보고 오겠습니다.”

"제가 다녀오면 안 되겠습니까? 집사님은 가게를 하고 있으니 비우면 안 되잖아요?"

소시바터가 나서자 헤로디아는 손을 저었다.

"잠깐이면 되니까 괜찮을 거야."

결국 두 사람이 함께 나가게 되었다. 얼마 후 두 사람은 예약한 배표 넉 장을 들고 왔다.

"알렉산드리아에서 로마를 경유하여 서바나 다시스로 가는 대형 화물 선이랍니다. 내일 새벽에 출항한다는군요."

"수고했다."

이튿날 새벽 동이 터올 무렵 바울 일행은 기다리고 있던 대형 화물선 포세이돈호에 승선하게 되었다. 서바나까지는 먼 항해길이었다. 한 달이 걸린다했다. 직항이 아니고 여기저기 항구를 거치며 승객을 태우고 그리 고 화물을 하역하고 다시 싣고 항해해야 하기 때문이었다. 배는 서쪽 지 구의 끝이라는 서바나의 다시스(現 타라고나(Tarragona))를 향해 떠나갔다. 이틀 만에 배는 사르디냐(Sardinia)섬 남단의 항구인 칼랴리(Cagliari)에 도 착했다. 사르디냐섬은 이탈리아와 서바나 중간 지중해상에 남북으로 나 뉘어 코르시카(Corsica)섬으로 불리는 큰 섬이었다. 코르시카는 훗날 프랑 스 황제가 된 보나파르트 나폴레옹의 출생지이기도 하다. 그곳에서 물품 을 하역하고 배를 점검한 뒤에 다시 출항하기까지 일주일 동안 정박했다. 마침 그곳에서 고린도로 떠나는 배편이 있어 바울은 디모데에게 편지를 띄웠다. 각처를 다니는 화물선이나 여객선에는 우편행낭이 있어 편지와 소포 등을 전달해주는 제도가 있었다.

칼랴리항을 다시 떠난 지 열흘 만에 서바나 동해안에 있는 마요르카섬 에 도착하게 되었다. 마요르카섬에서 다시스는 반나절의 거리였다. 포세 이돈호는 그 섬에서 이틀을 정박하고 그 다음날 다시스로 향했다.

"사도님, 갑판으로 나와 보세요. 다시스 항구로 들어가고 있습니다."

소시바더가 객실 문을 열고 외쳤다. 종착지에 도착했다는 말에 모든 승객들이 갑판에 모여 들었다.

"요나가 도망가 숨으려던 지구 끝이라는 다시스가 여기군요?"

안드로니고가 웃으며 바울에게 말을 건넸다.

"손바닥으로 하늘을 가리면 가려질까? 요나는 가릴 수 있고 그리되면 하나님이 자기를 찾지 못할 것이라 믿었지. 지구 끝으로 도망가서 숨어버리면 영영 못 찾으실 줄 알았지. 이제 배에서 내려가 보자. 정말로 여기가 지구 끝인지, 숨으면 누구도 찾지 못할 그런 곳이 있는지 찾아보기로 하자."

바울 일행은 이윽고 다시스에 첫발을 내딛었다. 마지막 전도의 땅으로 생각했던 서바나에 도착했던 것이다. 다시스항은 그곳에서 북쪽으로 약간 올라가 새롭게 건설된, 훗날의 국제항인 바르셀로나에게 빼앗겼지만 당시만 해도 지중해 서쪽 끝의 교역 상업항구로 이름을 날리던 도시였다. 이곳에도 백여 명의 유대인들이 살고 있었고 회당인 시나고구도 가지고 있었다.

"사도님, 어떡하시겠습니까? 회당에 가셔서 전도를 하시겠습니까?"

"물론이야. 안식일이 되면 회당으로 나가자."

안식일을 기다려 바울은 회당을 찾아 갔다. 예배에 참석한 신도는 3십여 명이었다. 오십여 세쯤 되어 보이는 회당장이 예배를 인도했다. 찬송을 하고 성경을 읽어주고 끝에 가서 토론을 하고 광고를 하면 예배는 마치게 되어 있었다. 그가 봉독해주고 있는 성경말씀은 이사야서였다. 예배 말미에 회당장이 오늘 읽은 성결말씀에 토론할 게 있으면 의견을 말하라 했다. 바울이 손을 들고 일어섰다.

"오늘 처음으로 이곳 예배에 참예한 바울이라 합니다. 로마에서 왔습니다."

　로마에서 왔다하자 모두 놀라며 부러워하는 표정으로 바울을 바라보았다. 바울의 말이 계속되었다.

　"오늘 봉독한 이사야서에 많은 감동 감화를 받았습니다. 그 중에도 42 장 1절에서부터 4절까지가 가장 놀라운 사실이었습니다. 암송해볼까요? 내가 붙드는 나의 종, 내 마음을 기쁘게 하는 나의 택한 사람을 보라. 내가 나의 신발을 그에게 주었은즉 그가 이방에 공의를 베풀리라. 그는 외치지 아니하며 목소리를 높이지 아니하며 그 소리가 거리에 들리지 아니하며 상한 갈대를 꺾지 아니하며 꺼져가는 등불을 끄지 아니하고 진리로 공의를 베풀리라. 여기에서 <나>라고 하신 분은 누구십니까? 하나님이십니다. 하나님이 택하신 사람이 있다는 겁니다. 하나님께서 직접 자기 신발을 벗어 신겨준 하나님의 종이 있다는 것입니다. 그분은 바로 이스라엘을 사랑과 공의로 구하시고 다스리실 그리스도 메시야이며, 다윗의 집안에서 탄생한 예수가 바로 그 분이라는 걸 말씀하고 계신 것입니다. 진리를 모르고 죄악에 빠져서 시들어가고(상한 갈대), 죽어가는(꺼져가는 등불) 불쌍한 우리의 죄를 감당하시고 온유함과 공의로 다스려 사해만방이 그를 섬길 것이라는 말씀입니다. 이 말씀들은 지금부터 7백 년 전에 선지자 이사야께서 예언하신 겁니다. 그 예언은 그대로 성취되었습니다."

　바울의 설교가 이어지자 모든 신도들은 한 번도 들어보지 못한 말이라는 듯 놀라며 다음 말을 기다렸다. 바울은 이어서 이사야 7장 13절을 인용하여 다윗의 집안에 처녀가 잉태하여 아들을 낳으리니 하나님이 함께하신 임마누엘이라 하리라했으며, 바로 그가 예수 그리스도인데도 이스라엘 사람들은 모르고 십자가에 못 박아 죽이기까지 했다며 바울은 예수의 죽음과 구원과 부활 영생의 십자가 구속사에 대해 성령에 취하여 강론해 나갔다. 반응은 뜨거웠다. 다음 안식일에도 와서 예수 그리스도 말씀을 전해 달라 했던 것이다.

"할례자 유대인들이 적대하고 훼방을 놓지 않으니 이상한데요?"

돌아오며 소시바더가 고개를 갸웃거렸다. 그러자 안드로니고가 대답했다.

"이상할 거 없다. 괜히 다시스를 지구 끝이라 했겠니? 너무 멀다보니 예루살렘 쪽에서 무슨 일이 벌어지는지 알 수가 없겠지. 사도님, 하나님의 도우심인 듯합니다. 회당에서도 많은 새 성도들을 얻을 수 있을 것 같습니다."

바울도 흡족해했다.

"로마제국의 도시는 광장으로 이루어진 것이 특징 아닙니까?. 보니까 다시스도 큰 광장이 여러 개 있습니다. 평일에는 광장으로 나가서서 전도 설교를 하시는 게 어떻겠습니까?"

"생각하고 있었다. 이방인 전도 장소로 광장은 최적지이다. 낼 아침부터 나가자."

광장(피아짜)은 대개 중요한 교차로에 있었다. 원형으로 이삼층의 돌층계를 만들어 돌리고 중앙에는 물을 뿜어 올리는 분수가 있다. 그리고 돌층계 위에는 역시 화강암의 원주(圓柱)들이 세워져 있다. 시민들의 광장이다. 정치 사회 문화 예술 등등의 토론장소이며 때론 연사가 있어 모인 군중 앞에서 연설을 하기도 한다. 바울은 이런 광장을 찾아다니며 복음을 전하기로 했다. 한 달쯤 지나자 광장 전도는 이방인들간에 큰 화제를 불러 일으켜 바울이 나타날 때마다 처음에는 십여 명의 군중들이 귀를 기울였으나 회가 거듭될수록 수백 명씩 모여들어 바울의 설교를 들었다. 그들 중에는 바울의 집회는 거의 빠지지 않고 찾아다니는 열성 청중들도 많이 생겨났다. 광장에 모이는 군중은 거의가 토박이 다시스인들이었고, 개중에는 로마인 혹은 카르타고에서 온 아프리카인 등이 섞여 있었다. 바울의 설교는 그를 따라다니는 훌리오가 현지어인 카탈루냐어로 통역하여 들려주었기 때문에 소통에는 아무런 지장이 없었다.

한 달이 조금 지나자 바울이 기대한대로 다시스에도 가정교회가 생겨나게 되었다. 호세뉴라는 가구 장인이었다. 집안의 작은 가구들을 만들어 파는 상인이었다. 자기 밑의 직원 두 사람과 외출에서 돌아오다가 우연히 바울의 설교를 듣고 예수 그리스도에 경도되어 스스로 바울에게 세례주기를 원하여 성도가 된 사람이었다. 그는 직원 두 사람과 자기 집에 교회를 만들어 예배를 보았다. 바울을 따라다니던 열성 군중들도 자연스럽게 예수를 영접하고 호세뉴의 가정교회로 모여들어 당장 성도의 숫자가 이십여 명이 되었다. 바울은 그들의 요청에 의해 그 후 두 달 동안 교회를 바로 세우고 성도들을 바르게 양육하는데 심혈을 기울였다. 그런데 성도들 중에 요날도라는 사람이 있었는데 어느 날 바울을 찾아와 진지하게 자기 의견을 말했다.

"사도님, 제 고향은 이곳 다시스에서 서쪽으로 40킬로미터 쯤 떨어진 사라고사(Zaragoza)라는 곳입니다. 저는 거기서 농사를 짓고 있고 농산물이 모아지면 다시스에 와서 팔고 돌아가곤 합니다. 헌데 전 지금 사도님께 사로잡혀서 못가고 있습니다. 시간 내서 저와 함께 사라고사에 가주실수 없을까요? 사도님께서 직접 제 고향 사람들에게 천국복음을 전해주셨으면 하는데요."

"좋은 말씀이군요. 틈을 내서 한 번 다녀오지요."

바울은 기뻐하며 안드로니고에게 다시스교회를 맡고 있으라 당부했다.

"유대인 회당 쪽에도 개종하게 된 성도들이 여섯 명이 생겨났으니 그들 또한 흔들리지 않게 잘 관리해야 해."

"염려 마십시오."

"그럼 부탁하네."

바울은 통역인 홀리오와 에바브로, 그리고 소시바더만 데리고 요날도 와 함께 사라고사로 가기로 했다. 떠나기 전 바울은 요날도에게 사라고사 집 주소와 약도를 그려 달라 하여 안드로니고에게 맡겼다.

"무슨 급한 일이라도 생기면 나에게 알리도록!"

"예, 어서 떠나십시오."

바울이 여행지를 바꾸면 언제나 자기 연락처를 남기고 떠나곤 했다. 바 울일행은 도보로 다시스에서 남서쪽으로 내려가 서쪽으로 흐르는 넓은 강을 만났다.

"이 강은 에브로(Ebro)강이라 한답니다. 서바나에선 제일 긴 강입니다. 대륙서쪽 끝에서 발원하여 서바나 반도의 허리를 다 지나 지중해로 빠져 나가기 때문이지요. 이 강을 따라 계속 올라가면 역시 강변에 사라고사가 있습니다."

사라고사는 내륙에 속해 있는 완만한 평야지대에 있었고 주민들은 거 의 농사꾼들이었다.

"농사꾼들이어서 순박하고 정직합니다."

요날도의 말처럼 초면인데도 만나는 사람마다 친절하고 따뜻했다. 요 날도는 바울을 자기 집에 모셔놓고 동네사람들을 초청하여 바울을 소개 하였다. 일을 마치고 돌아온 동네사람들이 타작마당에 모여들었다. 오십 여 명이 둘러섰다. 요날도가 바울을 소개했다.

"여러분! 이분은 천국의 열쇠를 쥐고 있는 분입니다. 자물통을 열어 나 에게 천국을 보여주었습니다. 나는 그렇게 꿈같은 새로운 세상이 있다는 걸 모르고 살아온 것이 정말 후회되었습니다. 나 혼자 그 새 세상으로 들 어가 살 것이 아니라 내가 평소 사랑하는 내 이웃들도 함께 들어가 살 수 있도록 인도를 해줍시사 사도님을 어렵게 모셔왔습니다. 바울 사도님이 십니다."

바울은 이런 곳에 보내주신 하나님께 우선 감사해 했다. 모여든 주민들은 단순히 미신이나 우상만 섬겨 오던 사람들이었다. 여호와신과 예수 그리스도라는 말도 처음 듣는 사람들이었다.

"우상이나 만신(萬神)을 믿는 사람들은 때때로 제사만 잘 드리고 그 앞에서 복만 빌면 소원성취하게 되는 줄 알고 있는데 빌기만 한다고 다 해결나는 건 아니잖습니까? 오늘 내가 여러분에게 전해드릴 천국복음은 제사나 드려서 얻어지는 성취가 아닙니다. 천지를 창조하신 여호와 하느님은 그분 뜻만 잘 따라주면 하늘로부터 조건 없이, 아무런 값도 받지 않으시고 만복을 다 내려주시고 천국에 들어가 영원히 죽지 않고 영생불사(永生不死)하게 만들어주십니다. 그 구원의 천국복음을 전해드리려고 합니다."

바울의 복음전파가 시작되었다. 다시스보다 이곳 사라고사 주민들이 더 뜨겁게 주님을 영접했다. 요날도의 집의 농가 창고는 신생교회가 되었다. 한 달이 안 되어 삼십여 명의 성도들이 생겨났다. 바울은 열성을 다하여 그들을 양육했다. 그렇게 두 달 쯤 지난 어느 날이었다. 로마에서 다시스로 건너와 다시 사라고사로 에배네도가 바울을 찾아왔던 것이다.

"웬일인가? 에베네도."

바울이 긴장하며 물었다. 로마에서 그가 여기까지 왔을 때는 뭔가 심상치 않은 일이 있으리란 불안감이 일어났던 것이다.

"저어, 에베소에서 연락이 왔는데요. 디모데 감독님이 몹시 아프시답니다."

"위독하다 하던가?"

"그거까진 모르겠습니다만. 너무 충격을 받진 않으셨으면 합니다."

"허!"

바울은 탄식의 한숨을 내뱉았다. 원래부터 선병질(腺病質)의 몸을 가지고 있어 잔병치레가 많았던 디모데였다. 연락이 올 정도면 위독하단 말이 나 다름없었다. 애초 마게도냐, 아가야 선교지의 관리는 디모데에게 맡으라 하고 실라는 에베소에서 두란노 강원을 맡고 있으라 했는데, 전도자 양성에 너무 열성을 다하여 심신을 혹사시키고 있다하여 디모데를 에베소 두란노 강사와 교회 감독으로, 실라는 고린도로 가서 디모데가 맡았던 마게도냐, 아가야 지역 교회 관리를 부탁해 놓았던 것이다. 바울은 즉시 서바나 선교사역을 중단하기로 하고 에베소로 가기로 했다.

"요날도!"

"예, 사도님."

"이걸 받게."

바울은 자기가 가지고 있던 성경사본 두루마리 하나와 복사해둔 고린도인들에게 보낸 편지(고린도서)를 요날도에게 건넸다.

"통역인 훌리오를 남기고 갈 터이니 성도들과 언제나 성경을 읽고 내가 쓴 편지는 교회 치리(治理)에 대하여, 그리고 목회 지침서로 사용하도록 하게. 하나님의 뜻이 있으시면 언제라도 다시 올 수 있을 걸세."

바울은 에베네도와 에바브라 그리고 소시바더만 데리고 다시스로 갔다.

"얼마나 걱정이 되십니까? 큰일은 아닐 테니 안심하세요."

이미 소식을 들은 안드로니고가 바울을 위로했다.

"자넨 이곳 교회들이 안정되면 곧 로마로 건너오도록 하게."

"알겠습니다."

바울은 에베소로 가는 배를 알아보게 했다. 그 배는 다음 달에나 한 편이 있고 삼일 후에 떠나는 배중에는 고린도로 가는 화물선이 있다 했다. 바울은 그 배를 타기로 했다. 고린도를 거쳐서 에베소로 건너가면 될 듯 했던 것이다. 삼일이 지난 후, 바울은 에배네도와 에바브로 그리고 소시바더와 함께 고린도행 화물선을 탔다. 한 달 만에 배는 지중해를 가로질러 고린도시의 외항인 겐그레아에 입항했다. 바울이 아무런 기별 없이 갑자기 방문하자 고린도 교회의 모든 성도들이 놀라워하며 반가워했다.

"사도님께선 아시고 계셨겠지요? 디모데 형제가 원래 지병이 있었다는 것을요?"

실라가 다른 사람들과 함께 걱정하며 바울에게 물었다.

"결핵을 앓고 있었지. 하지만 거의 완치된 걸로 알고 있었는데?"

"저희들도 그렇게 생각했는데 두란노 강원에서 강의를 하다가 각혈(咯血)을 하고 쓰러졌답니다."

"각혈? 그럴 리가, 최근 10여 년간 그런 적이 없을 만큼 건강이 좋아졌었는데? 어찌된 일이지?"

"과로가 누적이 되어 그렇게 되었다고 합니다. 급해서 누가 선생을 모셔다가 진찰을 받게 했지요."

"그래 지금은 어떤 상태인가?"

"쉬고 있는데 많이 좋아졌답니다. 누가선생도 보름쯤 곁에서 약도 먹이며 보살피다가 돌아가신 상태라 합니다."

"다행이군."

바울은 비로소 안도의 숨을 내쉬었다. 실라는 디모데 건강 이외에 뜻밖의 소식을 전해주었다.

"요한 사도님이 에베소에 와 계십니다."

"요한 사도가? 다니러 왔나?"

"서마나 쪽에 제자가 있어 그곳으로 와 교회를 돌보다가 에베소에 오신 거랍니다. 계속 계실지 다른 지방으로 가실지 그건 모르겠는데 그분은 뜻밖에도 어머님 두 분을 모시고 있었습니다."

"두 분? 요한을 만났단 말인가?"

"예, 두 분 어머님은 다름 아닌 자기 어머니이신 살로매 님이시고 또 한 분 어머니는 예수님 어머님이신 성모 마리아였습니다."

"성모 마리아를 요한이 모시고 있었다구?"

"예."

바울은 깜짝 놀랐다. 믿어지지 않았다. 하지만 실라가 직접 그들을 만나고 왔다지 않는가.

"일단 에베소로 급히 디모데부터 만나러 가야겠네. 건강이 어떤지 보고 다시 고린도로 돌아오겠네."

고린도 겐그레아에서는 에베소로 가는 배들이 많은 편이었다. 바울은 곧바로 에베소로 들어 갈 수 있었다. 병든 아들을 보러가는 부모의 심정 그대로 바울은 배에서 내리자마자 뛰다시피 에베소 하버 게이트를 지나 중앙대로를 거슬러 올라갔다. 첼수스 도서관을 우편에 두고 그 위쪽에 두란노 강원이 있었다.

"아버님, 이버님이 오셨군요."

바울의 품에 안긴 바싹 야윈 디모데는 그 말 밖에는 하지 못하고 울었다. 바울도 흐르는 눈물을 주체하지 못했다.

"몸은 좀 어떠냐?"

"누가 선생님까지 오셔서 치료해주시고 여러 날 동안 보살펴주셔서 거의 건강을 찾았습니다. 정양을 하고 났더니 괜찮아요. 저 때문에 여기까지 그 먼 길을 마다하지 않고 오시다니 정말 죄송합니다."

"여긴 디도에게 맡길 테니 넌 좀 쉬도록 해라. 히에라볼리 온천장으로 가는 게 어떻겠니?"

"전 괜찮다니까요? 디도 선교사님은 지금 그레데섬에 가 있습니다. 간지 일 년쯤 돼 갑니다. 아버님과 두 분이서 그 섬에 가보신 적이 있다구요?"

"고린도에 있을 때 가본 적이 있다. 함께 그 섬에서 선교사역을 해보자 했었는데? 내가 바빠서 가지 못하고 디도만 가게 되었지."

바울은 감사해 했다. 바울은 두란노 기도실에서 금식한 채 삼일동안 아들인 디모데의 건강을 확실하게 지켜주시라며 간절한 기도를 올렸다. 그런 다음 바울은 디모데와 함께 아시아지역 여러 곳의 교회들을 점검했다. 문제가 있는 교회도 없었고 교세도 부흥되고 있어 바울의 마음을 기쁘게 했다.

"왜 건강을 잃기까지 했는지 알만하다. 이후에는 절대 과로하지 말아라. 그동안 관리를 잘해주어 고맙다."

"저한테 고마워하실 게 아니라 실라 선교사님께 고마워하셔야 합니다. 그분이 다 한 일이니까요."

"물론이지. 자, 이젠 성모(聖母)님을 뵈러 가야겠다. 어디 계신지 네가 안다니 인도해라."

"그러시지요. 요한 사도님과 함께 사신다했습니다. 에베소 뒷산인 파나지르산 동쪽 기슭에 조그만 집을 마련하셨습니다. 가시지요."

바울은 디모데를 따라 나섰다. 바울은 예루살렘에 갔을 때 두 번 정도 사도 요한과 만나 교유한 적이 있었다. 첫 번째 만남은 다메섹 회심 후 예루살렘에 돌아왔을 때 바나바와 함께였고, 두 번째는 이른바 예루살렘 사도회의라 불린 모임이 있을 때 바울도 올라와 몇몇 사도들을 만났을 때 요한과도 만났던 것이다. 깔끔하고 날카로운 인상이었지만 예수의 제자들 중에는 가장 유식했고 남다른 영성(靈性)이 있어 보였다.

- 예수의 십자가 곁에는 그 어머니와 이모와 글로바의 아내 마리아와 막달라 마리아가 서있는지라 예수께서 자기 어머니와 사랑하는 제자가 곁에 서 있는 것을 보시고 자기 어머니께 말씀하시되 여자여 보소서 아들이니이다 하시

고 또 그 제자에게 이르시되 보라 네 어머니라 하신대 그 때부터 그 제자가 자기 집에 모시니라. (요 19:25-27)

예수께서 십자가에 매달려 마지막 임종을 할 때의 말씀을 기록한 것이다. 임종과 유언을 지킨 사람들은 모두 다섯 명으로 나와 있다. 예수 어머니인 성모 마리아와 예수의 이모인 살로매, 그리고 글로바의 아내라는 또 다른 마리아, 그리고 막달라 마리아, 제자 요한이다. 마리아가 세 명이나 나온다. 흔한 이름이어서 그럴까. 예수 어머니도 마리아이고, 글로바 아내라는 이모도 마리아요 제자인 막달라 여인도 마리아이다. 여기에서 막달라 마리아만 빼고는 두 마리아와 살로매는 자매지간이다. 글로바의 처 마리아는 성모의 언니고 예수 이모인 살로매는 성모의 동생이다. 세 자매가 함께 온 것이다. 특히 살로매는 요한과 야고보 사도의 어머니이다. 그렇게 보면 예수와 요한 그리고 야고보는 이종사촌간이다. 야고보가 예수보다 나이가 조금 위여서 형이었고, 요한은 제자 중 가장 어려서 아우였다. 어찌 보면 평소 예수의 사랑을 가장 많이 받은 것도 그런 이유 때문인지 모른다. 게다가 어머니 살로매의 행태를 두고 후세사람들은 치맛바람의 원조라 불렀다. 요한의 어머니는 예수에게 자기 두 아들이 가장 우수하니 수제자를 삼아 좌우에 앉혀 달라 요구하였던 것이다. 그녀는 이모였기에 아마도 스스럼없이 조카인 예수에게 요구했었을 수도 있다.

아무튼 요한은 예수 사후, 예수의 유언을 지켰다. 네 어머니로 모시라 했기에 요한은 자기 생모와 성모 두 분을 어머니로 모시어 예루살렘을 떠나 멀리 아시아의 에베소까지 왔던 것이다. 이윽고 바울은 디모데와 함께 파나지르 산비탈에 있는 작은 돌담집에 이르렀다. 집안에는 요한 혼자 성경을 읽고 있었다.

"사도님, 안녕하십니까? 바울입니다."

"바울? 바울께서 오시다니 이게 얼마 만이오? 어서 오시오. 반갑군요."

반색을 하며 요한이 자리에서 일어나 바울을 포옹하고 볼을 비볐다.

"무탈하시고 건강하시니 기쁩니다. 듣자하니 성모님까지 모시고 계시다면서요?"

"마침 무얼 사실 게 있다면서 두 분 어머님은 아고라(시장)에 가셨습니다. 오실 때가 되긴 했습니다만. 앉읍시다."

잠시 후 인기척이 들리며 현관문이 열렸다.

"찾으신 건 사셨어요?"

부인 두 사람이 들어오자 요한이 일어나 어머니 손에 들려 있던 보퉁이를 받으며 물었다.

"음, 샀어. 손님이 와 계시네?"

바울이 인사했다. 요한이 소개했다.

"이분은 내 어머니이시고 저분이 성모님이십니다. 어머니, 제가 말씀드렸던 바울 사도입니다. 하나님 일을 참 많이 하신 분입니다."

"에베소에 오기 전부터 바울 사도님 말씀은 많이 들어서 아주 친근감이 있답니다. 수많은 고난과 수난을 겪으면서도 굴하지 않고 아시아와 마게도냐, 아가야는 물론 로마까지 전도여행을 다니시고 많은 교회를 세우셨다구요? 훌륭한 일을 하셨네요. 하나님이 기뻐하실 겁니다."

인자한 성모의 말이었다. 고마운 격려에 바울은 목이 메어오는 것을 느꼈다.

"과찬이십니다. 그보다 그동안 얼마나 고생이 심하셨습니까? 위로말씀드립니다."

"요한이 있어 잘 지냈답니다."

성모의 끝말이 흐려지자 요한이 거들었다.

"3년 전에 요셉 외숙부께서 지병으로 돌아가시어 성모님이 고생을 좀 하셨습니다. 외로워하기도 하시구. 그래서 내가 두 분 어머님을 모시고 멀리 떠나다보니 에베소까지 오게 되었습니다."

성모 역시 바울의 회심사건에 대해서는 상당히 자세하게 알고 있었다.

"요한 사도에게 전에 들어서 잘 알고 있습니다. 다메섹에서 주님을 뵈었다구요?"

"예."

"환상 중이 아니라 실제로 내려오신 주님을 직접 뵈었다구요?"

성모는 마치 잃어버린 아들을 찾는 어머니처럼 애타게 물었다.

"제 앞에 오신 주님을 직접 뵈었을 뿐 아니라 그분의 음성도 들었습니다."

"오오, 내 주님!"

성모는 눈물을 흘리며 자신이 못 보는 것을 안타까워했다. 그런 성모를 요한이 위로했다.

"잊으셨습니까? 주님은 다시 오신다고 약속하시고 떠나셨습니다. 언젠가는 다시 오시니까 보고 싶어도 참으세요."

"재림을 약속하신 주님은 가장 가까운 날에 다시 오십니다."

바울도 위로했다. 가까스로 성모도 진정했다. 잠시 후 그녀가 일어나더니 바울에게 음식 대접을 해야겠다며 동생인 요한의 어머니 살로매와 함께 부엌으로 향했다.

"요한 사도님! 저는 그저 동양과 서양을 찾아다니며 각처에 예수 그리스도의 주춧돌만 놓았습니다. 주님께서 명하신바 이방인을 전도하라신 말씀에 따라 이방선교에 열심을 다했습니다. 그 주춧돌 위에 완성된 집을 지으시는 것은 요한 사도님의 몫입니다. 견고하게, 아름답게, 하나님의 집을 지어주십시오."

바울은 그렇게 요한에게 부탁했다. 바울 사후 요한은 약속대로 특히 소아시아 전역(터키지역)인 에베소, 서머나, 버가모, 두아디라, 사데, 빌라델비아, 라오디게아 등 일곱 교회를 비롯하여 수많은 교회를 개척하고, 많은 제자들을 길러내어 훗날 요한 학파(John's Line school)가 만들어지기도 했다. 이윽고 십여 일 동안 에베소에 머물렀던 바울은 디모데와 장로들과 많은 성도들과 헤어져 에베소를 떠나게 되었다.

"건강 조심해야 돼. 디모데야, 네가 건강해야 내가 에베소를 걱정하지 않게 된다는 걸 명심해. 알았지?"

"예, 마게도냐로 가실 건가요?"

"음, 빌립보 교회, 데살로니가교회, 베뢰아교회들을 들러서 고린도로 내려가려 한다. 그런 다음에는 다시 로마로 가야지."

"마게도냐로 가는 배편을 알아보겠습니다."

"아냐, 라오디게아나 골로새도 들러서 드로아까지 걸어서 갈 것이다."

마침내 바울은 에베소를 떠나 라오디게아로 향했다. 바울이 아시아 교회를 비롯하여 빌립보 교회 등 마게도냐와 아가야, 그리스 각 지역의 교회들을 차례로 순방하겠다는 목적은 두 가지였다. 예루살렘 모교회 구제 헌금 모금에 동참해준데 대해 고마운 인사를 표하기 위함이었고, 또 하나는 교회가 바르게 성장하고 있는지 체크하는 일 때문이었다. 이틀 만에 라오디게아 교회에 도착하여 책임자인 눔바 장로를 만났다.

"교회가 이젠 확실하게 자리잡힌 거 같아 고맙네."

바울이 기뻐하자 눔바가 답했다.

"아시는 것처럼 이곳은 아시아에서 가장 유명한 병원이 있고 전문적인 의사들이 있어서 전국에서 찾아오는 환자와 그 가족들로 붐비는 곳이잖습니까? 병원을 돌며 전도를 하면 그들은 마음의 안정을 얻으려고 교회를 찾아옵니다. 그래서 부흥성장한 것입니다. 그리고 골로새로 사람을 보낼까요? 사도님이 오셨다구?"

"아닐세. 모처럼 시간도 좀 있으니 내가 직접 찾아가보겠네."

바울은 라오디게아에서 전도 집회를 두 차례 크게 여느라 나흘이나 체류하게 되었다. 골로새로 떠나려는데 오네시모가 바울을 찾아왔다.

"눔바장로님이 사람을 보내시어 사도님이 오신 걸 전해주었습니다. 그래서 제가 모시러 온 것입니다."

바울은 기뻐서 오네시모를 껴안았다.

"그래 빌레몬 장로는 잘 계신가?"

"그러믄요. 목장도 배 이상 커졌고 교회 성도들도 아주 많아졌습니다."

"자네의 도움이 그만큼 컸다는 말이기도 하구먼. 자아, 가보세."

바울은 일행과 함께 오네시모를 따라 골로새 계곡에 있는 교회를 찾아갔다. 목장주인이며 골로새 교회 장로인 빌레몬은 바울이 왔다는 것을 가까운 곳에 있는 히에라볼리 교회에 전하여 그곳 교회를 돌보고 있는 아킵보 집사까지 오게 하여 바울의 도착을 환영했다.

"저희 교회도 크게 자랑할 건 없어도 지역 안에서는 칭찬이 자자합니다. 저와 함께 히에라볼리에 가셔서 온천욕을 하면서 좀 쉬시다가 갈라디아 지방으로 가셔서 비시디아 안디옥 교회와 이고니온 교회, 루스드라 교회 등도 둘러보셔야지요?"

아킵보의 권유였다.

"이번에는 그럴만한 시간이 없다. 그 쪽은 따로 예정을 잡아서 돌아보려 하고 있어. 내일쯤 드로아로 떠나려 한다. 라오디게아 교회와 골로새 교회를 보니까 하나님 은혜를 새삼 느낄 수 있네. 대만족이야. 그리고 지난번에 내준 예루살렘 모교회 구제헌금 잘 전달했다는 걸 알리네. 정말 고마워했네."

바울은 배낭 속에서 헌금 전달 증서를 꺼내 빌레몬에게 전했다. 바울은 골로새에서 3일 동안 푹 쉬고 일행과 함께 드로아 교회로 향했다. 그곳 성도들의 환영을 받고 압비볼리로 떠나는 배를 타고 마게도냐로 건너갔다. 빌립보 교회에 도착한 바울은 마치 고향집에 돌아 온 듯한 편안함과 푸근함을 느꼈다. 어머니 품 속 같은 곳이었다.

"서바나, 그 먼 땅까지 다녀오시다니 사도님 다리는 무쇠다리예요?"

루디아의 말에 바울이 웃었다.

"다른 곳은 부실한데 내 이 두 다리만은 무쇠다리가 틀림없소. 그나마 이런 다리를 주신 하나님이 얼마나 고마우신 분이오? 다메섹에서부터 30여 년 동안 주님의 십자가를 멘 채 이 다리로 안다닌 곳이 없습니다. 이스라엘 땅을 한 바퀴 돌았고 북쪽으로 올라가서 다시 다메섹 그리고 내 고향 길리기아 다소 주변, 수리아 안디옥. 거기서 구브로섬, 남부 아시아(터키) 아달랴 버가지방, 그뿐 아니지. 수천 미터가 넘는 타우르스 산맥을 넘어 중부인 갈라디아, 비시디아 안디옥, 이고니온, 루스드라. 더베, 갑바도기아, 괴레메, 본도, 안퀴라, 드로아, 거기서 에게해를 건너 서방인 마게도냐땅으로 들어왔지요."

"그 다음은 나도 알겠네요. 빌립보로 오셨지요. 우리들이 강기데스 시냇가에 가서 염색한 옷감을 빨고 있을 때 사도님이 오셨지요. 마치 요단강에 나타나 천국이 가까웠으니 회개하라고 외치던 세례자 요한께서 환생해 오신 것 같았죠."

"어찌 감히 그분과 비교할 수 있겠습니까?"

"사도님은 여기서 데살로니가로, 베뢰아로, 마게도냐를 지나 헬라 남쪽인 아가야지방을 내려가셔서 아테네, 고린도까지 헬라반도를 다 걸어 다니셨지요?"

"거기서 빠진 곳이 있어요. 헬라의 중부지방, 델포이 그리고 서쪽 끝인 일루리곤까지 갔다가 나중엔 비록 죄인의 몸이었지만 내가 가기 원했던 로마로 들어갔고 멀리 서바나에 가서 다시스와 사라고사까지 갔으니까 길고 먼 여행길이었습니다."

"이젠 어느 미지의 땅에 가시고 싶으세요?"

"난 서바나가 지구 끝인 줄만 알았는데 그게 아니었소. 서바나 북쪽은 대륙으로 연결되어 있고 그곳을 갈리아(프랑스)라 부릅디다. 갈리아로 가고 싶소."

"어느 누가 가시는 길 막겠습니까? 여기 계시는 동안 잠시 모든 걸 다 내려놓으시고 푹 쉬세요."

"고맙소. 루디아."

한 주일을 쉬고 난 바울은 데살로니가로 떠났다. 친척인 야손이 기정교회를 잘 이끌고 있었다. 야손은 누구보다 모교회 구제헌금을 많이 한 사람이었다. 모교회의 감사를 전했다. 이틀 동안 머물다가 자기를 수행하고 있는 소시바더의 집이 있는 베뢰아로 갔다. 그곳은 그의 아버지인 부로가 교회를 이끌고 있었다. 바울은 소시바더에게 그만큼 자기를 도와주며 수행을 해왔으니 이제는 그냥 베뢰아에 남으라 했다. 그러자 그의 아버지가 의견을 물었다.

"아들아, 사도님 말씀에 따르겠느냐?"

"전 주님께서 사도님 곁을 떠나라 하실 때까지 모시고 다니고 싶어요."

"사도님, 아들의 뜻을 받아주십시오. 저도 그랬으면 합니다."

부자의 말을 들은 바울은 고개를 끄덕였다. 바울은 일행을 데리고 도보로 중부지방인 델포이로 갔다. 그곳에는 관원인 페티가 예수를 영접하고 가정교회를 개척한 곳이었다. 처음에는 세 명이 시작했던 교회가 지금은 이십여 명이 모이고 있었다. 바울은 곧 거기서 서쪽 끝인 일루리곤을 찾아 갔다. 그곳에는 상점을 하고 있던 안도니오가 가정교회를 만든 곳이었다.

"사도님, 사도님을 다시 뵙게 되다니 꿈만 같습니다."

안도니오가 기뻐했다.

"교회는 어려운 점이 없는가?"

"전혀 없습니다. 우리 믿음을 훼방하는 자들도 없구요. 삼십여 명 성도들이 뭉쳐 예배를 보고 있습니다. 그렇게 되도록 만들어 준 분은 디모데 선교사입니다."

"디모데 선교사가 왔었다구?"

"지금은 에베소에 가 계시단 말 들었지만 전에는 고린도에 계셨습니다. 두 번이나 오셔서 목회지도를 해주셨습니다."

바울은 감동했다. 디모데에게 마게도냐와 아가야 지역의 관리를 당부하고 갔는데 그는 바울의 뜻에 충실히 따라주었던 것이다.

"일루리곤은 헬라(그리스)의 서부지역 중심일세. 이 지역은 신앙적으로 오염이 되지 않은 순전한 땅일세. 움직이고 입만 열면 하나님의 은총이 쏟아질 걸세. 열심을 다해 일해 보게."

바울은 안도니오에게 당부하고 그곳을 떠나 고린도로 내려갔다. 고린도는 언제 소동을 겪었느냐 싶게 평온하고 진지했고 바울이 개척하던 초심(初心)으로 돌아가 있었다. 아볼로와 실라가 성도들의 양육을 맡고 있었다. 바울은 실라에게 자기가 돌아 본 마게도냐, 아가야 지역의 교회들에 대해 장단점을 자세히 말해주었다.

"그전처럼 교회들이 신생 교회의 허약함에서 벗어나 이제는 뿌리를 내리고 안정이 되었다는 것이 무엇보다 마음 든든했네. 어린아이 수준은 벗어났어."

"신생교회라서 많은 문제점들이 있게 마련입니다. 새 신자들은 그리스도 안에서 새 생명을 받아 새 특권을 누렸지만 여전히 자신들은 비기독교적인 세상에서 살아야 했기 때문에 그 충돌에서 오는 갈등이 컸습니다."

"성도가 된다는 것은 통속적인 사회규범에서 벗어나 기독교적인 윤리를 지켜가야 하고 다른 종교와 지켜오던 관습, 비신자인 가족과 친구, 친지들과도 단절이 되어야하기 때문에 공개적인 외부의 비난과 비평까지 감수해야 하지. 그러니 새 신자는 언제나 내부에 혼란이나 혼돈, 배척, 모멸 등 갈등이 증폭되는 걸세. 더구나 새로운 믿음의 삶에서 별다른 변화나 진전이 없으면 실의에 빠지게 되고 실족하게 되는 걸세. 믿음을 포기하게 되는 거지. 그렇게 안 되도록 잘 잡아주고 잘 가꿔주는 게 실라 사도나 나 같은 지도자들이 할 임무 아닐까?"

"옳으신 말씀입니다."

바울은 자신을 대신할만한 지도자는 실라라고 믿고 있었다. 자기가 없는 자리에 실라가 해주어야할 임무에 대해서 세세히 전해주고, 논의하고 토론했다. 그런 다음 바울은 고린도를 떠나기로 했다.

"어디로 가시렵니까?"

실라가 물었다.

"그레데(크레타)섬으로 갈까 해."

"디도 선교사가 열심히 전도사역을 하고 있는 곳이지요."

"언젠가 그레데섬에 가서 전도를 하자 한 적이 있는데 난 약속을 지키지 못했는데 디도는 혼자서 약속을 지킨 걸세. 디도를 만나보고 거기서 구브로섬으로 건너가려네. 바포에 바나바 사도가 교회를 세우고 열심히 성도들을 양육하고 있다네."

"디도 선교사, 고생 많이 하고 있을 것입니다. 위로해주십시오."

"하나님이 위로해주실 거야."

바울은 이윽고 일행인 소시바터, 그리고 에바브로와 아리스다고를 데리고 그레데섬으로 가는 어선을 탔다. 그레데(Cretes)섬은 헬라의 속령(屬領)으로 남 지중해 복판에 있는 큰 섬이었다. 삼일 만에 그레데섬의 남쪽에 있는 미항(美港)에 들어가게 되었다. 미항은 몇 년 전에 바울이 죄수의 신분으로 가이사랴에서 로마로 호송 당하게 되었을 때 들렀던 항구였다. 감회가 새삼스러운 듯 아리스다고가 바울에게 말했다.

"아마 그때 그 배의 선장과 호송관인 백부장 율리오가 사도님 말씀만 잘 들었더라도 우리가 대해상에서 유라쿨로 태풍을 맞아 사경을 헤매며 표류하지는 않았을 겁니다. 사도님은 이제 곧 뱃길이 막히는 동절기이니 로마까지의 항해는 위험하다. 안전한 항구에 피항하여 겨울을 난 뒤에 다시 항해를 해야 한다. 겨울을 날만한 항구로 이곳 미항은 포구가 너무 좁아 안 된다. 여기서 서남쪽 항구인 뵈닉스항으로 가서 과동(過冬)하자. 그렇게 주장했는데 그들은 말을 안 듣고 배를 출항시켜 대해로 나섰다가 그 같은 봉변을 당했습니다. 지금 생각해도 몸서리가 쳐집니다. 안 죽은 게 다행이지요."

바울은 미소만 지을 뿐 아무런 대꾸가 없었다.

"우린 라새아라는 곳으로 가야한다. 가는 길을 물어보자."

라새아는 그레데섬에서 가장 큰 중앙 읍내였다. 디도가 선교하고 있다는 곳이었다. 소시바더가 길을 알아왔다.

"이 길을 타고 저기 보이는 산자락만 돌아가면 큰길이 나온답니다. 그 길로 하루 정도 걸어가야 라새아가 나온답니다. 가시지요."

그레데섬은 동서로 길며 남북으로는 짧아 동에서 서쪽까지는 254킬로미터(약 600리) 북에서 남까지는 56킬로미터(약 140리)의 면적을 가지고 있었다. 섬 중앙에는 해발 2천 미터의 레브카산과 이다산이 솟아 동서로 산맥을 이루고 있었고, 중앙 남쪽에 너른 메사라 평야가 펼쳐져 있었다. 그레데섬은 유구한 역사를 자랑하고 있었다. BC 2000년경부터 강력한 왕권을 가진 미노스왕이 지배를 하게 되었는데 미노스왕은 새로운 건축 예술의 상징이 된 크노소스궁전을 완성하였다. 크노소스 궁전은 아름다운 조각 그리고 그림 등으로 장식된 호화궁전이었고 한번 들어가면 출구를 찾지 못할 정도의 미로궁(迷路宮)으로 유명했다. 호메로스의 극시(劇詩)인 오디세이 무대가 된 곳이기도 하다. 미로궁전의 지하에는 미로 감옥이 있었고 거기 갇히게 된 이타카의 왕자는 그의 옷섶에 바늘 달린 실을 꽂아 나중에 그 실마리를 잡아당겨 어둠의 미로감옥에서 왕자를 탈출시킨 애인인 아리아도네 공주의 이야기가 내용이다. 아무튼 그레데는 정치 군사 예술의 발달로 고대 지중해 문명의 중심 역할을 했다. 당시 고대 지중해문명은 양대 문명으로 나뉘어 있었다. 그리스 본토의 <미케네 문명>과 지중해 그레데섬(크레타)의 <에게문명>이었다. 작은 섬에 불과한 그레데가 에게문명국이 된 것은 부유한 재력이 밑받침이 되었기 때문이었다. 그레데는 일찍부터 동지중해 남부 한복판에 위치한 해운(海運)의 중심지라는 유리함을 십분 발휘하여 지중해 해상권을 가지고 교역을 독점, 부를 축적했던 것이다. 찬란했던 에게문명은 BC 1400년경, 그리스 본토세력의 침공을 받아 멸망하게 되었으며 그때부터 에게문명은 그리스의 미케네 문명에 흡수되게 되었다.

"아아, 사도님! 다시는 못 뵐 줄 알았는데 이렇게 뵙게 되다니 정녕 꿈은 아니겠지요?"

바울을 만난 디도는 얼싸안으며 눈물을 흘렸다. 바울도 눈시울을 붉히며 그동안 서로 지내 온 이야기로 꽃을 피웠다.

"그레데에는 유대인들이 많이 살고 있으니 그곳에 가서 전도를 하고 싶다고 사도님이 말씀했지요?"

"그랬었지. 마가의 집 다락방에서 120여 명의 성도들이 예배 중에 성령을 받게 되었다고 했었지. 120명은 모두가 예루살렘에 거주하던 유대인들이 아니었어. 지중해 연안 각처에서 온 성도들이었네. 소아시아에서 온 사람이 있는가하면 베니게(페니키아)에서 온 사람, 알렉산드리아에서 온

애굽인, 구브로에서 온 사람, 리비아에서 온 아프리카인 등등. 그 중에 그
레데에서 온 유대인이 있었다고 했네. 그래서 그레데섬에는 유대인들이
많이 살고 있다는 걸 알게 된 거지."

"그 말씀이 맞았습니다. 섬 전체에 약 2천여 명이 살고 있었습니다. 와
서 보니 개명(開明)했더군요? 이미 기독교 복음이 전해져서 가정교회가
세워져 있었던 겁니다."

"가능한 얘기야. 마가의 다락방에까지 온 걸 보면 이미 복음이 전해져
있었다고 봐야지."

그레데에 유대인이 일찍부터 많이 이주하여 산 것은 해상(海商)으로서
장사할 수 있는 여건이 좋았기 때문이었다. 따라서 여러 곳에 유대인 회
당도 있어서 전통적인 유대교 예배를 보았다. 이 사이에 언제, 어떻게 기
독교 복음이 들어와 성도들이 생겼는지 알 수 없지만 가정교회도 있었다.

"다행인 것은 서로 적대하여 싸우지 않는다는 것이었습니다. 육지에서
멀리 떨어진 섬이어서 그런가보다 했는데 알고 보니 그게 아니었습니다.
거짓교사들이 들어와 오염을 시킨 것이었습니다. 율법을 지키고 할례를
받고 예수를 믿어야 한다는 거였습니다. 그리스도교 신도들이 모두 거기
에 이의 없이 그냥 따르고 있었습니다."

"그래서 조용한 것이었군? 그 거짓 가르침을 신도들에게서 씻어내려면
힘이 들겠구먼."

"유대교 신자들 사이에 적대자들이 생겨나 소란을 피우기도 했습니다."

"신도의 대다수는 유대인들인가?"

"제가 왔을 때는 유대인들이 주종이었지만 지금은 이방인들의 숫자가
훨씬 많습니다."

디도의 말이었다.

"이제부터는 유대인을 개종하는 일은 그만두고 이방인들을 대거 전도

하게. 올바른 예수 그리스도 복음을 믿게 만들고 그들을 하나로 단합시키면 세력이 커져서 유대교도들도 함부로 대적하고 소란은 못 피울 거야. 내가 머무는 동안 나와 함께 열심히 전도를 해보세. 지금 개척된 가정교회가 2개소라 했지? 2개만 더 늘려보기로 하세. 4개소 정도는 자네 혼자 나중에라도 충분히 관리하고 양육해 나갈 수 있을 거야."

이튿날부터 바울은 디도와 함께 전도에 발 벗고 나섰다. 안식일이 아니라도 기왕에 개척된 교회에서는 날마다 저녁이면 예배를 보았다. 그리고 시내의 번화가, 시장주변 공터에서 거의 매일 전도집회를 계속 했다. 차츰 놀라운 변화가 일어났다. 현지인인 이방인들의 반응이 뜨거워져 성도들의 숫자가 계속 불어나고 시나고구의 할례자 신도들 숫자를 능가하기 시작했다. 바울이 그레데에 들어온지 6개월 만에 새로운 가정교회가 3개나 더 생겨나게 되었다. 바울이 그레데에 체류한 기간은 10개월이었다. 처음에는 할례자 유대인들이 작당을 하여 예배를 훼방하고 폭력을 휘두르기도 했지만 이방인의 숫자가 많아지고 세력화되자 함부로 맞서지 못하게 되었다. 이윽고 겨울이 지나서 뱃길이 열리자 바울은 구브로를 향하여 여행을 떠나기로 했다.

"어디로 가시려고 그러십니까?"

"바포에 있는 바나바 사도를 만나러 가야겠다. 디도! 표면적으로는 할례자들이 숨을 죽이고 조용하지만 언젠가는 계속 도전의 칼을 뽑을지도 모른다. 항상 대비해야 한다. 그리고 다시 이단의 거짓교사들이 침투하여 순진한 성도들의 영혼을 흔들지 못하도록 항상 경계하라."

"명심하겠습니다."

디도는 결연한 표정으로 약속했다. 이튿날 바울은 미항이란 곳에서 이집트 알렉산드리아로 가는 화물선을 타게 되었다. 고린도의 겐그레아에서 오는 배였다. 그 배는 구브로의 서쪽 끝에 있는 수부(首府) 바포항을 경유하게 되어 있었다. 바울을 수행하는 제자들은 그레데까지 따라온 소시바더, 에바브로, 그리고 아리스다고였다. 이윽고 배는 바다 위로 떠서 섬의 동북쪽에 있는 언제나 위험한 살모네라 해협을 경계하며 조심스럽게 큰 바다로 빠져나갔다. 이틀이 안 되어 배는 구브로 섬의 제일 큰 도시인 바포항에 입항하게 되었다. 바울 일행은 승선장을 빠져나왔다. 바울은 오래 전의 기억을 되살리려는 듯 두 눈을 찌푸리고 한 쪽 손을 펴서 이마에 올린 채 사방을 돌아보고 있었다.

"생각나셨습니까?"

"이제 알겠다. 저 큰길을 타고 서쪽으로 가면 바포의 정청(政廳)이 나온다. 나와 이름이 같은 바울(서기오)이 아직도 총독을 맡고 있다면 바나바 사도가 어디에 있는지 알 수 있을 것이다. 일단 정청으로 가자."

수리아 안디옥 교회에서 함께 봉직하던 바울과 바나바는 예언자에게 내린 하나님의 신탁(神託)을 받게 되었다. 두 사람을 이방인 선교자로, 따로 세우라는 명령이었다. 그래서 바울과 바나바는 첫 번째 전도여행을 떠나게 되었다. 예수께서 자기 고향마을이 있는 갈릴리 호수근처를 첫 번째 전도지로 삼았던 것처럼 두 사람은 먼저 바나바의 고향을 전도지로 선택했다. 두 사람은 섬의 동쪽 끝에 있던 살라미에서부터 전도를 시작하여 섬을 동서로 종단했다. 때마침 구브로로 건너 온 조카인 마가 요한까지 데리고 바나바의 고향인 중남부 깃딤과 메사오리아를 거쳐 서쪽 끝에 있던 바포에 이르렀다. 바포에는 구브로의 총독부가 있었는데 총독은 서기오 바울이었다. 총독은 바울을 불러 복음을 듣고자하였으나 그에게 붙어있던 거짓 선지자인 엘루마라는 마법사, 바예수라는 자가 붙어 있어 바울 일행의 복음전도를 가로막았다, 이때 바울은 성령 충만으로 된 검을 휘둘러 그자의 두 눈을 멀게 만들었다. 이방전도에 나선 바울이 보여준 최초의 이적이었다. 그 광경을 지켜 본 총독 서기오는 하나님 하시는 일에 탄복하며 예수를 영접하게 되었다. 바울은 총독부를 들려 서기오 총독을 찾았다.

"전 총독님이십니다. 그만두신지 2년이 넘었습니다."

총독부 관원의 말이었다.

"혹시 바포에 있는 기독교 교회가 어디 있는지 아십니까?"

"교회라구요? 있지요. 서쪽에 원형 경기장이 있습니다. 교회는 경기장 뒤쪽 야산 밑에 있는 걸로 알고 있습니다만."

"고맙소."

바울은 즉시 그곳을 찾아 나섰다. 어디인지 대충 알 수 있는 곳이었다. 교회는 대부분 성도들의 가정에 마련되어 있었는데 바포교회는 고린도식으로 지어진 아담한 건물을 가지고 있었다. 누군가 교회 앞마당에 있는 꽃밭에서 잡초를 뽑고 있었다. 건장한 노인이었다.

"저 말씀 좀 물어보겠습니다."

바울이 큰소리로 구부린 그의 등에 대고 물었다. 그 노인이 일어서며 소리 나는 쪽을 바라보았다. 그의 두 눈이 커졌다. 바울 또한 열린 입을 닫지 못했다.

"오, 바울!"

"바나바형!"

바울이 먼저 뛰어가듯 다가가 바나바를 끌어안았다. 두 사람은 말을 잊은 채 눈물만 흘렸다.

"여기까지 날 찾아오다니, 바울. 안으로 들어갑시다."

집안으로 들어가 거실에서 마주 앉은 두 사람은 서로의 모습을 다시 찬찬히 들여다보았다.

"형은 늙지 않을 걸로 생각하고 있었는데…."

"백발노인이 되었지. 그러는 바울도 세월은 속이지 못하겠네. 왜 그렇게 늙었지?"

"어느덧 내 나이 꽉 찬 61세가 되었소. 가만있자. 바나바 형께서는 나보다 열 살이 위시니까 71세시군요?"

"우리가 수리아 안디옥 교회에서 헤어진지가 십여 년 됐나?"

"13년 전이요."

그때의 기억이 살아나는지 두 사람은 조용히 눈을 감았다. 구브로 선교를 마치고 소아시아(터키) 지역 전도를 위해 버가란 곳에서 타우르스 설산을 넘으려 할 때 바나바의 외조카였던 마가 요한이 어찌된 셈인지 확실한 이유도 없이 바울이 만류하는데도 예루살렘으로 돌아가는 사건이 발생했었다. 그 후 1차 전도여행을 마치고 그때 세운 교회들을 다시 방문하기 위해 제2차 전도여행을 떠나려할 때 바나바를 찾아 온 마가요한이 전의 잘못을 사과하고 2차 여행에 따라가고 싶다고 청했다. 바울이 반대했다. 데리고 가자는 바나바와 절대 안 된다는 바울과 언쟁이 벌어졌다. 바울은 끝내 마가를 받지 않았다. 그러자 바나바는 화를 내며 마가를 데리고 그의 고향 구브로로 전도여행을 떠나버렸다. 그게 13년 전이었다. 형제나 다름없던 두 사람 사이에 금이 가고 그 사건 이후에는 서로 연락조차 주고받지 않으며 지금에 이르렀던 것이다.

"용서를 빌러 여기까지 왔습니다. 내가 왜 그때 속 좁은 소인배(小人輩)의 태도를 보여 바나바 형의 마음을 상하게 했는지 언제나 미안하고 죄스러웠습니다. 하나님 뵐 면목이 없었습니다. 용서하십시오."

바울은 정중하게 사과했다.

"허허, 이미 다 잊은 사건을 왜 들춰내시는가. 굳이 사과하려면 나지. 고생을 못 참고 제멋대로 떠나버린 마가의 잘못이 컸지. 그보다 잘못 가르친 내 잘못이 더 컸네. 그 뒤에 2차 여행을 떠나려할 때 마가가 다시 찾아와 제 잘못을 뉘우친다며 다시 2차에 데려가 달라 했을 때 내가 잘랐어야 했는데 진심으로 반성하기에 데려가자 했던 거야. 어쨌든 팔은 안으로 굽는다는 속담이 있던가? 피붙이를 싸고 돈 내가 부끄럽네."

바나바도 진지하게 사과했다.

"내가 바나바형을 처음 만난 건 예루살렘 가말리엘 율법학교에 다니며 외부의 클럽활동도 하던 때였지. 내 나이 겨우 열다섯 살이었소. 이스라엘의 미래를 생각하는 모임이란 클럽에서 만나게 되었지. 그때도 형은 어른스러웠어요. 체격도 크고 키도 컸고 그만큼 넉넉하고 너그럽고 따뜻한 사람이었지. 언제나 대드는 건 나였고 그 때마다 허허거리고 웃으며 감싸며 받아준 건 형이었습니다. 형은 평생의 내 은인이요."

"왜 이러시나? 적당히 추어주시게."

"스데반 집사 순교 처형에 앞장 선 원흉이라는 걸 알면서도 내가 다메섹에서 주님을 만나 회심했으니 믿어 달라 했을 때도, 누구도 믿지 않았지만 형은 날 믿어주고 날 데리고 모교회로 가서 베드로 야고보 등 사도들에게 소개하고 증인까지 서준 분입니다. 어찌 그뿐이요? 황야를 헤매고 다니던 들개 같던 날 안디옥 교회에 불러주려고 내 고향집까지 찾아준 분 아닙니까?"

두 사람은 밤을 새워가며 그동안 하고 싶었던 이야기를 나누며 회포를 풀었다. 바울은 바나바가 지난 십여 년 동안 외부와 연락을 끊고 바포에 거주하며 교회를 세우고 돌보는 일만 하고 있었다고 생각했지만 바나바는 오히려 그동안 바울이 어디에서 어떻게 전도활동을 계속하고 있었는지 잘 알고 있었다.

"정말 위대하신 일을 했네. 주님이 기뻐하실 거야. 동양과 서양 땅을 다 돌며 이방선교를 해내다니 자넨 보통사람이 아닌 초인(超人)일세. 자랑스러워. 참, 그리고 내가 깜빡 잊었는데 자네가 꼭 만나보아야 할 사람이 있네. 기뻐할 거야."

"누구지요?"

"만나보면 알 거야. 마침 내일은 예배가 있는 날이니 그분이 오겠구먼."

바나바는 그게 누군지 알려주지 않았다. 이튿날 열린 바포교회 예배에 바울도 참예하게 되었다. 바나바와 함께 교회 문 앞에 선 바울은 들어오는 성도들 하나하나를 맞아들였다. 그때 누군가 고위 귀족인 듯한 노인이 수레를 타고 와서 교회문 앞 근처에 멈췄다. 자주색 가운을 입고 금색 허리띠를 두른 노인이 수레에서 내려와 하인들을 데리고 교회 문 앞으로 왔다.

"감독 사도님, 평안하셨습니까?"

그 노인이 바나바를 보며 인사했다.

"샬롬! 어서 오십시오. 서기오 각하!"

서기오라는 말에 바울은 깜짝 놀라 설마하며 다가오는 노인을 자세히 바라보았다. 곁에 있던 바나바가 한마디 했다.

"바울 사도! 잊으신 건 아니겠지요? 전 구브로 총독이셨던 서기오 바울 각합니다."

"잊을 수가 있겠습니까? 바울입니다. 정말 오랜만이군요."

"바나바 사도님에게서 평소에도 익히 들어서 잘 알고 있었습니다. 대단한 활약을 하고 계신다구요."

"그런데 어떻게 이 교회를 찾아주십니까?"

"바울 사도님 때문이오. 성령의 이름과 힘으로 바예수라는 마법사의 두 눈을 멀게 만드셨을 때 나는 하나님께 붙들렸던 것이오. 그때부터 난 성도가 되었소."

그러자 옆에 있던 바나바가 나섰다.

"총독님은 은퇴하신 후에도 로마로 돌아가지 않으시고 우리 교회에 남아 열심히 신앙생활을 하고 계시다네."

바울은 감격스러워 했다. 바나바의 바포교회에는 이십 여명의 유대인 성도가 있었고 나머지 팔십여 명 대부분은 구브로 현지민과 로마 관원들이었다. 관원들이 많았던 이유는 전 총독 때문이었다. 바울은 구브로에서 석 달 동안 머물렀다. 바나바와 함께 처음으로 전도여행을 한 곳이 구브로였다. 그때 세운 교회들을 둘러보고자 했던 것이다. 이윽고 바울은 바나바와 함께 그 교회를 방문하기 위해 섬의 서쪽을 향해 떠났다. 먼저 섬의 중앙지대에 있던 메사오리 가정교회를 거쳐 남쪽 해안가에 있는, 구브로 최고(最古)의 항구도시인 깃딤에 들렀다.바울과 바나바가 함께 믿음의 씨를 뿌렸던 곳이다. 역시 바나바가 열심히 틈날 때마다 돌아다니며 지도하고 돌보아서인지 교회의 기초가 탄탄했다. 두 사람은 마침내 동쪽 끝에 있던 항구도시 사라미에 이르러 그곳 교회를 방문하고 집회를 열었다. 사흘동안 집회를 계속했는데 복음의 열기가 대단해서 수백 명씩 모여들었다.

마침내 구브로섬 일주를 끝낸 바울은 로마로 떠나기로 했다.

"고린도로 해서 로마로 갈 텐가?"

섭섭해 하며 바나바가 물었다.

"제국의 심장부인 로마를 기독교로 성역화(聖域化) 시켜야만 전 로마제국이 기독교 국가가 될 수 있습니다. 나 혼자 힘으로는 약합니다. 바나바 사도 같은 분이 함께 사역해야 성공하고 승리할 수 있습니다. 돌아다녀보니 구브로는 유능하고 충실한 교회 지도자들을 많이, 잘 길러내셨습니다. 사도님이 손을 떼고 로마에 와서 나와 함께 선교사역을 해주십시오. 그런 다음에는 서바나로 건너갑시다. 서바나, 갈리아 땅은 신천지였습니다."

"아직도 바울은 청년시절의 그 뜨겁던 정열을 그대로 간직하고 있어 부럽네. 역시 우리는 하나님이 맺어 준 꼼빠니아 단짝이지. 우리처럼 서로 죽이 잘 맞는 팀도 없을 거야."

"말하면 잔소리요."

"내가 지금 여기서 계획하고 있는 일이 하나 있네. 성도들과의 약속이니 그걸 꼭 해내고 우리 아우님을 찾아 로마로 가겠네. 먼저 가게나."

바울은 마침내 일행들과 함께 이집트 알렉산드리아에서 온 곡물 운반선을 타고 로마로 향했다.

24

로마 대화재와
그리스도인 대학살

이십여 일만에 배는 시칠리아를 지나 보디올항구에 입항했다. 바울은 친척인 헤로디온의 개척교회를 찾아가 그날 하루를 묵었다. 보디올에서 로마시내까지는 도보로 닷새 걸리는 거리였다. 이튿날 아침 바울은 일행들을 데리고 국도를 따라 길을 나섰다. 이틀을 걸어서 로마의 관문이 있는 트레스타 베르네 근처에 이르러 길가에 앉아 다리쉼을 하게 되었다. 한동안 쉬고 나서 일어서려하자 맞은편에서 전쟁터에서 쫓겨 오는 피난민 같은 일단의 무리들과 마주치게 되었다. 노인들로부터 젖먹이 아이들까지 부축하고 업은 채 허둥지둥 걸어오고 있었다. 그들은 저마다 커다란 보퉁이들을 다 들었거나 짊어지고 있었다.

"전쟁이 났나요? 적군이 쳐들어오고 있습니까?"

바울이 막아서서 급하게 물었다.

"몰라서 묻는 거요? 비키시오."

"모르니까 묻는 거 아니요? 어떻게 된 일입니까?"

그러자 며느리인 듯한 부인네가 알려주었다.

"전쟁이 아니구 불이예요. 로마시내가 지금 불바다가 됐어요. 그래서 피난 나오는 거라구요."

"얼마나 큰 화재인데 피난까지 나오지요?"

"우리 집도 다 타버렸어요. 시내는 지옥이 따로 없어요."

"허!"

바울은 맥이 풀리는지 도로 길가에 주저앉았다.

"교회들은 무사할까요?"

걱정스러운지 아리스다고가 급히 물었다.

"그게 걱정이다."

"사도님, 여기서 로마시내 쪽으로 조금만 더 가면 트레스타 베르네이고 거기에는 비롤로그 부부의 가정교회가 있습니다. 일단 그곳으로 가서 사태의 추이를 지켜보시지요."

"음, 그렇게 하자."

바울도 힘을 내 걸음을 옮겼다. 그러나 로마 시내 외곽에 가까워질수록 밀려오는 재난민(災難民)들 때문에 그들을 헤치고 앞으로 나아가기가 어려울 지경이었다. 간신히 일행은 트레스타 베르네의 비롤로그 교회에 도착할 수 있었다. 그 교회와 그 주변에도 수백 명의 재난민들이 화재를 피하여 로마시내를 빠져나와 여기저기 앉아 쉬고 있었다. 바울 일행이 다가가자 누군가 사람들 가운데에서 일어나며 바울을 알아보고 큰소리로 인사했다.

"바울 사도님이시다."

그 외침소리에 앉아 있던 모든 사람들이 일어섰다. 그들은 모두 이백여 명이 넘어 보였다. 일견 보아도 이곳 교회 신도들은 이십여 명이 채 안되었다. 대다수의 신도들은 화재를 피하여 로마에서 나온 사람들이었다.

"사도님은 어디에서 오십니까?"

비롤로그 장로가 물었다.

"나는 고린도에서 오는 길이요만 대체 어찌된 일이지요? 도대체 불이 어느 정도인데 피난 나오는 사람들이 저렇게 많은 거요?"

"로마시내에 불이 난 것은 4일 전이었어요. 불은 시내 남쪽에 있는 빈민지대의 밀집한 움막들에서 일어나 그 불이 때마침 불어오는 동남풍을 타고 차츰 시내 중심지로 옮아가서 엄청난 대형 화재로 커졌지 뭐예요?"

어떤 부인네가 아직도 겁이 난 목소리로 알려주었다.

"소방대는 나서지 않았나요?"

"처음에는 2백여 명이 나와서 불 끄는 시늉을 하더니 나중엔 손을 놓았어요. 군사들이 나서서 진화에 최선을 다하긴 했지만 역부족이었어요. 나흘 동안 불길은 걷잡을 수 없이 로마의 온 시내를 휩쓸고 있답니다. 화상으로 중경상자들이 수백 명씩 여기저기서 나오고 그보다 불에 타 죽는 시민들은 부지기수였습니다. 집이 불에 타는 건 불가항력이지만 남아 있다간 모두 타죽을 수밖에 없게 되어 급히 피난을 떠난 거랍니다."

"희생자가 많은 것은 불길이 덮쳐 오는 것을 보면서도 나오지 못한 것은 귀중품 하나라도 챙겨서 탈출하려고 머뭇거리다가 불길에 갇혀서 죽은 겁니다."

"황제도 피난을 갔나요?"

"어처구니없는 소문만 무성합니다. 네로황제는 높은 몬테마리오 언덕에, 마치 전선 시찰이라도 나서는 장군처럼 두 마리 군마가 끄는 전차 위에 앉아서 불바다 구경을 하며 즐거워하고 흥을 이기지 못하여 즉흥시(卽興詩)까지 읊조리고 있다는 것입니다. 황후를 비롯하여 궁녀들 그리고 원로원 귀족들까지 모두 불러 불구경을 하고 있어서 이번 로마의 대화재는 네로황제가 일부러 빈민가에 방화를 했다는 소문이 꼬리를 물고 있습니다."

"그보다 우리 교인들의 피해는 어떤가?"

"온 시내가 다 불타는데 유대인들이 사는 티베르강 서안쪽만 무사했습니다. 강 때문에 아직 불길이 넘어오지 않은 겁니다. 우리 가정교회들도 대부분 그쪽에 있는데 화재 피해는 없었습니다만 언제 화마가 덮칠지 몰라 피난들을 떠난 것입니다."

화재에 대한 이야기를 다 듣고 난 바울은 수행자들에게 떠날 채비를 하라 일렀다.

"어디로 가시게요?"

불안한 듯 비롤로그 장로가 물었다. 바울이 결연한 표정으로 말했다.

"로마로!"

"모두 다 불을 피해 탈출하는데 불 속으로 들어가시겠다구요?"

"그곳에는 하나님의 교회가 있고 성도들이 있네. 그들을 돌보아야 하네. 자, 아리스다고. 가자. 로마로!"

바울이 교회를 나서자 모든 신도들이 위험해서 안 된다며 길을 막아섰다.

"잘못하면 큰 화를 당하십니다. 절대 들어가셔서는 안 됩니다."

죄수의 몸으로 압송되어 올 때는 로마로 가는 길목마다 성도들이 나와 로마의 입성을 환영하더니 이제는 모두 입성을 반대하고 있었다. 불더미 속에 들어가는 거나 마찬가지며 잘못하면 목숨마저 위태롭다는 것이었다. 바울은 비장하게 말했다.

"사나 죽으나 나는 그리스도 예수와 함께 할 것이다. 어찌 죽음을 두려워하리오. 사지 안에서 성도들이 기다리고 있는데. 어서 가자!"

가로막는 신도들을 헤치고 바울은 큰길가로 나갔다. 모든 성도들이 만류하다 안 되자 울음을 터트렸다. 어떤 신도들은 주저앉으며 통곡을 했다.

로마 대화재 닷새째 되는 날인 AD 64년 7월 13일.

로마시내에 난 화재는 4일 동안 온 시가지를 태우고 5일째로 접어들자 비로소 불길이 잡혔다. 황제 네로는 두 마리 군마가 이끄는 전차를 타고

궁을 나와 몬테마리오 언덕 위에서 화재현장을 응시하고 있었다. 황제의 주변에는 여러 대신들과 궁녀들도 황제를 따라와 있었다.

"포페! 포페는 어디 있느냐?"

네로가 자신의 측근 중에서도 측근인 시종장, 포페(Poppae Sabina)를 불렀다.

"폐하, 찾으셨나이까?"

"음, 내 사랑하는 로마를 보라. 무사한 곳보다 불에 탄 곳이 더 많구나. 아름답던 내 연인 로마가 타들어 죽어가고 있다."

비통한 목소리로 네로가 부르짖었다.

"초기에 불을 잡지 못한 것이 화를 키웠나이다. 최선을 다했지만 잡지 못했습니다. 소신들의 잘못입니다. 죽여주옵소서."

포페가 엎드리며 용서를 빌었다.

"어어허허…."

네로가 울기 시작했다.

"아름답던 영원한 나의 연인 로마를 추녀로 변하게 하다니…. 눈물병을 가져오라. 오늘의 이 눈물은 로마제국의 역사에 영원히 남아야 한다."

네로는 시녀가 황급히 가져 온 눈물 병 두 개를 두 눈자위 밑에 가져다 대고 눈물방울을 받았다. 네로는 다면적(多面的)인 성격의 소유자였다. 때로는 정신분열증 환자처럼 날뛰기도 하고 아무것도 아닌 일에 불같이 화를 냈다가도 또 언제 그랬냐싶게 자신을 뉘우치며 용서를 빌며 눈물을 흘리는가 하면, 전연 예측불허한 잔인성도 가지고 있었다. 자신의 생모까지 암살한 패륜아였다. 네로가 황제의 위에 오르기까지에는 우여곡절의 연속이었다. 로마는 당초부터 권력을 분립시킨 공화제(共和制)를 채택하고 있었다. 국가의 행정과 군 통수권을 가지며 원로원을 대표하는 집정관(執政官) 2인과 민회(民會)를 대변하는 호민관(護民官) 2인 등 4인의 거두가 나라를 경영했던 것이다. 두 기관에 2인의 권력자를 둔 것은 서로 견제하며 독재를 하지 못하게 하기 위함이었다. 이 같은 공화제가 줄리어스 시저에 의해 무너지게 되었다. 그 때문에 시저는 암살을 당했고 나중에는 시저의 양자였던 옥타비아누스가 암살자들을 처단하고 반대파와 결전을 벌여 승리를 거두고 전권을 잡게 되었다.

　결국 옥타비아누스는 권력의 정상에 올라 집정관과 호민관을 겸임하여 절대권자인 시황제(始皇帝)가 되었다. 그가 아우구스투스 황제였다. 모든 것을 다 가진 그였으나 아들을 얻지 못해 후계자를 세울 수 없게 되었다. 그리되자 황제는 황후 리비아가 황제와 결혼하기 전 남편과 사이에서 낳은 티베리우스를 양자로 삼게 되었다. 그는 죽은 형의 아들인 게르마니쿠스가 자신보다 인기가 좋다는 것 때문에 언제나 전전긍긍하다가 마침내 암살을 해버렸다. 그 후 티베리우스가 사망하고 악명 높던 독재자 칼리굴라가 뒤를 이어 황제가 되었으며 얼마 지나지 않아 클라우디스가 황제의 자리에 앉았다.

　네로의 어머니 소아그리피나스는 티베리우스 황제의 미움을 사서 코르시카섬에 유배되어 절치부심하며 복수를 꿈꾸었다. 마침내 숙부인 클라우디스가 황제가 되자 그녀는 풀려났고 내처 숙부인 황제를 유혹하여 황후가 되었다. 그러다가 네로의 어머니는 황제를 독살하고 자기 아들인 네로를 로마제국 제5대 황제의 자리에 앉혔다. 네로의 나이 16세 때였다. 그의 어머니는 장차 명군(名君)이 되기를 바라며 당대 최고의 지성이며 웅변가였던 세네카를 궁중으로 불러들여 네로의 개인교사로 붙여주었다. 하지만 네로는 공부를 싫어하여 말썽만 부리고 마치 고삐 풀린 망아지처럼 자유분방하게 노는 것만 좋아했다. 극단적인 성격의 소유자였던 네로는 자기감정을 스스로 제어하지 못했고 뭐든 즉흥적이었다. 어머니를 따라 코르시카섬에 유배생활을 했던 네로는 그의 숙모 레피나에게 맡겨져 교육을 받게 되었다. 그의 숙모는 네로가 손재주가 있다하여 이발 미용기술을 가르쳤다. 하지만 네로는 거부하고 발레리노를 선망하여 남자 무용수가 되고 싶어 해 무용을 배웠다. 네로는 예술적인 재능이 있어 즉흥시를 지어 수금을 타며 부르기를 좋아했고 황제가 된 뒤에도 연극장에 나가 그리스의 비극에 주연배우를 맡기도 했다. 관객의 환호와 박수를 미치게 좋아했고 그때마다 그는 미리 준비해 간 금화(金貨) 궤짝을 열고 관객을 향하여 금화를 뿌렸으며 기분이 나면 빈민지대에도 찾아가 금화를 나누어주곤 했다.

그리스의 올림픽 제전을 모방하여 <네로니아 체육 대축제>를 5년마다 열게 하고 축제기간 중에는 귀족들만 사용할 수 있던 목욕탕이나 음악당을 서민들도 사용할 수 있도록 특혜를 내리기도 했다. 하지만 그는 한편으로 무서울 만큼 잔인했고 의심이 많아 누구도 믿지 않았다. 황제가 된지 5년 후, 그의 어머니에게는 새로운 정부(情夫)가 생겼는데 네로는 어머니가 그 정부와 짜고 자신을 폐위시키고 정부의 아들을 보위에 앉히려한다고 의심하기 시작했다. 그 의심이 점점 깊어지자 마침내 네로는 어머니를 독살하기에 이르렀다. 독살 후부터 네로의 광기는 누구도 말리지 못했고 스승인 세네카가 충언을 하자 세네카마저 자기 앞에서 독약을 마시고 자살하라 강요하기에 이르렀다. 이런 시절에 로마 대화재가 일어났다. 궁정에서 정면으로 멀리 동쪽에는 팔라티누스 언덕이 바라보였는데 술에 취한 네로가 수금을 타며 즉흥시를 노래할 때마다 그 언덕 기슭에 다닥다닥 붙어 있던 지저분한 오두막 빈민가가 도도하게 일어나는 시흥(詩興)를 망쳐버리곤 했다. 그때마다 네로는 당장 저 빈민지대 오두막들을 다 태워버려야 한다고 화를 냈었다.

"포페!"

전차 위에서 잿더미가 된 시가지를 둘러보던 네로가 병 채 들어 술을 마시며 포페를 불렀다.

"예, 폐하."

네로는 괴로운 표정으로 다시 술병을 쳐들었다가 힘껏 던져버렸다. 바위너설에 맞은 술병이 산산조각 났다.

"포페, 그대도 내가 로마 시내에 불을 질렀다고 생각하느냐? 그렇게 믿느냐?"

"아닙니다. 어불성설입니다."

"그런데 왜 시민들은 네로의 짓이라고 쑤군거리는 거지?"

"폐하, 그럴 리 없습니다."

"네로의 짓이 아니라고 모든 로마시민들이 믿게 하려면 어찌해야 하느냐?"

"신이 꼭 그렇게 만들겠나이다. 폐하는 로마 대화재와 전연 상관이 없다고 전 로마시민들이 철석같이 믿게 하겠나이다. 염려하지 마옵소서."

과실로 인하여 자연적인 발화로 화재가 난 것이 아니라 정상이 아닌 황제 네로가 일부러 방화를 지시하여 대화재로 번진 것이란 소문이 꼬리를 물고 있었다. 그건 네로의 행태 때문이었다. 시가가 잘 보이는 몬테마리오 언덕에 전차를 세워놓고 황후, 궁녀 귀족들과 함께 불구경을 하며 수금을 타고 즉흥시를 읊었다는 소문 때문에 생겨난 의심이었다. 네로는 그게 겁이 났던 것이다. 포페는 소문을 잠재우겠다며 장담했다. 네로가 가장 신임하는 시종장(侍從長) 포페는 유대인의 피가 흐르는 로마인이었다. 할머니가 유대인이었던 것이다. 그래선지 그는 유대교에 대해 호감을 가지고 적극 지지했으며 상대적으로 기독교에 대해서는 이유 없는 반감을 가지고 있었다.

한편, 로마시내에 들어가지 못하게 눈물로 만류하던 제자들도 바울의 고집에 어쩔 수 없이 함께 불타는 로마 시내로 들어오게 되었다. 바울을 따라 온 제자들 중에는 화재를 피하여 로마에서 나온 장로 집사들도 십여 명이나 되었다.

"오오, 하나님 감사합니다."

유대인촌인 트라스테베레로 들어간 바울은 무릎을 꿇고 하늘을 우러러 감사의 기도를 올렸다. 로마시내 전체 14구역 중 10구역이 전소되다시피 했는데 유대인촌이 있는 곳만 거의 피해가 없었던 것이다. 티베르강 서쪽에는 유대인촌이 세 구역이 있었다. 트라스테베레, 사부라지역, 마르티우스 지역 등이었다. 그 중 화재로 인해 피해를 당한 곳은 남쪽에 있는 마르티우스 지역의 일부 정도였다. 바울은 제자들과 함께 그곳에 있는 가정교회들을 일일이 들러 위로하고 무사함을 함께 기도했다. 그런데 문제는 최초의 발화지점으로 알려진 팔라티누스 언덕 기슭에 살고 있던 신도들과 그 가정교회였다. 평소 네로는 궁정 정원에서 대경기장이 있는 동쪽 끝으로 멀리 바라다 보이는, 지저분한 팔라티누스 언덕과 카밀리아누스 언덕 사이에 있는 빈민가를 싫어했다. 그 팔라티누스 언덕 주변에는 빈민가 뿐 아니라 올리브유나 각종 의류 원단을 파는 포목가게들이 다닥다닥 붙어 있는 시장까지 있었다. 불이 났을 때 갑자기 거세지면서 순식간에 큰불로 번진 것도 그곳에 기름집과 의류가게들이 몰려 있었기 때문이기도 했다.

문제의 그 빈민지대에서 불이 난 것은 한밤중이었다. 그때 네로황제는 로마의 황궁에 있지 않았다. 여름이 시작되고 있어 피서차(避暑次) 로마에서 남쪽으로 56킬로미터 떨어진 안티움(안치오)의 이궁(異宮)에서 잠을 자고 있을 때였다. 그렇게 보면 네로가 일부러 빈민가에 몰래 불을 지르라고 밀명(密命)을 내렸다는 시중의 소문은 맞지 않는다. 하지만 시민들은 방화범은 네로라고 믿고 있었다. 생모까지 독살한 패륜아이며 평소에도 장차 초라하고 보기 싫은 빈민지대의 집들을 헐어내고 언젠가는 멋지고 아름다운 로마시로 리모델링하겠다고 공언해왔기 때문이었다. 의심 받기에 충분했다. 게다가 화재가 계속되는 동안 불구경을 하며 리라 음률에 맞춰 그리스 연합군의 침략 전쟁으로 불바다가 된 트로이성의 멸망을 그린 극시(劇詩)를 노래하기도 했다는 소문까지 겹쳐져 더 의심을 샀다.

대화재가 계속되는 동안 네로는 손 놓고 시만 노래하지는 않았다. 네로는 진화에 힘을 기울이고 당장 화마로 가산을 잃은 이재민들을 위해 황제의 개인 정원과 마르스 평원을 제공하는 등 긴급 구호에 나섰다. 워낙 많은 숫자여서 식량이 부족하자 네로는 오스트리아에 구호 곡물을 급히 보내라고 명했다. 결국 대화재는 불가항력이었던지 로마시 전체 14구역 중 온전하게 남은 구역은 4구역뿐이었고 10개의 구역은 전소되다시피 한 참극으로 막을 내렸다. 로마에 사는 대부분의 유대인들은 상인들이었다. 이곳에서도 올리브유를 파는 가게 세 곳을 기독교인들이 하고 있었고, 시장 밑에 있던 아순그리도의 집에 가정교회를 만들어 놓고 예배를 드리고 있었다. 그런데 화재 바람에 가게든 교회든 흔적 없이 사라져 잿더미가 되었고 그곳에 거주하던 교도, 이십여 명 가운데 생존자는 단 세 명이었으며 나머지 열일곱 명은 시체조차 찾을 길 없는, 실종자가 되어 있었다. 안타까운 것은 그중에 어린아이들이 일곱이나 있었다는 사실이었다. 바울은 제자와 신도 30여 명과 함께 현장으로 와서 한순간에 일터와 가게, 그리고 가장을 잃고 망연자실해 하는 그들의 가족들을 위로하고 슬픔을 함께 나누었다. 그런 다음 살고 있는 집까지 잃은 가족 50여 명을 나누어 희망하는 성도들의 집으로 가서 재기할 때까지 살아가도록 조처했다.

"고맙습니다. 어려울 때일수록 서로 내 가족처럼 도와야 합니다. 오늘부터 이곳에 임시 천막을 치고 우리 다함께 구조와 구호활동을 합시다."

이윽고 다섯 개의 천막이 세워지고, 곧이어 이제는 잿더미가 된 화재

현장을 정리하기 시작했다. 누구도 현장 정리는커녕 관원들도 와보지 않고 있었다. 전 시가지가 잿더미가 되었는데 복구작업을 하려해도 관원들이나 군병들이 턱없이 부족하여 방치상태에 있었던 것이다. 쓰레기들을 걷어내고 그 밑 어딘가에 불에 타 묻혀 있을 시신부터 찾아내 가족에게 인도해야 하는 것이 급선무였다. 한 달 넘게 바울은 제자들과 천막생활을 견디며 구호활동을 계속했다. 그동안 잿더미 밑에서 세 살 먹은 어린아이 시신을 마지막으로 17구의 시신을 모두 찾아 수습할 수 있었다. 한 달 내내 매일 매일 찾아낸 가족의 시신들 때문에 통곡소리가 그치는 날이 없었다. 바울은 매일 저녁 집회를 열고 야외 예배를 드렸다. 찬송가 소리가 울려 퍼지고부터 팔라티누스 언덕 일대에는 역시 집과 재산 가족을 잃은 수많은 시민들이 모여들어 바울의 설교를 들었고, 그의 기도소리에 감동하고 예수를 영접하는 기적이 일어나게 되었다. 바울은 불에 탄 빈민가 정리가 끝나자 피해를 입은 근처 다른 구역으로 구호작업을 옮겨 펼쳐나갔다. 신도들뿐 아니라 모든 주민들이 합세하여 정리하고 시신을 찾으며 함께 일을 해주었다. 급기야 바울이 가는 곳에는 언제, 어디에서나 수백 명의 시민들이 그의 뒤를 따라다녔다.

그렇게 벌인 구호작업이 석 달을 넘기고 있었다. 로마시의 서쪽 변두리인 카페나 성문 부근 역시 빈민촌이었는데 완전히 잿더미로 변해 있었다. 그곳에는 바드로바가가 노동을 하며 살고 있는 하층민들을 모아 교회를 하고 있었다. 기독교인은 3십여 명이었는데 불에 타 집이 무너지는 바람에 탈출하지 못하고 갇혀서 실종된 사람이 22명이었다. 팔라티누스 언덕보다 훨씬 그 숫자가 많고 처참했다. 바울은 다시 천막을 설치하고 시신을 찾기 위해 불타 무너진 건물 쓰레기들을 파내는 일을 시작했다. 시신 2구를 겨우 찾아내 가족에게 돌려주고 난 다음이었다. 길가에 주저앉아 물 한 모금을 마시고 있을 때였다. 로마 관원 두 사람이 20여 명의 기병들을 이끌고 달려와 바울을 찾았다.

"누가 바울인가?"

"접니다만."

"너를 지난 대화재 때의 방화범 용의자로 체포한다. 이자를 연행하라."

바울은 그들에게 체포되어 관할구역 치안청에 연행되어 갔다. 비록 몇 달 동안 햇볕에 그을리고 힘든 노역에 시달려 피골이 상접하여 초라한 노인이 되어 있었지만 그의 걸음걸이는 당당했다. 신도들과 시민들이 항의했다. 방화범이라면 도망쳐 숨어 있어야지 왜 위험을 무릅쓰고 난민 구호를 하겠는가. 바울은 죄가 없다고 외쳐대며 수백 명이 거리를 메우고 바울을 따라 왔다. 군중들의 태도에 불온한 기미가 흐르고 있다고 느꼈는지 장교인 백부장이 백여 명의 기병들을 대동하고 나와 해산령을 내렸다.

"해산하지 않으면 너희들도 잡아 가둘 것이다. 어서 해산하라. "

백부장이 윽박질렀다. 한편 바울은 토굴로 된 옥사에 갇히게 되었다. 어두컴컴한 옥방에는 바울 혼자 들어와 있었다. 밤이 되자 옥사를 지키고 있던 감시병이 다가왔다. 주변은 고요하기만 했다. 옥사인 토굴 위쪽은 숲이 있는 야산이었고 치안청 건물은 옥사에서 약간 떨어져 있었다.

"사도님."

감시병이 소곤거리듯 불렀다.

"사도? 그대는 누구인가?"

"저 역시 기독교도입니다. 저희 집은 사부라에 있고 거기에 교회가 있습니다. 거기에서 입교를 했지요. 사도님, 아주 위험합니다. 로마 대화재는 방화로 일어난 재난이며 팔라티누스 빈민가에 아무도 모르게 불을 지른 자들은 기독교도들이다. 그들은 로마시내에서 암약하고 있는 교회의 우두머리 몇 명이 시킨 것이다. 그들 우두머리들을 색출하여 체포 처단해야 한다. 그렇게 건의한 자는 황제의 시종장인 포페였다 합니다. 평소 유대교에 친근감을 보이던 그자는 기독교인들을 미워하여 뒤집어씌운 거랍니다. 그리하여 우두머리들을 체포 연행하란 네로 황제의 칙령이 내려졌습니다. 이제 곧 감시병 교대시간입니다. 전 교대하고 떠납니다. 돌기둥으로 된 옥문은 자물통으로 잠겨있습니다. 제가 풀어놓고, 풀리지 않은 것처럼 해놓고 가겠습니다. 교대한 감시병은 자물통에 대한 검사는 하지 않을 것입니다. 당연히 잠겨 있을 거라고 생각하기 때문이지요. 새벽이 되면 누구나 다 졸다가 잠이 듭니다. 그 틈을 이용하시어 탈출하여 도망치십시오. 무조건 로마를 벗어나야 합니다."

"나중에 형제가 추궁 당하면 어쩌려고 그러시오?"

"그건 저한테 맡기시고 탈출하셔야 합니다. 교대시간 다 됐습니다. 다른 감시병이 오고 있습니다."

이윽고 감시병들의 교대가 끝났다. 새 감시병은 밤이 이슥해지자 졸기 시작했고, 나중에는 돌기둥에 머리를 대고 잠이 들었다. 바울은 자물통을 빼고 옥문을 열고 밖으로 나섰다. 다시 소리나지 않게 자물통을 걸고 이번에는 잠가버렸다. 그리되면 잠긴 상태에서 죄수가 없어졌으므로 특정 감시병이 질책을 당하지는 않을 것이란 생각이 들었다. 바울은 숲이 우거진 뒷산으로 올라가 팔라티누스 언덕 방향만 어림짐작하고 도망치기 시작했다.

"아니 사도님, 어디서 오시는데 옷이 모두 이슬에 젖었지요?"

팔라티누스 교회 천막에서 자다가 깬 장로 아순그리도가 들어서는 바울을 보고 놀라 일어났다. 바울은 체포당했다가 겨우 탈출하여 온 이야기를 했다.

"아무래도 심상치 않네. 네로가 방화범이란 소문을 일거에 뒤집기 위해 네로는 방화범은 자기가 아닌 기독교도들이라고 뒤집어씌우고 있어. 시종장 포페라는 자의 소행이다."

"그럼 이제 어떻게 되는 거지요?"

불안에 떨며 아순그리도가 물었다.

"먼저 그리스도 교회의 우두머리들을 체포 구속하라는 칙령이 내려졌다네. 그 다음으로는 모든 신도들까지 잡아들일 계획이야. 대대적인 탄압이 휘몰아칠 걸세. 천막을 철수하고 예배는 아무도 모르는 곳에 가 드려야 하네."

바울은 아침이 되자 토카를 뒤집어쓰듯 얼굴을 가리고 아순그리도와 함께 유대인촌이 있는 트라스테베레 쪽으로 잰걸음을 놓았다. 그런 다음 바울은 밤이 되면 장로 집사들을 루포의 집에 은밀하게 모이게 하라고 아순그리도에게 지시했다. 피골이 상접한 바울을 보자 루포의 어머니는 눈물을 흘리며 껴안았다. 그리고 볼을 비비며 어쩌다 이렇게 되었느냐며 울었다. 이윽고 밤이 이슥해지자 여러 교회의 장로, 집사들이 하나둘 모여들었다. 모두 21명이었다. 바울은 그들에게 사태의 위급함을 알렸다.

"네로는 온전한 정신을 가진 황제가 아니다. 피해망상과 피해의식이 많아 아주 잔인하다고 알려져 있다. 생모도 죽인 자이다. 탄압하기 시작하면 걷잡을 수 없이 날뛸 것이다. 당분간 가정교회 문을 닫고 성도임을 숨겨야 할 것이다. 두 사람 이상 모이면 안 된다고 성도들에게 전하라. 문제는 지하에 숨어 어느 곳에서 예배를 보느냐는 건데, 장소가 없다는 것이다."

바울이 한숨을 내쉬자 나깃수가 나섰다.

"성의 북쪽에 있는 핀키아나 성문을 지나면 숲속에 공동묘지가 있습니다. 지하에 나있는 동굴은 엄청나게 길고 잘못하면 길을 잃어버릴 만큼 미로(迷路)입니다. 들어가면 넓은 공터도 여러 곳 있습니다. 예배는 그곳에서 보았으면 합니다만."

지하 공동묘지인 카타콤베(Ad Catacumbas) 안에서 예배를 드리면 된다는 것이었다. 모든 사람들이 좋다 했다. 공동묘지 동굴 속 예배는 바울도 일찍이 30여 년 전에 사해 남쪽의 바위산 도시인 페트라에서 거처로 정하면서 동굴교회를 열었던 전력이 있어 나깃수의 의견에 찬성했다. 얼마 되지 않아 유대인촌이 있는 사부라에서부터 기독교도 검거선풍이 불기 시작했다. 평소 서로 사이가 안 좋았던 유대 교도가 같은 직장에 다니던 기독교도를 밀고했던 것이다. 기독교도들을 색출하기 위해 관에서는 그 사람을 잡아다가 고문하여 누가 교도인지 불게 했다. 이렇게 되어 사부라 지역의 가정교회와 신도들이 모두 체포 연행되었고 그들이 또 불게 만들어 트라스테베레 지역과 마르티우스 지역까지 휩쓸어 3백여 명을 잡아들이고 처참하게 학살하기 시작했다. 재판도 필요 없었다. 콜로세움 경기장에 몰아넣고 굶주린 사자들을 풀어놓아 사자밥이 되게 하고 어떤 신도들은 개가죽을 씌워서 역시 굶주린 개들에게 내몰아 물어뜯어 죽게 만들었다. 기독교도들의 체포와 학살은 그렇게 매일 계속되었다.

바울은 일부 성도들과 함께 핀키아나 공동묘지 동굴 속에 피신해 있었다. 바울은 로마당국에 의해 이미 지명수배된 상태였다. 유대인촌의 기독교도들의 최고 지도자가 누구인가를 밝히기 위해 당국은 일반 교도들을 잡아들이고 고문을 가하며 지도자를 자백하도록 만들어 바울의 이름을 밝혀냈다. 그때 나깃수가 동굴 속으로 바울을 찾아 왔다.

"밖의 사정은 어떤가?"

나깃수는 심각한 표정으로 머리를 흔들었다.

"무슨 의미야?"

"지금까지 비교적 무사했던 트라스테베레 지역 성도들이 색출되어 거의 모조리 잡혀갔다 합니다. 먼저 체포 당했던 몇몇 형제들이 고문을 이기지 못하고 명단을 모두 분 것입니다."

"잡혀간 형제자매는 모두 얼마나 되지?"

"46명입니다. 그런데 문제가 있습니다. 악랄한 당국은 교회 문 앞에 협박문을 붙여놓았습니다."

"협박문이라니?"

"크레스토스(예수)교 우두머리 바울이 자수하지 않으면 46명은 모든 시민들이 지켜보는 가운데 전원 원형 경기장에서 굶주린 사자들의 밥이 되도록 만들 것이다. 시한은 3일이다."

기독교도들의 교회는 가정이었기 때문에 밖으로 드러나지 않아 누가 신도인지 알 수가 없었다. 그럼에도 불구하고 당국이 전모를 다 파악하는 데는 그리 오래 걸리지 않았다. 고문, 회유, 협박으로 캐냈기 때문이었다. 그 결과 신도들의 최고 지도자 중 두 명이 로마시에 잠입해 있다는 것을 알았다. 바울과 베드로였다. 당국은 이 두 사람을 잡아내려고 혈안이 되었다. 바울에게는 3일 안에 자수를 하라 협박하고 있다는 것이었다.

"고린도로 피하시든지 아니면 빌립보로 피하십시오."

모든 신도들의 한결같은 권유였다.

"피 흘리며 죽어가는 형제자매를 놓아두고 나 혼자 탈출하라? 그럴 수는 없다. 죽어도 함께 죽고 살아도 함께 살아야 한다."

완강하게 거절했다.

"사도님은 몇몇 성도들의 사도가 아니십니다. 동서양 각처에 있는 모든 성도들의 목자이십니다. 그들을 위하시고 그들을 생각하셔야지요. 탈출해야 합니다."

한동안 제자들과 바울은 격론을 벌였다. 마침내 바울이 한 발짝 물러섰다.

"그럼 이렇게 하자."

바울은 보통이에서 양피지 한 장을 꺼내어 간단하게 편지를 썼다.

"로마시 동부 치안청 청장에게 제의한다. 나는 바울이다. 귀청 옥안에는 트라스테베레에 거주하는 기독교인 46명이 갇혀있다는 사실을 알고 있다. 그중 나이 많은 노인은 14명이며 어린아이들 역시 12명이다. 노인과 어린아이들이 무슨 죄가 있는가. 그들을 먼저 석방해주면 나 바울, 확인 후 자수하겠음을 내가 믿는 하나님께 약속한다. 2일의 여유를 주겠다. 예수 그리스도교 사도 바울."

바울은 나깃수에게 그 편지를 전하도록 부탁했다. 나깃수는 편지를 가지고 신도들이 갇혀 있던 동부 치안청으로 갔다. 정문 앞에 군졸 두 명이 파수를 보고 서있었다. 그 앞으로 다가가자 군졸 하나가 왜 왔느냐고 물었다. 나깃수는 인사를 하고 품속에서 편지를 꺼내어 전했다.

"치안청장님께 드리는 편지인데 대신 전해주십시오."

"편지? 어디서 온 것이냐?"

"나도 심부름 온 겁니다. 수고하십시오."

나깃수는 편지를 전하고 뒤도 돌아보지 않고 잰걸음으로 그들이 붙잡기 전에 그곳을 피했다. 그로부터 이틀 후, 무덤 동굴 안에 숨어서 초조하게 기다리고 있던 바울 앞에 나깃수가 다시 나타났다.

"어떻게 되었는가?"

"당국은 사도님이 요구한대로 노인 14명과 어린아이들 12명 등 도합 26명을 풀어주고 집으로 돌려보냈습니다."

바울은 잠시 혼자 기도하고 뭔가 결심이 선 듯 은밀하게 남아있는 성도들을 무덤동굴 안으로 모이도록 했다. 밤이 이슥해지자 하나 둘씩 아직 체포되지 않은 성도들이 모습을 드러내기 시작했다. 유대인촌 뿐 아니라 시내 여러 곳에 있는 가정교회 성도들이었다. 그들은 숨어 있어서 당장의 화를 면한 사람들이었다. 깊숙한 동굴 안에는 2백여 명의 성도들이 모였다. 바울이 그들 하나하나를 포옹하며 맞아들였다. 이윽고 비밀집회가 시작되었다. 바울 곁에 있던 안드로니고가 입을 열었다.

"예수 그리스도께서 십자가 환란을 당하신 뒤 30여 년이 지난 뒤 이렇게 큰 환란이 다시 오리라고는 생각지 못했습니다. 로마시내의 대화재 책임을 우리 그리스도인들에게 씌웠습니다. 로마시민들의 원망이 무서워 황제 네로는 우리들에게 방화죄를 뒤집어씌운 것입니다. 졸지에 생명과 재산을 잃고 길거리에 나앉은 시민들은 안 그래도 원망의 대상을 찾고 있던 차에 그리스도인이라니 수색체포하고 있는 당국보다 아무 것도 모르는 시민들이 분노하여 미친 듯이 그리스도인들을 찾아내 현장에서 돌로 치고 몽둥이질을 하며 길거리에 끌고 다니고 있습니다. 경기장 안에 끌어다가 굶주린 맹수들의 밥이 되게 하기도 했습니다. 로마의 성도 2천여 명 가운데 1천여 명이 학살당한 것으로 보입니다. 지금도 시민들이 몰려다니며 찾고 있습니다."

안드로니고의 말은 사실이었다. 바울은 동굴 안에 숨어 있었기에 그 참상을 눈으로 보지 못했을 뿐이었다. 안드로니고의 인도로 순교한 형제자매들을 위로하는 기도를 다함께 올렸다. 그런 다음에는 살아있는 성도들의 안전을 지켜달라며 다시 기도를 했다. 그것이 끝나자 바울이 침통한 어조로 말을 이었다.

"형제 자매여러분, 지금까지 30여 년 동안 나는 예수 그리스도의 복음을 들고 동방과 서방 온 세계를 돌아다니며 죽을 고비를 수없이 넘겼습니다. 태풍으로 바다에서 사경을 헤매고 설산(雪山) 골짜기에 갇혀서 굶어 얼어 죽을 뻔 하기도 했습니다. 하지만 대부분은 예수복음을 적대시하는 동족들이나 반대자들에게 당한 수난이었습니다. 주님께서 이런 수난과 고난을 주시는 것은 그 뒤에 올 영광과 승리를 선물로 주시려는 뜻이 있어 그런다는 걸 명심하며 견뎌왔습니다. 손바닥만 한 이 로마의 구석에서 적대자들이 우리를 죽임으로 핍박한다 해서 이미 온 세계 온 인류의 신앙으로 자리한 예수 그리스도의 드넓은 지도(地圖)까지 짓밟지는 못

합니다. 우리들 가슴에는 의의 열매가 가득 맺혀있으니 우리가 지금 당하는 일들이 도리어 복음의 진보가 된다는 사실을 굳게 믿어야 합니다. 우리들의 간구가 성령의 도우심으로 구원에 이른다는 사실을 안다면 우리들의 간절한 소망과 기대에 따라 어떤 어려움에도 견디고 어제나 오늘이나 내일이나 온전히 담대하게 증거하면 내 안에 주님이 살아계시므로 나는 살아 있어도 주님께 유익을 드리는 것이고 죽어도 유익을 드리는 것입니다."

어쩌면 마지막이 될 지도 모를 바울의 설교가 그렇게 시작되었다. 어두운 무덤동굴 속에 서로 어깨를 맞대고 숨 막히는 긴장 속에서 바울의 한마디 한 마디 말씀을 들을 때마다 까닭모를 슬픔이 감돌아서 당장에라도 통곡소리로 변할 것만 같았다. 하지만 숨어 있는 것이 탄로날까봐 소리내 울지도 못하고 있었다. 성도들도 바울과는 이제 마지막 이별의 시간이 다가왔다는 불길함을 느끼고 있었던 것이다.

"나는 이미 주님의 피를 부어 희생제물이 될 채비를 갖추었습니다. 내가 세상을 떠날 때가 온 것입니다. 나는 훌륭하게 싸웠고 달려갈 길을 다 달렸으며 믿음을 지켰습니다. 이제는 정의의 월계관이 나를 기다리고 있을 뿐입니다. 주님께서 그 월계관을 씌워주실 것이며 나 뿐 아니라 다시 오시는 주님을 기다리며 사모하는 여러분에게도 주실 것입니다. 난 가야 합니다. 죄 없는 내 형제들의 살육을 더 이상 두고 볼 수 없습니다. 내 한 몸 던져서라도 막아야 합니다."

"가시면 안됩니다."

"안됩니다."

성도들이 다가들어 바울의 손을 잡고 목을 껴안으며 흐느껴 울기 시작했다. 그리스도인들이 왜 방화범으로 몰려야 하는지 아무런 재판도 없이 왜 살육을 당해야 하며 말 한 마디 못하고 죽어가는 지 자신이 나서서 항의하고 피의 폭풍을 막겠다 했다.

"그건 사도인 나의 의무이며 주님이 주신 소명입니다. 언제까지나 저들이 날뛰며 탄압을 가하지는 못할 것입니다. 주님이 놔두시지 않을 겁니다. 다시 잠잠해지고 조용해질 겁니다. 그때까지만 견디고 피해있으십시오."

밤이 새자 바울은 붙잡고 나가지 못하게 만류하는 성도들을 뿌리치고 어렵게 동굴 무덤에서 나왔다.

"너희들은 왜 따라오느냐?"

바울 뒤에는 아리스다고와 소시바더 그리고 에배네도 세 제자들이 따라오고 있었다.

"어떻게 사도님 홀로 가시게 할 수 있습니까? 저희들도 가겠습니다."

바울은 그들을 말리지 못하고 동부 치안청을 찾아갔다. 테베르 강가에 이르자 화재로 잿더미가 된 집터에서 복구작업을 하고 있던 주민들이 지나가는 바울 일행을 흘깃거렸다. 잠시 후였다. 비지땀을 흘리며 쓰레기더미를 치우고 있던 중년사내 하나가 다가오는 바울을 뚫어지게 바라보다가 외쳤다.

"이자가 클레스토스당(그리스도당) 괴수다! 괴수가 나타났다."

그 한마디에 근처에서 일하던 주민 십여 명이 쫓아나왔다.

"저자를 잡아라!"

사내들이 달려들었다. 바울의 제자들이 막아섰다.

"그냥 두어라. 어차피 치안청에 가는 길 아니냐?"

성난 주민들은 자기들 허리에 묶은 띠를 풀어 바울의 손목을 묶고 테베레강 다리를 건넜다.

"불지른 놈들의 괴수를 잡았다."

그 소리에 삽시간에 수십 명 주민들이 몰려나와 끌려가는 바울의 뒤를 따라왔다. 이자 때문에 전 재산을 다 불태웠다며 막대기를 들고 와 때리는 자가 있는가하면 얼굴에 침을 뱉는 자들도 많았다.

"네놈 때문에 내 늙은 부모님이 불길 속에 갇혀 돌아가셨다. 내 부모님을 살려내라!"

어느 남자는 바울의 옷자락을 움켜잡고 절규했다. 치안청 앞에 이르렀을 때는 수백 명의 주민들로 불어나 있었다. 그제야 다섯 명의 병사들이 달려와 무슨 일이냐고 물었다.

"이자는 크레스토스당의 괴수입니다. 당장 죽여야 합니다."

성난 군중들이 외쳤다. 바울이 대신 큰소리로 말했다.

"나는 자수하러 온 사람이다. 청장에게 안내하라."

바울이 당당하게 말했다. 바울이 인계된 곳은 치안 안전부였다. 책임자는 안전경비대 대장이었다.

"네가 바울이라구?"

"그렇소. 체포자 중 노인과 어린아이들을 다 풀어주었기에 약속한대로 자수하러 온 것입니다."

유창한 로마어였다. 그러자 대장은 부장을 불렀다.

"이자를 체포한 클레스토스당 쓰레기들 속에 넣어두어라. 곧바로 처형이 있을 예정이다."

"옛."

부장이 바울을 끌어내려하자 다급한 목소리로 바울이 대장을 향해 말했다.

"나는 로마시민권자입니다."

"시민권자라구? 증명서가 있나?"

바울은 품속에서 황제가 발행한 증패(證牌)를 꺼내 제시했다. 그것을 본 대장은 놀라는 표정이 되었다.

"잘 알겠지만 시민권자는 함부로 체포구금하거나 매질을 해서도 안 되며 면책권(免責權)이 있다는 사실쯤은 알고 있겠지요? 청장님을 만나게 해 주시오."

대장은 벌레 씹은 얼굴로 변하더니 바울을 노려보다가 잠시 기다리라 하고 방을 나갔다. 얼마 후 바울은 청장 앞으로 인도되었다. 청장은 귀족 출신의 고관이었다.

"로마 시민권자라구? 날 보자 한 이유가 뭐지?"

"나는 예수 그리스도교 복음을 전하는 사도입니다. 로마시의 대화재는 누군가의 방화에 의해 일어났으며 방화한 자들은 그리스도교 교도들이니 그들을 잡아 모두 처단해버려야 한다며 생명과 재산을 모두 잃어 이성을 잃어버린 성난 시민들을 부추겨 살육전을 하도록 당국은 도와주고 있습니다. 그리스도인들이 방화를 했다지만 증거가 없습니다. 불 지를 이유도 원한도 없습니다. 시민들의 살육전을 지금이라도 중지하여 주십시오. 나는 당신들이 말하는 대로 그리스도 교도들의 괴수 중의 괴수이며 총책(總責)입니다. 차라리 날 그들을 대신하여 죽여주시고 죄 없는 신도들은 모두 풀어주시고 탄압을 중지해 주십시오."

"대신 죽겠다? 그건 안 되고 다함께 죽도록 해주겠다. 지금 클레스토스 신도들은 죄가 없다고 했나? 정말 그럴까?"

청장은 상위에 놓인 서류철에서 뭔가를 펼쳐들었다.

"이 공문은 황제궁에서 내려온 문건이다. 클레스토스당 놈들을 왜 모조리 청소를 해야 하는지 적혀 있다. 내가 읽어주마. 클레스토스파는 유대교의 별종 중 하나로써 저희들이 떠받드는 유일신만 위대하고 그 신만 믿으면 죽었다가 살아나기도 하고 영생불사 한다고 민중들을 속인다. 거기에 빠지면 지엄한 최고의 존엄신(尊嚴神)인 황제도 우습게 보이며 저희들만 깨끗하고 의로우며 그래서 울타리를 치고 저희끼리만 살고 있다. 이들은 건전한 도덕질서와 사회규범과 로마의 법을 파괴하는 가장 위험한 병균이다. 그냥 두면 로마제국을 모두 오염시켜 위험한 결과를 초래하게 된다. 따라서 발본색원(拔本塞源)해야 하는 이유가 거기에 있다. 이제 알겠느냐?"

"너무 거창한 명분을 내걸었군요. 클레스토스교는 미신당이 아니라 로마제국이 합법적으로 인정한 종교클럽입니다. 로마제국에서는 각양각색의 클럽결성을 인정해 주었습니다. 피타고라스 클럽, 플라톤 클럽 등등 그 같은 클럽활동 단체의 하나로 인정해주었다는 것입니다. 그런데 왜 갑자기 사교집단으로, 위험한 병균집단으로 매도하지요?"

"더 이상 변명하지 말라. 내일은 콜로세움 원형 경기장에서 검투사의 시합이 있는 날이다. 시합 전에 체포당해 있는 클레스토스교도들이 경기장에 나와 굶주린 개들과 사자의 밥이 되는 광경을 연출하게 될 것이다. 너도 같은 신세가 될 것이다."

"당신은 내가 로마제국의 시민권자라는 것을 알면서도 공정한 재판 절차도 없이 즉결처분하게 되면 어떤 처벌을 받게 될 지 잘 알아야 할 것이오. 나는 황제께 나의 재판을 요청하겠습니다. 막연한 편견으로 로마의 똑같은 백성들인 기독교인들을 무고한 누명을 씌워 굶주린 맹수의 밥이 되게 한다는 것은 어불성설입니다. 내가 요구하는 것은 정당한 재판입니다. 재판을 통해서 방화의 책임 유무를 가리고 그게 사실이라면 당연히 벌을 받아야하고 아니라면 모두 석방하여 생업에 종사케 하고 그리스도인들을 신원(伸寃)해주어야 합니다."

"이자를 독방에 가두어 두라. 그리고 이자들은 잡혀있는 무리들 속에 함께 가두어라."

청장은 바울의 말을 비웃기라도 하듯 명령했다. 바울을 따라 온 아리스다고와 소시바터 그리고 에배네도는 다행히 문밖으로 쫓겨나고 바울만 비좁은 독방으로 끌려갔다.

"사도님, 염려 마십시오. 주님이 지켜주실 것입니다."

그들의 외침 소리가 점점 멀어져갔다. 그것이 마지막이었다. 사흘 동안 독방에 갇혀있던 바울이 끌려나왔다. 모든 것을 체념한 듯한 평안한 얼굴이었다.

"옥안에 모여 있던 신도들은 모두 어찌되었나?"

바울이 병사 하나에게 물었다. 그러나 그는 대답이 없었다. 청장이 맞이했다.

"지하 감옥에 이송하여 수감하란 상부의 지시다."

"그곳에 가 있으면 장차 죽이겠다는 건가, 아니면 재판을 받게 해준다는 건가?"

"그건 본관이 알바 아니다. 이송하라."

들어온 네 명의 호송병들에게 명했다. 바울은 쇠사슬에 묶인 채 끌려나갔다. 깊은 밤이어서인지 사방을 분간할 수 없었다. 어디론지 한 시간 이상을 걸어서 언덕 밑으로 내려갔다. 거기엔 지하 감옥의 입구가 입을 벌리고 있었다. 겨우 옆 사람 얼굴을 식별할 수 있을 정도의 기름불이 밝히고 있는 지하층계를 밟아 밑으로 내려갔다. 바울은 독방에 갇히게 되었다. 바울의 나이 61세가 된 AD 65년 3월이었다.

25

너는 어서 속히 내게로 오라.
바울의 유언

독방에 갇힌 지 6개월이 지나게 되었다. 하지만 빛도 들어오지 않는 어두운 독방에 갇혀있으니 낮인지 밤인지 구분을 할 수 없고, 시간이 어떻게 흘러가는지 알 수 없었다. 하루 세 번 독방철문 밑에 난 구멍문이 덜컹 열리면 벌레가 기어다니는 더러운 스프와 곰팡이 뜬 밀빵 한 개가 들어와 허기를 채우는 것이 고작이었다. 긴장의 연속이었다. 언제 끌어내다가 죽일지 알 수 없어서였다. 그러던 어느 날이었다. 녹슨 독방의 철문이 소리내 삐그덕거리고 열리더니 간수가 문 앞으로 들어왔다.

"앞으로 나와라."

비틀거리고 나가자 간수는 바울을 끌고 미끄러운 돌층계를 올라갔다. 이윽고 눈부신 태양빛이 얼굴에 쏟아지자 바울은 그 자리에 무릎을 꿇고 앉았다. 바울은 하늘을 우러러보며 기도를 올렸다.

"하나님, 이게 마지막이라면 저도 그 잔을 피하지 않겠나이다. 이 죄인을 받아주옵소서."

"일어나라!"

병사들이 채근했다. 그리고 바울을 끌고 갔다. 바울은 모든 형제자매들처럼 이제는 형장으로 가고 있다고 생각했다. 죄수는 바울을 비롯하여 세 명이었다. 짐마차 한 대가 서있었다. 군사들은 마차 뒷문을 열더니 막힌 창고 속 같은 그곳에 세 명의 죄수들을 짐짝처럼 던져 넣었다. 마차가 흔들리며 달리기 시작했다.

"이대로 죽이러 가는 걸까요?"

옆으로 쓰러져있던 죄수가 다른 죄수에게 물었다.

"이감(移監)을 시키는 거라던데요? 다른 감옥으로."

이번에는 흠칫하며 놀란 바울이 물었다.

"그리스도인들이시오?"

"아니오. 우린 강도질 하다가 잡혀 온 사람이요. 그 요상한 당 신도였다면 진작 사자밥이 되었을 거요."

"요즈음도 잡아다가 죽이나요?"

"한 달 전까지는 그랬지만 요새는 잡아가지 않는 모양입디다. 그것도 일시적인 미친바람이었던 것 같애."

일시적인 미친바람이었다는 강도의 말에 바울은 새삼 또 놀랐다. 달리던 마차가 덜컹거리며 멈추었다. 그러더니 호송병 하나가 마차 뒷문을 열고 세 명의 죄수들을 끌어냈다. 숲속에 붉은 벽돌 건물이 서있었다. 그곳은 로마 남쪽 교외에 있는 압비아(Appian) 감옥이었다. 죄수 두 명은 아래층 방으로, 바울은 이층 방으로 갔다. 감옥장(監獄將)의 방이었다. 호송병이 전한 서류를 들여다보더니 감옥장이 물었다.

"성명, 직업, 죄목을 말하라."

"이름은 바울이며 당신들이 부르는 클레스토스, 예수 그리스도교 선교 사도입니다."

"죄목은? 로마 화재의 방화범이라 적혀 있군. 네가 그 당 괴수인가?"

"그렇소. 모든 신도들의 대표자인 괴수인데 어찌하여 죄 없는 신도들만 무참히 학살하고 난 살려두는지 그게 궁금하오."

"길리기아 다소 출신의 로마시민권자로 기록돼 있군? 그 신분 때문에 사형집행이 유예(猶豫)되었을 뿐이다."

"시민권자이기에 정식 재판을 황제께 요구했습니다. 그러나 회답이 없습니다. 도와주시오."

"사안이 중대하면 재판은 없다. 제명(帝命)에 따라 살고 죽을 뿐이다. 너는 사형수이다. 집행이 유예되었을 뿐 언제라도 집행하란 제명이 내려오면 그게 마지막이라 생각하면 된다. 옥사병! 이자를 독방으로 데려가라."

바울은 다시 지하 독방에 갇히게 되었다. 이 감방은 그래도 이전 감방보다는 조금 나았다. 음침하고 습기가 많아 천장에서는 이슬방울이 떨어져도 절반 지하방이라 작은 창문으로 사분의 일 정도의 바깥이 바라보인다는 것이 다행이었다. 그렇게 되어 바울의 복역(服役)생활은 시작되었다. 한 달쯤 지나서였다. 간수가 면회자가 있음을 알려주고 밖으로 끌어냈다. 비좁은 복도 끝에 약간 넓은 공간에 긴 나무의자가 놓인 곳에 뜻밖에도 소시바더와 아리스다고가 앉아 있다가 벌떡 일어났다.

"사도님! 얼마나 고생하십니까?"

"허어, 자네들이 웬일인가? 어떻게 알고 왔어?"

바울은 기뻐서 눈물을 글썽였다. 그때 누군가 병사 하나가 다가왔다.

"사도님, 저 기억하실지 모르겠습니다. 동부 치안청 감옥 감시병이었던 레오입니다."

바울은 그제야 알아보고 그를 껴안았다.

"고마운 형제님을 못 알아보다니, 용서하게."

바울이 카페나 성문 근처의 빈민가에서 구호작업을 하다가 잡혀간 곳이 치안청이었고 이튿날 새벽, 그곳을 탈출하게 만들어준 로마인 성도가 로마병사 레오였다.

"사도님 갇힌 곳을 알아봐 주고 면회까지 시켜준 은인입니다."

소시바더의 말이었다.

"고맙네. 정말 고마워."

"광풍은 멎었습니다. 시민들도 이제는 초토 위에서 다시 일어나 먹고 살아야 하는 일이 급해져서 그리스도인에 대한 원망이나 화풀이는 언제 그랬냐싶게 다 잊어버린 것 같습니다. 당국도 탄압의 고삐를 느슨하게 풀었습니다. 그리스도인들은 그전처럼 내놓고 예배만 보지 않으면 됩니다."

"도대체 우리들 형제자매들이 몇 명이나 희생되었다는 겐가?"

"공식적인 집계는 나오지 않았지만 로마거주 전체 유대인과 로마인, 헬라인 그리스도 교도는 3천6백여 명으로 추산되는데 저번 광란(狂亂) 때 학살당한 숫자가 아이들까지 합해서 약 2천여 명이라 하고 있습니다."

"오오, 주여!"

"다행인 것은 이곳 압비아 감옥장은 전에 제가 모시던 장군이시고 온유하고 이성을 갖추신 분입니다. 사도님이야말로 죄가 없다는 것도 잘 알고 있고 동정도 하시는 분입니다. 제가 간청을 드렸습니다. 제자들이 찾아오면 언제든 면회를 시켜주고 또 사도님이 독서를 하시거나 편지를 쓸 수 있게 최소한의 자유를 허용해 줍시사 했더니 다행히 허락을 하셨습니다."

"고마운 사람이군."

바울은 안도의 숨을 내쉬었다. 이튿날부터 제자들이 찾아오기 시작했다. 브리스길라 부부가 오네시보로와 함께 와서 감옥 앞 길가에 집을 얻었다고 말했다.

"감옥장을 만났습니다. 규칙이 허용하는 범위 안에서는 감옥에서 자유롭게 해주겠다고 약속을 했습니다. 그래서 집을 하나 얻었지요. 아무래도 소아시아나 마게도냐 먼 곳에서 오게 될 제자들을 위해 머물 수 있는 집이 필요할 것 같아서요. 그리고 이건 지필묵(紙筆墨)입니다."

셋집을 얻게 되자 그곳에는 각처에서 온 제자들을 만나게 되어 은밀하게 예배를 보기도 했다. 오네시보로는 감시병 레오를 통하여 옥사장에게 간곡하게 청하게 했다. 환갑이 넘은 바울이 연만하고 노쇠하여 곁에서 누군가 시중을 들어주어야 한다. 자기도 복역하는 걸로 해주고 바울과 함께 생활하게 해 달라 했다. 옥사장은 조건을 달아서 승낙했다. 바울과 한 방에서 옥고를 치르는 건 좋으나 시중자의 식사 및 생활비는 자부담(自負擔)해야 한다는 것이었다. 당연하다며 감사를 전하고 오네시보로는 죄수 아닌 죄수가 되어 바울과 한 방에서 그의 시중을 들며 지내게 되었다.

누가가 드로아에서 달려왔다.

"얼마나 고생하시오? 바울."

"수많은 우리 성도들이 예수를 믿고 있다는 이유 하나만으로 학살을 당했습니다. 거기에 비하면 내가 살아 있다는 것이 부끄러울 뿐입니다."

"약한 마음을 가지지 말아요. 당신이 이 감옥에서 나와야만 바람 앞에 꺼지려는 등불 같은 예수복음이 다시 살아날 수 있습니다. 내 보기에 건강이 아주 안 좋아 보입니다. 쇠약해지면 지병(持病)이 또 재발할 위험이 있습니다. 계속해서 당신 곁을 지키며 건강을 돌봐줄 테니 안심해요. 그리고 내가 여기와 들어보니 옥중에서도 자신을 혹사하고 있다 합디다?"

"그건 또 무슨 말이지요?"

"로마 시내에 남아 있는 신도들과 해외 먼 곳에서 찾아오는 제자, 신도들이 끊이지 않고 면회를 하고 간다는 것이었소. 만나서 얼굴 보는 거야 누가 뭐라겠소만 일일이 개인사 모든 걸 참견하고 해외 각처에 있는 교회들을 관리하고 지도하고 있다니 너무 무리하는 거 아니오? 그러다간 생명이 위태로워집니다. 내 충고 명심해야 해요."

"고맙소. 의사선생이 하라는 대로 잘 따르겠습니다."

누가는 탈진상태에 있는 바울의 건강을 되살리기 위해 그의 곁에 남아 있겠다 다짐해주었다. 육체적으로나 정신적으로 쇠약해지는 정도가 심각한 상태가 되면 바울은 평소 가지고 있던 간질병이 재발하고 쓰러진다는 것을 누가는 잘 알고 있었던 것이다. 며칠 후 에베소에 가 있던 에바브로 디도가 바울을 찾아왔다. 옥안에 갇힌 바울을 본 에바브로는 눈물 때문에 말을 잇지 못했다. 그는 빌립보 출신이었고 바울이 에베소 감옥에 갇히게 되었을 때도 빌립보 교회의 성금을 가지고 찾아왔다가 지병 때문에 사경을 헤매다가 바울의 기도로 겨우 살아나 빌립보로 돌아간 적도 있었다. 그런 에바브로가 그동안 에베소에 가 있게 된 것은 바울의 부탁 때문이었다. 젊지만 몸이 허약한 디모데를 곁에서 도와주고 틈날 때마다 라오디게아 병원을 다니며 치료를 받아 완쾌되어야 한다 했던 것이다. 그는 디모데의 편지를 가지고 있었다. 아들이 아버지를 걱정하는 안부 편지였다. 그 말미에는 에베소교회의 목회와 두란노 강원 경영의 어려움 등을 적고 있었다.

"하지만 너무 염려하지 않으셔도 됩니다. 두란노 강원은 실라 선교사님이 잘 이끌어주시고 있고 에베소교회의 분란은 어느 교회에나 있는 작은 문제점이라 봅니다. 이제 다 화해하고 평온해졌습니다."

디모데의 편지는 그렇게 끝맺음을 하고 있었다. 편지를 읽고 난 바울은 근심하며 며칠 동안 기도에 열중하다가 오네시보로에게 지필묵 준비를 시켰다.

"답장을 하시게요?"

"해야지."

"대필하시는 더디오 서사(書士)를 부를까요?"

"아니야. 그럴 필요 없네. 아들에게 보내는 편지니 직접 내가 쓰겠네."

바울은 디모데에게 보내는 편지를 쓰기 시작했다. 시력이 안 좋아 고통을 겪으면서도 아들을 위하는 아버지의 부정(父情)으로 참아가면서 한 자한 자 써내려갔다.

　― 우리 구주 하나님과 우리 소망이신 그리스도 예수의 명령을 따라 그리스도 예수의 사도된 바울은 믿음 안에서 참아들 된 디모데에게 편지하노니 하나님 아버지와 그리스도 예수 우리 주께로부터 은혜와 긍휼과 평강이 네게 있을지어다. (딤전 1:1-2)

　이른바 훗날 <디모데 전서>라고 불린 편지의 시작부분이었다. 바울은 아직 젊어 경험이 부족하고 몸이 약한 믿음의 아들 디모데에게 아시아지역의 선교중심인 에베소 교회를 맡기고 온 것이 못내 마음에 걸려 있던 차에 그의 편지를 받고 보니 해주어야할 권면과 충고가 많이 떠올랐던 것이다. 바울은 그동안 여러 교회에 많은 편지를 써 보냈지만 디모데서처럼 정겹고 따뜻한 사신(私信)은 한 편도 없었다. 디모데전서 바로 뒤에 그레데섬에서 목회 활동을 하고 있던 디도에게 보낸 <디도서> 역시 인간적인 정이 묻어나는 목회서신이지만 디모데전서나 후서만큼 정겹지는 않다. 바울은 이 편지에서 자상한 아버지 같은 모습을 보이고 있다.

　이 편지를 통하여 그는 젊은 목회자 디모데를 격려하고 여러 가지 목회에 필요한 지침을 주고 있다. 그리고 목회자의 자세는 어떠해야 하며 목회의 원리가 무엇이며 그 직무를 어떻게 수행하고 거짓교사들의 이단의 교란은 어떻게 물리쳐야 하며 교회를 바르고 굳건하게 세워나가는 방법은 무엇인지 자세히 가르치고 있다. 표면적으로는 디모데에게 보내는 서신이지만 사실은 디모데처럼 교회를 섬기고 있는 많은 교역자들에게 보내는 목회 지침서였다. 실라와 디모데는 바울과 함께 에베소교회와 두란노강원을 개척하고 전도활동을 벌이다가 은장색 더메드리오를 비롯한 적대세력의 극렬한 방해에 부딪쳐 급기야 바울은 투옥까지 되었었다. 그 어려운 선교현장에서 함께 고생한 믿음의 아들이 디모데였고 실라였다. 에베소는 아시아의 다른 어느 곳보다 아데미 같은 우상숭배가 극성을 부리는 곳이었고 동서양의 헬레니즘적인 퇴폐문화가 만연한 사탄의 도시였다. 아직도 그게 걱정이 된 바울은 인사로 편지 서두를 열고 곧장 이단의 침범을 막고 경계를 게을리하지 말 것과 항상 하나님의 자비로 복음을 선포하라 부탁했다. 그리고 이어서 감독자인 디모데의 직무에 대한 조언이 이어졌다. 모범적인 공적 예배의 모습은 무엇이며 교회를 이끄는 지도자의 자질과 자격은 어떠해야 하는가. 그리고 교회 내의 여러 기관 부서에 일하는 성도들에 대하여 조언하고 마지막으로 다시 한 번 목회자 감독에게 주는 훈계의 말과 권면을 기록했다. 서신을 다 마치자 그는 다시 면회를 하러 온 에바브로에게 부탁했다

"디모데에게 전해주게. 내 걱정은 조금도 하지 말고 교회일이나 열심을 다 하라고 말이야. 목회하는데 어려움이 있을 때마다 내 편지를 읽어 보면 큰 도움이 될 거라고 전하구."

"예, 그러겠습니다."

"에베소에 갔다가 빌립보로 다시 가겠지?"

"예."

"루디아 집사나 그 밖에 유오디아, 순두개 등 빌립보 교회의 교우들에게도 안부 전하게. 투옥 당한 내가 언제 처형될지 모른다는 말 같은 건 해서는 안 되네. 얼마나 걱정하겠는가? 큰 걱정하지 않게 말을 잘해주게."

에바브로는 바울의 편지를 배낭에 담고 감옥 창살 너머에서 내민 야윌 대로 야윈 바울의 두 손을 잡고 비오듯 눈물을 흘렸다. 어쩌면 마지막으로 보는 바울 사도의 모습만 같았던 것이다. 에바브로는 이윽고 에베소로 떠나갔다. 편지를 쓰면서 몸 안에 있던 기운이 고갈되어 바울은 더 지쳐 보였다. 누가가 조제한 가루약을 복용케 하고 루포를 그의 어머니와 함께

셋집에 불러오게 했다. 바울은 루포의 어머니이자 자신의 양어머니가 만드는 음식을 언제나 가장 좋아 했었다. 어떤 음식보다 자기 입맛에 가장 잘 맞는다는 것이 이유였다. 이윽고 끼니때마다 루포가 음식을 챙겨 감옥 방에 넣어주었다.

"약도 약이지만 음식으로 섭생을 잘해야 완전한 건강을 되찾을 수 있네."

의사 누가의 충고였다. 섭생을 잘하고 충분한 휴식과 정양(靜養)이 필요하다는 것이었다. 누가는 바울과 한 방에 있는 오네시보로에게 절대 안정해야하니 금식기도를 한다든가 장문(長文)의 편지를 쓴다든가 고된 일을 하지 않도록 감시를 잘하라고 당부했다. 바울은 지하 감옥의 습기와 뼛속까지 스며드는 냉기에 그만 감기에 걸리고 말았다. 그는 누가가 지어준 감기약을 복용하고 자리에 누웠다. 땀을 빼고 잠을 자려고 청했지만 정신은 더 또렷해지고 신경은 곤두섰다. 자리에서 일어나 앉은 바울은 두 눈을 감은 채 두 팔을 허공에 뻗었다. 그런 다음 하나님께 기도를 올렸다. 황제라는 미친 자의 광기 때문에 무참히 순교 당한 수많은 영혼들이 어두운 허공 속에서 울부짖고 있었다. 그 영혼들을 거둬 달라는 기도가 계속되었다. 초저녁부터 새벽 동이 터올 때까지 기도를 이어갔다.

"바울아, 바울아."

부르는 음성이 있었다. 그건 다메섹 카우카브 언덕 위에서 정오의 태양보다 밝은 빛으로 오신 분의 그 음성이었다.

"아아, 주님. 죄인 여기 있나이다."

그 때 갑자기 몰려오는 비바람 강풍소리가 들려오고 벌떡 일어나서 달려오는 검은 파도의 용트림이 보였다.

"유라쿨로! 유라쿨로!"

허우적거리며 바울이 외쳤다. 그런 다음 잠시 정신을 잃었다. 바울은 그대로 쓰러져 잠이 들었다. 오랜 시간이 지나서야 그는 의식을 차렸다.

"사도님, 괜찮으십니까? 사도님!"

걱정스럽게 들여다보며 묻는 사람이 있었다. 오네시보로였다.

"음, 난 괜찮다. 지필묵을 준비하도록 하라."

"글을 쓰시려구요? 안됩니다. 절대 안정을 해야 하니 글쓰기 같은 건 하시지 못하게 하라고 누가 선생님이 당부하셨습니다."

"염려하지 말고 어서 준비해주게."

오네시보로도 더 이상 만류하지 못하고 지필묵을 준비하여 가져다 놓았다. 바울은 한동안 두 눈을 감고 명상에 잠겼다가 펜을 들어 쓰기 시작했다.

— 하나님의 종이요 예수 그리스도의 사도인 바울 곧 나의 사도된 것은 하나님의 택하신 자들의 믿음과 경건함에 속한 진리의 지식과 영생의 소망을 인함이라 이 영생은 거짓이 없으신 영원 한 때 전부터 약속하신 것인데 자기 때에 자기의 말씀을 전도로 나타내셨으니 이 전도는 우리 구주 하나님의 명대로 내게 맡기신 것이라. 같은 믿음을 따라 된 나의 참 아들 디도에게 편지하노니 하나님 아버지와 그리스도 예수 우리 구주로 좇아 은혜와 평강이 네게 있을지어다.

바울이 쓰고 있는 것은 그레데 교회에 있는 디도에게 보내는 편지였다. 기도 환상 중에 주님이 부르시는 음성을 듣고 지중해 해상에서 겪은 그 끔찍했던 광풍, 유라쿨로의 모습과 소리를 들려주실 때 바울은 그 해상의 섬에서 적대자들로부터 고난 받고 있는 디도의 모습을 보았던 것이다. 그에게 격려와 용기를 북돋아주고 싶었던 것이다. 그레데교회의 문제점은 바울도 직접 보고, 체험하고 왔기 때문에 잘 알고 있었다. 그레데섬은 지중해 복판에 있는 해상교통의 요지이고 일찍부터 부를 누리고 퇴폐적인 문화가 고린도처럼 만연한 곳이었다. 유대상인들이 이주하여 유대교가 자연히 따라 들어왔고 나중에는 그리스도교도들도 생겨났다. 그러나 그들은 제대로 된 선교사가 전도했거나 양육하지 못한 성도들이라 할례를 구원의 약속으로 생각하고 율법을 잘 지키며 예수를 믿어야 부활 영생한다고 믿고 있었다. 바울은 디도와 함께 그 거짓가르침을 바로 잡는데 심혈을 기울였다. 그 때문에 할례자들의 노골적인 방해와 박해를 받았지만 바울이 7개월 동안 체류하는 동안 이단의 발호를 막아내고 순수한 예수 그리스도의 복음으로 무장시키는데 큰 성과를 이루었었다. 그 정도면 됐다 싶어 바울은 디도에게 그레데를 맡기고 구브로로 떠났던 것이다. 그런데 주님은 그레데교회가 혼란에 처해있다는 계시를 보여주었다. 그 때문에 편지를 쓰기 시작했던 것이다. 디도에게 보낸 편지(디도서) 속에서 바울은 이단 거짓교사들의 침투와 도전을 막기 위해서 꼭 필요한 가르침을 내려주고 교회의 바른 역할과 장로 임명을 비롯한 직분자들의 자질과 임용과 교회의 치리(治理)에 대해 지침을 주었다. 이런 내용들 때문에 훗날 디모데 전후서나 디도서는 목회자들을 위한 목회서신(牧會書信) 혹은 사목서간(司牧書簡)이라 불리게 되었다. 바울은 아리스다고를 부르게 하고 그 서신을 그레데 교회로 가서 디도에게 전하게 했다.

한편, 그리스도 교도들에 대한 대대적인 박해와 살육전이 사그라들고 조금 잠잠해지기 시작한 것은 일시적인 현상에 불과했다. 그리스도 교도들을 수색하고 체포하고 끔찍하게 처형하던 네로의 태도가 달라진 것은 전혀 다른 것에 관심을 집중하기 시작했기 때문이었다. 잿더미가 된 로마 시내를 새롭게 건설하고 자신의 호화로운 궁전을 짓기 위한 건설 설계에 빠져들었던 것이다. 빈민지대를 모조리 철거하고 아름다운 석조건물을 짓기로 하고 주민들의 주택은 새로운 인슐라이(아파트 단지) 구역을 만들어 건축하기로 했다. 그보다 중요한 건축물은 새로운 로마 황제궁인 도무스 아우레아 궁전을 짓겠다는 것이었다. 그러기 위해서 네로는 로마시 면적의 3분의1에 해당하는 142ha나 되는 광활한 부지를 확보하고 스스로 설계도를 그리겠다고 나섰다.

"정신분열증 환자한테 나타나는 특이한 증상이 있네. 네로는 정신분열증 환자일세. 과대망상(誇大妄想)과 피해망상(被害妄想)을 모두 가지고 있지. 과대망상은 자기를 위대한 사람으로 믿으며 또한 천재라 생각하고 행동하는 사람을 말하네. 그런데 주변에서는 자신을 그렇게 여겨주지 않고 비웃고 멸시하고 있다는 의심을 하는 걸세. 이 때 드러나는 것이 충동적인 공격성이야. 상상할 수 없는 잔인성까지 띠게 되지. 그럼 이런 자는 원래부터 힘과 용기를 갖추어 무력(武力) 사용을 좋아하기 때문에 그의 정신 속에 저돌적인 공격성이 숨어 있을까? 그건 그 반대라고 보면 되네. 황제 네로가 제일 무서워하는 게 뭔지 아나? 전쟁이며 서로 죽이는 전투일세. 상대적으로 그렇게 겁이 많고 나약한 성격의 소유자라는 거지. 어쩌면 이 발사가 되었을 16세 소년이 어머니의 간계로 갑자기 황제의 자리에 올랐지. 얼마나 놀라고 무서웠겠나? 전 황제처럼 나도 독살 당할지 모르는데. 반란이 일어나 쫓겨날지도 모른다. 그런 피해망상 속에 살았겠지. 그때 나타난 저돌적 공격성이나 폭군(暴君)성 등은 그런 공격을 막아내기 위한 과대위장(僞裝)이라고 볼수 있네. 그리고 한 가지, 내가 여러 군데에서 들어서 안 것인데 최초의 불이 난 곳은 빈민지대의 주택 쪽이 맞긴 한데 그보다 더 처음으로 불이 난 건물은 주택가에서 좀 떨어진 키르쿠스 막시무스 부근의 숲속이었다고 하네. 황제궁에서 잘 보이는 곳인데 거기엔 조그맣고 아주 낡아서 다 헐어져가는 신전이 하나 있었는데 네로가 그 신전에 불을 지르라 지시했다는 거야. 불이 일어나면 감상할 준비를 하고 네로는 리라까지 꺼내들고 즉흥시를 연주하려 했다네. 그런데 그 불이 때

마침 불어오는 강풍을 타고 빈민지대에 옮겨 붙는 바람에 대형 화재가 되었다는 거야. 당황한 건 네로였지. 그렇게 될 줄은 상상도 못했던 일이었기 때문이지. 순식간에 재산과 생명을 잃은 시민들이 늘어나 아비규환이 되자 네로는 긴급구조에 발 벗고 나섰는데 피해가 너무 엄청나서 극도로 겁을 집어먹게 되었지. 잘못하면 자신이 방화범으로 몰려 제위까지 빼앗기고 참수형을 당할지 모른다는 피해망상에 사로잡힌 나머지 그리스도교에 반감을 가지고 있던 시종장 포페가 그리스도 교도들이 방화범이라 뒤집어 씌우자는 바람에 그리스도교도들의 소탕령을 내리고 잔인한 살육전을 벌이게 된 걸세. 일단 지금은 그 살육전의 강도가 약해져 겨우 안도의 숨을 쉬고 있네만 언제 또다시 피의 광란이 벌어질지 누구도 예측을 못하고 있다네. 호화로운 황제궁전을 짓기 위해 네로가 정신을 팔고 있어서 조용할 뿐 어떤 변수가 일어나 그자의 광기가 그리스도인들에게 다시 밀어닥치게 될지 모른다는 말일세."

어느 날 바울을 면회 온 누가는 네로의 광기와 그리스도 교도들의 탄압에 대해 의사로써의 진단을 그렇게 내렸다. 바울도 고개를 끄덕거리며 동의했다.

"심한 박해가 멎은 것 같으니 다시 교회를 열면 어떻겠느냐고 간신히 화를 면한 로마 시내 여러교회의 성도 대표자들이 찾아와 허락해주기를 청했네. 시기상조라 했지. 지진이 일어나 땅이 갈라지고 매몰되는 재앙이 닥칠 때가 있는데 당장의 재앙이 끝난 것처럼 보인다고 방심했다간 여진 (餘震)으로 엄청난 피해를 다시 입게 되는 것이다. 그래서 사실은 여진이 더 무서운 법이다. 언제 다시 여진의 피해가 일어날지 모르니 교회는 문을 굳게 닫아두고 예배는 지하무덤 동굴 속으로 가서 비밀리에 드리고 가능한 당분간 사태가 완전히 가라앉을 때까지 성도들은 다른 곳으로 피난을 가 있는 게 좋을 거라고 권했네."

바울은 일시적으로 땅속에 잠복해 있던 그 여진이 언제 다시 불을 토하고 재앙을 일으킬까에 대한 근심 때문에 깊은 잠을 이루지 못할 지경이었다. 누가도 언젠가는 반드시 여진이 일어날 것으로 예상하고 있었다. 그것은 엄청난 불안이었다.

그 불안의 여진은 AD 66년 3월 어느 날에 로마에서도 멀리 떨어진 변방에서부터 시작이 되었다. 로마의 식민지였던 갈리아(現 남부 프랑스) 지방에서 반역음모가 적발된 것이었다. 반역자는 갈리아 수비군 대장인 로사나였다. 네로는 정신병자이며 제국을 혼란스럽게 만든 폭군이다. 그를 추방하고 새 황제를 옹립해야 한다며 반란을 준비하다가 기밀이 누설되어 그곳으로 달려간 황제 친위대에 의해 잡혀서 압송되어 왔다. 반란 음모가 적발되었다는 보고를 들은 네로는 당장에라도 반군이 쳐들어올지도 모른다는 두려움에 한밤중을 이용하여 베네치아로 도망쳐 숨었다. 반군대장이 잡혔고 사태는 이미 진압이 되었다는 걸 알고 나서야 네로는 다시 로마로 환궁했다.

"로사나 혼자만의 짓이 아니다. 틀림없이 그의 뒤에는 갈리아 총독인 윈데크스가 있다. 자백할 때까지 고문하라."

네로는 평소부터 갈리아총독 윈테크스를 싫어했다. 원로원은 물론이고 시민들의 인기가 너무 좋은 지도자 중 하나였던 것이다. 그럴리 없겠지만 자신이 독살당하고 나면 황제로 추대될 인물은 그자가 될 거라고 혼자 단정하고 있었기 때문에 더 미워했다. 그래서 이 기회에 윈테크스까지 반역 괴수로 얽어 처단을 해야만 마음이 편할 것 같아 자백을 받아내라 했으나 고문 중 로사나 대장이 죽고 말았다. 올가미에서 빠진 갈리아 총독 윈테크스가 이듬해 반란을 일으켜 네로 타도를 외친 것은 어쩌면 당연한 수순이었는지 모른다. 어쨌든 로사나 반역음모 사건은 그렇게 끝이 나는가 싶었는데 이번에는 돌발적인, 황제 암살사건이 발생하게 되었다.

검투사(劍鬪士)는 상대를 죽일 때까지 싸우는 잔인한 경기이다. 검투사는 노예 가운데 선발되어 조련을 받고 경기에 나선다. 검투시합은 원형 경기장에서 황제가 지켜보고 수만 명의 군중들이 지켜보는 가운데 진행된다. 항복이란 없다. 상대를 죽여야 끝이 난다. 변화무쌍한 그 살인극에 군중은 열광한다. 검투시합을 좋아하는 황제가 있다. 특히 좋아한 황제가 네로였다. 자기가 응원하는 검투사가 승리하면 그 보너스로 군중들에게 금화를 뿌려주고 군중들의 열화와 같은 지지와 찬사를 한 몸에 받기를 좋아한다. 그날도 네로는 콜로세움 대경기장에서 수만 명의 군중들과 함께 검투시합을 즐기고 있었다. 가장 인기 있던 최강자는 5승을 하고 있던 바데스였다. 5승을 했다는 것은 연달아 다섯 명의 검객을 죽였다는 말이다. 이번에도 아프리카 출신의 검객을 맞아 단 10합(合)만에 그의 가슴에 칼끝을 꽂아 승리자가 되었다. 천둥이 울듯 경기장은 군중들의 환호성으로 뒤덮였다. 바데스는 네로 황제가 앉아 있던 로열박스 밑으로 다가와 피 묻은 검을 높이 쳐들며 군례(軍禮)를 드렸다. 인사를 받은 네로는 자리에서 일어나 로열박스 밑으로 한발 내려와 손을 흔들어 주었다. 군중들의 환호성이 일었다. 그때 검투사 바데스가 네로의 가슴을 향해 들고 있던 검으로 찌르려했다. 그러나 그 순간 비명과 함께 푹 꼬꾸라진 것은 황제 네로가 아니었고 검투사 바데스였다. 네로를 호위하고 있던 친위대 병사가 들고 있던 창을 날려 바데스의 어깻죽지를 맞췄던 것이다.

바데스는 죽지 않았으나 차라리 죽는 게 나았을 만큼 호된 고문을 당했다. 누가 시켜서 황제를 암살하려 했느냐고 추궁했다. 그런데 죽어가면서 실토한 바데스의 말 한 마디가 다시 한 번 피바람을 일으키는 원인이 되었다. 시킨 사주자가 없다고 버티던 바데스는 마지막에 실토를 하고 숨을 거두었다.

"살인마 네로황제를 죽이라고 하신 분은 나의 하나님이시며 나의 예수 그리스도이시다."

바데스의 죽음과 함께 뒤따른 것은 대대적인 그리스도 교도들의 수색과 체포 그리고 잔혹한 처형이었다. 한밤 중 콜로세움 경기장에서는 수백 개의 햇불을 밝히고 야간 마차경기를 하곤 했다. 경기 전에, 체포된 신도들은 개가죽을 씌워 굶주린 맹수에게 던져주어 먹이가 되게 하기도 하고 십자가 나무에 신도들을 매달고 기름을 발라 경기장 주변에 세우고 불을 붙여 햇불처럼 타오르게 만들었다. 위기감을 느낀 바울은 감옥주변의 셋집에 모여 있던 제자들을 아시아의 교회 혹은 마게도냐, 아가야 교회 등으로 보내어 그리스도 교도의 탄압이 로마시내를 벗어나 그쪽으로도 번져갈지 모르니 만반의 준비를 하도록 구체적인 지시를 전하게 했다.

그렇게 하루하루를 전전긍긍하며 살아가야 했다. 언제 어떤 불행과 탄압의 칼끝이 바울의 가슴을 위협하게 될지 알 수 없었던 것이다. 그렇게 한 달이 지날 무렵 뜻밖에도 그레데섬의 교회에 있어야할 디도가 바울을 찾아왔다.

"아니 디도, 어떻게 왔지? 내가 보낸 편지는 잘 받아보았느냐?"

"예, 아리스다고 형제가 전해주어 소중하게 읽고 간직하고 있습니다. 아리스다고는 에베소로 떠났습니다."

"교회 사정이 나빠졌나? 그래서 온 거냐?"

바울은 걱정스런 얼굴로 물었다.

"아닙니다. 이제 신도들은 젖먹이 시대와 이유식시대를 넘기고 청년이 되었습니다. 외부의 이단바람도 스스로 막아낼 힘이 생겼고 스스로 교회를 이끌어 갈 만큼 성도들의 단합이 잘되고 있습니다. 네 개의 가정교회가 굳건히 서게 됐고 성도들의 숫자도 백여 명으로 늘어났습니다."

"목회자의 손이 많이 필요할 때인데 이렇게 나와도 되는 게냐?"

"교회마다 장로 한 명씩과 집사 두 명씩 있어 맡겨 놓을만 합니다."

"감사한 일이구나. 그곳은 조용한가?"

"평온합니다. 아리스다고 형제의 말을 듣고 걱정이 되어 뵈러 온 겁니다. 마침 뱃길도 열렸고 두어 달 있으면 다시 동절기가 되어 뱃길이 막힐 것 같아 그전에 온 겁니다."

"잘 왔다. 디도! 황제 네로가 날뛰는 것을 보면 지금은 로마시 안에서만 그리스도 교도들을 박해하지만 언제 어떻게 로마시 밖으로 박해와 탄압의 손길을 확대할지 알 수 없다. 그래서 이곳 제자들을 각지로 파송하여 위험에 대비케 한 것이다. 지금은 달마디아 지역만 간 사람이 없다. 네가 달마디아로 가서 위기를 전하고 대비책을 세워두라고 전했으면 한다. 거기서 좀 머물다가 다시 그레데로 돌아가면 되겠지."

"달마디아라면 일루리곤을 말씀하는 거군요?"

"맞아. 안도니오에게 교회와 전도를 맡겨 놓았었는데 걱정이 좀 된다."

디도는 바로 로마를 떠나 고린도행 배를 타고 갔다. 고린도에서 도보로 델포이를 거쳐 일루리곤(現 알바니아)을 향했다. 바울은 소시바더에게 글레스게를 불러오게 했다. 그는 비시디아 안디옥 출신이었다.

"부르셨습니까?"

"성도들의 탄압이 아시아 지역까지도 미칠지 모르니 비시디아 안디옥, 루스드라, 이고니온, 더베지역 각 교회들을 방문하고 장로들에게 내 지시사항을 전하도록 해주게."

"그러겠습니다."

글레스게도 갈라디아 지방으로 떠나갔다. 그리고 두기고를 불러 에베소로 가도록 했다. 그에게는 에베소뿐만 아니라 라오디게아, 골로새, 히에라볼리 등에 있는 교회들을 방문하여 바울의 뜻을 전하게 했다.

누가가 안타깝다는 듯 말했다.

"바울! 어쩐지 처연한 생각이 드는구려."

"무슨 말이오?"

"당신이 여행하며 지금까지 30년 넘게 각지에 피눈물로 세운 교회들을 다시는 가보지 못할 것처럼 하나하나 정리를 하고 있으니 말야."

그러자 바울은 잠시 침묵을 지키다가 하늘을 올려다보며 혼잣말처럼 말했다.

"마지막이 온 것 같네. 오늘 아침 날 끌어내다가 죽일 것인지 내일 끌어 내다가 죽일 것인지 아니면 오늘밤? 내일 새벽? 죽음의 그림자가 다가오 는 걸 보고 불안하고 초조하여 견딜 수 없었지만 언젠가부터 담담해졌네. 고요해지고 평화로워졌지. 누가선생, 담요나 한 장 더 넣어주게. 아침저 녁으론 쌀쌀하네."

"그렇군. 차가운 감옥방은 더 춥겠지."

누가는 바울과 약속하고 나왔다. 바울이 같은 방을 쓰고 있던 오네시보 로를 불렀다.

"예, 사도님."

"지필묵을 준비하게. 그렇게 염려스런 눈으로 쳐다볼 필요는 없어. 누 가선생도 이제 기력을 많이 차렸으니 괜찮다고 했으니까."

바울은 어쩌면 제자들을 향하여 마지막이 될지도 모르는 옥중서신을 쓰기 시작했다. 디모데에게 보내는 두 번째 편지였다. 이른바 <디모데 후 서>였다.

– 사랑하는 아들 디모데에게 편지하노니 하나님 아버지와 그리스도 예수 우리 주께로부터 은혜와 평강과 긍휼이 네게 있을지어다. 나의 밤낮 간구하 는 가운데 쉬지 않고 너를 생각하여 청결한 양심으로 조상적부터 섬겨오는 하 나님께 감사하고 네 눈물을 생각하며 너 보기를 원함은 내 기쁨이 가득하게 하려함이니 (딤후 1:2-4)

디모데 후서는 제자들에게 보내는 바울 생애의 마지막 편지가 되었고 디모데에게 남긴 유언서이기도 했다. 다른 서신에서 보이는 논리적 신학 체계나 신앙의 본질 같은 서술이나 때로는 격하고 열정적인 설득과 권면의 서신이 아니라 이 서신은 자상한 아버지가 사랑하는 아들에게 보내는 정답고 서정적이며 개인적인 서신이라는 게 특징이다. 바울은 디모데에게 전서에 이어 한 번 더 목회자인 그를 격려하고 교회를 바르게 세워나가고 예수복음의 진리를 잘 지켜나가려면 성실하고 진실한 사역자의 사명을 잊지 말 것, 그리고 전도에 힘쓰기를 강조했다. 그리고 외롭다. 내 곁에는 누가 밖에 없다. 마가가 꼭 필요하니 그를 데리고 오라.마지막으로 널 보고 싶으니 속히 오라, 그런 내용이었다. 마가를 데려오라 한 것은 네로의 탄압으로 잿더미가 된 로마의 그리스도교를 장차 잘 살려내려면 마가처럼 젊고 명석하며 덕을 가진 지도자가 꼭 필요하여 그걸 부탁하려함이었고 또 한편으로는 이 세상 하직하기 전에 마음속에 남아 있던 미안함을 씻어내기 위함도 있었다. 최근에 와서야 바울은 구브로를 방문하고 바나바를 찾아 화해를 했지만 마가는 만나지 못했던 것이다. 그래서 디모데에게 마가를 찾아 데려와 달라 당부한 것이다.

디모데에게 보내는 두 번째 편지는 소시바더가 가지고 떠났다. 그로부터 한 달쯤 지나고서부터 바울은 오늘은 오지 않을까 내일은 오지 않을까 하며 디모데를 기다리기 시작했다. 그것이 안타까워 시중을 들고 있던 오네시보로가 위로해주었다.

"오시겠지요. 그 편지 받았으면 당장 오시고 있을 겁니다."

"그럴까?"

"왜 그렇게 초조하게 기다리세요?"

"벌써 구월 중순이야. 두 달만 있으면 동절기가 되어 뱃길은 막히고 배는 뜨지 못하네. 그러니 오려면 지금쯤 와야 하는 거야. 그래서 기다리는 거구."

"디모데 감독님도 잘 아시고 계실 겁니다. 편안하게 기다리시면 꼭 오실 겁니다."

"고맙네."

바울은 마치 외출한 아들이 밤이 늦었는데 돌아오지 않았을 때의 부모 심정으로 디모데 오기를 기다리고 있었다. 그러던 어느 날 아벨레가 찾아와 로마 시내의 교회 소식을 전해주었다.

"가정교회는 사도님이 지시한대로 모두 문을 닫고 성도들은 지하동굴 무덤 안에 모여 예배를 드리고 있습니다. 한밤중에만 한명 두 명씩 몰래 숨어들어 만나서 예배만 드린 후 지체하지 않고 빠져나와 집으로 돌아오곤 합니다."

"다행이군. 당국의 탄압은 아직도 거센가?"

"예, 당국은 계속 우리 그리스도교에 대해 악선전을 해서 시민들의 감정까지 악화시키고 있습니다."

"악선전이라면?"

"세상의 종말이 임박하였다. 종말이 오면 악의 세력은 모두 심판을 받아 지옥불에 떨어지고 선한 세력만 구원 받는다. 로마제국은 태생부터 악마의 창조물로 만들어졌기 때문에 그리스도인만 빼고 로마제국과 로마인들은 모두 지옥에 떨어져 멸망하게 된다. 그렇게 주장하면서 선동하고 있습니다."

"최근에도 체포당한 성도들이 있는가?"

"열다섯 명이 잡혀서 십자가형을 받고 처참하게 순교했습니다."

"전처럼 유대인들을 잡아다가 고문을 하여 성도 이름을 자백하도록 만들어 성도들을 잡아내는 수법을 쓰고 있는가?"

"지금은 더 교묘한 방법을 씁니다. 상점이나 가내공장 직원들 중에 있는 그리스도교 신자들을 찾아 밀고하면 상금을 주는 식입니다."

"오, 주여!"

바울은 감옥창살을 붙잡고 머리를 찧으며 고통스러워했다. 도대체 이 탄압은 언제쯤 끝날 것인가. 하루하루가 암담할 뿐이었다.

바울의 편지를 전하기 위해 소시바더가 에베소에 도착한 것은 로마를 떠난 지 보름 만이었다. 두란노강원에 있던 디모데는 바울의 두 번째 편지를 손에 들자마자 굵은 눈물방울부터 떨어뜨렸다. 그 편지 속에는 바울의 따뜻한 부정(父情)과 구구절절 가슴을 후벼파는 그의 슬픔과 외로움이 온몸에 전율로 전해지고 있어 편지를 잡고 오랫동안 흐느껴 울었다.

— 너는 어서 속히 내게로 오라. 데마는 세상을 사랑하여 나를 버리고 데살로니가로 갔고 글레스게는 갈라디아로 디도는 달마디아로 갔고 누가만 나와 함께 있느니라. 네가 올 때에 마가를 데리고 오라. 그가 나의 일에 유익하니라. 네가 올 때에 내가 드로아 가보의 집에 둔 겉옷을 가져오고 책은 특별히 가죽 종이에 쓴 것을 가지고 오라. (딤후 4:9~14)

"아아, 얼마나 외로우실까? 사랑하는 제자들도 모두 포기하고 하나 하나 제 갈길을 찾아 떠나버렸단 말이구나. 아버지! 기다리십시오. 제가 달려가겠습니다."

차가운 감방에서 어쩌면 마지막으로 아들을 보고싶어하는 간절한 바람같기만 하여 디모데의 가슴은 더 아팠다. 이윽고 정신을 가눈 디모데가 소시바더를 불러 부탁했다.

"미안하지만 지금 곧 구브로섬 바포항으로 가줄 수 없겠나? 바포교회에는 바나바 사도님이 계시고 마가 선교사도 거기서 사도님을 돕고 있다고 했네. 아버님 바울 사도님이 찾고 계시니 나와 함께 갈 수 있도록 에베소로 빨리 건너오라고 말일세."

"알겠습니다. 그럼 지금 떠나겠습니다."

소시바더는 구브로로 급히 떠나려고 준비한 채 여객 대합실로 나갔다. 앞으로 십오일 정도면 소시바더가 마가를 대동하고 에베소에 도착할 수 있다는 날짜 계산이 나왔다. 마가가 오면 곧장 로마로 떠나려 했던 것이다. 소시바더가 떠나자 디모데는 또 에베소 교회에서 집사 일을 하고 있던 케말을 불렀다.

"지금 당장 드로아로 가라. 드로아의 가보집에서 급히 가져와야 할 물건이 있다."

그러면서 그 물건이 무엇인지 설명해주었다.

- 네가 올 때에 내가 드로아 가보의 집에 둔 겉옷(토카)을 가지고 오고 책은 특별히 가죽종이에 쓴 것을 가져오라. (딤후 4:13)

편지에 바울은 그렇게 부탁하고 있었던 것이다. 겉옷은 겨울용 외투였다. 그런데 그 외투를 가보의 가정교회에 놔둔 것은 마게도냐로 가던 중 드로아에 들렀을 때 그곳 교회에서 바울이 밤늦게까지 설교를 계속한 적이 있었다. 등불을 켜고 듣고 있는데 이층 다락 난간에 앉아서 졸던 유두고란 청년이 그만 땅바닥으로 떨어져 혼수상태가 되어버린 사건이 일어났다. 그때 바울이 그를 일으켜 안고 살려낸 적이 있었고, 그를 방으로 옮겨 뉘었을 때 덮어준 것이 그의 외투였다. 그 외투가 아직도 가보의 집에 있었던 것이다. 그리고 성경은 파피루스지에 써서 두루마리로 되어있는 것이 보통이었으나 바울이 말한 것은 양피(羊皮) 가죽에 쓴 두루마리 성경책을 말함이었다. 그것도 가보의 집에 있었다. 그걸 가져오란 것이었다. 마가가 구브로에서 오는 날짜와 케말이 드로아에 갔다가 돌아오는 날짜가 얼추 맞아야 했다. 로마로 가자면 서둘러야 할 것 같았다. 동절기가 되어 뱃길이 막히기까지는 두 달이 채 남지 않았던 것이다.

그러나 디모데의 발목을 잡는 근심거리가 하나 있었다. 이른바 은장색 더메드리오의 아데미 소동이 에베소에서 일어난 것은 지금부터 12년 전인 AD 54년 2월이었다. 바울이 우상숭배를 배격하는 그리스도교를 퍼트려 우상물(偶像物)의 은세공품이 팔리지 않는다며 바울일당을 추방해야한다고 들고 일어난 소동이었다. 바울일행이 대연극장 안으로 끌려들어가 군중들의 성토를 당할 때 성안의 유대인들은 자신들까지 같은 일당으로 매도되어 추방당할까 두려워 알렉산더라는 자를 내세워 바울을 거세게 공격하고 차별화하려 했었다. 그러나 성난 군중들에 의해 먹혀들지 않았었다. 물론 그 사건의 여파로 바울은 에베소 감옥에 투옥 당하여 옥살이도 했다. 그 이후 예수복음은 더 단단하게 뿌리내리고 부흥성장하여 에베소가 아시아 여러 지역의 선교 중심지가 되었다. 그로써 적대세력은 모두 없어진 것처럼 보였지만 유대인 알렉산더가 제사장 스게와의 마술사 아들들을 앞세워 두란노 강원에서 그리스도교 학원을 내쫓기 위해 음모를 꾸미고 있었다. 두란노강원은 벌써 10여 년 동안 복음교육의 요람이 된 학원이었다. 선교 지도자 양성을 위해 바울과 실라가 피땀을 흘려온 곳이고, 그곳 출신의 지도자들이 각지에 선교를 나가 활동하며 많은 업적을 쌓은 곳이었다. 그걸 알고 있던 알렉산더는 할례자들을 부추겨 학원을 아예 문 닫게 만들자고 선동했다. 두란노 강원 건물은 에베소 현지인의 소유였고 기독교 학원은 세를 내고 들어 있었다. 알렉산더는 주인에게 기독교측이 낸 전세금의 배를 낼 테니 자기들에게 건물을 대여해달라고 나섰다. 당황한 디모데는 주인을 만나 그동안의 정리를 생각해서 그냥 있게 해 달라 간청했지만 건물주인은 고개를 흔들었다. 갑절로 전세금을 내겠다는데 어쩌겠는가, 나가지 않으려면 그들이 제시한 금액만 다시 올려주면 그냥 두겠다 했다.

"감독님, 방법이 없습니다. 제가 고린도로 건너가서 이 어려운 사정을 전하고 도움을 청하겠습니다."

"누가 도와준다고 나서겠소?"

"재력이 있는 성도님들이 있잖습니까? 브리스길라 부부는 로마에 가있지만 겐크레아에 뵈뵈 집사님은 로마에서 돌아왔구요. 시재무관이신 에라스도씨도 있구 재력가인 가이오씨도 있습니다. 그분들이 어려운 우리 사정을 들으면 가만히 있겠습니까?"

디모데를 도와주고 있던 드로비모의 말이었다. 승낙할 수밖에 없을 거라며 드로비모는 바로 고린도를 향해 떠났다. 고린도 교회의 소식이 언제 올지 알 수 없어 초조했다. 건물주인은 11월 5일까지로 못을 박았다. 그때까지 알렉산더측은 돈을 낸다했으니 그날 넘기지 말고 같은 금액을 가져오면 학원잔류를 승낙하겠다는 것이었다. 디모데는 늦어도 10월 20일까지는 맞춰줄 터이니 약속이나 지켜달라 했다. 로마로 가는 배는 10월 30일에 떠나는 곡물 운반선이 마지막이었기 때문이다. 그 배를 타지 못하면 뱃길이 막히게 되고 이듬해 3월 초순이나 되어야 다시 뱃길이 열려 운항이 가능하다. 10월 30일까지 고린도에서 구조팀이 오지 않거나 마가와 가보의 집에서 바울의 외투와 가죽 성경책이 오지 못하면 로마행 마지막 배를 탈 수 없게 된다는 데 문제가 있었다.

26
위대했던 사도의 최후

최근 들어 바울은 악몽에 시달리곤 했다. 그날 새벽에도 검은 옷을 입은 한 무리의 괴한들에게 떠밀려 바울은 어딘가로 끌려가고 있었다. 양 팔목에는 쇠사슬이 채워져 있었다. 괴한들 뒤로는 수백 명의 성난 군중들이 따라오고 있었다. 이윽고 화강석을 떼어내는 채석장 석벽 밑에 세워졌다. 눈앞을 바라보니 괴한들과 군중들의 손에는 모두 돌덩이가 쥐어져 있었다.

"아아아!"

태양이 너무나 눈부셔서 눈을 뜰 수 없었다. 죽이라는 떼소리가 들리는가 싶더니 뭔가 둔탁한 소리를 내며 이마에 부딪쳤다. 뜨끈한 액체가 이마로 흘러내려 눈썹을 적시고 있었다. 날아온 돌덩이에 맞은 것이었다. 수십 개의 돌덩이들이 날아왔다. 바울은 비명을 삼키며 그 자리에서 앞으로 고꾸라졌다. 쓰러진 몸 위에 돌무덤이라도 쌓을 것처럼 돌덩이들이 비오듯 날아와 쌓였다. 숨이 막힐 것 같아 비명과 함께 바울은 허우적거렸다.

"오오, 주님! 용서하소서."

누군가 몸을 흔들고 있었다.

"사도님! 사도님!"

온몸을 땀으로 목욕한 채 바울이 눈을 떴다.

"악몽을 꾸셨습니까?"

오네시보로가 물었다. 일어나 앉은 바울은 물을 마시며 어지러운 머리를 추슬렀다.

"오늘이 며칠이지?"

"시월 이십오일입니다."

"한 달만 있으면 지중해의 뱃길이 막히겠구나…. 그리되면 우리 디모데가 오지 못할 텐데…."

그때였다. 누가가 여느 날처럼 면회를 왔다. 루포의 모친도 바울의 아침식사를 챙겨 들고 찾아왔다.

"어머니, 힘드신데 직접 오시지 마세요. 감옥 식사도 먹을 만해요."

"무슨 소리야? 아침마다 아들 얼굴 보는 게 얼마나 기쁘고 감사한데? 자아, 어여 먹고 힘내야지."

"고맙습니다. 어머니."

"그런데 표정이 왜 그렇게 어두운가? 무슨 근심 있나?"

누가가 물었다.

"근심은? 그런 거 없어."

"더 늦어지면 동절기가 되어 뱃길이 막혀 아드님을 못 만날까 봐 걱정하고 계십니다."

오네시보로의 말에 누가가 고개를 끄덕였다.

"그러고 보니 그렇구먼. 에베소, 그 큰 교회를 맡고 두란노학원까지 맡고 있는 디모데인데 좀 바쁘겠어? 빨리 오면 한 달 안에 올 것이고 좀 늦으면 어떤가? 겨울이 되어 못 오면 내년 봄이 되면 올 수 있을 텐데. 마음을 느긋하게 먹게나."

"나도 그렇게 생각한다네. 오면 됐지 빠르면 어떻구 좀 늦으면 어떻겠나?"

바울은 야윈 얼굴에 쓸쓸한 미소를 머금었다.

한 달이란 세월은 금방 지나갔다. 벌써 시월 하순이 되었다. 디모데가 안심한 것은 기한 내에 구브로에서 마가가 오고, 드로아에 갔던 케말이 바울이 편지에 적은 외투와 가죽성경 책을 가보의 집에서 찾아 에베소에 왔다는 것이었다. 이제 남은 것은 두란노 강원 문제였고 그것만 해결되면 로마로 가는 마지막 배를 탈 수 있었다. 그게 해결되려면 고린도 교회에서 구원금이 와야만 했다. 걱정인 것은 두란노 강원을 살리는 문제로 교회 안에서 빨리 결론을 내지 못하고 시간을 보낼지도 모른다는 것이었다.

"너무 걱정하지 마시오. 디모데 감독께서 건물주인과 약속한 날짜는 아직도 사흘 남았지 않습니까? 그 안에 구원금을 가지고 올 것입니다."

마가가 디모데를 위로했다. 고린도에서 구원금이 온 것은 약속한 날짜보다 닷새나 지나서였다. 글로에 부인과 뵈뵈집사가 건너왔던 것이다. 다행히도 건물주인은 디모데가 원한대로 전세금을 받고 두란노 강원 문제는 해결이 되었다. 할례자들 쪽의 알렉산더가 항의했지만 건물주인은 디모데편을 들었다.

"정말 다행이네요."

뵈뵈집사의 말에 디모데는 감사할 뿐이라며 고개를 숙였다.

"십년동안이나 십년 전에 계약했던 전세금 그대로 대관을 해왔다면 주인이 그동안 얼마나 잘 참아주었어요? 당연히 올려주었어야 했어요. 성금은 글로에 사장님과 가이오씨와 나 세 사람이 기쁜 마음으로 만든 거랍니다. 두란노 복음학원이 계속 잘돼나가기만 바랄 뿐이에요. 고린도 교회 모든 성도님들의 바람이랍니다."

디모데는 곧 마가와 함께 로마로 가기 위해 배편을 알아보았다.

한편 로마는 아침저녁으로 기온이 떨어져 추워졌다. 감옥 안은 밖의 온도보다 더 내려가 담요를 두르고 있어도 떨렸다.

"내일 모레 다른 감옥으로 이감(移監)을 하게 된다고 옥졸이 그러던데, 이감 가시는 감옥은 그래도 여기보다야 따뜻하겠지요?"

오네시보로의 말에도 바울은 아무런 반응을 보이지 않았다. 요즈음 바울은 부쩍 말수가 줄어들었다.

"오늘이 며칠이지?"

"십일월 십오일입니다."

"디모데가 보고 싶구나."

바울은 두 눈을 감고 조용히 기도를 올렸다. 그때 복도에 저벅거리는 소리가 나더니 육중하고 낡은 옥방 철문이 열렸다.

"죄수 바울은 나오라."

바울이 나가자 오네시보로도 따라 나왔다.

"너는 아니야."

가슴팍을 창대로 밀어붙여 오네시보로는 뒤로 넘어지며 방안에 남았다. 쾅하고 문이 닫혔다. 두 팔을 뒤로 돌려 쇠사슬에 묶인 채 바울은 압비아 감옥을 나와서 오스티아거리를 향해 다섯 명의 로마병사와 두 명의 관원들이 뒤에서 바울을 떠밀며 걸었다. 길을 걸어 갈수록 많은 군중들이 뒤를 따라오게 되었다. 세 번째 네거리에 이르자 오른편에 있는 종려나무 숲 속으로 들어갔다. 이곳은 지하수 샘물이 세 줄기로 솟아나 아쿠아 살비아(Aquae Salvie), 트레 폰타네라 부르는 곳이었다. 조금 더 들어가자 공터가 나오고 공터 옆에는 사무실 같은 게 있었다. 관원들은 바울을 공터에 세워두고 사무실 안으로 들어갔다가 한참 후에 밖으로 나왔다. 군병들에게 명하여 바울을 작은 돌기둥 앞에 서게 했다.

"아."

이제 마지막이 왔다는 것을 바울은 느꼈다. 저 돌기둥은 사십에 한 대 감한 매를 맞을 때도 그 위에 엎드리게 하고, 참수형(斬首刑)을 집행할 때도 돌기둥 머리에 목을 걸치게 하는 것이다. 돌 위에 늘이고 있는 목을 검으로 내리쳐 끝을 내는 방식이다. 사형석(死刑石)인 것이다. 군중들은 이곳이 형장이라는 것을 알고 있었는지 멀찌감치 떨어진 숲속에서 곧이어 집행될 사형의 모습을 지켜보고 있었다. 사형수는 한 사람, 바울이었다. 바울 뒤에는 군병들이 지켜 서있고, 형장 사무소에서 세 명의 관원을 데리고 나온 집행관이 바울 앞에 섰다. 정오의 태양빛이 눈부시게 쏟아지고 있었다. 눈이 부셔서 바울은 두 눈을 지그시 감고 있었다. 집행관이 가지고 있던 두루마리를 펼쳐들고 사무적인 말투로 읽어 내려갔다.

"성명 바울. 63세. 길리기아 다소 출생. 클레스토스교 괴수. 죄명, 국가변란 및 방화죄. 이자는 저희들만이 오직 죄에서 구원 받은 선민(選民)이며 로마제국은 태생부터 악마의 창조물이라 악의 세력이므로 멸망하니 황제를 신으로 모시지 말고 클레스토스를 신으로 믿어야만 영생복락을 누릴 수 있다고 혹세무민(惑世誣民)하여 국가변란을 꾀한 죄를 물어 참수형에 처하는 바이다. 로마제국 법조원(法曹院)."

읽기를 마치고 집행관이 바울에게 물었다.

"마지막으로 할 말은 없느냐?"

"내 눈을 가리지 말라. 당당히 하늘나라로 가고 싶다."

"좋다. 그뿐이냐?"

"마지막으로 잠시 내 하나님께 기도하는 시간을 달라."

"너는 사교(邪敎)의 괴수이며 국사범이다. 기도는 위법이므로 허용할 수 없다."

"나는 신성한 로마시민권자이다. 시민권자는 황제의 명이 없이 체포, 구금, 고문, 매질을 할 수 없게 되어 있다. 그럼에도 불구하고 너희들은 재판도 없이 날 체포 구금하고 사형을 시키려 하고 있다."

"그와 같은 명을 내리시는 분은 오직 한분 황제 폐하뿐이다. 즉결 사형을 명하신 분은 황제시다. 황제는 신이시며 국법이시다. 하지만 마지막 가는 길에 그게 소원이라면 허용하겠다. 짧게 하라."

큰 인심 쓰는 것처럼 집행관이 말했다. 바울은 맨땅에 무릎을 꿇었다.

"주여! 이 죄인 주님께 가옵니다. 받아주시옵소서. 주여!"

눈물을 쏟으며 부르짖자 눈앞에 갑자기 돌산 절벽 밑에 서 있는 맨발의 사내가 보였다.

"어서 저자를 돌로 쳐 죽여라."

"배교자의 최후를 보고 싶다. 빨리 죽여라!"

놀라운 것은 돌덩이를 든 3백여 명의 유대인들이 함성을 지르고 있다는 것이었다. 그러자 죽음 앞에서 기도를 마친 사내는 성령충만하여 하늘을 우러러보며 외쳤다.

"보라, 우리들의 머리 위에 있는 하늘 문이 열리고 있다. 그대들은 안 보이는가? 우리 주 예수 그리스도께서 하나님 우편에 서 계신 것을! 하늘에 영광 땅에는 사랑과 평화로다."

그 사내는 다름 아닌 집사 스데반이었다. 빨리 죽이라는 떼소리와 함께 군중들의 앞에 서 있던 청년들이 돌덩이를 일제히 스데반을 향해 던진다.

"아아!"

스데반의 몸이 들썩한다. 돌덩이들이 가슴과 옆구리를 파고드는가 하면 서너 개는 얼굴에 맞아 당장 피투성이로 변했다. 스데반은 무릎이 꺾인 것처럼 꿇어앉으며 하늘을 보고 부르짖는다.

"주 예수님이시어! 내 영혼을 받으시옵소서. 이 죄를 저들에게 돌리지 마옵소서."

내 영혼을 받아 달라 부르짖는 것은 스데반이 아닌 바울 자신이었다.

죽음을 눈앞에 두고 있는 지금 왜 돌에 맞아 순교한 스데반의 모습이 떠오르는 것일까. 바울은 가슴에 칼을 대고 저미면서 소금을 뿌리는 것 같은 고통에 몸부림쳤다. 목수의 아들인 예수를 신의 아들로 둔갑시킨 자들은 기독교도들이었다. 어떻게 피 흘리고 십자가에서 죽은 예수가 사흘 만에 다시 살아나 부활하고 승천하여 하늘에 갔다가 다시 재림한단 말인가.

말도 안 되는 십자가 부활 신앙을 퍼트리고 있는 자들이 날로 날로 많아진다는 것은 견딜 수 없는 전통 유대교에 대한모독이었다. 그래서 사울은 기독교도들을 색출하고 잡아들이며 박해하는데 앞장섰다. 여호와와 율법과 할례를 무시하며 모독한 집사 스데반이 유대인 종교재판소인 산헤드린에 잡혀왔을 때도 젊은 검찰관이었던 사울은 앞에 나서서 스데반의 죄를 고발하고 그가 사형선고를 받는데 앞장섰다. 스데반을 죽인 것은 사울 자신이었다. 뿐만 아니라 스데반이 투석형(投石刑)을 받아 돌에 맞아 죽을 때도 돌 던진 자들의 옷을 모아 지켜주었고 사형집행의 증인까지 섰다.

"하나님이시어, 내 속에는 그로부터 새로운 예수님과 스데반이 들어와 평생 저와 함께 살게 되었나이다. 주님께서는 모든 인간들의 죄를 사해주시기 위해 십자가를 지시고 골고다 언덕을 올라가셨지만 이 사울, 아니 이 바울은 스데반 집사가 저에게 고난과 고통의 십자가를 지워주고 평생을 속죄하며 살게 했나이다. 하나님 아버지시여, 이 죄인을 용서하시고 불쌍한 영혼을 받아주시옵소서."

"일으켜 세워라."

집행관의 명령하는 소리가 들렸다. 병사 두 사람이 다가들어 땅바닥에 엎드린 바울을 일으켜 돌기둥 쪽으로 끌고 갔다.

"형을 집행하라."

그러자 관원 하나가 검은 수건을 가지고와서 바울의 눈을 가리려 했다.

"내 눈을 가리지 말라."

바울이 완강하게 외쳤다. 집행관이 턱짓을 하자 수건을 치웠다. 돌기둥에 움직일 수 없게 몸을 묶었다. 그런 다음 목을 길게 늘이게 했다. 바울은 머리를 하늘로 쳐들고 통성으로 기도를 올렸다. 그때 갑자기 정오의 태양보다 더 밝은 빛이 쏟아져 내려왔다.

"바울아! 바울아!"

허공중에 누군가 부르는 음성이 들려왔다. 자애롭고 근엄한 목소리였다.

"주여! 말씀하소서."

바울은 엎드린 채 사시나무처럼 몸을 떨었다. 바로 30년 전에 다메섹 카우카브 언덕길에서 오늘 같은, 정오의 태양보다 밝은 빛이 쏟아지는 바람에 놀라 말에서 떨어져 눈이 멀었을 때 들려오던 그 목소리였다.

"사울아, 사울아, 너는 왜 나를 핍박하느냐?"

"주여, 뉘시오니까?"

"나는 네가 핍박하는 나사렛 예수다."

"오, 주님. 용서하여 주옵소서."

하늘을 우러러 빌었다. 다시 그 밝은 빛 속에 그분이 나타났다. 주님이었다.

"바울아, 바울아."

주님은 십자가에서 살아나 부활하셨으나 아직 승천하시지 않고 제자들 앞에 나타나신 것처럼 바울 앞에도 나타나시어 그를 부르며 두 팔을 벌리고 어서 품속에 들어오라는 듯한 미소를 짓고 있었다. 바울이 흐느끼고 감격하여 기도했다.

"당신을 핍박하고 스데반을 죽이고 무수한 크리스천을 탄압했던 저 같은 악인 앞에 갑자기 나타나셔서 당신의 사도로 정하시고 외방으로 전도를 떠나게 하셨을 때 제 운명은 일시에 바뀌었습니다. 주님은 저를 구원해주셨지만 스데반의 영혼은 지난 30년 동안 고난의 십자가가 되어 제 가슴 깊은 곳에 자리 잡고 고쳐질 수 없는 난치병이 되어 평생 괴롭히고 참회하게 만들었습니다. 주님, 이제 떠나야할 때가 되었습니다. 하나님 제단 위의 제사에 제 몸을 관제로 바치겠나이다. 받아 주시옵소서."

드디어 바울의 목을 향하여 시퍼렇게 날이 선 검이 바람을 가르며 내려오고 있었다. 그 짧은 순간 바울이 독백처럼 속으로 외쳤다.

"내가 선한 싸움을 다 싸우고 나의 달려갈 길을 이제 마치고 믿음을 지켰으니 이미 천국에는 나를 위해 의의 면류관이 준비되었을 터이니 의로운 재판장이 내려주실 것이다. 나한테만이 아니라 주의 나타나심을 사모하는 모든 자에게도 내려주실 것이다. 오, 주여! 주께서 나를 모든 악한 일에서 건져내주시고 천국에 들어가도록 구원하시리니 주님 전에 영광이 세세무궁토록 있게 하옵소서. 아멘."

그때 바울은 비명을 내질렀다. 묶인 그의 몸이 들썩했다. 예리한 칼날이 목을 내리쳤던 것이다. 무지개처럼 핏물이 솟아올랐다. 멀어지는 의식을 놓지 않으려 하며 바울은 눈을 부릅떴다. 일곱 빛깔의 무지개가 뻗어 찬란한 빛을 발하는 천국의 문이 열리고 있었다. 첫째 하늘이 열리고, 둘째 하늘이 열리며, 마지막 셋째 하늘이 열리고 있었다. 살아서 가본 셋째 하늘이었다. 그 하늘을 보았다는 것을 자랑하고 자고(自高)할까봐 주님은 그의 몸에 박힌 지병의 가시를 빼주지 않았다. 하지만 불평하지 않았다. 예수 그리스도의 살아 있는 심장으로 모든 이방세계에 생명의 빛을 남겨 자신의 모든 사명을 완수하고 이제는 당당하게 개선장군이 되어 천국 문을 향해 걸어 들어가고 있었다.

그로부터 3개월 뒤 압비아 감옥 정원에는 라일락꽃이 활짝 피어나 봄 향기를 바람에 날리고 있었다. 그 때 두 사람의 나그네가 감옥 사무처를 찾아왔다.

"저어, 말씀 좀 묻겠습니다. 오개월 전쯤 이곳 감옥에서 복역을 하고 계시던 분인데 바울 사도님이라는 분입니다만…."

사십대 중반쯤 되어 보이는 청색 튜닉을 입은 짙은 갈색머리의 사내가 물었다. 그의 옆에는 역시 오십 초반으로 보이는 검은 머리에 갈색 눈을 한 사내가 서 있었다.

"바울? 으음, 그 클레스토스 괴수를 말하는 모양이군?"

사무를 보고 있던 관원이 구석자리에 앉아 일을 하고 있는 늙수그레한 옥리를 불러 혹시 바울 담당이 아니었느냐고 확인했다.

"맞습니다만."

"이 사람들이 그 영감을 찾고 있네."

"아, 그래요?"

옥리는 두 사람을 데리고 정원으로 나갔다. 바울과는 어떻게 되는 사이냐고 물었다.

"나는 바울 사도님의 아들인 디모데이고, 이분은 제자이신 마가요한이라 합니다."

"아드님이라구요? 로마에 사는 제자들은 항상 모두 찾아왔는데 아드님이라면서 이제야 오시다니 멀리 사시는 모양입니다?"

"예, 소아시아 에베소에 살고 있습니다. 그래서 오기가 힘이 들었지요. 헌데 지금 아버님은 어디에 계신지요?"

"모르고 오신 건가요?"

"무엇을요?"

"아드님 오시기를 날마다 기다리고 또 기다리셨는데 왜 이제야 온 거지요? 안타깝습니다."

"내, 내 아버님이 어, 어떻게 되신 거지요? 예?"

"뱃길이 막히는 겨울이 오기 전에 속히 올 것이라며 그렇게 기다렸는데…. 안되었습니다. 아버님은 4개월 전 어느 날 트레폰타네라는 곳에서 참수형을 당하시어 세상을 떠나셨습니다."

그 말에 디모데와 마가는 너무나 큰 충격을 받고 그 자리에서 무릎이 꺾여 주저앉고 말았다.

"아아, 아버님! 용서하세요. 늦게 와 임종도 하지 못한 이 불효자를 용서해주세요."

디모데는 땅을 치며 후회의 눈물을 뿌렸다. 구브로에서 마가도 제 때에 왔었고, 드로아 가보의 집에 갔던 케말도 바울의 외투와 가죽 성경책을 찾아 제 때를 맞추어 왔었고, 두란노 강원의 구조금도 고린도 교회에서 제때 와서 전세문제를 해결하게 되어 디모데는 마가와 함께 로마로 가는 마지막 화물선에 승선할 수 있었다. 하지만 두 사람의 여로(旅路)를 훼방하고 차질이 일어나게 만든 사건이 발생했다. 배가 에베소를 떠나 그레데 섬의 뵈닉스항을 보고 항해를 시작했는데, 갑자기 바울이 죄수의 몸으로 로마로 압송되기 위해 탔던 배가 그레데 부근에서 광풍 유라굴로를 만나 파선을 당한 것처럼 똑같은 광풍 유라굴로를 만나 앞길이 막히고 말았다. 어쩔 수 없이 화물선은 뵈닉스항에 기항하여 광풍을 피하며 지체하다가 뱃길이 막혀 겨울을 나고서야 떠날 수 있는 처지가 되어버렸다. 무려 석달 동안이나 뵈닉스에서 겨울을 보내고 봄이 되어 뱃길이 열리자마자 로마로 다시 항해해 왔던 것이다.

<끝>

참고문헌

1. Paul by Bornkamm

2. Saint Paul by M. Grant

3. Antioch and Rome by R.E. Brown

4. Paul by John W.Drane

5. St Paul the Traveller and the Roman ctizen by W. Ramsay

6. St Paul's Epistle to the Galatians by J.B Lightfoot

7. PAUL – A man of Grace and Grit by Charles R Swindoll ㅣ 곽철호 譯

8. An introduction to the study of Paul   by David G. Horrell ㅣ 윤철원 譯

9. The Mind of St Paulby William Barclay ㅣ 박문재 譯

10. The Pre Christian Paul by Martin Hengel ㅣ 강한표 譯

11. 바울의 생애 ㅣ 권오현 著

12. 바울의 편지 ㅣ 권오현 著

13. 예수. 바울. 요한 ㅣ 유동식 著

14. 신약주해 옥중서신 ㅣ 이상근 著

15. 원시 기독교와 바울 ㅣ 전경연 著

16. 바울서신 해석 ㅣ 서중석 著

17. 바울의 행전 ㅣ 조지연 著

18. 사도 바울의 신학 ㅣ 도양술 著

유현종 장편소설

사도 바울 【하】

지은이 | 유현종

펴낸이 | 최병식

펴낸날 | 2016년 6월 15일

펴낸곳 | 주류성출판사 · 시타델

주소 | 서울특별시 서초구 강남대로 435, 주류성빌딩 15층

전화 | 02-3481-1024(대표전화)   팩스 | 02-3482-0656

홈페이지 | www.juluesung.co.kr

값 12,800원

잘못된 책은 교환해 드립니다.

ISBN 978-89-6246-279-1 04810

ISBN 978-89-6246-277-7 04810(세트)

St. Paul
St. Paulo
St. Paolo